COLLECTION SÉRIE NOIRE

Créée par Marcel Duhamel

JØRN LIER HORST

# LES CHIENS DE CHASSE

*TRADUIT DU NORVÉGIEN*
*PAR HÉLÈNE HERVIEU*

nrf

GALLIMARD

*Suivez l'actualité de la Série Noire sur les réseaux sociaux :*
https://www.facebook.com/gallimard.serie.noire
https://twitter.com/La_Serie_Noire

Titre original :
JAKTHUNDENE

# 1

La pluie fouettait violemment les fenêtres. L'eau ruisselait le long des vitres et débordait des gouttières. Sous les puissantes rafales de vent, les branches de peupliers venaient griffer les murs.

Assis à une des tables donnant sur la rue, William Wisting regardait dehors. Des feuilles mortes collées au trottoir mouillé furent soulevées et emportées par une bourrasque.

Un camion de déménagement attendait sous le déluge. Un jeune couple arriva avec de grands cartons et se dépêcha de rejoindre le porche d'un immeuble.

Wisting aimait la pluie. Il n'aurait su dire pourquoi, mais c'était comme si elle mettait la vie en sourdine. Elle lui faisait relâcher les muscles de ses épaules, et son pouls battait un peu moins vite.

Une musique feutrée, jazzy, se mêlait à celle de l'averse. Wisting se tourna vers le comptoir. Les flammes des nombreuses bougies projetaient des ombres vacillantes sur les murs. Suzanne lui sourit, tendit la main vers l'étagère et baissa légèrement le volume.

Ils n'étaient pas seuls dans cette salle tout en longueur.

Trois jeunes étaient assis autour d'une table à l'autre bout du comptoir. Ce café à la fois tranquille et branché était devenu le quartier général des élèves de l'École supérieure de police.

Wisting regarda de nouveau par la fenêtre, sur laquelle était inscrit *La Paix dorée* en un arc de lettres qui lui apparaissait à l'envers mais qu'il connaissait par cœur. *Galerie et bar.*

Ce café avait été le rêve de Suzanne. Depuis combien de temps ? Il l'ignorait. Un soir d'hiver, elle avait posé le livre qu'elle était en train de lire et lui avait dit qu'il racontait l'histoire d'un capitaine de ferry sur l'Hudson River. Toute sa vie, il avait fait la navette entre New York et Jersey City. Jour après jour, année après année. Puis un beau matin, il avait pris une décision. Il avait fait changer de cap au bateau, et, les moteurs tournant à plein régime, s'était dirigé vers l'océan, le vaste océan, son rêve de toujours. Le lendemain, elle avait acheté ce local.

Elle lui avait demandé quel était son rêve à lui, mais il n'avait pas répondu. Pas parce qu'il ne voulait pas, mais parce qu'il ne savait pas. Il aimait sa vie telle qu'elle était. Son travail d'enquêteur lui donnait le sentiment de faire quelque chose d'important et qui avait du sens. Il ne souhaitait pas qu'il en fût autrement.

Il souleva sa tasse de café, prit le journal du dimanche posé un peu plus loin et jeta de nouveau un regard dans la pénombre automnale. D'ordinaire, il choisissait une table au fond de la salle, où sa présence était plus discrète. Mais par ce temps, il n'y avait pas grand monde dehors et il pouvait être assis près de la fenêtre sans que des passants le reconnaissent et entrent pour engager la conversation. Il avait fini par s'habituer à être accosté dans la rue, ce qui se produisait de plus en plus souvent depuis qu'il avait eu la faiblesse d'accepter de participer à un talk-show télévisé pour parler d'une affaire sur laquelle il avait travaillé.

Un des jeunes de la table au bout du comptoir l'avait vu quand il était entré et avait donné un coup de coude aux deux autres. Wisting aussi l'avait reconnu. C'était l'un des élèves de l'École de police. Au début du semestre, il avait été invité à y tenir une conférence sur l'éthique et la morale. Le garçon faisait partie de ceux qui étaient assis au premier rang.

Wisting regarda la Une du journal où s'affichaient des conseils pour maigrir, la météo prévoyant encore plus de pluie et des intrigues amoureuses dans un programme de téléréalité. Il était rare que les journaux du dimanche annoncent de véritables informations. Que des « news en conserve » comme Line appelait ces « nouvelles » qui avaient traîné pendant des jours et des semaines dans les salles de rédaction avant d'être publiées. Cela faisait bientôt cinq ans que sa fille était journaliste à *VG*. C'était un métier qui convenait à sa curiosité et à son sens critique. Elle avait fait le tour des services, mais pour l'heure travaillait dans celui des affaires criminelles. Ce qui voulait dire que sa rédaction couvrait parfois des affaires sur lesquelles son père enquêtait. Père et sujet d'articles, c'était un double rôle qu'il avait tant bien que mal réussi à endosser. Ce qu'il avait reproché au choix de carrière de sa fille, c'était qu'il lui ferait côtoyer toutes les horreurs de la société. Wisting était dans la police depuis trente et un ans. Cette expérience lui avait fait acquérir une certaine connaissance en matière de brutalité et de cruauté humaines, mais aussi causé beaucoup d'insomnies. Il aurait préféré épargner tout cela à sa fille.

Il feuilleta rapidement le journal, ne s'attendant pas à y trouver un article de Line. Il lui avait parlé avant le week-end et savait qu'elle était en RTT.

Il appréciait de plus en plus d'échanger avec sa fille à propos des nouvelles. Il avait eu du mal à l'admettre, mais ces conversations avec elle l'avaient aidé à mieux prendre conscience de son rôle de policier. Elle avait un regard extérieur sur sa profession, qui l'avait souvent amené à remettre en cause l'idée qu'il se faisait de lui-même. Dernièrement, lors de cette conférence où il avait insisté sur l'intégrité, l'honnêteté et le code de bonne conduite des policiers – des qualités essentielles pour que la population ait confiance en eux –, il avait trouvé que les positions de Line sur le sujet avaient donné plus de poids à ses déclarations. Il avait essayé d'expliquer à ses futurs collègues l'importance de respecter ces valeurs quand on endossait l'habit de policier. De rester objectif et sincère, sans jamais perdre de vue le devoir de faire jaillir la vérité.

Il en était à la page des programmes télé, à la fin du journal, quand les étudiants se levèrent de table. Ils restèrent près de la porte le temps de boutonner leurs vestes. Le plus grand des trois chercha à croiser le regard de Wisting. L'enquêteur sourit et hocha la tête.

— Vous êtes en repos aujourd'hui ? demanda le jeune homme.

— C'est un des avantages de ce métier, quand on a travaillé aussi longtemps que moi pour l'État, répondit Wisting.

Service de huit heures à seize heures, et j'ai tous mes week-ends.

— À propos, merci pour votre conférence.

Il posa sa tasse de café.

— Merci à vous, c'est gentil.

L'étudiant voulait ajouter quelque chose, mais le téléphone de Wisting sonna. Il le sortit, vit que c'était Line et répondit.

— Salut Papa, dit-elle. Quelqu'un du journal t'a appelé ?

— Non, répondit-il en faisant un signe de tête aux trois étudiants qui s'en allaient. Pourquoi ? Il s'est passé quelque chose ?

Il y eut un moment de silence avant que Line ne reprenne.

— Je suis à la rédaction, dit-elle.

— Je croyais que tu ne travaillais pas...

— Je sais, mais je suis sortie faire un peu de sport et j'ai eu envie de monter jeter un coup d'œil.

Wisting finit son café. Il se reconnaissait dans sa fille. Cette envie de savoir et d'être toujours là où il se passait des choses.

— Il sera question de toi demain dans le journal, le prévint Line. Mais cette fois, c'est après toi qu'ils en ont. Ils veulent ta peau.

## 2

Line entendit la respiration de son père. Elle déplaça sa souris au hasard, faisant tournoyer le curseur sur l'écran où apparaissait l'article prêt à être publié.

— Il s'agit de l'affaire Cecilia, déclara-t-elle.

— L'affaire Cecilia ?

La voix de son père était hésitante. C'était l'une des enquêtes dont il n'avait jamais voulu reparler. Une de celles qui vous blessent, et dont le souvenir vous hante.

— Cecilia Linde, ajouta Line, tout en sachant qu'il avait parfaitement compris.

Il était à l'époque un jeune enquêteur, et cette affaire de meurtre avait défrayé la chronique pendant une bonne décennie.

Elle entendit son père déglutir, le bruit d'une tasse que l'on pose sur une table.

— Ah bon ? dit-il simplement.

Line leva les yeux de l'écran. Le rédacteur en chef avait quitté son bureau et se dirigeait vers l'escalier pour aller à l'étage supérieur. C'était l'heure de la réunion du soir, où l'on faisait un dernier point sur le journal du lendemain, en décidant entre autres quels seraient les gros titres. L'article sur son père occupait une double page et serait signalé dès la Une, avec une photo de son visage. Le meurtre de Cecilia Linde était encore dans tous les esprits et cela ferait vendre, même dix-sept ans après.

— L'avocat de Haglund a envoyé une demande à la Commission de révision, lui annonça-t-elle quand le rédacteur en chef se fut éloigné.

Son père resta silencieux. Le chef de l'information prit une pile de documents et gagna l'escalier à son tour. Line parcourut encore une fois l'article, qui posait plus de questions qu'il n'apportait de réponses, et elle se dit que cette histoire prendrait la tournure d'un feuilleton à sensation. Pas seulement dans le journal où elle travaillait.

— Un détective a repris l'affaire, poursuivit-elle.

— Qu'est-ce que j'ai à voir là-dedans ? demanda-t-il, mais elle entendit à son intonation qu'il comprenait ce qui était en train d'arriver.

Son père avait mené l'enquête dix-sept ans auparavant. Depuis, il s'était fait une réputation et bénéficiait d'une certaine notoriété. Il était une personnalité à qui on pouvait demander des comptes, en qui on pouvait avoir confiance.

— Ils pensent que tu as fabriqué des preuves, expliqua Line.

— Quelle sorte de preuves ?

— La trace ADN. Selon eux, c'est la police qui l'a placée là.

Elle l'imagina serrant les doigts autour de sa tasse.

— Et comment ils arrivent à cette conclusion ? voulut-il savoir.

— L'avocat a obtenu une nouvelle analyse des pièces à conviction et il pense que le mégot de cigarette avec l'ADN a été mis là après coup.

— C'est déjà ce qu'ils avaient prétendu à l'époque.

— L'avocat dit qu'ils peuvent le prouver, que les documents ont été envoyés à la Commission de révision.

— Je ne vois pas comment ils pourraient prouver quoi que ce soit, marmonna-t-il.

— Ils ont aussi un nouveau témoin, ajouta Line. Quelqu'un qui peut fournir un alibi à Haglund.

— Pourquoi ce témoin ne s'est pas manifesté aussitôt ?

— Il l'a fait, dit Line en déglutissant. Il t'aurait appelé et vous vous seriez parlé au téléphone. Mais tu n'aurais pas donné suite.

Silence au bout du fil.

— Bon, il faut que j'aille à la réunion. Mais ils vont t'appeler pour avoir une réaction de ta part. Tu ferais bien de préparer ce que tu vas leur dire.

Wisting restait silencieux. Line regarda encore une fois l'écran, où la photo de son père prenait presque toute la place. Ils avaient utilisé un cliché pris lors du talk-show qui remontait à presque un an, auquel il s'était laissé convaincre de participer pour parler du travail d'enquêteur et d'une affaire où l'animateur avait été suspecté[1]. Les coulisses du studio, qu'on devinait, soulignaient subtilement que l'enquêteur aujourd'hui accusé d'entrave à la justice n'était pas n'importe qui.

1. Voir, du même auteur, *Fermé pour l'hiver* (Série Noire, 2017). *(Toutes les notes sont de la traductrice.)*

Il avait aimé cette photo de lui, trouvait qu'il y était à son avantage. Ses épais cheveux sombres étaient en bataille. Il affichait un sourire un peu pincé, et les rides de son visage révélaient qu'il avait vécu beaucoup de choses éprouvantes. Il fixait l'objectif d'un regard calme. Dans l'émission, on l'avait présenté comme un policier compétent et expérimenté, un enquêteur attentif et rigoureux qui défendait les valeurs de la société. Demain, avec l'article, les gens le verraient sous un autre jour. Ils percevraient dans ses yeux de la froideur, et de la fausseté dans son sourire. La puissance des médias se retournerait contre lui.

— Line ?

Elle cala le téléphone contre son épaule.

— Oui ?

— Ce n'est pas vrai. Rien de ce qu'ils disent n'est vrai.

— Je le sais, Papa. Tu n'as pas besoin de me le dire. Mais ce sera quand même noir sur blanc dans le journal demain.

# 3

Le calme du soir avait gagné les locaux de la rédaction. Des images de chaînes d'info étrangères défilaient en silence sur des écrans, accompagnées du son de doigts qui pianotaient sur des claviers, de conversations à voix basse au téléphone.

Line allait fermer sa session sur l'ordinateur quand son rédacteur en chef revint de la réunion. Il se nommait Joakim Frost, mais on l'appelait simplement Frosten.

Il parcourut la pièce des yeux avant de se diriger droit vers elle. Son regard froid la transperça. On disait de lui qu'il avait obtenu ce poste parce qu'il était incapable de voir les tragédies humaines qui se cachaient derrière les gros titres. Son manque d'empathie lui avait, en d'autres termes, donné les qualifications requises.

— Je regrette, dit-il en étant sûr qu'elle avait regardé l'article qu'ils préparaient sur son père. J'avais l'intention de t'appeler pour te prévenir, mais puisque tu es là…

Line hocha la tête. Elle le connaissait trop bien pour vouloir entamer une discussion. Il ne défendait que les intérêts commerciaux du journal et veillait à choisir des Unes « coup de poing» – qui avaient d'ailleurs fait remonter les ventes. Elle ne voyait pas l'intérêt de lui rappeler qu'il pouvait y avoir une presse davantage attachée à la qualité de l'information qu'au sensationnalisme. De toute façon, il ne l'écouterait pas. Cela faisait presque quarante ans que Frosten travaillait pour *VG*. Elle n'était encore à ses yeux qu'une nouvelle arrivée, assez insignifiante.

— C'est une affaire qu'on ne peut pas arrêter, poursuivit-il.

Line hocha de nouveau la tête.

— Tu en as parlé à ton père ?

— Oui.

— Qu'est-ce qu'il dit ?

— Il fera lui-même ses commentaires.

Frosten acquiesça.

— Il a naturellement un droit de réponse.

Line se fendit d'un sourire. Répondre à des accusations publiées en première page n'avait guère de poids. Contre toute une rédaction qui avait travaillé sur l'affaire, le combat était perdu d'avance. Un entretien téléphonique n'y changerait rien.

— Écoute, Line, reprit Frosten, je comprends que ce soit difficile. Ça l'a aussi été pour moi, mais sur cette histoire on est obligé de laisser de côté ce qu'on pense ou ce qu'on ressent. C'est important que la presse exerce un rôle critique. C'est une affaire d'intérêt général et national.

Line se leva. Ses arguments n'étaient là que pour faire diversion, car une seule chose comptait pour lui : les tirages. La réputation du journal ne réclamait pas une première page avec son père comme accusé principal. Pourquoi incarner l'affaire en un seul homme ? La critique pouvait tout aussi bien s'adresser à la police comme institution et autorité publique. Mais dans ce cas, les ventes seraient moins spectaculaires…

— Si tu as besoin d'un peu de temps pour faire le point, tu peux prendre quelques jours de congé, suggéra le rédacteur en chef, et revenir quand les choses seront plus calmes.

— Non merci.

— Je crois que l'affaire aurait pu prendre encore plus mauvaise tournure si nous avions laissé d'autres s'en charger.

Line détourna les yeux. L'idée de voir le visage de son père en Une du journal le lendemain provoquait chez elle un malaise.

— Je ne…

— Line !

La voix était celle du chef du service info, qui était avec une des reporters du soir. Il arracha une feuille du calepin de la journaliste et accourut vers eux.

— Je sais que tu es en congé, et ce n'est certainement pas le moment, mais tu peux aller sur les lieux ?

Sans avoir le temps de rassembler ses esprits, elle demanda :

— Où ça ?

— À Fredrikstad, dans Gamlebyen. Il y a eu un meurtre. On n'a pas encore eu la confirmation de la police, mais quelqu'un qui se trouve près du cadavre nous a prévenus.

Ce genre de nouvelle déclenchait en Line une poussée d'adrénaline, et en même temps la vidait. C'était le type d'affaires qu'elle aimait traiter, et pour lesquelles elle était douée. Elle savait trouver des sources et leur soutirer des informations tout en les analysant, de sorte qu'elle sentait instinctivement ce qu'elle pouvait utiliser et ce qui n'était pas fiable.

Le visage de Frosten afficha un large sourire.

— Il a appelé depuis la scène du crime ?

— Oui, d'abord la police, puis nous.

— L'inverse aurait été mieux, mais bon. Qui peut se charger des photos ?

— Nous avons un photographe free-lance qui sera sur place dans dix minutes, mais on a besoin d'un reporter.

Joakim Frost se tourna vers Line.

— Si tu n'as pas l'intention de prendre des congés, je pense que tu devrais y aller, dit-il en se dirigeant vers la table de rédaction.

Line le regarda et comprit que pour cet homme comme pour tous ses collègues, il aurait été préférable qu'elle se mette au vert dans l'Østfold durant les jours suivants plutôt que de rester ici.

Le chef du service info lui tendit la feuille avec le nom et le numéro de celui qui les avait informés du meurtre.

— Il y a peut-être quelque chose d'intéressant là-dedans, dit-il en ajoutant tout bas : Nous ne faisons partir la Une à l'impression que dans quatre heures.

# 4

Le reporter l'appela peu avant dix heures. Wisting ne saisit pas son nom, juste qu'il appelait de la part du journal *VG*.

— Nous publions demain un article sur l'affaire Cecilia, dit-il en introduction. L'avocat Sigurd Henden a déposé une demande à la Commission de révision.

— Bon.

— Nous aimerions avoir votre réaction sur les accusations portées à votre encontre : vous auriez fabriqué les preuves qui ont fait condamner Rudolf Haglund.

Wisting s'éclaircit la voix et répondit d'un ton ferme :

— Vous vous appelez comment, déjà ?

Le journaliste hésita et Wisting se demanda s'il n'avait pas volontairement escamoté son nom en se présentant.

— Eskild Berg.

Wisting avait dû lire ce nom dans le journal, mais ne se souvenait pas de lui avoir déjà parlé. Ce devait être un pigiste, et non un des journalistes d'investigation à qui il avait habituellement affaire quand il se passait quelque chose.

— Que répondez-vous aux accusations selon lesquelles vous auriez falsifié les preuves ? reprit le reporter.

Wisting sentit un frémissement parcourir sa nuque, mais il parvint à garder une voix calme.

— C'est difficile de répondre comme ça... quand je ne connais pas exactement le détail de ces accusations.

— Henden soutient qu'il est en mesure de prouver que Rudolf Haglund a été condamné sur la base d'éléments fabriqués de toutes pièces.

— Je ne vois pas de quoi il parle.

— Vous étiez bien en charge de l'enquête ?

— Effectivement.

— Alors qu'avez-vous à dire ? Y a-t-il eu falsification de preuves ?

Wisting se tut, le temps de réfléchir à une réponse. Le journaliste ne s'attendait pas à l'entendre reconnaître les faits, mais cherchait visiblement à provoquer une réaction de sa part.

— Je ne connais pas le fondement des affirmations de Henden, dit-il lentement pour que Berg ait le temps de noter, mais il n'y a eu, à ma connaissance, aucune irrégularité dans l'enquête.

— Il y a aussi un témoin à qui on n'a pas donné la possibilité de s'exprimer, poursuivit le journaliste. Un témoin dont la parole aurait été à l'avantage de Haglund.

— Cela ne me dit rien, mais si c'est le cas, je suis sûr que la Commission étudiera la question.

— Vous ne trouvez pas que ce sont des accusations graves envers vous, qui étiez personnellement en charge de l'enquête ?

Le journaliste tenait apparemment à ce qu'il sorte de son rôle officiel.

— Vous n'avez qu'à répéter ce que je viens de vous dire, répondit Wisting. Je n'ai rien d'autre à déclarer ce soir.

Le journaliste insista encore, mais se heurta à un mur. Wisting reposa le téléphone, bien conscient de l'ampleur que pouvait prendre cette affaire. Il comprenait que la presse joue les chiens de garde. C'était son rôle de critiquer la classe politique, les hommes de pouvoir et les organismes publics. C'était bien qu'elle cherche à rétablir la justice et dénonce les scandales et magouilles en tout genre. Lui aussi défendait ces principes. Mais là, il se sentait injustement dans le collimateur.

Son regard se tourna vers la vitre où la pluie ruisselait et, la tête lourde, il contempla son reflet. La pénombre floutait les contours de son visage et faisait de lui un étranger.

Il connaissait Sigurd Henden pour l'avoir rencontré dans plusieurs affaires. Cet homme n'avait pas défendu Haglund lors du procès, dix-sept ans auparavant, mais après avoir été secrétaire d'État et conseiller au ministère de la Justice, il était aujourd'hui un avocat reconnu, travaillant pour un des plus grands cabinets du pays. Dans les affaires où Wisting avait eu à le côtoyer, il s'était toujours montré précis et correct. Pas d'effets de manche. Quand il s'adressait aux médias, il avait toujours de solides cartes en main.

Wisting savait que Henden travaillait sur l'affaire. Quelques mois auparavant, l'avocat lui avait demandé à avoir accès au dossier. Il arrivait de temps en temps que des journalistes, des détectives privés ou des avocats leur fassent ouvrir leurs archives, mais cela aboutissait rarement.

Sigurd Henden n'était pas le genre d'avocat à envoyer des lettres ou des requêtes uniquement pour faire plaisir à ses clients. Son professionnalisme était unanimement reconnu, il avait donc dû trouver quelque chose dans les anciens documents qui justifiait la réouverture du dossier. Qu'est-ce que ça pouvait bien être? Cette question préoccupait Wisting.

Suzanne le tira de ses pensées.

— Tu viens m'aider? demanda-t-elle en ouvrant le lave-vaisselle.

La vapeur lui monta au visage et elle fit un pas en arrière.

Wisting se leva, lui sourit et passa derrière le comptoir pour ranger les verres.

Suzanne ferma la porte à clé, retourna la pancarte pour indiquer que le café était fermé et commença à éteindre les bougies sur les tables.

Wisting ouvrit la bouche pour lui parler de Cecilia Linde, mais par où commencer? Autant garder le silence.

## 5

La pluie fouetta le pare-brise dès qu'elle sortit la voiture du parking. L'eau ruisselait sur les vitres et voilait le monde extérieur.

Durant les premiers kilomètres, ses pensées n'allèrent que vers son père et l'incertitude qu'il devait éprouver. Elle se sentait désemparée, comme si, quelque part, elle l'avait trahi.

Elle jeta un coup d'œil sur le morceau de papier posé à côté d'elle, avec les notes du chef du service info, et petit à petit ses idées se mirent en place. Elle n'avait aucun moyen d'empêcher l'article sur son père d'être publié, mais elle pouvait éviter que ce soit en première page. Tout dépendait de ce qu'elle réussirait à trouver là-bas, à Fredrikstad.

Les premières heures dans une affaire de meurtre étaient aussi importantes pour les journalistes que pour les policiers. Elle appuya sur l'accélérateur, sortit son téléphone portable et composa le numéro du photographe qui était déjà sur place. Il s'appelait Erik Fjeld. Un roux assez petit, rondouillard et bigleux, avec qui elle avait déjà travaillé sur d'autres affaires.

— Qu'est-ce que tu as trouvé ? demanda-t-elle en allant droit au but.

— Toute la zone est maintenant bouclée, expliqua-t-il, mais quand je suis arrivé il n'y avait presque personne.

— Est-ce qu'on sait qui a été tué ?

— Non. Et à mon avis, la police non plus.

Line regarda l'heure. La deadline était à une heure et quart. Il lui restait donc un peu plus de trois heures. Elle avait déjà donné des articles de Une en moins de temps, par le passé. Mais ça dépendait de l'affaire, pas d'elle. Les crimes occupaient moins souvent la première page, à cause des journaux en ligne, qui annonçaient l'info en temps réel, alors que les journaux étaient encore à l'imprimerie. Il fallait que l'affaire présente quelque chose de particulier, et qu'ils aient un angle d'approche différent des autres.

— Mais c'est un homme ? demanda-t-elle en fixant la route mouillée qui luisait sous les phares.

— Oui. La cinquantaine, apparemment.

Line fit une grimace. Cela ne ressemblait pas à une affaire qui pourrait faire les gros titres. Les jeunes femmes faisaient vendre davantage. C'était la réalité. Et les chances pour que ce soit une personnalité étaient faibles. Sur le moment, juste deux célébrités de Fredrikstad lui revinrent à l'esprit : l'explorateur Roald Amundsen et le réalisateur Harald Zwart. Cela faisait presque un siècle qu'Amundsen était mort, et Zwart ne devait même pas être en Norvège.

— Tu as une adresse ou un numéro d'immatriculation ? poursuivit-elle.

C'étaient des renseignements qui pouvaient aider à trouver l'identité de la victime.

— *Sorry*. Là où il est, il n'y a ni voiture ni domicile en vue.

— Et les journalistes ?

— Seulement ceux envoyés par les journaux locaux, *Demokraten* et *Fredriksstad Blad* ; plus un photographe qui gagne sa vie en envoyant ses clichés à Scanpix.

— Tu as quoi comme photos ?

— J'étais très tôt sur place, répondit Fjeld. J'ai pu m'approcher et j'ai une série qui est vraiment pas mal. Ils ont mis une couverture sur le cadavre. Son chien est à côté et tend le cou vers lui. Éclairage magnifique, avec la lueur bleue des voitures de police. Des uniformes à l'arrière-plan et le ruban du périmètre de sécurité.

— Un chien ?

— Oui, il devait sans doute le promener quand il a été agressé.

Ces renseignements mirent du baume au cœur de Line. Les histoires de chiens, ça touchait toujours les gens.

— Quelle race de chien ?

— Une avec des poils longs, un peu comme Labbetuss, dans l'émission pour enfants à la télé, si tu te souviens de lui[1]. Mais en moins grand.

Line sourit. Elle se souvenait bien de Labbetuss.

— Garde tes photos de chien jusqu'à ce que j'arrive, dit-

1. Cette émission a été diffusée sur NRK entre 1982 et 1984. Le fameux chien nommé Labbetuss – un acteur déguisé – était censé être un bobtail.

elle. Mais envoie-moi les autres. Pour le journal en ligne ils ont besoin de meilleurs clichés que ceux envoyés par des passants.

— Ils voudront certainement avoir les photos du chien, objecta Fjeld. Elles sont vraiment bien.

— Mets celles-là de côté, répéta Line.

Elle voulait les utiliser pour son article. Si les meilleures photos paraissaient avant sur le Net, son travail perdrait beaucoup de sa valeur.

Elle termina sa conversation sans autres protestations du photographe. Puis elle jeta un regard dans le rétroviseur et vit ses yeux bleus. Elle n'était pas maquillée et ne s'était pas recoiffée après sa séance de sport dans les locaux de *VG*. Elle avait l'impression que depuis une heure sa vie était sens dessus dessous. À vrai dire, elle n'avait pas eu d'autre programme pour la soirée que de s'allonger dans le canapé et trouver un bon film à regarder. Et maintenant elle se dirigeait vers le comté d'Østfold, en ne respectant pas tout à fait la vitesse maximale autorisée sur la E6.

Elle changea de file après avoir passé la sortie vers Vinterbro et attrapa le papier avec le numéro du témoin qui avait téléphoné au journal. Elle aurait dû prendre rendez-vous avec lui pour l'interviewer, mais elle n'avait pas le temps. Cela se ferait par téléphone.

Ça sonna longtemps avant qu'on réponde. L'homme était manifestement marqué par sa découverte et avait encore la voix qui tremblait.

Il ne lui apprit pas grand-chose de nouveau. Il rentrait chez lui quand il avait trouvé le corps.

— Son sang continuait à couler, expliqua-t-il. Mais je n'ai rien pu faire. Son visage était fracassé.

Line frissonna, mais le sang qui « continuait à couler », ça ferait bien dans les propos cités. Peut-être qu'il y avait une chance pour que ça fasse quand même la Une ? La manière dont la personne avait été tuée intéressait toujours les gens.

— Il a été battu à mort ?

— Ça oui.

— Est-ce que vous savez avec quoi il a été frappé ?

— Non.

— Vous n'avez rien trouvé par terre ? Un objet qui aurait pu servir…

— Non… Je l'aurais remarqué s'il y avait eu une batte de base-ball ou quelque chose comme ça. Mais il y avait peut-être une pierre, je ne sais pas.

— Vous avez dû arriver juste après que ça s'est produit, dit Line en faisant référence au sang frais. Est-ce que vous avez vu d'autres personnes là-bas ?

Il y eut un silence, comme si l'homme réfléchissait.

— Non, il n'y avait que moi, répondit-il. Moi et le mort. Et son chien.

Une série de questions complémentaires ne donna rien qu'elle puisse utiliser. Elle conclut l'entretien en ayant des sentiments contradictoires. Elle cherchait à avoir des détails sanglants dans l'espoir de chasser l'article sur son père de la première page du journal. Pour ce faire, elle espérait confusément qu'une autre personne ait eu à subir les pires souffrances. Était-ce vraiment elle qui avait de telles pensées ?

Devant elle, un camion faisait gicler l'eau accumulée sur

la chaussée. Elle attendit de le doubler avant de composer le numéro des renseignements.

D'habitude, quand elle partait sur les lieux d'une affaire, ceux qui restaient à la rédaction servaient de base arrière. Une équipe qui en permanence la tenait informée de ce qu'écrivaient les journaux en ligne, vérifiait d'elle-même les tuyaux qu'on leur donnait et recherchait les infos dont elle avait besoin. Mais pour l'heure elle n'avait pas envie de parler avec ses collègues.

Une femme à la voix endormie lui demanda en quoi elle pouvait lui être utile. Line lui demanda le numéro d'une station-service dans Gamlebyen, à Fredrikstad. Les rumeurs circulaient vite dans une ville de province et elle savait d'expérience que les stations ouvertes le soir étaient des endroits où on était au courant de presque tout ce qui se passait.

Elle fut mise en contact avec la station-service Statoil Østsiden. La fille qui répondit devait être jeune. Line se présenta et prit le papier sur lequel le chef du service info avait noté quelques mots-clés.

— Je travaille pour *VG* et je vais écrire un article sur le meurtre qui a été commis dans la Heibergs gate, expliqua-t-elle en vérifiant le nom de la rue sur le papier. Vous êtes au courant ?

Line entendit la fille mâchouiller son chewing-gum avant de répondre.

— Oui, il y en a plusieurs qui sont passés ici et qui en ont parlé.

— Quelqu'un a dit qui était la victime ?

— Non.

— Il paraît que c'était un homme qui promenait son chien.

— Il y en a beaucoup qui se promènent, là, le long des douves.

— Il a un chien à poil long, tenta Line. Un peu comme Labbetuss. Il est peut-être passé à la station-service ?

— Labbetuss ?

La fille au bout du fil devait être trop jeune, et Line ne se donna pas la peine de lui expliquer.

— Celui qui a été tué doit avoir entre quarante-cinq et cinquante ans, poursuivit-elle.

— Ça ne me dit rien, répondit la fille après un moment d'hésitation. Aujourd'hui, en tout cas, mais je peux demander autour de moi.

— Parfait. Vous pouvez noter mon numéro et me rappeler si vous entendez parler de quelque chose ? Nous payons si les renseignements sont intéressants.

Normalement, elle n'évoquait pas la rémunération pour un tuyau quand elle parlait avec des gens, mais cela pouvait être un facteur non négligeable qui les incitait à reprendre contact.

— Pas de problème, répondit la fille. C'est le numéro qui s'est affiché sur l'écran ?

Line le répéta pour être sûre que c'était le bon et réitéra son désir que l'autre la rappelle.

— C'est quand même un drôle de temps pour faire une balade, lâcha la fille. Il pleut des cordes. Et ça a été comme ça toute la soirée.

Line acquiesça, sans trop y réfléchir.

Elle téléphona ensuite à la centrale des taxis. L'homme

au standard avait l'accent charmant du coin, un peu nasal, avec des *l* épais. Il ne pouvait pas l'aider, mais transféra son appel à une voiture garée dans Torsnesveien, tout près du lieu de l'agression.

— Avez-vous entendu dire qui ça pouvait être ? demanda-t-elle après avoir décliné son identité.

Le chauffeur aurait bien aimé connaître la réponse, mais non.

— Il y a pas mal d'étrangers qui traînent par ici le soir, déclara-t-il. Un de nos chauffeurs a été attaqué et menacé avec un couteau à Gudeberg, cet été.

— Je crois que j'ai vu ça dans les journaux, commenta Line sans vraiment se rappeler l'histoire.

Le chauffeur promit de se renseigner auprès de ses collègues et de ses connaissances, avant que Line lui communique son numéro de téléphone et lui promette que toute info utile se verrait récompensée.

L'horloge de son tableau de bord indiquait 22:19. Pour l'instant, elle n'avait rien à mettre en avant dans son article. Et sa deadline était dans moins de trois heures.

# 6

Quand elle traversa le pont qui séparait le centre de Fredrikstad du quartier de Gamlebyen, elle n'avait plus que deux heures et demie devant elle. Ne connaissant pas la ville, elle se laissa guider par le GPS collé au pare-brise.

La Heibergs gate se trouvait dans un quartier d'habitation aisé. Des deux côtés de la rue se dressaient de grandes propriétés avec des villas, des jardins bien entretenus et des clôtures blanches.

À la bifurcation vers un centre sportif, la rue était barrée par une voiture de police stationnée en travers, et un ruban de sécurité délimitait une zone assez grande. Le vent soulevait et tordait le ruban de plastique rouge et blanc. Maintenus à l'écart, quelques curieux sous des parapluies essayaient de voir ce qui se passait.

Line s'engagea sur le parking devant le complexe sportif, se gara et observa les lieux à travers un rideau de pluie froide. Elle se fiait à ses premières impressions. Deux projecteurs placés de manière stratégique perçaient l'obscurité et l'averse de leurs puissants faisceaux. Au-dessus de ce qui devait être la scène de crime proprement dite, on avait dressé une grande tente. Celle-ci recouvrait le sentier piétonnier et la piste cyclable qui étaient parallèles au tronçon de rue barré. Sous la lumière artificielle, elle put voir les techniciens de la police scientifique dans leurs combinaisons blanches stériles. Ils faisaient des allers et retours en plaçant tous leurs prélèvements dans des sachets en plastique avec des étiquettes.

Deux hommes en imperméable avec le logo de la NRK[1] dans le dos rentraient leur matériel dans une camionnette blanche de l'antenne régionale.

Line se tourna vers la banquette arrière et chercha son imper dans son sac. Elle eut un peu de mal à l'enfiler avant de sortir de la voiture. Le vent et la pluie lui frappèrent le visage.

Un des autres conducteurs sur le parking lui fit un appel de phares. Line accourut vers la voiture, reconnut Erik Fjeld derrière le volant et se dépêcha de s'asseoir sur le siège passager. Le tapis de sol était couvert de bouteilles vides, d'emballages et de papiers gras qui firent du bruit quand elle posa les pieds dessus.

— Il y a du nouveau ? voulut-elle savoir.

— Au fait, ça fait plaisir de te revoir, dit-il avec un sourire.

Elle lui sourit à son tour et comprit que le photographe n'avait fait qu'attendre dans sa voiture.

— Je peux voir les photos ? demanda-t-elle.

Erik Fjeld fit défiler les clichés sur l'écran de son appareil.

L'un d'eux l'intéressa particulièrement. L'homme mort était recouvert d'une couverture bleu clair et seules ses

1. Sigle de la société de service public norvégienne s'occupant de la radio et de la télévision (*Norsk Rikskringkasting*).

bottes en caoutchouc dépassaient. Son chien était près de sa tête, le pelage ébouriffé et luisant sous la pluie. L'animal avait incliné la tête, ce qui lui donnait un air abattu et pensif. Son museau s'avançait, la gueule ouverte. On aurait cru l'entendre hurler.

Line hocha la tête d'un air satisfait. C'était une photo poignante. Le bitume noir au premier plan offrait une surface parfaite pour que les rédacteurs du bureau puissent y mettre le titre et une légende.

— Où est le chien maintenant ? demanda-t-elle en levant les yeux.

La condensation avait déposé des gouttelettes sur le pare-brise. Elle se pencha et en essuya une partie avec le revers de la main.

— Une voiture de Falck[1] est venue le chercher.

— De Falck ?

— Ce sont eux qui s'occupent des chiens errants, ici. Je crois que tout le monde était content qu'ils l'embarquent. Ses cris étaient déchirants.

Une pensée lui traversa l'esprit, elle ouvrit de nouveau la portière, de sorte que la lumière de l'habitacle s'alluma.

— Où l'ont-ils emmené ?

— Le chien ?

— Oui. Il est où maintenant ?

— Dans leurs locaux, j'imagine. Dans la Tomteveien à Lisleby…

Line sortit de la voiture avant qu'il ait terminé sa phrase.

1. Falck est surtout une entreprise de dépannage de véhicules, mais qui a étendu ses services d'assistance à la maison et même à la santé.

— Tu vas où ?

— Je vais voir son chien.

— Je peux t'accompagner ?

Elle secoua la tête.

— Attends ici, ils vont sûrement emporter le corps bientôt. Il faudrait avoir des images de ça. Je t'appelle si j'ai besoin de toi.

Elle claqua la portière et se précipita vers sa voiture où elle entra dans son GPS le nom de la rue qu'Erik lui avait indiquée. Celle-ci se trouvait de l'autre côté de la rivière Glomma, juste à l'extérieur du centre-ville. Durée du trajet : onze minutes. Elle y fut en neuf minutes et demie.

Devant le bâtiment principal à la façade grise en panneaux d'acier et d'aluminium était garée une dépanneuse dont le moteur tournait. Le conducteur enroulait des sangles de chargement qu'il glissa ensuite dans un rangement sous la plate-forme arrière.

Elle sortit de la voiture et sourit au conducteur :

— C'est vous qui prenez en charge les chiens errants ? demanda-t-elle en écartant sa frange que le vent lui ramenait dans les yeux.

— Pourquoi ? Vous avez perdu le vôtre ? répliqua l'homme en enlevant ses gants de travail.

— Pas exactement, répondit Line. Mais je me demandais si je pouvais voir le chien que vous avez récupéré en ville, dans la Heibergs gate.

Elle resta sous la lueur orangée de l'éclairage extérieur. L'homme la toisa, de ses cheveux blonds jusqu'à la pointe de ses chaussures. Son regard marqua un arrêt au niveau des seins, avant qu'il hoche la tête.

— Le chien de celui qu'on a tué ?

Line fit signe que oui, se présenta et expliqua pour qui elle travaillait. Elle s'était rendu compte que cela provoquait deux types de réactions : soit les gens se montraient réticents en apprenant qu'elle était journaliste, soit ils avaient envie de parler car ils aimaient le journal qui l'employait. Des personnes qui le lisaient tous les jours avec leur tasse de café et qui étaient contentes à l'idée de participer, d'une certaine façon, au contenu de la prochaine édition.

L'homme devant elle passa sa main dans ses cheveux mouillés.

— Vous voulez entrer lui dire bonjour ? lança-t-il en indiquant du menton le vaste garage derrière lui.

Line sourit et suivit le mécanicien dans un hall où des rangées de vélos étaient suspendues au plafond.

— Des objets trouvés, expliqua l'homme en faisant un large geste de la main. Drillo est à l'intérieur.

— Drillo[1] ? répéta Line.

— Oui, on l'a appelé comme ça parce que Drillo en a un du même genre.

C'était vrai, pensa Line. L'homme qui avait entraîné l'équipe norvégienne de football possédait un chien à poil long qui ressemblait tout à fait à celui qu'elle avait vu sur la photo. Lui aussi était originaire de Fredrikstad, si sa mémoire était bonne. La ville comptait donc une célébrité supplémentaire.

1. Egil « Drillo » Olsen, célèbre entraîneur de l'équipe nationale de football dans les années 1990.

L'homme fit coulisser une porte donnant accès à la pièce suivante. Faiblement éclairée, celle-ci abritait quatre grandes cages grillagées.

Dans la première se trouvait un gros berger allemand au museau gris, le regard vide. Il leva vaguement la tête avant de la reposer entre ses pattes.

Dans la cage tout au fond se trouvait le chien que l'équipe de Falck avait déjà baptisé Drillo. Le regard sombre, il suivait le moindre de leurs mouvements. On aurait dit que ses yeux étaient de verre, qu'il voyait à travers eux, tout en les fixant.

Line s'approcha du grillage et y posa la paume. Le chien se leva et vint vers elle d'un pas tranquille, l'observa et renifla sa main, mais sans remuer la queue.

L'homme arriva derrière elle.

— Vous voulez entrer ?

Sans attendre sa réponse, il tira le loquet qui maintenait la porte fermée. Line entra. Le chien s'assit et continua à la regarder calmement.

— Salut, toi, dit Line en lui grattant le cou.

Puis elle souleva ses oreilles et les examina.

— Est-ce que vous savez s'il a été pucé ? demanda-t-elle en se tournant vers l'homme en bleu de travail.

Il eut un sourire en coin.

— Je crois que personne ne s'est encore donné la peine de vérifier, répondit-il en se dirigeant vers une armoire. Mais nous avons le matériel qu'il faut, quelque part par là.

Avant que Line ne devienne journaliste spécialisée en affaires criminelles, elle avait écrit un article sur l'identification des chiens. Il y avait deux manières de procéder :

soit par le tatouage à l'intérieur de l'oreille, soit par une puce électronique que le vétérinaire introduisait avec une seringue au niveau de la veine jugulaire gauche, autrement dit dans le cou, en arrière de l'oreille gauche. Cette puce, plus exactement un transpondeur, transmettait un code unique à quinze chiffres qu'on pouvait retrouver sur Internet, ce qui permettait d'identifier le propriétaire de l'animal.

— Tenez, dit l'homme en lui tendant un lecteur qui ressemblait à ce que les employés de magasins utilisent pour scanner les codes-barres.

Line essaya de sentir la minuscule puce qui devait se trouver juste sous la peau, mais sans y parvenir.

L'homme promena le lecteur lentement le long du cou de l'animal. Il y eut un petit signal et le numéro à quinze chiffres s'afficha : *578097016663510.*

# 7

— Laisse.

Penchée au-dessus de la table du fond, Suzanne s'apprêtait à souffler la dernière bougie quand Wisting l'arrêta. Elle s'en étonna.

— Assieds-toi une seconde, lui dit-il en s'approchant de la table.

Suzanne le regarda sans comprendre, mais s'assit. La flamme de la bougie éclairait son visage. Ses yeux noisette avaient des taches grises autour des pupilles qui captaient la lumière comme des cristaux de quartz.

Wisting ferma les yeux pour rassembler ses pensées et s'assit à son tour, face à elle. Quand Suzanne avait pris la décision de changer de vie, il avait eu l'impression qu'elle s'éloignait de lui. Après avoir ouvert le café dont elle avait si longtemps rêvé, elle était devenue une autre femme que celle qu'il avait laissée entrer dans son existence. Peut-être tout simplement parce qu'elle n'était plus jamais là. Le café lui prenait tout son temps car c'était ce qui comptait le plus pour elle. Il était ouvert six jours par semaine, douze ou quatorze heures chaque jour. Si sur le plan financier elle avait investi quasiment tout l'argent de la vente de sa maison, lorsqu'elle avait emménagé chez Wisting, le temps qu'elle y consacrait restait son principal investissement. Elle avait bien quelques personnes pour l'aider, mais faisait le maximum toute seule, y compris le ménage et la comptabilité. Quand elle s'était installée chez lui, elle avait ressenti un manque et un vide dus à la mort d'Ingrid. Néanmoins ce vide n'avait pas été comblé, et ils prenaient rarement le temps de se parler tous les deux. C'était le plus souvent des moments grappillés, comme maintenant, après la fermeture.

Il tendit ses mains par-dessus la table et entremêla ses doigts aux siens, ne sachant pas trop par quoi commencer. L'affaire Cecilia lui donnait encore parfois des insomnies, mais il était rare qu'il en parle.

— Il y a dix-sept ans, une fille du nom de Cecilia Linde a disparu, commença-t-il.

— Je me souviens de cette histoire, l'interrompit Suzanne qui jeta un regard dans la salle comme si elle s'impatientait. Je venais de déménager. C'était la fille de Johannes Linde.

Wisting acquiesça. Johannes Linde était un grand investisseur dans l'immobilier et un homme d'affaires qui, au milieu des années quatre-vingt, s'était fait un nom en lançant sa propre marque de vêtements. Un jeune sur deux avait porté un pull ample Canes. Sa fille avait posé à l'époque comme mannequin sur les nombreuses affiches publicitaires.

— Ils avaient une résidence secondaire à Rugland, poursuivit Wisting, où ils allaient chaque été. Johannes et sa femme avec leurs enfants, Cecilia et Casper. Cecilia avait vingt ans cet été-là. L'après-midi du samedi 15 juillet, elle a tout simplement disparu.

La flamme entre eux vacillait. La cire coula le long du bougeoir et forma une petite flaque sur la nappe. Suzanne ne quittait pas Wisting des yeux. Elle attendait la suite.

— Elle est partie faire un jogging juste après quatorze heures, et peu avant dix-neuf heures son père a signalé sa disparition.

Une bourrasque fit craquer les fenêtres fouettées par la pluie.

— C'était l'été où il a fait si chaud, se rappela soudain Wisting. Cecilia s'entraînait presque tous les jours. Elle courait loin, mais prenait rarement le même chemin. Il y avait plein de sentiers de randonnée et de chemins de gravier qu'elle aimait explorer, alors elle partait toujours pour quelques heures. C'est ce qui a compliqué les recherches. La famille a cru qu'elle s'était foulé la cheville, ou qu'elle était tombée et s'était fait mal, mais c'était avant les téléphones portables, alors elle ne pouvait appeler de l'aide aussi facilement. Ils ont cherché dans les chemins alentour et, comme ils ne la trouvaient pas, ils ont prévenu la police. J'ai été le premier du bureau d'enquêtes à rencontrer la famille et c'est à moi qu'on a confié la mission de la retrouver.

Il ferma les yeux un instant. Il y a dix-sept ans, il avait travaillé en binôme avec Frank Robekk. Ce dernier avait un an de moins que lui et était sorti de l'École de police après lui. Ils avaient fait du bon boulot ensemble, mais lors de l'affaire Cecilia, il s'était passé quelque chose. Robekk s'était retiré de l'enquête en prétextant qu'il avait d'autres affaires sur les bras. Ni Wisting ni personne d'autre ne lui en avait fait le reproche. Ils connaissaient son passé et savaient que la disparition de Cecilia devait éveiller des souvenirs douloureux.

— Nous avons passé la soirée et toute la nuit à la chercher, poursuivit-il en chassant la pensée de Frank Robekk. Des renforts nous ont rejoints, des équipes cynophiles, la sécurité civile, la Croix-Rouge, des groupes de scouts, les voisins et d'autres volontaires. Dès qu'il a fait jour, les hélicoptères sont entrés en action. Il arrivait à Cecilia de terminer sa balade par une baignade alors les recherches ont été étendues à la mer.

— Et vous l'avez finalement retrouvée au bout de deux semaines, se souvint Suzanne.

— Douze jours, exactement. On avait abandonné son corps sur le bas-côté d'une route près de la forêt d'Ask. Mais nous avions déjà privilégié la piste criminelle.

— Comment ça ?

Wisting détacha ses doigts de ceux de Suzanne.

— Parce qu'elle avait disparu, dit-il. On ne disparaît pas comme ça.

Il se racla la gorge, comme pour libérer le passage au récit des souvenirs de cette ancienne enquête.

— Beaucoup de personnes l'avaient vue, enchaîna-t-il. Quand la nouvelle de sa disparition se répandit, des témoins se manifestèrent : des promeneurs, des habitants, des jeunes, des paysans. Elle s'était d'abord dirigée vers l'ouest pour courir sur la plage de Nalum. Puis elle avait suivi le sentier côtier vers l'est en remontant par la ferme de Gumserød. Les dernières traces s'arrêtaient là.

Wisting revit mentalement la carte longtemps accrochée au mur de son bureau, couverte de points rouges indiquant les lieux où les témoins affirmaient l'avoir vue. On pouvait tirer un trait entre chaque point, comme dans les cahiers de jeux pour enfants, et la suivre presque pas à pas dans ce jogging qui avait été son dernier.

— Mardi matin, trois jours après la disparition de Cecilia, Karsten Brekke s'est présenté au commissariat. Il avait lu l'affaire dans les journaux. Ils avaient publié en première page une photo d'elle sur une affiche publicitaire pour les pulls Canes, afin de lancer l'appel à témoin dans le cadre d'une disparition inquiétante.

— Est-ce qu'il l'avait vue ? demanda Suzanne.

— Non, mais il avait aperçu celui qu'on suppose être l'assassin. Il arrivait dans son tracteur sur la nationale en direction de Stavern. À l'endroit où la route en gravier qui part de la ferme de Gumserød rejoint la Helgeroaveien, il avait vu une Opel Rekord blanche avec des taches de rouille. Le coffre était ouvert et un homme faisait les cent pas sur la route.

Wisting se souvenait encore du signalement qui avait été fait du meurtrier. Du haut de son siège de tracteur, Karsten Brekke avait eu tout loisir d'étudier l'homme. En T-shirt blanc et en jean, les cheveux foncés et épais sur les côtés, le visage carré au fort menton, les yeux rapprochés, des plis au front comme s'il était soucieux. L'essentiel cependant se nichait dans deux détails : il avait une bosse sur le nez et un mégot aux lèvres.

Il avait envoyé les techniciens de la police scientifique à l'embranchement de la route qui descendait vers la ferme de Gumserød. Eux qui n'attendaient que de se mettre au travail passèrent l'endroit au peigne fin. Dans les sachets qu'ils avaient rapportés, il y avait trois mégots.

— Mais ils avaient aussi trouvé autre chose, intervint Suzanne.

Les souvenirs lui revenaient à présent.

— Ce n'était pas un lecteur de cassettes ou un truc comme ça ?

— Son baladeur, acquiesça Wisting.

Comme les temps avaient changé rapidement... Maintenant on téléchargeait la musique sur de petits téléphones portables qu'on pouvait glisser dans sa poche et qui étaient en fait des ordinateurs très perfectionnés. En ce temps-là, on était encore obligé d'avoir une cassette...

— Ils nous l'ont apporté l'après-midi même, continua-t-il. Elle écoutait toujours de la musique quand elle courait. Cela avait été dit dans les journaux. Ce sont deux gamines qui l'avaient retrouvé dans le fossé de la nationale 302, tout près du dégagement vers Fritzøehus.

— C'est presque de l'autre côté de la ville.

— Pas tout à fait, mais ce n'était pas logique à cet endroit, compte tenu du lieu de son jogging et de l'Homme à la cigarette.

— L'Homme à la cigarette ?

— C'est le nom que lui ont donné les journaux quand ils ont eu l'info, et on l'a repris par la suite.

Wisting passa la main sur la table.

— Mais peu importe. En tout cas c'était bien le baladeur de Cecilia.

Il déglutit. Les détails lui revenaient petit à petit. Une cassette d'enregistrement jaune de chez AGFA, quatre-vingt-dix minutes.

— Elle avait inscrit ses initiales dessus, reprit-il. *CL* et le nom de l'émission qu'elle avait enregistrée à la radio. *Poprush.*

Il marqua une pause et Suzanne bougea sur sa chaise. Elle savait ce qu'il allait lui dire. Les journaux n'avaient parlé que de ça quand la nouvelle s'était ébruitée.

— Nos techniciens n'avaient toujours pas grand-chose à se mettre sous la dent, ils ont examiné le baladeur dans l'espoir de trouver des empreintes digitales, mais ils n'ont relevé que celles d'une personne.

— Cecilia.

Wisting hocha la tête en soupirant.

— Le baladeur est resté sur mon bureau pendant trois jours avant que je n'aie l'idée d'écouter ce qui était enregistré sur la cassette.

# 8

Ils se retrouvaient à quatre dans un des bureaux de Falck. Il se dégageait des combinaisons des hommes autour d'elle une odeur d'huile et de métal. Tous avaient envie de savoir qui était le propriétaire décédé du chien.

Un des plus jeunes qui travaillaient là savait comment se connecter sur le site où les employés pouvaient avoir accès au fichier national d'identification des animaux domestiques. Les touches du clavier avaient noirci à force d'être manipulées par des mains sales, et il mit pas mal de temps avant d'accéder à la base de données.

Line jeta un coup d'œil sur sa montre. 23 h 27. Elle se donna une heure pour rassembler des infos avant de transmettre à la rédaction ce qu'elle savait. Cela lui laissait un peu plus d'une demi-heure pour écrire sur l'affaire.

— C'est bon, dit le jeune homme. Vous avez le numéro ?

Il tapa un par un, d'un doigt, les chiffres que Line dit à haute voix, puis appuya sur la touche *Enter*, et aussitôt la réponse s'afficha sur l'écran :

*Jonas Ravneberg*
*W. Blakstads gate 78*
*1630 Gamle Fredrikstad*

Line avait déjà sorti son calepin et tout noté à la hâte. Elle regarda de nouveau l'heure. Il lui avait fallu vingt-sept minutes chrono pour trouver l'identité de celui qui, vraisemblablement, avait été frappé à mort. Ce nom ne lui disait rien.

— Vous savez qui c'est ? demanda-t-elle.

Les hommes secouèrent la tête. Ses espoirs de changer la Une du journal avant le bouclage s'amenuisaient.

— Bon, dit-elle en rangeant son calepin dans son sac à main. Merci pour votre aide.

La pluie redoublait d'intensité et même en tenant sa veste au-dessus de sa tête elle fut trempée le temps de rejoindre sa voiture.

Elle se mit vite au volant, démarra et tapa *W. Blakstads gate 78* sur le GPS. Pendant que l'appareil cherchait la liaison satellite, elle tapa le nom de l'homme sur Internet. Elle tomba seulement sur les listes de contribuables du Trésor public. Aucune fortune. Des revenus modestes.

La Blakstads gate était indiquée à treize minutes de là. Elle étudia un peu le trajet sur le petit écran et vit que l'adresse n'était qu'à un jet de pierre de l'endroit où l'on avait retrouvé le mort.

Elle appela les renseignements pendant qu'elle conduisait. Pour être sûre de ce qui l'attendait, elle voulait vérifier le nom de la personne ayant souscrit un abonnement téléphonique à cette adresse. Et s'il y avait une épouse, des enfants ou une compagne qui habitaient là aussi.

— Je ne trouve personne à W. Blakstads gate 78 à Fredrikstad, dit la femme au bout du fil.

— Pas de Jonas Ravneberg ?

La réponse fusa :

— Non, aucun Jonas Ravneberg à cette adresse.

Line raccrocha sans même remercier et appela sur-le-champ le photographe qui apparaissait dans ses derniers appels.

— Erik à l'appareil.

— Est-ce que tu as entendu parler d'un certain Jonas Ravneberg ?

Le photographe répéta le nom et réfléchit pour montrer qu'il avait vraiment envie de l'aider.

— Non… ça ne me dit rien. C'est qui ?

— Le propriétaire du chien.

— La victime ?

— Il est encore trop tôt pour le dire, mais il y a de fortes chances pour que ce soit le cas. Il habite dans la W. Blakstads gate.

— C'est à deux pas d'ici. Tu vas y aller ?

— Je suis déjà en route.

Les essuie-glaces fonctionnaient à la vitesse maximale. Penchée vers l'avant, Line regardait la route à travers le rideau de pluie. Elle était curieuse de savoir si la police avait réussi à découvrir le nom et l'adresse de la victime.

— Il y a du nouveau de ton côté ? voulut-elle savoir.

— Rien. Tu veux toujours que j'attende qu'on embarque le corps ?

— Oui. Je t'appellerai si j'ai besoin d'autres photos.

Elle venait de terminer la conversation quand elle reçut un texto. C'était le directeur du service info. *Quand auras-tu terminé cette affaire?* demandait-il. Suivi de : *Ai réservé une chambre pour toi au Quality dans la Nygata.* Elle n'eut pas le temps de répondre qu'il envoyait un nouveau texto : *Tout va bien pour toi?*

*Dans une heure. Environ,* répondit-elle. Et elle envoya un autre message : *Peux-tu me donner des infos sur Jonas Ravneberg? Famille, job…*

La rue recommandée par le GPS était encore fermée par la police, il fallait qu'elle fasse un détour par un quartier d'habitation de l'autre côté.

Dans la W. Blakstads gate, une rangée de maisons blanches faisait face à un terrain vague qui allait jusqu'à un fossé longeant la route. Derrière ce fossé, elle apercevait entre les arbres dénudés les lumières des techniciens de la police scientifique qui n'avaient pas encore quitté les lieux.

Chacune de ces petites propriétés était entourée d'une clôture blanche. Le numéro 78 était le dernier de la rangée. Elle fut étonnée de ne voir aucun policier. Cela pouvait signifier deux choses : soit elle était sur une fausse piste, soit elle avait une longueur d'avance.

En passant devant la maison, elle ralentit et y jeta un coup d'œil sans rien remarquer de spécial. Au bout de la rue, elle tourna et se gara sur une grande place couverte de gravier. En hauteur, sur un petit plateau montagneux, une vieille forteresse se dressait contre le ciel sombre.

La maison faisait deux étages et il y avait de la lumière à toutes les fenêtres. Line chercha à voir s'il y avait le moindre mouvement à l'intérieur. La propriété semblait bien entretenue. De l'autre côté de la rue se trouvait une Mazda rouge. Line remit en marche la voiture et, en passant devant, elle mémorisa la plaque d'immatriculation avant d'envoyer un texto à l'Administration des routes. La réponse lui parvint sans attendre : *Jonas Ravneberg*.

Elle retourna sur la place en gravier où elle resta encore quelques minutes. Elle pouvait voir la partie supérieure d'un tableau représentant un paysage sur le mur du salon et des parties de l'aménagement de la cuisine à travers l'autre fenêtre. Le portail simple en fer forgé bougeait d'avant en arrière sous le vent. La maison paraissait tout à fait déserte.

À l'instant où elle ouvrit sa portière, la réponse du directeur du service info arriva. *Célibataire. Pas d'enfants. Parents décédés. Pension d'invalidité. Rien dans les archives textes ou photos. La victime ?*

*Pas encore confirmé*, répondit-elle en sortant du véhicule, le dos courbé. La pluie s'était un peu calmée, c'était davantage de la bruine, mais l'air s'était refroidi. Un coup de vent s'engouffra entre les troncs noirs et nus.

Line frissonna et se dirigea vers la rangée de maisons. Que l'homme n'ait pas de famille rendait au fond les choses plus simples, mais elle se demandait bien qui pouvait être ce Jonas Ravneberg. D'après les renseignements qu'elle avait obtenus jusqu'ici, c'était apparemment un homme sans histoires. Pourtant quelqu'un l'avait fait passer de vie à trépas. Au vu des éléments actuels, le meurtre ressemblait à une agression gratuite. Cela pouvait donner un angle intéressant à la nouvelle. Il lui restait trois choses à faire avant d'écrire : jeter un rapide coup d'œil dans la maison, obtenir la confirmation par la police de l'identité de la victime et parler avec les voisins.

Elle poussa le portail. Sur le montant était accrochée une pancarte disant « Je monte la garde » avec l'image d'un chien. Les dalles irrégulières jusqu'au perron n'étaient pas agréables à fouler.

Elle s'arrêta sur la première marche. La lampe extérieure avait beau jeter une lumière terne sur l'entrée, on voyait clairement les traces d'effraction sur le chambranle de la porte. Des éclats de bois partaient dans toutes les directions.

Elle resta où elle était et appela la police. Cela mit du temps avant qu'elle joigne le central. Quand enfin elle eut quelqu'un au bout du fil, elle se présenta comme elle en avait l'habitude, mais hésita une seconde avant de poursuivre.

— Avez-vous identifié l'homme qui a été tué ? demanda-t-elle.

— Nous n'avons aucun commentaire à faire.

Line jeta un regard autour d'elle avant de grimper les dernières marches jusqu'à la porte d'entrée.

— N'avait-il pas un portefeuille ou un document d'identité quelconque sur lui ?

— Vous n'avez pas entendu ce que je vous ai dit ? Nous n'avons aucun commentaire à fai…

— Je crois savoir qui c'est, l'interrompit-elle.

Il y eut un silence à l'autre bout.

— Jonas Ravneberg, quarante-huit ans. Domicilié à W. Blakstads gate 78.

— Cela veut-il dire que vous êtes maintenant devant chez lui ?

— Oui, mais quelqu'un m'a devancée…

Elle s'arrêta au beau milieu de sa phrase. Une ombre bougeait derrière le petit carreau en verre cathédrale de la porte d'entrée.

# 9

Suzanne quitta la table, traversa la salle à demi plongée dans la pénombre et passa derrière le comptoir. Elle trouva une bouteille de vin entamée, prit un verre et regarda Wisting pour savoir si elle devait en prendre un second.

Il hocha la tête, et elle rapporta les deux verres et la bouteille. Il aimait qu'elle pense toujours à l'inclure dans ce qu'elle faisait. Elle était comme ça quand il l'avait connue.

Le vin d'un rouge profond scintillait à la lumière de la bougie. Wisting posa les deux mains autour de son verre et le fixa du regard. Les souvenirs redevenaient vivaces. Il se revit appuyer sur la touche *Play* du baladeur de Cecilia Linde.

— La bande commençait au beau milieu d'une chanson, expliqua-t-il en faisant tourner le verre entre ses doigts.

C'était un des tubes de cet été-là. Un chanteur noir du nom de Seal. *Kiss from a Rose.* Il arrivait encore que ça passe à la radio. Réentendre cette voix rauque et pourtant douce le mettait toujours mal à l'aise.

— Soudain la musique était coupée et Cecilia parlait, poursuivit-il.

Il ferma les yeux et se remémora le désespoir évident dans sa voix à peine audible. En même temps, sa vivacité d'esprit l'avait frappé. Frank Robekk et lui avaient écouté ensemble la bande magnétique. C'était après cela que Frank avait de plus en plus pris ses distances avec l'affaire. Cela avait été trop pour lui.

— Elle disait son nom, où elle habitait, qui étaient ses parents et quelle était la date du jour, poursuivit Wisting. Le lundi 17 juillet.

— Lundi ? fit Suzanne. Elle n'avait pas disparu le samedi ?

— Quand on l'a retrouvée au douzième jour, sa mort ne remontait qu'à quelques heures.

Suzanne hocha la tête.

— Il l'avait gardée prisonnière.

— Nous n'avons jamais retrouvé la cachette, mais nous pensons qu'il en avait plusieurs et qu'il l'a déplacée d'un endroit à l'autre, et que d'une manière ou d'une autre Cecilia a réussi à faire passer un message à l'extérieur.

— Que disait-elle exactement ?

Wisting se rappelait le texte presque mot pour mot.

> *Samedi 15 juillet j'ai été kidnappée par un homme pendant que je faisais mon jogging. C'est arrivé au croisement près de la ferme de Gumserød. Il avait une vieille voiture blanche. Je suis maintenant dans le coffre de cette voiture. Ça s'est passé très vite. Je n'ai pas eu le temps de bien le voir, mais il sent une odeur acide, une odeur de fumée mais aussi d'autre chose. Je l'ai déjà vu. Il avait sur lui un T-shirt blanc et un jean. Les cheveux sombres. De petits yeux noirs et des sourcils épais. Le nez de travers.*

Wisting poussait et ramenait le verre de vin entre ses mains sans le boire.

La sobriété de la voix qui chuchotait donnait l'impression que l'enregistrement était arrangé, presque comme si elle lisait ce qu'elle devait dire. Vers la fin seulement sa voix se brisait et elle se mettait à sangloter. Puis c'était la fin de l'enregistrement, qui s'arrêtait aussi brusquement qu'il avait commencé. Un animateur surexcité criait *Hey hey hey* et *Balalaika* avant d'introduire le morceau suivant.

— Rien d'autre ?

Wisting fit signe que si.

— L'enregistrement durait une minute et quarante-trois secondes, reprit-il. Ça laisse le temps de dire pas mal de choses. Elle racontait que la voiture avait roulé une heure avant de s'arrêter, mais qu'elle était restée dans le coffre pendant plusieurs heures. Quand l'homme l'avait enfin libérée, elle s'était retrouvée dans un grand garage sombre. Il l'avait éblouie avec une lampe torche avant de l'obliger à enfiler une cagoule. Puis il lui avait ordonné de sortir du garage, de traverser une cour et de descendre dans une cave. Elle y était restée deux jours avant d'être emmenée ailleurs en voiture. Elle pouvait voir ses pieds par l'ouverture de la cagoule quand il la transportait d'un lieu à un autre. Elle croyait être dans une ferme.

— Comment a-t-elle réussi à enregistrer ce message ?

— Son baladeur était resté dans le coffre et elle a pu s'en servir. Mais nous ne savons pas où il comptait l'emmener ni comment elle a fait pour se débarrasser du baladeur.

Suzanne hésita.

— Est-ce qu'il lui a fait quelque chose, dans la cave ?

— Il se contentait de la regarder fixement.

— De la regarder ?

— La cave où elle se trouvait avait des murs blancs et une puissante lampe au plafond. En haut d'un mur, il y avait une étroite lucarne. Il se tenait là et la regardait.

La lumière devant eux vacilla et la mèche se noya dans la cire fondue, laissant place à une fumée bleue, agitée.

Ce qui empêchait Wisting de trouver le sommeil, ce n'était pas seulement la pensée de ce que Cecilia Linde avait dû subir pendant douze jours, mais aussi la pensée de l'autre fille. Ellen. Celle qui avait disparu l'année précédente.

# 10

L'ombre derrière la vitre était celle d'un homme. Elle disparut de nouveau et Line recula d'un pas avant que la porte du W. Blakstads gate 78 s'ouvre violemment en la heurtant en plein visage. Elle tomba en arrière, sentit le sang chaud couler de son nez. Son téléphone avait glissé sur les dalles.

La silhouette sur le pas de la porte se précipita et Line eut juste le temps de l'entrevoir avant que l'homme trébuche contre ses jambes et tombe sur elle. Il était vêtu tout de noir et portait une cagoule sur la tête. Par instinct, Line saisit l'une des jambes de l'homme et s'y cramponna. Ils roulèrent sur le sol. Il essaya de se dégager en lui donnant des coups de poing. Line se retourna pour que son dos encaisse les coups. Chacun provoquait une intense douleur, mais elle tint bon.

Les coups cessèrent. L'homme se releva en traînant Line. Elle le vit saisir un râteau appuyé contre le mur de la maison. Il le souleva au-dessus de sa tête et la frappa. Les dents du râteau l'atteignirent à la cuisse et aux fesses. Elle hurla de douleur et lâcha prise.

L'homme jeta le râteau sur elle, se dégagea et sortit par le portail. Line se releva et le vit traverser la place où elle avait garé sa voiture. Il continua à courir en direction de la forteresse, puis disparut dans l'obscurité.

Elle resta courbée en deux, les bras appuyés sur ses genoux. Son cœur battait à tout rompre et elle avait du sang dans la bouche. L'éclairage public faisait briller quelque chose sur le gravier devant elle. Elle se pencha et le ramassa.

C'était une petite voiture bleue au toit noir, de la taille d'une boîte d'allumettes. Un modèle réduit avec des parties mobiles. Le coffre arrière était ouvert. Elle le ferma et glissa le jouet dans sa poche. Puis elle se passa la main sur les lèvres pour enlever le sang qui avait cessé de couler. Des pensées irrationnelles commencèrent à prendre forme.

*Journaliste de VG agressée par le meurtrier présumé.*

D'histoire mineure, c'était devenu une véritable affaire. Elle la tenait sa Une ! Et quand bien même elle ne ferait pas les gros titres, ils ne pourraient pas imprimer l'article sur son père dans la même édition que celle où il serait question de son agression. Cela ferait une double exposition un peu étrange. Frosten serait obligé de différer l'article avec les accusations portées contre son père. Peut-être suffisamment longtemps pour que celles-ci puissent être réfutées et que le scandale n'ait pas lieu.

Elle chercha son téléphone portable des yeux. L'écran était allumé et elle vit que le temps de la conversation avec la police continuait à défiler.

— Allô ? dit-elle.

Elle entendit au loin des sirènes de police.

— Vous êtes là ? demanda l'homme à l'autre bout du fil, dont le ton, en deux minutes, avait changé du tout au tout. Que s'est-il passé ?

— Il était ici, expliqua Line soudain gagnée par des tremblements.

— Qui ça ?

— Le meurtrier.

Qui d'autre ? songea-t-elle en se rendant compte du danger qu'elle venait de frôler. L'homme qui l'avait agressée avait, quelques heures plus tôt, frappé à mort un autre homme.

Elle regarda l'heure. 23 h 55. Plus que quatre-vingts minutes avant la deadline.

# 11

Wisting jeta un coup d'œil à l'horloge suspendue au-dessus du comptoir. Il était minuit moins cinq. Il ne savait pas ce qui se passerait le lendemain, mais mieux valait qu'il soit le plus reposé possible. Seulement, à quoi bon aller au lit quand il savait qu'il mettrait des heures avant de trouver le sommeil ?

Suzanne paraissait très fatiguée, mais pas indifférente, comme cela lui arrivait parfois quand il parlait de son travail. Une lueur de curiosité avait jailli dans ses yeux, comme à l'époque où ils s'étaient rencontrés.

— Le meurtrier s'appelait Rudolf Haglund, dit-il en portant pour la première fois le verre de vin à ses lèvres. Il a écopé de la peine la plus lourde, vingt et un ans de prison.

— Il n'a pas avoué ?

Wisting secoua la tête.

— Il est toujours incarcéré ?

— Il a bénéficié d'une libération conditionnelle il y a six mois, et depuis il travaille pour qu'on réexamine l'affaire.

— Sur quelles bases ?

Il but une nouvelle gorgée. Un peu plus longue cette fois.

— Il affirme que les preuves contre lui sont fausses, fabriquées de toutes pièces par la police.

— De fausses preuves ?

— Il y aura tout un article de *VG* demain à ce sujet, dit Wisting en lui faisant part du coup de téléphone de Line.

Suzanne s'adossa à sa chaise et resta ainsi, en tenant le verre sur ses genoux.

— Comment a-t-il été arrêté ? demanda-t-elle.

Wisting inspira profondément et expira lentement, comme pour prendre son élan avant d'aborder la partie délicate de l'affaire.

— Cecilia Linde était nue quand on l'a retrouvée, commença-t-il.

— Elle avait été violée ?

— Non, les médecins légistes n'ont pas trouvé de traces de viol.

— Comment est-elle morte ?

— Elle est morte étouffée, selon toute vraisemblance, avec un coussin sur le visage. Elle avait des hémorragies en forme de petits points dans la bouche et les yeux, et des fractures à de petits os du cou.

Suzanne détourna les yeux et il comprit qu'il entrait trop dans les détails.

— Le jour même où Cecilia a été retrouvée, on a eu un premier tuyau sur Rudolf Haglund, reprit-il. Nous avions lancé un appel à témoin à partir des observations faites par Karsten Brekke depuis son tracteur. Homme norvégien, la trentaine. Environ un mètre quatre-vingts. Cheveux bruns et une bosse sur le nez. Nous avons reçu quatre-vingt-trois noms correspondant à ce signalement. Parmi eux trente-deux possédaient une voiture blanche. Quatorze d'entre eux habitaient la région et trois avaient déjà eu affaire à la police.

— Pour quels motifs Rudolf Haglund avait-il déjà été condamné ?

— Pour exhibitionnisme. Juste une condamnation deux ans plus tôt, mais c'était suffisant pour qu'on s'intéresse à lui. De plus, il y avait deux autres affaires plus anciennes pour lesquelles il y avait prescription, où il était soupçonné de voyeurisme. Les deux autres hommes étaient des pères de famille condamnés pour vol et détournement de fonds. Rudolf Haglund vivait seul. Il n'avait jamais été marié et n'avait pas d'enfants. Peu de fréquentations. Employé dans un entrepôt de meubles. Un original, disait-on de lui.

— Mais puisque ce n'était pas un crime sexuel ?

— Quel serait l'intérêt de retenir prisonnière une jeune femme pendant des jours s'il n'y avait pas une connotation sexuelle derrière ?

— Un chantage pour obtenir de l'argent ? suggéra Suzanne. Le père de Cecilia était riche.

— Il n'y a jamais eu la moindre demande de rançon, répondit Wisting. On attendait que ça arrive mais non. Leur téléphone était sur écoute, on a surveillé les boîtes aux lettres, leur chalet et leur maison, mais il n'y a eu aucune revendication.

— Qu'est-ce qui l'a fait tomber ?

— Le lendemain de l'appel à témoin avec la description de l'homme et de la voiture à l'embranchement pour la ferme de Gumserød, il a déclaré le vol de son véhicule, mais cela a mis du temps avant que l'info nous parvienne.

— Pourquoi ?

— Il a fait sa déclaration à la police du Telemark. Il a expliqué que sa voiture était garée à Bjørkedalen juste de l'autre côté de la frontière du comté. Dès que nous avons eu ce renseignement, nous avons lancé des recherches.

— Et vous avez retrouvé sa voiture ?

— Jamais. C'était une vieille Opel Rekord blanche. Le même modèle que celle qui avait été vue près de la ferme de Gumserød. C'est un modèle facile à voler, mais elle aurait dû réapparaître. La plupart des véhicules volés sont retrouvés assez rapidement lorsqu'il ne s'agit pas de voitures de luxe qu'on fait sortir clandestinement du pays.

— Vous croyez qu'il s'en est débarrassé pour effacer les traces ?

Wisting acquiesça.

— Il est intéressant de noter qu'il est allé trouver la police pour faire sa déclaration de vol le mercredi 19 juillet. Il a expliqué avoir laissé sa voiture sur un ancien lieu de stockage de bois, l'après-midi du vendredi 14 juillet, avoir pris son sac à dos, son matériel de pêche et s'être enfoncé dans la forêt. Quand il est revenu le dimanche, la voiture avait disparu.

Suzanne se posait les mêmes questions que les enquêteurs :

— Pourquoi n'a-t-il pas aussitôt signalé le vol ?

— Il devait d'abord rentrer chez lui et a expliqué qu'il avait fait le trajet à pied.

— À pied ?

— Il habitait à Dolven, soit à une vingtaine de kilomètres, un peu moins si on coupe par la forêt. Une fois chez lui, il a entendu les infos sur la disparition de Cecilia Linde et il n'a pas voulu déranger la police. Après quelques jours, il a pris le train pour Porsgrunn et a fait sa déclaration là-bas. De toute façon, le vol avait eu lieu dans leur district.

— Vous croyez qu'il ment ?

— Personne parmi les dix jurés ne l'a cru.

— Mais quelles preuves aviez-vous contre lui ?

— Pas grand-chose au départ, admit Wisting. Mais nous avons pu parler à un vieil homme qui habitait près du passage à niveau à Bjørkedalen, et qui promenait toujours son chien à l'endroit où Haglund affirme s'être garé. Il ne se souvenait pas du tout avoir vu une voiture blanche à cet endroit. Cela nous a donné la possibilité d'interpeller Haglund pour fausse déclaration. S'il avait menti pour le vol, c'était forcément parce que sa voiture avait servi à l'enlèvement de Cecilia. Pour quelle autre raison, sinon ? Et l'homme sur le tracteur l'a reconnu formellement quand on lui a présenté différentes photos correspondant à son signalement. Cela a suffi pour le placer en détention provisoire.

— Vous étiez sûrs que c'était lui ?

Wisting pencha la tête en arrière. Sa conviction sans faille s'était lézardée au fil des ans, mais à l'époque il avait été sûr. À cent pour cent. Avant même d'avoir les résultats des analyses ADN des mégots. Dès l'instant où il s'était retrouvé face à face avec Rudolf Haglund pour l'interroger. Il y avait quelque chose dans ses petits yeux noirs insondables qui respirait le mal. En outre, son odeur était exactement comme l'avait décrite Cecilia sur la cassette. Une odeur acide. Une odeur de fumée, mais aussi d'autre chose.

— Cependant il y avait également des détails qui allaient *contre* le fait que ce soit Haglund, dit-il en redressant le dos. Cecilia avait dit sur l'enregistrement qu'elle était restée dans le coffre une heure avant que la voiture ne s'arrête. Le trajet entre le lieu où elle a été enlevée et le domicile de Haglund prend un quart d'heure, vingt minutes, mais rien ne dit qu'il était rentré directement chez lui avec elle, et Cecilia avait aussi pu se tromper sur la durée. Non, la principale objection était qu'il n'avait pas de cave. Cecilia avait dit qu'elle avait été enfermée dans une cave aux murs blancs, avec une forte lumière et une lucarne dans le mur. Il n'y avait rien de tel chez Haglund. Mais il pouvait très bien l'avoir emmenée ailleurs, dans une maison ou un bâtiment dont il disposait ou auquel il avait accès.

— Est-ce que vous avez trouvé des endroits de ce genre ?

— Non. Il y a eu un trou dans l'enquête, mais cela n'avait pas d'importance puisque les résultats d'analyse étaient arrivés. Dans la salive d'un des mégots jetés pendant que l'Homme à la cigarette se trouvait à l'embranchement de Gumserød, nous avons trouvé l'ADN de Rudolf Haglund.

Il souleva son verre de vin, regarda fixement le contenu et se souvint du soulagement quand il avait reçu le message. Les demandes sur l'avancement de l'enquête avaient été pressantes. Chaque jour les médias avaient exigé de nouvelles pistes et des explications, dans l'attente du dénouement. Et quand ils ne pouvaient pas donner de réponses satisfaisantes, les accusations d'inefficacité, de négligence et d'incompétence pleuvaient. Ces accusations ne venaient pas seulement de la presse mais de plusieurs personnalités politiques qui alimentaient la tempête médiatique en critiquant ouvertement l'enquête policière. Alors quel soulagement quand le résultat ADN était arrivé de l'institut médico-légal ! Cela prouvait que non seulement Rudolf Haglund était l'homme recherché, mais aussi que la tactique de la police avait été la bonne.

Et aujourd'hui l'avocat de Haglund affirmait qu'il pouvait avancer la preuve que la piste ADN était fausse…

L'horloge au-dessus du comptoir avait dépassé minuit.

Dans quelques heures il aurait de nouveau à affronter des accusations.

# 12

Line essaya de mettre un terme à la conversation. Elle avait raconté tout ce qui s'était passé, et pourtant l'officier au centre d'opérations de la police continuait de lui poser des questions. Il répétait ce qu'elle disait et insistait sur des points qu'elle avait déjà expliqués. C'était à se demander s'il ne cherchait pas à gagner du temps, jusqu'à ce que la première patrouille arrive sur les lieux.

— Excusez-moi, j'ai un autre appel, dit-elle en mettant le policier en attente.

Elle rappela le photographe :

— Il faut que tu viennes ici. Au W. Blakstads gate 78. Le meurtrier vient d'en sortir.

— Mais...

— Viens, je te dis ! Il m'a agressée. J'ai besoin de photos.

— Ça va ?

— Viens ici, répéta-t-elle pour la troisième fois, mais elle entendit qu'Erik Fjeld avait déjà démarré.

Au moment où elle raccrochait, la première voiture de police surgit. À l'intérieur, elle entendit des aboiements et le bruit d'un animal s'agitant dans une cage.

Line trouva le numéro direct du directeur du service info qui était déjà enregistré. Il répondit aussitôt par une question :

— Du nouveau ?

— Je tiens un scoop, annonça-t-elle en essuyant le sang de son visage. Le meurtrier m'a agressée.

Elle comprit qu'il venait de se lever brusquement de sa chaise car celle-ci grinça sur le sol.

— Qu'est-ce que tu racontes ?

Line expliqua comment elle avait retrouvé l'adresse de la victime tout en observant le maître-chien de la patrouille cynophile faire le tour du véhicule pour ouvrir la portière arrière. Un berger allemand noir bondit comme une ombre.

— Tu es blessée ? voulut savoir son patron.

— J'ai le nez qui saigne et quelques égratignures, dit-elle en minimisant les choses, tandis qu'une autre voiture de police se garait devant la maison.

Le conducteur de la première patrouille vint vers elle.

— Line Wisting ? demanda-t-il.

— Donne-moi un quart d'heure et tu auras tout ça par écrit, dit Line au téléphone. Erik Fjeld est en route avec son appareil photo. Tu auras les images avant.

— Tu ne peux pas écrire un article sur toi-même ! objecta son chef.

— Écoute, je vais écrire ce qui s'est passé, comme ça tu pourras t'en servir pour parler toi-même de l'affaire.

Le chien policier aboya fort mais resta assis tandis que son maître s'approchait d'elle.

— C'est vous qui avez appelé ? demanda le premier policier.

— Je te rappellerai dès que j'aurai quelque chose par écrit. Dans dix minutes, conclut Line avant de raccrocher.

— Par où est-il parti ? voulut savoir le maître-chien.

Line indiqua la direction de la place en gravier où se trouvait sa propre voiture.

— Il a disparu en direction du fort, ajouta-t-elle.

— Direction le fort Kongsten ! annonça le policier par radio.

Le maître-chien emmena le berger allemand dans la direction indiquée par Line. Le museau en l'air, l'animal commença à trotter à gauche et à droite. Puis il se mit à tirer sur la laisse. Deux policiers, chacun armé d'un pistolet-mitrailleur, le suivirent tandis que le chien grondait en remontant la trace.

— Que s'est-il passé ? demanda le policier resté là.

Line répéta ce qu'elle avait déjà expliqué au téléphone en sentant qu'elle perdait un temps précieux. D'autres renforts arrivèrent. Une fois que les dernières voitures furent là, les policiers établirent un périmètre de sécurité autour de la propriété. Les voisins curieux s'étaient déjà rassemblés en petits groupes. Un homme avec un appareil photo se faufila. Erik Fjeld était enfin sur place.

— Comment avez-vous trouvé cette adresse ? s'enquit le policier.

Line expliqua ses recherches dans les bureaux de Falck tout en faisant quelques pas de côté pour que l'éclairage urbain tombe sur son visage mouillé par la pluie. Ainsi le policier, le cordon de sécurité et la maison seraient sur la photo. Elle vit Erik Fjeld changer d'objectif pour faire un gros plan sur elle, et instinctivement elle se passa la main dans les cheveux. Ces photos la poursuivraient dans sa carrière de journaliste, mais sans elles pas d'article en première page.

— Vous n'avez pas pensé à nous contacter avant de venir ici ? reprit le policier.

Line fit mine de ne pas remarquer son ton sarcastique. Elle aurait pu répliquer qu'il était étonnant que personne dans la police n'ait eu l'idée d'identifier le propriétaire du chien, mais se retint. Elle n'avait pas le temps.

— Excusez-moi, mais je dois faire un rapport à mon journal, dit-elle en se tournant pour rejoindre sa voiture.

Le policier lui barra la route.

— À quoi ressemblait-il ? voulut-il savoir.

— J'ai déjà tout dit au téléphone, répondit Line.

— Peut-être mais vous allez me le redire.

Line soupira.

— Je ne sais pas, dit-elle sincèrement. Il était en quelque sorte empaqueté.

— *Empaqueté* ?

Elle fit signe que oui.

— Tout était noir. Son pantalon, son pull, ses chaussures, ses gants, sa cagoule… Il avait même recouvert l'ouverture entre le pull et les gants. Et son pantalon était collé à ses chaussettes par de l'adhésif.

En le décrivant pour la seconde fois, elle fut frappée par le soin minutieux que l'agresseur avait porté à sa tenue. Rien n'avait été laissé au hasard. Ni le meurtre ni l'intrusion dans la maison. Elle savait que des cambrioleurs s'habillaient de cette manière-là pour ne laisser aucune trace d'ADN avec des poils et des peaux mortes.

— Il faut vraiment que j'y aille, dit-elle en passant devant lui.

— Attendez ! ordonna le policier. Nos techniciens doivent vous examiner.

— Pourquoi ?

— Empreintes biologiques, expliqua-t-il. Il vous a agressée, alors vous êtes comme une scène de crime.

Line soupira. Elle avait déjà formé dans son esprit des phrases qu'elle comptait utiliser dans son article et elle s'impatientait. Elle risquait de les oublier si elle ne les écrivait pas rapidement.

— Je ne crois pas que vous trouverez quoi que ce soit, dit-elle. Il était « empaqueté » comme je vous ai expliqué. Et pour ce qui est de la scène de crime, vous en avez une beaucoup plus grande là-dedans, ajouta-t-elle en montrant la maison.

— Simple mesure de routine, répondit le policier. Vous allez venir avec nous.

— Où ça ?

— Au commissariat. Il faut aussi qu'on ait votre déposition.

— Mais j'ai déjà tout raconté deux fois !

— Il nous le faut par écrit.

Line secoua la tête.

— Ça devra attendre. En fait, je travaille, là.

— Nous aussi, répliqua le policier. Nous travaillons pour mettre la main sur le meurtrier.

— Laissez-moi au moins récupérer mon ordinateur dans la voiture, pria Line.

Le policier s'apprêtait à rejeter sa requête, mais devant le regard noir qu'elle lui lança il se ravisa.

# 13

Les verres étaient vides.

— On y va ? demanda Wisting.

— Si tu veux, sourit Suzanne.

Il rapporta les verres et la bouteille au comptoir, prit la veste de Suzanne et la lui tint pour qu'elle l'enfile, avant de mettre la sienne.

Suzanne déverrouilla la porte. L'air était encore chargé d'humidité et les températures avaient chuté.

Un taxi arriva à leur hauteur, mais Wisting lui fit signe de continuer et le chauffeur accéléra. Rentrer à pied jusqu'à la maison dans la Herman Wildenveys gate ne prenait pas plus de dix ou douze minutes, et tous deux aimaient bien marcher. Ils aimaient le silence dans les rues.

Suzanne avait un parapluie. Il était petit et Wisting devait se coller contre elle pour rester en dessous.

— As-tu eu des contacts avec sa famille par la suite ? demanda Suzanne.

— Un peu, répondit-il en songeant qu'un meurtre avait toujours plusieurs visages.

Dans l'affaire Cecilia, il y en avait cinq. Ceux de la mère, du père, du frère, du petit ami ; et le visage rigide et bleuté de Cecilia Linde.

— Sa mère m'envoie chaque année une carte à Noël, ajouta-t-il.

— Qu'est-ce qu'elle écrit ?

Il haussa les épaules, comme s'il ne se souvenait plus très bien.

— Joyeux Noël.

Mais il savait exactement ce qu'elle écrivait. Les cartes étaient rangées dans le tiroir du bas de son bureau. Chaque année il avait droit au même texte : *Je vous souhaite à vous et aux vôtres un joyeux Noël et une bonne année. Avec notre gratitude, Nora Linde et sa famille.* Il avait toujours trouvé que c'était généreux de sa part, mais c'est ainsi qu'elle avait toujours été. Dans aucune des conversations lors des recherches pour retrouver Cecilia elle ne s'était permis de faire la moindre remarque critique ou un commentaire négatif.

— Comment vont-ils ?

— Bien, je crois. S'ils ne s'en remettront jamais vraiment, du moins continuent-ils à avancer.

— Johannes Linde a pas mal réussi par la suite, à ce que j'ai entendu.

Il acquiesça. Lorsque Cecilia avait disparu, son père était en conflit avec un ancien associé sur la propriété et les droits afférents à plusieurs noms de produits, et il risquait de perdre des sommes considérables. Plus tard, le tribunal avait tranché en faveur de Johannes Linde. Son entreprise s'était développée et son fils Kasper avait repris le poste de directeur.

— Qu'est devenu son petit ami ?

— Danny Flom ? Il est photographe. C'est comme ça qu'ils s'étaient rencontrés, c'est lui qui s'occupait de la campagne publicitaire. Maintenant il a un studio à Oslo. Flomlys.

— Un nom parlant[1]. Danny Flom. Flomlys.

— Oui, ça correspond bien à son activité.

— Est-ce qu'il a trouvé une nouvelle petite amie ?

— Je crois qu'il a été marié deux fois.

Une bourrasque fit voltiger un vieux journal devant eux. Wisting remonta le col de sa veste.

— Tu devrais peut-être reparler à Thomas, suggéra Suzanne. Pour qu'il sache de quoi il retourne. Ils lisent aussi le journal là-bas.

Thomas était le frère jumeau de Line. Il travaillait dans l'armée par période de six mois d'affilée en tant que pilote d'hélicoptère pour les forces norvégiennes déployées en Afghanistan.

— C'est le milieu de la nuit là-bas, répondit-il. Et puis ce n'est pas facile de le joindre. Il faut que ce soit lui qui m'appelle en premier.

— Et ton père ?

Wisting hocha la tête. Il appellerait son père. Ce dernier avait quatre-vingts ans et il était veuf depuis vingt-quatre ans. Il avait travaillé comme médecin à l'hôpital et était un vieil homme en forme qui suivait toujours les affaires sur lesquelles enquêtait son fils.

Ils continuèrent de marcher, en regardant par terre.

1. *Flom* signifie inondation et *lys*, lumière.

Leurs épaules se frottaient sous le parapluie. Le son de leurs pas se mélangeait, créant un rythme irrégulier : elle avec ses petits pas rapides et lui avec son pas allongé, plus lent.

# 14

L'horloge sur le tableau de bord de la voiture de police indiquait 00:16. Dans leur radio, elle entendait les messages sur les recherches conduites par le maître-chien et sur la position des patrouilles envoyées pour couper différentes routes à l'homme en fuite. Le policier vêtu en civil sur le siège passager baissa le son et se retourna à moitié vers elle :

— C'est votre sang ?

— Oui, répondit-elle en ouvrant son ordinateur portable.

— Nous avons besoin qu'un médecin vous examine.

L'horloge passa à 00:17.

— Ce n'est pas nécessaire, insista Line. Je pourrai voir ça après.

— Qu'est-ce qui s'est passé ?

Elle leva les yeux de l'écran.

— Écoutez, je vous ai déjà tout expliqué au téléphone, avant de répéter ça au policier de la première patrouille qui est arrivée. Et une fois que vous en aurez terminé avec moi, je vais encore devoir m'expliquer devant un enquêteur.

— C'est important pour les prélèvements que nous sachions exactement ce qui s'est passé. Selon qu'il vous a frappée à la tête ou au ventre, je saurai ce que je dois chercher comme fibres.

Line soupira et se connecta au système informatique de la rédaction.

— Il m'a donné des coups de poing dans le dos pendant que je tenais une de ses jambes, déclara-t-elle en se penchant sur l'écran. Ensuite il m'a frappée avec un râteau. Celui qui est resté devant la maison.

— Et le sang sur votre visage ?

— J'ai saigné du nez. J'ai pris la porte en pleine figure quand il s'est précipité à l'extérieur.

— Est-ce que vous êtes de la même famille que William Wisting ? demanda le conducteur qui était plus âgé que l'autre et portait une barbe.

— C'est mon père.

— Je me disais aussi… Je savais que sa fille travaillait à *VG*, on était ensemble à l'École de police.

— Mmm.

— Passez-lui le bonjour, de Jan Berger.

— Je n'y manquerai pas, répondit Line sans avoir retenu son nom.

Elle avait ouvert un nouveau document et cherchait ses premiers mots. Dire qu'il y a quelques minutes elle avait déjà des formules entières toutes prêtes… Maintenant le chaos régnait dans son esprit.

Au lieu de commencer à écrire, elle téléphona au photographe.

— T'as l'air vraiment amochée sur les photos, dit-il.

— Tant mieux.

— Tu devrais quand même passer aux urgences.

— Plus tard. Il faut que tu envoies ces photos à la rédaction. Celles avec moi et avec le chien. Dis-leur qu'ils auront mon texte dans dix minutes.

Elle raccrocha sans attendre sa confirmation, ferma les yeux et rassembla ses pensées quelques secondes. Puis ses doigts se mirent à courir sur le clavier. Elle décrivit d'entrée de jeu l'épisode le plus dramatique : son agression par le présumé meurtrier, puis elle revint au départ de toute l'affaire.

Elle exposa les points les plus importants en trois phrases, puis leva la tête et fit un effort pour entendre les messages radio.

*Nous avons perdu sa trace au niveau de l'entrepôt principal d'Europris. Il se peut qu'il ait eu une voiture à cet endroit.*

*Fox 3-2 prend position sur la nationale 111 à l'embranchement vers Torsnes.*

Son téléphone sonna. Elle répondit en le coinçant entre son menton et l'épaule pour continuer à écrire.

— Salut, c'est Nina.

Line regretta d'avoir décroché.

— Qui ça ? demanda-t-elle.

— Nina Haugen de la station-service Statoil Østsiden. Vous m'avez appelée plus tôt dans la soirée.

— Oui, j'y suis, dit-elle en s'appliquant à ne pas laisser entendre son stress.

— Je sais qui c'est maintenant, l'homme avec le chien, annonça-t-elle. Il passe ici de temps en temps pour acheter du tabac.

— J'ai trouvé qui c'est, moi aussi.

— C'est un schapendoes.

— Un quoi ?

— Vous avez dit que c'était un je-ne-sais-quoi mais c'est un schapendoes néerlandais.

Line se concentra sur ce qu'elle avait écrit. Effaça deux phrases et les remplaça par une nouvelle.

— La race du chien, poursuivit la fille de la station-service. C'est un comme ça qu'il a, Drillo.

— Je sais, je l'ai vu.

— C'est Fredrik qui savait ça. Il a sorti les images de vidéosurveillance, si ça vous intéresse.

Line changea son téléphone d'oreille. Les images étaient toujours intéressantes. Ils n'en parleraient pas maintenant mais peut-être plus tard, quand l'identité de la victime serait rendue publique ou dans le cadre d'un procès.

— Est-ce que vous pouvez me les envoyer ?

— Fredrik peut le faire.

— Parfait, répondit Line qui donna son adresse mail.

— Vous payez combien ?

— Ce n'est pas moi qui décide, mais donnez votre nom, votre date de naissance et votre numéro de compte, et je transmettrai au service qui s'en occupe.

Son ordinateur lui envoya un signal et une petite fenêtre s'ouvrit, lui indiquant qu'elle n'avait plus beaucoup de batterie.

— Au fait, il s'appelle Tiedemann.

Line ferma la fenêtre d'avertissement.

— Qui ça ? demanda-t-elle en sauvegardant ce qu'elle venait d'écrire.

— Le clébard. Je l'ai entendu qui l'appelait Tiedemann. Sans doute à cause de la marque de tabac. Il achète toujours du Tiedemanns Gul Mix nº 3 et du papier à cigarette.

Line jeta un regard par la vitre. La voiture de police se rangeait le long du trottoir devant un bâtiment en briques jaune brun avec une grande façade en verre. *Commissariat de Fredrikstad.*

— OK, merci, dit-elle.

— Est-ce que vous savez ce qu'il va devenir ?

*00:25*

— Non.

— Vu que le propriétaire est mort, je veux dire.

— Je ne sais pas, Nina. Mais là, je vais être obligée de raccrocher.

— OK, eh bien, salut.

Line raccrocha.

— Est-ce que je peux avoir un quart d'heure ? demanda-t-elle au conducteur qui connaissait son père.

— Nous devons y retourner, répondit-il. Ils mettent en place des barrages routiers.

— Il y a un technicien de la police scientifique qui vous attend dans une salle pour vous examiner, dit l'autre. Dès qu'il aura terminé, lui aussi retournera sur les lieux.

Line referma son ordinateur.

*00:26*

# 15

La salle où l'on examinait les gens était froide, avec des murs nus et un néon au plafond.

L'homme qui l'attendait avait un appareil photo entre les mains. Il était vieux, avait les cheveux gris et des paupières tombantes. Il expliqua qu'il voulait d'abord photographier ses blessures et lui demanda de se placer contre un mur. Il prit alors plusieurs photos, en regardant chaque fois le résultat sur l'écran pour voir si c'était ce qu'il voulait. Puis la même chose de profil, des deux côtés.

— Où vous a-t-il frappée avec le râteau ? demanda-t-il.

— Ici, dit Line en tournant sa hanche vers lui et en lui indiquant sa cuisse et sa fesse droites.

Le technicien examina les déchirures du pantalon provoquées par les dents du râteau, puis alla chercher dans un tiroir une règle spéciale.

— Vous pouvez tenir ça ? demanda-t-il.

Line la tint le long de sa cuisse tandis que l'homme s'accroupissait et plaçait l'objectif de façon à former un angle avec les déchirures. Il prit une photo et l'étudia avant de se rapprocher et d'en prendre une autre. Puis il se releva.

— Je me demande si ce ne serait pas bien d'en prendre aussi une sans le pantalon, dit-il.

Line posa la règle et regarda l'homme. Ces photos seraient examinées par des enquêteurs, des avocats de la défense, des juges et des jurés si cela devait aller jusqu'à un procès. Elle n'avait rien contre le fait d'être vue en sous-vêtements, mais tout cela prenait beaucoup plus de temps que ce qu'elle avait calculé. Jamais elle ne pourrait terminer son texte avant la deadline, quand bien même elle avait à présent tout en tête.

— Il faut d'abord que je passe un coup de fil, dit-elle sans tenir compte des objections du policier.

L'horloge numérique sur son écran indiquait 00:44. Elle appuya sur la touche *Rappel* pour contacter son chef au plus vite.

— Tu as eu les photos d'Erik ? s'enquit-elle.

— Oui. Il y en a une avec le chien qui pourrait remporter un prix.

— Est-ce qu'on est dans les temps pour…

— Ça ne fera pas la Une, Line.

— Comment ça ? Mais il reste encore une demi-heure…

— Frosten a tranché. La Une restera ce qu'elle est. Nous aurons le meurtre en pages 10 et 11. La photo du chien prend presque toute la place. Et on parlera de ton agression dans la version Web dès que les journaux concurrents seront sous presse.

— Mais…

— Je suis désolé, Line, mais Frosten a pris sa décision. La Une est déjà faite.

Elle se tut. Déglutit. Quelque chose s'effondrait intérieurement. Le sol sembla se dérober sous elle. Pas comme lorsqu'on retire le tapis sur lequel vous vous tenez, car dans ce cas on se retrouve par terre. Mais comme si le tapis était le sol proprement dit et que vous tombiez beaucoup plus bas.

Elle porta la main à son front et tenta de rassembler ses esprits. Dut s'avouer que la décision finale ne la surprenait pas tant que ça. Elle avait espéré et lutté, mais tout au fond d'elle-même, elle savait que ses efforts n'étaient qu'un leurre.

— Et ça donne quoi ?

— Honnêtement, c'est assez moche…

— Le titre ?

— C'est une citation de l'avocat de Rudolf Haglund. *Des preuves décisives fabriquées de toutes pièces.* Je peux t'envoyer un fichier PDF si tu veux.

— Non, ce n'est pas la peine, dit Line.

Une terrible colère l'envahit, en réaction à tout ce qui s'écroulait autour d'elle, mais elle réussit à garder une voix calme.

— Est-ce qu'on peut faire quelque chose pour toi ? demanda son chef. Je pense à ce qui t'est arrivé. Nous avons du personnel avec qui tu peux débriefer tout ça.

— Non, ça va.

— Alors va à l'hôtel et essaie de te reposer un peu, lui conseilla-t-il. C'est vrai que la photo du chien est vachement bien, je crois que je te l'ai déjà dit ? On l'a aussi mise en fond de la Une.

— Tiedemann, dit Line.

— Hein ?

— Tiedemann. Le chien s'appelle Tiedemann, exactement comme le tabac.

# 16

La machine à café était un cadeau de Noël de Line. Hautement sophistiquée mais simple à utiliser. Tout ce qu'il y avait à faire, c'était surveiller qu'il y ait assez d'eau dans le réservoir, glisser une capsule et appuyer sur un bouton pour que la tasse se remplisse toute seule. Même l'odeur, trouvait-il, était meilleure qu'avec son ancienne cafetière.

D'habitude, il prenait son café à la table du petit déjeuner tous les matins à sept heures, en lisant le journal local et en regardant les infos à la télévision.

Aujourd'hui il était déjà sept heures dix et son café n'était toujours pas prêt. Suzanne dormait encore là-haut. Dehors le jour ne s'était pas encore levé. Il y avait du vent et des gouttelettes de pluie frappaient la vitre.

Il s'assit devant la table et regarda l'écran noir sur le mur, hésita mais appuya finalement sur la télécommande pour mettre TV2.

Les deux présentateurs de God Morgen Norge se tenaient au bout d'une table avec une pile de journaux devant eux. Wisting mit la main autour de sa tasse de café sans la soulever.

« *Dagbladet* parle d'un meurtre à Fredrikstad où une journaliste de *VG* a été agressée, ce que nous avions entendu aux infos », annonça la présentatrice de l'émission en montrant cette Une face à la caméra, « tandis que *VG* a choisi de mettre en première page une autre affaire », enchaîna son collègue, « mais elle remonte à dix-sept ans. L'affaire Cecilia », précisa la présentatrice.

« Exactement, on s'en souvient tous, reprit le présentateur. Il y a dix-sept ans, un homme de trente ans a été condamné pour l'enlèvement et le meurtre de Cecilia Linde. L'affaire est à présent entre les mains de la Commission de révision avec, entre autres, des accusations sur une importante preuve ADN que la police aurait à l'époque fabriquée de toutes pièces. »

Le présentateur montra la Une du journal. *Des preuves décisives fabriquées de toutes pièces*, put lire Wisting en lettres capitales au-dessus de sa photo. En médaillon, ils avaient mis une photo plus petite de Cecilia Linde.

La caméra zooma.

« Une histoire à suivre », conclut le présentateur avant de passer aux journaux économiques.

Wisting porta la tasse à ses lèvres et sursauta en entendant Suzanne :

— Que va-t-il se passer maintenant ? voulut-elle savoir.

Il se retourna. En robe de chambre, elle s'appuyait contre le chambranle de la porte.

— Je vais juste finir mon café, répondit-il. Après j'irai au travail.

— Avec l'affaire, je veux dire, reprit-elle en faisant un signe de tête vers l'écran.

Wisting avait parfaitement compris sa question, mais ne connaissait pas lui-même la réponse. Comment quelqu'un, après autant de temps, pouvait-il affirmer que la preuve avec la cigarette avait été fabriquée ? Il ne comprenait même pas comment c'était possible. Les techniciens de la police scientifique qui avaient passé au peigne fin l'embranchement de Gumserød étaient revenus avec une boîte remplie de sachets de preuves. Il y avait des bouteilles vides, du papier d'emballage de chocolat, des gobelets, des épluchures de pomme et tout ce qu'on trouve sur le bord de la route, en particulier trois mégots. Tout cela avait été conservé jusqu'à l'interpellation de Rudolf Haglund au laboratoire de la police scientifique, où l'on envoya les prélèvements à analyser en même temps qu'un échantillon de l'ADN du suspect. Rien dans la collecte ou la manipulation des pièces à conviction n'avait été anormal. Il avait été chargé de l'enquête, mais n'avait jamais vu les mégots autrement qu'en photo.

— Je fais confiance à la Commission pour tirer ça au clair, dit-il, pas plus confiant que cela. Ils nous enverront une copie de la demande de révision et nous prieront de faire des commentaires. Nous en saurons alors un peu plus.

Suzanne se dirigea vers la machine à café. Wisting baissa le son de la télé.

Il avait toujours pensé que le métier de policier était difficile et exigeant, mais il aimait justement le genre de défis qu'il avait à relever. Il connaissait des périodes de doute où il avait l'impression que tout lui échappait et où il craignait de ne pas avoir su prendre les bonnes décisions. Mais il agissait toujours par conviction intime de ce qui était juste, et il n'avait jamais eu de problèmes jusqu'ici pour répondre de ses actes. À ce stade, il ne voyait pas comment il aurait pu agir autrement dans l'affaire Cecilia.

— Ils ont parlé d'une journaliste de *VG* qui a été blessée dans le cadre d'un meurtre à Fredrikstad, dit-il quand Suzanne s'assit.

— Comment ça ?

— Je n'ai pas tout saisi.

Il prit la télécommande et mit la chaîne info avec télétexte.

*Accusation de preuves trafiquées* était l'info principale. La ligne en dessous : *Meurtre à Fredrikstad.* Il tapa le numéro correspondant et attendit avant d'avoir le texte complet.

> *Un homme de 48 ans a été retrouvé mort à Kongsten à Fredrikstad vers 21 heures hier soir. Une journaliste de* VG *a été agressée par le meurtrier présumé alors qu'elle se rendait au domicile de la victime. L'avocat de la police Eskild Hals confirme que l'individu est entré par effraction au domicile de la victime, mais qu'il a été surpris par la jeune femme qui se trouvait sur les lieux avant la police. La journaliste s'en sort avec des blessures légères.*

— Je vois bien Line faire ce genre de choses, fit remarquer Suzanne.

Wisting vida sa tasse de café. Il s'était fait la même réflexion. Line avait la curiosité et l'engagement nécessaires pour réussir à savoir avant la police où habitait une victime de meurtre non identifiée.

— Elle était en congé, commenta-t-il – mais il avait déjà pris son téléphone portable.

Il le laissa sonner longtemps dans le vide.

# 17

Line laissa couler l'eau chaude dans la douche. Cela avait au moins le mérite de détendre son corps. Ses tensions musculaires se dénouèrent et elle relâcha ses épaules. Elle resta ainsi un long moment avant de se savonner et de se rincer en tournant son visage contre le jet d'eau.

Elle n'avait dormi que quatre heures. La serviette était encore humide et froide après la douche rapide qu'elle avait prise avant de se coucher. Elle se sécha les cheveux et resta nue devant le miroir. Pencha la tête et s'étudia sous différents angles. Caressa son corps tout en s'examinant : tout était ferme sous les doigts et cela se voyait, que ce soit ses bras, ses jambes, sa poitrine, son ventre, ses hanches ou ses cuisses.

En haut de la hanche droite, elle avait à présent un grand bleu. Elle se tourna d'abord vers la gauche puis vers la droite et vit plus de marques laissées par les dents du râteau, mais pas toutes. Elle eut une idée, alla chercher son portable sur sa table de nuit et se posta de nouveau devant la glace. L'écran affichait un appel en absence de son père. Il avait dû essayer de la joindre alors qu'elle était sous la douche. Avec l'appareil de son téléphone, elle se photographia de dos dans le miroir. Ainsi elle put avoir une vue d'ensemble. Les dents du râteau avaient percé la peau où se formaient déjà de petites croûtes. Pour le reste, elle s'en tirait avec une rangée de bleus qui viraient au jaune.

Elle posa le téléphone, se pencha vers le miroir et étudia son visage. Son œil gauche était mauve et gonflé, mais son nez s'en sortait plutôt bien.

La police avait annoncé une conférence de presse à dix heures. Il fallait qu'elle s'achète une paire de lunettes de soleil et qu'elle change de vêtements.

Elle s'enroula dans une serviette et s'assit au coin de la fenêtre. Sa chambre d'hôtel surplombait les bâtiments alentour, elle voyait des toits et au fond une rivière qui semblait trop petite pour être la Glomma. Le temps était le même que la veille : du vent et de la pluie qui venait fouetter les carreaux.

Son père répondit tout de suite. Elle entendit aux bruits de la circulation qu'il était dans sa voiture et comprit qu'il se rendait au travail.

— Ça va ? demanda-t-elle.

— Oh, je vais m'en sortir, répondit-il. Je pense plus à vous. À toi, Thomas et Suzanne, et à mon père.

— Moi, c'est pas la peine.

— Ah bon ?

Au lieu de répondre, elle ramena ses jambes sous elle.

— Tu ne serais pas par hasard à Fredrikstad ? lança-t-il.

— Il se trouve que si, répondit-elle en laissant échapper un petit rire.

Le bruit de fond disparut et elle devina que son père s'était garé et avait pris le téléphone dans sa main.

— Qu'est-ce qui s'est passé ? demanda-t-il.

Elle lui raconta tout, depuis le moment où elle était partie de la rédaction à Akersgata jusqu'à sa déposition en bonne et due forme aux enquêteurs du commissariat de Fredrikstad.

— Et là, tu fais quoi ? demanda son père.

— Il y a une conférence de presse à dix heures.

— Tu restes sur l'affaire ?

— Maintenant c'est aussi devenu mon affaire, répondit-elle. Je ne lâcherai pas tant que la police n'aura pas mis la main sur cet homme, sinon je m'en chargerai moi-même.

Son père soupira.

— Line…

— Je sais, je sais.

Elle regarda l'heure sur l'écran de télévision. Elle savait que son père allait diriger la réunion du matin qui commençait à huit heures. Soit dans sept minutes.

— Il faut que j'y aille maintenant, s'excusa-t-elle pour éviter que son père ne doive raccrocher le premier. Je te reparlerai après.

— D'accord, mais juste une chose…

Oui ?

— Je suis bien sur cette photo, non ?

Elle le connaissait et savait que la Une du journal le tracassait, mais c'était bien qu'il puisse en plaisanter. Même si c'était surtout pour qu'elle ne s'inquiète pas à son sujet.

— Très bien, confirma-t-elle en riant.

— Il y a quelque chose qui cloche, dit-il, mais je vais

tirer ça au clair dès que je saurai sur quoi reposent leurs accusations.

— Oui, j'en suis sûre, dit Line.

Elle raccrocha.

Elle retourna dans la salle de bains, laissa tomber la serviette et se peigna les cheveux avec les doigts. Ils étaient blond clair et faciles à entretenir.

Dans le sac qu'elle avait en permanence dans sa voiture, il y avait une trousse de toilette et des vêtements de rechange. Elle enfila un jean propre et se souvint d'avoir glissé quelque chose dans la poche de celui qu'elle portait la veille. Elle sortit la petite voiture qu'elle avait retrouvée sur le gravier devant chez Jonas Ravneberg. C'était un modèle américain avec tous les détails et raffinements. Elle aurait dû la remettre à la police, pensa-t-elle, mais ça lui était complètement sorti de l'esprit. Il était peu probable que l'agresseur l'eût perdue en fuyant. Elle souleva et abaissa le coffre avant de poser la voiture sur le bureau. Elle pourrait s'en servir plus tard comme prétexte pour reprendre contact avec les enquêteurs.

Elle mit un soutien-gorge et enfila un pull à col roulé. Puis elle s'installa sur le lit avec son ordinateur à côté d'elle. Tous les journaux en ligne parlaient, sans la nommer, de sa rencontre avec le meurtrier. Mais avec l'article paru dans *VG*, il n'était pas difficile de lire entre les lignes que c'était elle, la journaliste en question.

Sur le rebord de la fenêtre, l'écran de son portable s'éclaira. Elle alla le chercher et vit que c'était un message de Morten P., un des plus anciens chroniqueurs d'affaires criminelles.

*Quel journal de merde. J'espère que ça va pour toi et Wisting Senior. Appelle-moi si tu as envie de parler.*

Elle sourit. Ils avaient plusieurs fois travaillé ensemble et elle avait beaucoup appris de lui. Il éprouvait une réelle empathie pour ses congénères, ce qui ressortait à la fois dans sa manière d'écrire et dans son comportement vis-à-vis de ses collègues.

Elle répondit en lui proposant une tasse de café et une histoire de fesses – et de râteau –, dès qu'elle serait capable de s'asseoir normalement.

*VG* en ligne était le seul journal à ne pas écrire sur la preuve trafiquée dans l'affaire Cecilia, tandis que tous les autres médias sur le Net se contentaient de citer l'article papier de *VG*. Elle lut les brefs commentaires de son père disant qu'il faisait confiance à la Commission de révision, mais il n'y avait rien de neuf par rapport à ce qu'elle avait lu la veille au soir.

Selon l'article, deux points principaux étaient avancés dans la demande déposée par l'avocat Henden. De nouvelles analyses pouvaient prouver que le mégot avec l'ADN de Rudolf Haglund avait été placé là intentionnellement, et ils avaient découvert un nouveau témoin susceptible de lui fournir un alibi. Pas un mot sur le type d'analyses qui avaient été faites. Line ne comprenait pas dès lors comment on pouvait arriver à une telle conclusion. Pas un mot non plus sur l'identité de ce nouveau témoin ou sur le genre d'alibi qu'il pouvait apporter à Rudolf Haglund.

Line se mordit la lèvre inférieure et pensa la même chose que son père. Décidément, il y avait quelque chose qui clochait.

# 18

La réunion commençait à huit heures. C'était le moment pour les différentes équipes de garde de passer le relais aux équipes de jour et de les briefer sur les derniers événements. Chacun recevait alors des instructions.

Wisting fut le dernier à entrer dans la pièce. Il ferma la porte derrière lui et s'assit au bout de la table de réunion. Peu osèrent le regarder dans les yeux. Nils Hammer, qui avait travaillé avec lui dans l'affaire Cecilia, fut l'un des rares à le faire.

— Avant de commencer, dit-il en introduction, je présume que vous êtes tous au courant du rebondissement dans l'affaire Cecilia. Je ne sais rien de plus sur ce qui a motivé la demande de révision que ce qui est écrit dans les journaux. Il y a deux mois, l'avocat Sigurd Henden a demandé à ce qu'on lui prête des documents annexes ainsi que des rapports de l'enquête. Ceux-ci lui ont été envoyés la même semaine. Il ne reste plus qu'à attendre le verdict de la Commission de révision. C'est à eux de déterminer si l'affaire mérite ou non de repasser devant les tribunaux.

L'un des plus jeunes policiers demanda quels éléments étaient nécessaires pour réviser un procès.

— Il faut apporter de nouvelles preuves ou présenter de nouveaux éclaircissements qui soient de nature à permettre un acquittement, répondit Wisting. Sinon il faut que les enquêteurs chargés de l'affaire aient commis une infraction.

Au moment de passer à l'ordre du jour, il comprit que l'avocat de la défense avait une double raison de demander la révision du procès, et que les accusations à son encontre ne figureraient pas seulement dans la presse mais feraient l'objet d'une enquête interne. L'un n'allait pas sans l'autre.

Il se racla la gorge pour montrer que ce sujet était clos et il commença à passer en revue les événements des dernières vingt-quatre heures. Des affaires de routine : tentatives d'effraction, vols de voiture, chiens errants et usage de stupéfiants.

Quand la réunion fut terminée, il descendit à la cave et suivit le couloir jusqu'à une porte sur laquelle était inscrit *Archives*. Il ne venait pas souvent ici. Les rares fois où il avait besoin de consulter une vieille affaire, il en faisait la demande aux jeunes femmes du bureau des affaires judiciaires.

Les néons grésillèrent avant que toute la pièce soit baignée dans une lumière crue qui se reflétait sur les murs.

Les dossiers d'affaires anciennes étaient conservés dans une immense armoire roulante. Certains d'entre eux étaient trop volumineux pour être stockés dans les boîtes standards, aussi étaient-ils placés dans de grands cartons de déménagement, eux-mêmes rangés sur des rayonnages le long du mur. Il y avait un emplacement vide sur l'une de ces étagères. À côté se trouvait une boîte marquée *2735/95 – Cecilia Linde. Photocopies des documents, enquêteur principal.*

Il la descendit et l'odeur légèrement moisie des vieux papiers lui monta aux narines. Sur le dessus se trouvait un classeur bleu où était indiqué *Renseignements confidentiels.*

Il l'emporta et marqua un arrêt devant un autre carton. *2694/94 – Ellen Robekk.* Celui-ci contenait un mystère encore plus grand. À l'âge de dix-huit ans, Ellen Robekk avait disparu sans laisser de trace comme Cecilia, à la différence qu'elle n'avait jamais été retrouvée.

Frank Robekk était son oncle. L'affaire qui l'avait détruit en tant que policier. Le sentiment d'impuissance qu'il avait éprouvé en ne pouvant porter secours aux siens était une blessure qui refusait de cicatriser. Pire : qui s'était enflammée au fil du temps. L'affaire Cecilia n'avait fait que crever l'abcès.

Le jour où Rudolf Haglund avait été placé en garde à vue dans une des cellules de l'hôtel de police, Frank avait remonté la boîte d'archives sur la disparition d'Ellen. Il avait relu toute l'affaire avec un regard neuf. Un regard qui avait vu Rudolf Haglund. Après avoir passé en revue tout ce qui avait été écrit à ce sujet, il avait recommencé du début. Et encore une fois, et une autre. Cela l'avait profondément affecté. Il avait à portée de main l'homme qui détenait peut-être la réponse sur la disparition de sa nièce, mais il ne trouvait aucun élément qui aurait permis, à défaut de le confondre, du moins de l'interroger.

Après cela, il avait été impossible de le faire enquêter sur d'autres affaires. On lui confiait des tâches subalternes, tant il était incapable de se concentrer sur autre chose. Un mois plus tard, il avait quitté l'hôtel de police sans avoir pourtant trouvé la moindre piste qui pût indiquer un lien entre les deux affaires. Sans avoir trouvé de réponse à donner à son frère.

Un congé maladie longue durée s'était transformé en pension d'invalidité. Dans les premiers temps Wisting lui avait souvent rendu visite, et puis les rencontres s'étaient espacées. Chaque fois, la déchéance était plus visible. La dernière fois remontait à un an.

Il n'y avait pas de réseau derrière les murs épais de la cave, mais son téléphone se mit à sonner dès qu'il monta l'escalier avec les cartons. Il ne le sortit de sa poche qu'après avoir posé les vieux documents sur sa table de travail. Quatre appels en absence et trois messages sur son répondeur, d'un numéro qui ne faisait pas partie de ses contacts. Des journalistes, supposa-t-il, qui voulaient avoir son avis sur l'affaire.

Derrière la vitre de son bureau, quelques pigeons passèrent en battant des ailes. La bruine recouvrait le fjord d'un voile de brume grise.

Même aux archives, une pièce fermée, il s'était déposé une fine couche de poussière au sommet de la boîte. En passant l'index dessus, Wisting en fit une petite boule qu'il saisit entre deux doigts et jeta à la poubelle.

Les classeurs bleus contenaient les renseignements confidentiels, tandis que les verts compilaient les documents du procès, avec une sous-division pour les témoins, les rapports de police et les analyses de la police scientifique et technique. Un classeur rouge, portant au dos l'étiquette *Mis en examen*, contenait les explications de Rudolf Haglund ainsi que toutes les informations le concernant. Il y avait aussi un classeur noir avec les documents considérés comme inintéressants – des notes internes qui ne faisaient pas partie du dossier remis à l'avocat général, ou dont la photocopie n'était pas transmise à la défense.

Le carnet de Wisting se trouvait là également, enfoncé sur le côté. Sur la couverture de ce carnet, en haut à droite, il avait écrit son nom.

Il le prit, glissa le carton sous son bureau et s'assit.

Le carnet s'ouvrait sur une photo de Cecilia Linde. La bordure blanche du cliché avait jauni. C'était la photo d'une campagne publicitaire pour une des collections de vêtements de son père. On pouvait lire CANES sur toute sa poitrine. En dessous, il y avait VENATICI en lettres un peu plus petites. Cette photo avait été utilisée pour l'avis de recherche. Et cela avait eu plus d'impact que n'importe quelle campagne... La série des pulls Venatici avait été en rupture de stock dans le courant de l'été. Mais il n'y avait pas eu de nouvelle production par la suite.

Wisting feuilleta les premières pages et retrouva les pensées et les réflexions qu'il s'était faites, brièvement notées, mais lisibles tout de même.

Il avait passé des mois sur cette affaire. Les classeurs sous son bureau contenaient des milliers de documents et il ressentait une envie folle de les consulter immédiatement. Il y avait là, quelque part, quelque chose qui étayait les accusations portées à son encontre. Quelque chose qu'il n'avait pas remarqué.

# 19

Line avait douze ans lors de la disparition de Cecilia, mais elle s'en souvenait bien. En particulier du fait que son père n'avait pratiquement pas été à la maison, cet été-là, et que le projet de vacances au Danemark avait été abandonné.

En tapant « Cecilia Linde » dans les archives de *VG*, elle trouva trois cent quatre-vingt-sept résultats. Devant un tel nombre, difficile de savoir par où débuter. Elle les classa par ordre chronologique et commença par le plus ancien.

Le premier communiqué disait que la jeune Cecilia Linde était signalée disparue lors d'un jogging. Elle était décrite avec sa taille, sa corpulence et son apparence, avec une photo en illustration. La police lançait un appel à témoin. À ce stade, la piste criminelle n'était pas privilégiée, mais rien n'était à exclure.

Le deuxième article concernait les recherches menées dans un rayon de plus en plus large, avec des moyens en hommes renforcés. Dans l'article suivant, toutes les personnes présentes aux alentours, l'après-midi du 15 juillet, étaient invitées à se présenter au commissariat.

Chaque fois, il était souligné que Cecilia n'avait laissé

aucune trace. Peu à peu, l'hypothèse de l'enlèvement s'était imposée, et la police fut interrogée pour savoir si elle avait eu des nouvelles des ravisseurs, ou s'il y avait eu une demande de rançon. Line parcourut les articles suivants. Son père semblait avoir participé petit à petit aux conférences de presse journalières et réfuté la thèse d'un chantage.

Un article plus long s'intéressait à Cecilia en tant que personne. Le journal avait parlé avec certaines de ses amies, un ancien professeur et des voisins. Il ressortait qu'elle était la fille de l'un des plus importants hommes d'affaires du pays. Elle travaillait au sein de son empire de la mode en tant que designer, mais lui servait aussi de mannequin.

La trace la plus concrète pour la police était une Opel Rekord blanche qui avait été garée au croisement où, vraisemblablement, Cecilia était passée lors de son jogging. Non loin du véhicule, un homme d'une trentaine d'années portait un T-shirt blanc et un jean, il avait les cheveux noirs et épais, le visage carré avec un fort menton et des yeux rapprochés. Il fut prié de se présenter à la police, mais ne semblait pas l'avoir fait.

Un des gros titres de la première semaine attira son attention : *Recherche désespérée pour retrouver Cecilia.* L'article décrivait les importants moyens mis en œuvre, les patrouilles de police qui quadrillaient tout l'Østlandet en fouillant fermes et petites exploitations. Même les forces spéciales d'intervention avaient participé aux recherches. D'après le journal, ces dernières s'étendirent à soixante-dix kilomètres à la ronde à partir de l'endroit où l'on perdait la trace de la jeune fille. La photo du reportage montrait le travail de la police dans une ferme de Rønholt à Bamble. Le nom de son père était mentionné dans un des derniers paragraphes. Il ne voulait pas donner la raison d'un tel déploiement de moyens.

Deux jours plus tard, le journal *Dagbladet* révélait cette raison. *VG* s'y référait mais avait aussi obtenu l'interview d'un juriste de la police. Cecilia Linde avait, on ne sait trop comment, réussi à laisser une cassette où elle expliquait ce qui lui était arrivé. Line se souvint en avoir entendu parler, non pas à l'époque où cela avait eu lieu mais lors de conversations durant des déjeuners à Stopp Pressen, quand les collègues plus âgés parlaient d'affaires anciennes.

Cecilia Linde avait un baladeur quand elle faisait son jogging. Sur la cassette, elle avait décrit l'agresseur et le lieu où elle avait été retenue prisonnière.

Line revint en arrière et lut de nouveau le commentaire réservé de son père sur ce qui ressemblait à une course contre la montre, alors elle comprit pourquoi il était si prudent : il ne voulait pas que l'info sur le baladeur fuite à l'extérieur, car cela revenait à dire à l'agresseur qu'ils savaient où il cachait sa victime. Si cela sortait dans la presse, il risquait de la déplacer ou de se débarrasser d'elle. Malgré tout, les journaux l'avaient quand même su.

Elle reprit sa lecture chronologiquement. Deux jours plus tard, le corps sans vie de Cecilia Linde avait été retrouvé.

Lire ces anciens articles lui avait pris beaucoup de temps. Elle regarda l'heure et se rendit compte qu'il était trop tard pour prendre son petit déjeuner à l'hôtel et pour s'acheter une paire de lunettes de soleil avant la conférence de presse.

Elle referma son ordinateur. Ce qu'elle venait de lire remontait à dix-sept ans. Il fallait qu'elle utilise le reste de la journée pour trouver des détails sur ce qui s'était passé la veille au soir.

## 20

Wisting se concentra sur les documents relatifs aux mégots trouvés à l'embranchement de Gumserød et aux analyses faites à l'institut médico-légal, qui à l'époque faisait encore partie de la Faculté de médecine de l'université d'Oslo. À présent il était passé sous l'égide de l'Institut de la santé publique, dans le service de la médecine légale.

C'était le commissaire Finn Haber qui avait dirigé les recherches sur le lieu où avait été retrouvée Cecilia Linde. Wisting avait collaboré avec lui sur plusieurs grandes affaires avant que ce dernier prenne sa retraite, voilà huit ans. Être responsable de l'exploitation du lieu de découverte d'un corps était une tâche importante, qui impliquait de connaître parfaitement les indices récoltés et les analyses scientifiques qui seraient faites ensuite dans les différents laboratoires. Cela exigeait une personne d'ordre, très structurée, tout le portrait de Finn Haber. Les rapports d'expertise étaient à l'image du travail de Haber : précis et fouillés. La découverte des cigarettes était documentée avec une vue générale de l'embranchement vers Gumserød et des photos en gros plan de chacun des trois mégots. Il s'agissait de cigarettes roulées, sans filtre. L'une d'elles avait été écrasée dans le gravier, tandis que les deux autres semblaient avoir été pincées entre les doigts. Tous avaient été numérotés respectivement A-1, A-2 et A-3. Dans le dossier avec les photos, il y avait aussi un croquis indiquant l'emplacement de chaque indice collecté. Les mégots avaient été trouvés dans un rayon de deux mètres. Un document à part reconstituait la scène avec l'Opel Rekord au croisement, telle que l'avait vue le témoin sur son tracteur. Frank Robekk servait de marqueur pour l'homme qui s'était tenu là, avec une cigarette au coin des lèvres. Les mégots dans le gravier avaient été retrouvés à ses pieds, comme si l'homme avait attendu quelqu'un.

Les cigarettes avaient été enregistrées à l'ESEK, le laboratoire de la police scientifique, pour y être sauvegardées. Et un document prouvait qu'elles avaient été envoyées quinze jours plus tard à l'institut médico-légal.

La demande d'analyses était tout à fait standard. Il s'agissait de rechercher des cellules épithéliales qu'on pouvait trouver dans des traces de salive. Les résultats leur étaient parvenus trois semaines plus tard. Sur les échantillons A-1 et A-2, aucun ADN humain n'avait été décelé. En revanche, sur l'échantillon A-3 on avait pu mettre en évidence un profil ADN dont les marqueurs de genre indiquaient qu'on avait affaire à un homme.

Le document suivant était un rapport qui constatait que la trace A-3 correspondait à l'ADN de l'échantillon du suspect Rudolf Haglund. S'était ensuivie une déclaration de spécialiste concernant la vérification des résultats. La conclusion était la même et elle était signée par l'un des chefs du service.

Tout avait été fait dans les règles de la procédure normale. Si objection il pouvait y avoir, c'était que les cigarettes étaient restées quinze jours dans le laboratoire de la police scientifique de Finn Haber avant d'être envoyées pour analyses. Mais là non plus, rien d'anormal.

Il ferma le classeur et le remit dans le carton sous son bureau. Puis il alla à la fenêtre pour réfléchir, en regardant tomber la pluie. Une vague idée de ce qui avait pu se produire avec les échantillons d'ADN commença à prendre forme, mais il n'osa pas aller au bout de ses pensées.

Au moment où il se rasseyait, on frappa à la porte. Le commissaire adjoint entra, dans son uniforme impeccable. Il ferma la porte derrière lui et prit place sur la chaise des visiteurs.

Audun Vetti avait été le substitut du procureur dans plusieurs des enquêtes de Wisting, comme dans l'affaire Cecilia. Autant dire que cela avait été une collaboration éprouvante. Vetti était peu ouvert aux autres points de vue que le sien et se défilait dès qu'il fallait prendre une décision. Son travail n'avait qu'un seul but : se mettre en valeur. Déceler d'éventuelles infractions à la loi n'avait pour lui d'autre objectif que de grimper plus rapidement les échelons. Et deux ans auparavant, ses efforts avaient porté leurs fruits : il avait été nommé commissairc adjoint et muté à Tønsberg. Les derniers mois, il avait exercé les fonctions de commissaire et avait réussi à gagner une étoile de plus sur ses galons.

Il soupira bruyamment, défit les boutons de sa veste d'uniforme et posa un porte-documents sur ses genoux.

Wisting se recula sur sa chaise.

— L'affaire Cecilia, dit-il.

Audun Vetti acquiesça mais ne prit pas la parole.

— Tu en sais plus long que moi ? voulut savoir Wisting.

— C'était ton enquête, répondit Vetti en secouant la tête. Ta responsabilité. S'il y a eu des irrégularités, tu es plus au courant que moi.

Wisting ne commenta pas sa manière d'éluder le problème.

— Est-ce que tu en sais plus sur ce qui motive cette requête à la Commission de révision ? demanda-t-il.

Audun Vetti ouvrit la fermeture Éclair de son porte-documents :

— J'ai fait mes études avec Sigurd Henden, dit-il en sortant une liasse de papiers agrafés. Il m'a envoyé une copie de la demande. Sans doute pour nous donner le temps de préparer une réponse. Nous l'aurions eue de toute façon par la Commission, pour que nous nous positionnions par rapport à ces accusations.

— Sur quoi se fonde sa demande ?

— Il a fait de nouveau analyser les mégots, répondit Vetti en feuilletant les dernières pages de la liasse avant de tendre les documents à Wisting, qui les prit.

— Et ?

— Ils sont restés congelés pendant dix-sept ans. Le matériau a diminué mais les méthodes d'analyse ont progressé. Pourtant le résultat est le même.

Wisting lut les documents. L'avocat de la défense avait fait analyser les échantillons par un laboratoire indépendant et agréé de Stavanger. Le résultat était en effet le même que celui de l'institut médico-légal. Sur deux d'entre eux, impossible de déceler la moindre trace de cellules permettant d'établir un ADN, tandis que sur l'échantillon A-3, ils avaient trouvé un profil ADN avec les dix marqueurs au complet.

— Je ne comprends pas, dit Wisting – qui comprenait très bien.

— Tu n'as jamais trouvé un peu bizarre qu'on n'ait pas réussi à trouver de traces sur deux échantillons et que, sur le troisième, on ait tout ce qu'on veut ?

— Il y a plusieurs facteurs qui peuvent jouer, déclara Wisting.

— *Trois* mégots, poursuivit Vetti en brandissant le même nombre de doigts. Du même homme, au même endroit, au même moment, dans des conditions tout à fait analogues.

— Nous ne savons pas si les deux autres étaient à Haglund, objecta Wisting. Ils pouvaient venir d'autres personnes et être restés là pendant des semaines.

Vetti secoua la tête.

— Tu n'y crois pas toi-même.

Wisting dut lui donner raison, mais sans l'admettre à voix haute.

— Cela ne change rien à l'affaire, dit-il en ayant l'impression de se rattraper aux branches.

— Sigurd Henden a fait ce que tu aurais dû faire il y a dix-sept ans, William.

Wisting n'aimait pas le ton de Vetti, ni qu'il l'appelle par son prénom.

— Il a fait analyser le contenu des mégots, poursuivit Vetti en faisant signe à Wisting de tourner la page.

Wisting parcourut le texte. Les trois mégots avaient également été analysés par un laboratoire danois spécialisé en chimie analytique. Pour chaque échantillon, une liste avait été établie avec les différents composants et leurs pourcentages. Goudron et nicotine étaient deux composants reconnaissables parmi une série de substances chimiques.

— Les cigarettes modernes sont des produits de haute technologie où le goût, la teneur en nicotine et d'autres facteurs sont déterminés au cours de la production, enchaîna Vetti comme s'il avait bien étudié la question. Il existe plusieurs types de tabac et différentes manières de le raffiner. Chique, cigarette, tabac à rouler, tout ça était au départ des produits naturels. Les produits actuels contiennent toutes sortes d'additifs.

Il se pencha pour lui montrer la page.

— Certaines de ces substances, ici, sont des restes de pesticides, expliqua-t-il. Certains des additifs sont des humidificateurs, tandis que d'autres sont là pour donner un goût particulier.

Wisting hocha la tête. Il n'avait pas besoin de lire la conclusion pour la connaître.

— Là où je veux en venir, dit Vetti en se calant sur la chaise, c'est que les deux mégots sans ADN sont d'une autre marque de cigarettes que celui avec l'ADN. Les gens du laboratoire ont même fait une analyse comparative et ils peuvent affirmer que les deux mégots sans ADN sont du Tiedemanns Gul Mix n° 3, tandis que le mégot couvert d'ADN est du Petteroes Blå n° 3.

Wisting se taisait. Il se souvenait des premières auditions de Rudolf Haglund, qui étaient sans cesse interrompues parce qu'il voulait aller fumer. Il avait sa pochette de tabac sur les genoux et se roulait une cigarette avant d'aller sur la terrasse du toit. Le tabac qu'il avait sur lui quand il avait été arrêté. Quand le paquet fut terminé, il dut en demander aux policiers. À cette époque, il n'était pas encore interdit de fumer dans les lieux publics, et les enquêteurs n'avaient pas vu ça d'un mauvais œil : une cigarette était ce qui permettait de faire durer un interrogatoire.

— Quelqu'un, reprit Vetti en levant l'index et en le pointant sur Wisting, quelqu'un *d'ici* a échangé l'échantillon A-3 avec un mégot des auditions.

Wisting n'avait rien à opposer.

— Qu'est-ce qu'on fait ? demanda-t-il.

— Je n'ai guère le choix, répondit Vetti. Tu étais l'enquêteur principal en charge de cette affaire. Je ne sais pas si c'est toi qui l'as fait ou si cela a été une initiative collective. Ce sera à l'Inspection générale de la police de tirer ça au clair.

— L'Inspection générale, carrément ? N'est-ce pas aller un peu vite en besogne ? Si quelqu'un dans notre groupe d'enquêteurs a vraiment fait ce que tu insinues, il y a de toute façon prescription, non ?

— Ce n'est pas parce qu'on ne peut pas punir quelqu'un qu'on doit fermer les yeux sur une infraction. Il faut aller au fond de cette histoire.

Vetti rectifia son nœud de cravate et reprit les documents.

— Tu comprends, je l'espère, que je suis obligé de te suspendre de tes fonctions ? Je n'ai pas le choix.

Wisting ouvrit la bouche mais chercha les mots justes.

— Alors comme ça, tu crois que c'était moi ?

— Je ne crois rien du tout, mais c'était toi l'enquêteur principal.

— Et toi tu étais le substitut du procureur, lui rappela Wisting.

Audun Vetti devint écarlate.

— Mon boulot consistait à utiliser les preuves que vous trouviez, dit-il. Je vous ai fait confiance en pensant que vous le faisiez de manière conforme.

Vetti se leva, sortit un autre papier de son porte-documents et le lui tendit. Wisting le prit.

*Suspension temporaire selon le paragraphe 16 de la loi sur la fonction publique*, lut-il, suivi de son nom.

— Avec effet immédiat, ajouta Vetti en se tournant vers la porte. Tu as une heure pour prendre tes effets personnels et quitter les lieux. Je vais de ce pas prévenir Thiis, l'avocate de la police. Tu n'auras qu'à lui laisser ta carte et tes clés.

Sur le pas de la porte, il s'arrêta, comme s'il comprenait la brutalité du message qu'il venait de délivrer.

— On ne peut pas faire autrement, dit-il comme pour justifier sa décision. Jusqu'à ce qu'on découvre ce qui s'est réellement passé à l'époque.

Wisting resta assis et le regarda s'éloigner.

Il ne s'agit pas de ce qui s'est passé, songea-t-il. Il s'agit de ce que nous avons fait.

# 21

La conférence de presse se tenait dans une salle de réunion au second étage du commissariat de la Gunnar Nilsens gate 25. La salle n'était qu'à moitié pleine et seule une équipe de télévision avait fait le déplacement.

En entrant dans la pièce, Line croisa le regard de ses collègues journalistes. Hochements de tête et sourires. Erik Fjeld était assis au premier rang avec son appareil photo. Elle arrivait tard et n'eut pas le temps de lui parler, pas plus qu'à ses confrères. Elle trouva une chaise près de la fenêtre et s'assit prudemment. Elle avait le corps tout endolori et tenta de répartir son poids en profitant du dossier de la chaise.

Elle sortit son ordinateur portable de son sac mais aussi un bloc-notes et un stylo. Par la fenêtre, elle avait vue sur un cimetière avec de vieilles stèles funéraires et des arbres noirs dénudés.

À dix heures précises, une porte latérale s'ouvrit et trois policiers, deux en uniforme et un en civil, entrèrent et prirent place à la table, derrière les petites pancartes manuscrites indiquant leurs noms et qualités. Les deux hommes en uniforme étaient le commissaire principal et l'avocat de la police, et l'homme en civil était l'enquêteur en chef chargé de l'affaire. Elle vit qu'Erik prenait des photos des hommes et des pancartes nominatives, sans prendre de notes.

Le commissaire ouvrit la conférence en souhaitant à tous la bienvenue et en présentant rapidement ses collègues avant de donner la parole à l'avocat de la police.

Ce dernier étala plusieurs documents sur la table et retraça heure par heure les événements qui s'étaient déroulés en précisant bien les lieux. Line mordilla le bout de son stylo. Rien de ce qu'il disait n'était nouveau pour les journalistes présents.

— Quelle était l'arme du crime ? demanda quelqu'un avant que la parole ne fût donnée à la salle.

— L'arme du crime n'a pas été retrouvée, répondit l'avocat, comme s'il était précisément arrivé à ce point de son exposé.

— Mais est-ce que vous savez ce que c'est ?

— Il est encore trop tôt pour affirmer quoi que ce soit sur les causes de la mort, tant que nous n'avons pas le rapport provisoire des médecins légistes de l'Institut de la santé publique. D'après ce que les techniciens de la police scientifique ont constaté, il s'agirait de coups portés à la tête avec un objet contondant.

Erik Fjeld se leva et se plaça derrière les policiers pour prendre une photo des journalistes dans la pièce. Il dirigea l'objectif vers Line. Elle sourit et lui adressa un clin d'œil. Il fit alors ce qu'elle lui avait demandé au téléphone : il changea rapidement d'objectif, un 125 mm, zooma et photographia les documents de police étalés sur la table.

— Le mort n'est pas encore formellement identifié, continua l'avocat tandis qu'Erik se rasseyait, mais nous avons tout lieu de croire qu'il s'agit d'un homme de Fredrikstad, âgé de quarante-huit ans, et nous mettons ce meurtre en relation avec l'effraction d'un domicile hier soir dans la W. Blakstads gate où une journaliste de *VG* a été agressée.

Line sentit son visage s'empourprer.

— A-t-on retrouvé des empreintes du cambrioleur ? voulut savoir un journaliste.

— Il est encore trop tôt pour le dire. Nous travaillons toujours dans l'appartement. Une patrouille cynophile a suivi sa trace jusqu'à la zone industrielle d'Øra et les traces s'arrêtent là, ce qui laisse penser qu'il s'est échappé en voiture.

L'avocat donna la parole à l'enquêteur, qui raconta qu'il avait fait passer des auditions à de nombreux témoins et qu'il profitait de cette conférence de presse pour demander aux personnes qui auraient pu voir ou entendre quelque chose de contacter la police.

Un journaliste voulait savoir comment une reporter de *VG* avait découvert l'identité de la victime avant les policiers.

Ce fut l'avocat de la police qui répondit :

— Je ne connais pas les sources de *VG*, mais de manière générale je déconseillerais aux médias de se mettre en travers du travail de la police.

Cette façon d'éluder provoqua des rires. Line se pencha plutôt sur son ordinateur. Elle ouvrit le mail que la fille de la station-service lui avait envoyé et cliqua sur un des liens. C'était une image fixe tirée de la vidéo prise par la caméra de surveillance, qui montrait la victime tandis qu'elle était devant la caisse. L'image était nette et en couleurs. L'homme était blond, légèrement grisonnant, avec une raie soignée et des cheveux peignés vers l'avant pour cacher une calvitie naissante. Il était habillé avec soin, avait de petits yeux rapprochés et un regard vif.

Il y eut quelques questions sur des détails, et des précisions sur ce qui venait d'être dit. Tous savaient qu'il fallait garder les bonnes questions pour après la conférence de presse. Seuls les moins expérimentés faisaient part de ce qu'ils avaient déjà noté sur leurs calepins et partageaient naïvement leurs pistes.

Le lien suivant révélait une photo où l'homme avait attaché son chien à un poteau à l'extérieur. Couché à ses pieds, l'animal regardait son maître se rouler une cigarette avec sa pochette jaune de tabac.

L'un des journalistes fit remarquer que le crime avait eu lieu, selon la police, peu avant dix heures du soir et que Line avait été agressée avant minuit :

— Est-ce que cela signifie que l'agresseur est resté pendant deux heures dans l'appartement de la victime ?

— Tout ça, ce ne sont que des spéculations, répondit l'avocat.

Un autre bras se leva.

— Est-ce que quelque chose a été volé ?

— Il est encore trop tôt pour le dire.

— Est-ce que vous savez ce qu'il cherchait éventuellement ?

Réponse claire :

— Non.

Line ouvrit une troisième photo. L'homme avait la cigarette au coin de la bouche. Le chien s'était relevé.

— D'autres questions ? demanda le commissaire.

Line tendit la main mais prit la parole sans attendre qu'on la lui donne :

— Et que va devenir son chien ?

Le commissaire jeta un bref coup d'œil à l'enquêteur :

— Pour l'instant, il est pris en charge par la fourrière de Falck, répondit-il.

Et il se leva.

La conférence de presse était terminée.

# 22

Suspendu. Le mot créait une inquiétude que Wisting n'avait encore jamais ressentie. Des pensées vides tourbillonnaient dans sa tête sans avoir de forme ni de point d'attache et il resta ainsi, le papier à la main, le regard fixe. C'était comme si son cerveau voulait gagner un peu de temps avant de décider quelle était la réaction à avoir.

Cette incertitude d'un nouveau genre l'envahit tel un accès d'humeur sombre et d'abattement. Il avait le sentiment d'être étranglé. Il fut pris de vertiges et de nausées, sans réellement comprendre ce qui s'était passé.

Puis il se leva de sa chaise. Il ne rangea pas ses affaires, se contenta d'éteindre la lumière et de fermer la porte du bureau à clé. Arrivé dans la cage d'escalier, il monta au lieu de descendre, et sortit sur la terrasse au troisième.

Dix-sept ans plus tôt, on avait encore le droit de fumer dans les bureaux des enquêteurs et dans les cellules de garde à vue, mais c'était ici qu'ils venaient quand Rudolf Haglund voulait faire une pause dans les auditions.

Dans un coin se trouvaient deux chaises et une table avec un cendrier plein à ras bord. Rudolf Haglund s'était assis sur la chaise qui tournait le dos au mur, tandis que Wisting s'était tenu près du garde-corps, au cas où le détenu choisirait une manière expéditive de sortir de cette situation.

Il s'approcha même du garde-corps et le saisit. L'air était saturé d'une bruine qui se déposait sur son visage et clarifiait ses pensées.

Les articulations de ses doigts blanchirent tant il se cramponnait pour essayer de comprendre ce qui s'était passé et pourquoi. Lorsque le résultat de l'analyse ADN était tombé, cela n'avait fait que confirmer ce qu'ils croyaient déjà savoir : ils avaient arrêté le coupable. Il n'y avait pas que la preuve ADN. Il correspondait au signalement donné à la fois par le conducteur du tracteur et par Cecilia dans son enregistrement. De plus, c'était sa voiture qui avait disparu et son alibi d'être allé à la pêche avait été mis à mal par un observateur et ne valait pas grand-chose. Ils avaient tous eu la conviction que c'était lui. Toute leur expérience et leur raison leur disaient que Rudolf Haglund était bien l'homme qu'ils recherchaient, même s'ils savaient ne pas détenir assez de preuves pour qu'il soit condamné sans qu'il y ait le moindre doute sur sa culpabilité. La question était maintenant de savoir si l'un des enquêteurs s'était laissé aller à la tentation d'échanger la pièce à conviction A-3 avec une des cigarettes que Rudolf Haglund avait écrasées dans le cendrier de cette terrasse.

Il lâcha le garde-corps et s'y appuya en tournant le dos à la ville en contrebas. Pourquoi tergiverser ? Il n'était plus l'heure de se voiler la face : la Une du journal disait vrai. Quelqu'un dans la police avait trafiqué la preuve déterminante.

Wisting ferma les yeux et se passa la main sur le visage, que la pluie avait mouillé. Il resta ainsi un moment, craignant presque de suivre le fil de ses pensées.

Quand la pièce maîtresse dans la chaîne des preuves disparaissait, cela ouvrait de nouvelles perspectives. À l'époque, le résultat ADN avait claqué toutes les autres portes. Une enquête ouverte s'était d'un coup focalisée sur une seule chose, un seul homme. Les recherches tous azimuts s'étaient trouvées réduites à la persécution d'une personne. Et le temps jusqu'au procès n'avait été utilisé que pour conforter l'accusation. Ils avaient trouvé des petites annonces que Haglund avait fait passer dans des revues pornographiques, parlé avec un ancien prof de gym qui l'avait surpris en train d'observer les filles sous la douche et trouvé des cas d'exhibitionnisme non élucidés où, encore une fois, il correspondait au signalement. Rien n'avait été fait pour innocenter le suspect. Les éléments troublants comme le fait qu'il n'y ait pas de cave là où il habitait, ou qu'on n'ait pas retrouvé chez lui la moindre trace de la victime qu'il était censé avoir tuée… rien n'avait été pris en compte.

Et cela avait été le choix de Wisting. Sa responsabilité. Vu sous cet angle, il devait admettre que sa suspension s'imposait. Par les nouvelles analyses effectuées, l'avocat de la défense pouvait logiquement arguer que la preuve ADN avait été fabriquée par la police ; il fallait donc écarter l'enquêteur principal dans cette affaire : il en allait de la confiance dans la police.

Et il avait la ferme intention de se montrer digne de cette confiance.

Ses pas tandis qu'il redescendait l'escalier laissèrent des

empreintes mouillées. Il ouvrit de nouveau la porte de son bureau et sortit le carton avec les documents photocopiés de l'affaire Cecilia. À défaut de pouvoir se servir de son bureau, il travaillerait sur cette affaire de chez lui.

Il emporta les archives dans le couloir et donna un coup d'épaule pour pousser la porte de la cage d'escalier. En se retournant, il se retrouva face à face avec Audun Vetti. Silencieux. Les yeux braqués sur le carton. Puis il hocha la tête comme pour marquer sa satisfaction de voir Wisting avec ses affaires sur le chemin de la sortie.

Le commissaire adjoint s'écarta pour le laisser passer, mais Wisting resta dans l'embrasure de la porte. Cela faisait longtemps – dix-sept ans très exactement – qu'il avait envie de lui dire une chose. Il avait réussi jusqu'ici à se retenir, mais là, il fallait que ça sorte :

— Nous l'avons tuée, déclara-t-il.

Audun Vetti secoua la tête et le regarda comme s'il n'était pas sûr d'avoir bien entendu.

— Nous avons tué Cecilia Linde, répéta Wisting. Lorsque tu as parlé aux médias de la cassette.

Vetti secoua vigoureusement la tête.

— Tu n'as pas laissé d'autre choix au meurtrier, reprit Wisting. Il a été obligé de se débarrasser d'elle.

— Les journalistes le savaient déjà, protesta Vetti. Je n'ai fait que le confirmer.

— C'est ça qui l'a tuée.

Le visage du commissaire adjoint s'assombrit. Il fronça les sourcils et pinça les lèvres.

— Il l'aurait tuée dans tous les cas, lâcha-t-il, furieux, avant de passer.

Puis il s'arrêta et se retourna vers Wisting, le regardant cette fois droit dans les yeux.

— Dix jours s'étaient écoulés et tu n'avais toujours pas de résultats. Je comprends que ça te tourmente, mais je ne comprends pas comment tu as pu aller jusqu'à falsifier des preuves.

Wisting se tut et regarda la porte se refermer. Les mots ne suffiraient pas pour le disculper des soupçons et des accusations. Il devait agir pour prouver son innocence.

Il plaça le carton à l'arrière de sa voiture, la verrouilla et leva une dernière fois les yeux vers son bureau avant de retirer de son porte-clés celle de l'hôtel de police.

Un véhicule de patrouille rentrait à cet instant dans la cour arrière. Le portail coulissa et Wisting en profita pour entrer à sa suite dans le garage. Ses pas étaient rapides, il avait hâte de remettre la clé et le badge d'accès pour pouvoir passer aux choses sérieuses. Il fallait qu'il reprenne tout le dossier Cecilia avec un regard neuf et dix-sept ans d'expérience en plus.

Le bureau de Christine Thiis était comme d'habitude rangé et bien organisé. Elle était relativement nouvelle à ce poste puisque celui-ci s'était libéré avec la promotion d'Audun Vetti en tant que commissaire adjoint. Depuis l'automne, c'est elle qui avait été le substitut du procureur dans une affaire où le corps sans vie d'un homme avait été retrouvé dans un chalet d'été fermé pour l'hiver. Sans avoir beaucoup d'expérience, elle avait parfaitement su gérer l'affaire et les attentes des médias. Il avait découvert en elle une personne réfléchie, ayant du recul sur les événements et plus à l'aise dans la psychologie et la connaissance des hommes que dans la tactique des enquêtes. Cela faisait d'elle une bonne avocate de la police.

Elle leva les yeux de son écran d'ordinateur quand il entra.

Il déposa la clé et le badge magnétique sur son bureau et hésita un peu avant de poser enfin sa carte de police. Elle trouvait visiblement la situation désagréable.

— Ce n'est pas grave, dit Wisting pour désamorcer la gêne.

Tous deux savaient qu'elle ne pouvait faire autrement que d'obéir aux ordres venus d'en haut, d'Audun Vetti.

Christine Thiis prit la carte de police et la tourna entre ses doigts, l'air pensif.

Wisting se dirigea vers la porte, tandis que Thiis ouvrait le tiroir du haut :

— Je la mets là… en attendant.

Wisting croisa son regard, acquiesça et sortit.

Avant de quitter l'hôtel de police, il devait parler à Nils Hammer, avec qui il avait étroitement collaboré. Point commun entre les deux hommes : ils étaient entrés jeunes dans ce service. Ils ne se fréquentaient pas en dehors et Wisting ignorait tout de sa vie privée. Mais dans le cadre du travail, il était indispensable : efficace, engagé, professionnellement inattaquable, l'esprit clair, expert en déductions.

La porte de son bureau était ouverte. Wisting entra et la referma derrière lui.

Hammer leva les yeux.

— Tu tombes bien, dit-il. Je voulais te parler de quelque chose.

— Je ne peux pas…

— Une jeune fille est signalée disparue, l'interrompit-il. Linnea Kaupang. Dix-sept ans. Elle n'a pas donné de ses nouvelles depuis vendredi dernier.

Il lui tendit une photo mais Wisting y jeta un coup d'œil sans la prendre. Une jeune fille qui souriait, les dents un peu de travers. Des cheveux blonds et souples qui lui arrivaient aux épaules, retenus sur un côté par une barrette avec un petit nœud jaune foncé.

Quelque chose malgré tout lui fit prendre la photo. Il y avait une telle pureté, une telle innocence dans les traits de cette fille. La pensée qu'il ait pu lui arriver malheur provoqua chez lui une douleur presque physique.

Il ouvrit la bouche pour parler, savait déjà quelle devait être la première étape dans cette affaire, mais… non.

— Je ne peux pas…, dit-il en lui rendant la photo. Tu vas devoir t'en charger seul.

# 23

Pour l'heure, elle n'avait pas grand-chose à mettre dans un article, pensa Line en sortant du commissariat. Elle n'avait rien appris de nouveau de cette conférence de presse.

— On déjeune ? proposa-t-elle à Erik Fjeld.

Il mit son appareil photo en bandoulière, acquiesça et indiqua une direction.

Ils trouvèrent dans la rue piétonne un café qui rappelait celui que Suzanne avait ouvert à Stavern. Un endroit convivial avec des plats chauds et froids et des gâteaux appétissants dans la vitrine réfrigérée.

Elle acheta deux sandwiches, un Coca pour le photographe et un *chai latte* avec de la mousse pour elle-même. Erik avait trouvé une table au fond de la salle et avait déjà sorti la carte mémoire de son appareil.

Line posa la nourriture et sortit l'ordinateur de son sac. Elle l'ouvrit, glissa la carte mémoire sur le côté et attendit que l'ordinateur télécharge les photos de la conférence de presse.

La première était un cliché d'elle-même. Le maquillage dissimulait seulement une partie de l'hématome autour de l'œil, mais elle avait quand même meilleure mine que sur les photos prises la veille.

— Rien ne semble indiquer une arrestation dans les prochaines heures, commenta Erik Fjeld avant de mordre dans son sandwich.

Line lui donna raison. La police avait-elle vraiment aussi peu de pistes ou avait-elle préféré ne pas trop en dire ? Elle cliqua sur la photo suivante et comprit qu'elle avait de la chance : le document qui s'affichait sur l'écran était intitulé *Téléphone portable du mort.*

Elle agrandit l'image. Jonas Ravneberg possédait un Nokia 6233. Outre son numéro de téléphone, il y avait son code IMEI, suivi des conversations entrantes et sortantes des dix derniers jours, classées par ordre chronologique. La liste était courte. Ce qui confirmait l'opinion que Line s'était déjà faite sur ce Jonas Ravneberg : un homme avec très peu de fréquentations. Cela rendait ces quelques numéros de téléphone d'autant plus précieux.

*2/10 à 14 h 32 Appel sortant : 69339196 Permanence d'avocats, Fredrikstad*

*2/10 à 14 h 28 Appel sortant : 1881 Le service des renseignements*

*2/10 à 14 h 17 Appel entrant : 69310167 Non répertorié*

*1/10 à 14 h 32 Appel sortant : 99691950 Astrid Sollibakke, Gressvik*

*30/9 à 21 h 43 Appel entrant : 99691950 Astrid Sollibakke, Gressvik*

*30/9 à 10 h 22 Appel sortant : 46807777 Fredriksstad Blad*

*29/9 à 21 h 45 Appel sortant : 99691950 Astrid Sollibakke, Gressvik*

*28/9 à 14 h 32 Appel sortant : 48034284 Torgeir Roxrud, Fredrikstad*

*27/9 à 14 h 32 Appel sortant : 93626517 Mona Husby, Fredrikstad*

*25/9 à 20 h 15 Appel sortant : 99691950 Astrid Sollibakke, Gressvik*

Trois noms, pensa-t-elle. Des gens qui pourraient lui en dire plus sur la victime. Le plus intéressant restait les conversations le jour du meurtre. D'abord un appel d'une personne non répertoriée, suivi d'un coup de fil à l'un des cabinets d'avocats de la ville.

La photo suivante était la première page du rapport sur la scène de crime. Line mordit dans son sandwich et se pencha sur l'écran. Le rapport commençait par la présentation de la personne qui avait mené à bien les analyses et de sa mission. S'ensuivait une description du lieu de la découverte du corps, du temps qu'il faisait, de l'environnement immédiat et des mesures pratiques mises en œuvre pour geler la scène. Un paragraphe était consacré au chien et à ce qu'on en avait fait. Le technicien de la police scientifique décrivait ensuite la victime. Un homme, la cinquantaine. Vêtements : une veste imperméable noire de chez Helly Hansen, un jean bleu foncé et des bottes vertes en caoutchouc de chez Viking. Le mort avait été retrouvé couché sur le ventre dans l'allée où se côtoyaient la piste pour piétons et celle pour vélos, avec le haut du corps en dehors de l'allée. Une grande partie du visage avait été fracassée. Elle n'en saurait pas plus. La numérotation dans le coin droit indiquait qu'il s'agissait de la première page sur quatre.

La photo suivante était une capture d'écran des registres d'état civil concernant Jonas Ravneberg. Y apparaissaient son numéro personnel à onze chiffres et une date qui prouvait que Ravneberg habitait à la même adresse depuis seize ans, et rien d'autre qui fût nouveau pour Line.

Deux autres clichés étaient trop flous pour qu'elle puisse lire quoi que ce soit, mais sur un autre on distinguait une couverture de chemise verte. Elle était intéressante car elle présentait une liste numérotée des documents que la police avait en sa possession. Tout d'abord la déclaration de la première patrouille dépêchée sur les lieux. Elle reconnut le titre du rapport sur le téléphone portable et l'enquête sur le lieu du crime. Deux témoins avaient été entendus. Le premier était l'homme qui avait découvert le cadavre, le second était une femme, une certaine Christianne Grepstad. Un nom suffisamment à part pour que Line puisse retrouver sa trace et l'interroger sur ce qu'elle savait.

La dernière photo était un « Rapport récapitulatif de l'enquête sur le W. Blakstads gate 78 » avec un descriptif de l'intérieur du domicile. C'était une maison mitoyenne à un étage. Au rez-de-chaussée, après le porche d'entrée se trouvaient la cuisine et le salon avec ouverture sur la terrasse. Au premier étage, il y avait un couloir, une salle de bains, trois chambres et un petit balcon. Au sous-sol, divers débarras et une cave.

Line prit son sandwich et mangea tout en continuant à lire. Selon le rédacteur du rapport, l'agresseur était resté un certain temps, car l'appartement avait été fouillé de fond en comble. Tous les tiroirs et les placards ouverts, et le contenu renversé par terre. Il était clair que l'homme avait quelque chose de particulier en tête, mais on ne pouvait pas conclure s'il avait trouvé ce qu'il était venu chercher ou pas.

— Ah ! déclara-t-elle la bouche pleine en montrant l'écran.

— Tu es tombée sur un truc ?

— Oui. Il cherchait quelque chose de précis.

— Qui ça ?

— Le meurtrier.

Elle repoussa son sandwich et but son thé. Elle le tenait, son article. *Une effraction mystérieuse*. Ce genre de titre avait la préférence des lecteurs.

Elle laisserait quelques heures aux enquêteurs avant de les appeler. Avec un peu de chance, elle tomberait sur quelqu'un qui s'accorderait à trouver que la manière dont s'était déroulée l'effraction était étrange.

— C'est quand même assez risqué, fit remarquer Erik Fjeld, de s'introduire au domicile d'une personne qu'on vient de tuer. On peut être sûr que la police va rappliquer…

— Il devait chercher quelque chose qui valait la peine de courir ce risque, dit Line. Quelque chose qui vaut que l'on tue.

# 24

Le ciel était chargé d'une épaisse couche de nuages. Au-dessus de sa tête passait une nuée d'oiseaux migrateurs en route vers le Sud. Aile contre aile, en formation serrée.

Wisting ne rentra pas chez lui. Il traversa Stavern et continua sur la nationale jusqu'à Helgeroa. Il dépassa la sortie vers le centre de séminaires du ministère de la Justice, le stade, le Kysthospitalet et l'université populaire.

La voiture s'engagea sur la route de campagne trempée, bordée de champs que survolaient des corbeaux. Il ralentit, mit le clignotant et se rangea sur le bas-côté. Un panneau indiquait un chemin en gravier à sa gauche. La ferme de Gumserød.

Il s'avança un peu, fit marche arrière et gara la voiture à l'endroit où le conducteur du tracteur avait déclaré avoir vu l'Opel blanche stationner.

Il réfléchit à la jeune fille dont Nils Hammer venait de lui montrer la photo. Celle avec son nœud jaune dans les cheveux. Linnea Kaupang. Quelque part, il y avait des parents désespérés qui attendaient. Hammer avait l'expérience nécessaire pour ce genre d'affaires. Il savait ce qu'il convenait de faire, mais Wisting enrageait de ne pas pouvoir l'aider. Il se ressaisit. Il était là pour revenir dix-sept ans en arrière.

Presque tous les crimes en Norvège finissent par être élucidés, pensa-t-il. D'autres que lui avaient eu aussi la pression sur les épaules et senti l'obligation de résultat dans l'affaire Cecilia. Ils n'avaient rien eu de concret à se mettre sous la dent, alors quand le nom de Rudolf Haglund était apparu sur leur calepin, c'était comme un poids qu'on leur enlevait d'un coup. Wisting avait eu la sensation bienfaisante de réussir, de trouver enfin une piste sérieuse, un suspect sur lequel ils pouvaient enquêter.

Mais tout ce qu'ils avaient réussi à faire avait été de construire leur propre version des faits. Ils avaient mis toute leur fierté professionnelle dans ce travail qui avait consisté à dessiner une image convaincante de Rudolf Haglund comme meurtrier.

Ce n'était pas la première fois que Wisting voyait ça. Sous la pression, on pouvait être amené à tirer des conclusions hâtives. Les enquêteurs se formaient leur propre avis dès que les premières preuves apparaissaient et ensuite, leur opinion faite, il s'instaurait un processus inconscient pour en chercher la confirmation. Ils se mettaient des œillères et ne recueillaient que les infos qui allaient dans le sens de leur hypothèse principale. Ils se transformaient en chiens de chasse qui traquaient le gibier dont ils avaient flairé la trace. Toutes les pistes secondaires et les éléments qui pouvaient les distraire de leur but étaient écartés. Ils en avaient après Rudolf Haglund, il s'agissait de l'encercler, un point c'est tout.

Il ferma les yeux et essaya de s'imaginer cette chaude journée d'été, dix-sept ans plus tôt. Cecilia qui court sur ce chemin de gravier. La lumière du soleil qui filtre à travers les feuilles des arbres. Ses muscles tendus sous son T-shirt moulant. Les cheveux tirés en arrière avec une queue-de-cheval qui, à chaque foulée, se balance d'un côté à l'autre. Ses écouteurs bien en place et le son à peine audible pour les autres. Seal. *Kiss from a Rose*. La sueur qui perle à son front et forme une tache humide au niveau de sa poitrine.

Dans la représentation de Wisting, c'était encore Rudolf Haglund qui était assis sur le bord du coffre arrière de la voiture, ouvert, en train d'attendre. En jean et T-shirt. De petits yeux rapprochés, le nez tordu, une cigarette au coin des lèvres. En la voyant, il jetait le mégot, regardait autour de lui pour vérifier qu'il était seul. Ensuite, lui tournant à moitié le dos, il se jetait sur elle au moment où elle passait. Bloquait ses bras et la basculait dans le coffre.

Il était encore convaincu que les choses s'étaient déroulées ainsi, dut-il reconnaître en rouvrant les yeux. Oui, Rudolf Haglund avait enlevé Cecilia Linde. Pourtant un doute commençait à naître.

Il regarda dans le rétroviseur. Le carton à l'arrière de la voiture contenait des milliers de documents. Plusieurs centaines de noms. Et parmi tous ces noms, il y avait peut-être celui d'un autre meurtrier.

Un homme avec une canne et un gros imperméable descendait de la ferme et se dirigeait vers les boîtes aux lettres. Tim Bakke, à n'en pas douter. Un homme aux yeux verts et aux cheveux poivre et sel, avec de gros biceps. Il habitait dans la première maison rouge sur la droite quand on allait vers la ferme. Derrière le garage, il avait un poulailler avec quatre poules. Quand Wisting l'avait interrogé à l'époque, il était surtout préoccupé par le renard qui était parti avec la cinquième.

Wisting démarra la voiture et les pneus crissèrent sur le gravier. Après dix minutes, il quitta de nouveau la route.

Cela faisait moins d'un an qu'il avait récupéré le chalet à Værvågen. Il s'y était attaché car une fois sur place il pouvait vraiment déconnecter.

Le chemin devant lui présentait des traces de pneus parallèles remplies d'eau boueuse. Au bout d'un peu moins d'un kilomètre de forêt dense, on arrivait sur une hauteur d'où l'on pouvait voir les rochers descendre en pente douce vers la mer.

Le chemin carrossable se terminait sur une place dégagée, entourée de rosiers sauvages. Le chalet était à une trentaine de mètres de là, en empruntant un sentier.

Au bord de la mer se trouvait le ponton. Perchée sur la dernière bitte d'amarrage, une mouette silencieuse avait le bec tourné vers l'horizon.

Wisting gara la voiture, alla ouvrir la portière arrière et sortit le carton avec les documents. Autour de lui, il n'entendait que le vent bruissant dans les dernières feuilles d'automne et les vagues qui se brisaient sur le rivage en contrebas. Ce paysage lui faisait toujours de l'effet. Il détendit ses épaules et emplit ses poumons.

L'intérieur du chalet sentait encore la peinture que Line et lui avaient refaite la dernière semaine de l'été. Le salon était aussi plus lumineux et accueillant après qu'ils eurent reverni des meubles et trouvé des coussins et rideaux dans des couleurs assorties.

Il posa le carton au milieu de la table et retira sa veste. Puis il commença à le vider et tria les classeurs par couleur. Tout au fond, il restait une cassette.

C'était une copie. Une cassette BASF mais qu'il avait marquée comme Cecilia l'avait fait sur la sienne, avec les initiales *CL*.

Il jeta un regard dans la pièce. Sous la fenêtre se trouvait toujours son ancienne radiocassette. Il hésita mais décida de commencer par là. Par l'enregistrement de Cecilia Linde.

Il s'accroupit, appuya sur la touche *Eject* et posa la cassette à l'intérieur du petit tiroir qu'il poussa pour le remettre en place. Puis il rembobina un peu avant d'appuyer sur *Play*.

Il reconnut la chanson et se leva pendant qu'il attendait. La mouette sur le ponton s'envola et décrivit un cercle dans les airs avant de se laisser glisser. Portée par les courants, elle n'avait pas besoin d'agiter les ailes pour voler.

La voix de Cecilia surgit aussi soudainement que la première fois qu'il l'avait écoutée.

> *« Samedi 15 juillet j'ai été kidnappée par un homme pendant que je faisais mon jogging. C'est arrivé au croisement près de la ferme de Gumserød. Il avait une vieille voiture blanche. Je suis maintenant dans le coffre de cette voiture. Ça s'est passé très vite. Je n'ai pas eu le temps de bien le voir, mais il sent une odeur acide, une odeur de fumée mais aussi d'autre chose. Je l'ai déjà vu. Il avait sur lui un T-shirt blanc et un jean. Les cheveux sombres. De petits yeux noirs et des sourcils épais. Le nez de travers. »*

Il écouta le message qui durait une minute quarante-trois secondes. Bougea les lèvres et répéta des passages du contenu en même temps qu'elle. Sa voix était claire et précise, mais elle parlait vite, comme s'il y avait urgence. Il avait beau l'avoir entendue un nombre incalculable de fois, il lui sembla pourtant qu'il y avait quelque chose de nouveau.

Il rembobina.

*« … Il sent une odeur acide, une odeur de fumée mais aussi d'autre chose. Je l'ai déjà vu. »*

Il arrêta la cassette, rembobina encore une fois.

*« Je l'ai déjà vu. »*

Ce n'était pas la première fois qu'il entendait cette phrase, mais elle prenait un autre relief. Ils n'avaient jamais réussi à trouver le moindre lien entre Cecilia Linde et Rudolf Haglund. Dans tous les documents qu'il avait sous les yeux, il n'apparaissait nulle part que leurs vies se soient déjà croisées. À la première écoute, il avait pensé qu'elle avait pu le rencontrer lors d'un précédent jogging, peut-être que Rudolf Haglund l'avait surveillée et avait planifié son enlèvement. Mais cela pouvait également signifier que le meurtrier de Cecilia Linde se trouvait quelque part dans un cercle plus proche d'elle.

# 25

Parmi les documents, il y avait aussi une liasse de feuilles agrafées qui n'avaient pas été rangées dans un classeur. C'était un tirage d'une base de données sur tous ceux qui avaient été impliqués dans l'affaire. Chaque nom qui avait surgi au cours de l'enquête était référencé avec le ou les documents le concernant. De cette façon, il était simple de trouver le contexte dans lequel le nom de cette personne était apparu la première fois si jamais ce nom surgissait à nouveau. Cela facilitait aussi la vérification des renseignements qu'il recevait par téléphone.

Malheureusement, il n'existait pas de liste équivalente pour savoir quels policiers avaient travaillé sur cette affaire ni ce qu'ils avaient fait. En théorie, n'importe qui aurait pu s'introduire dans le laboratoire de la police scientifique et échanger le mégot A-3. Si Wisting incluait le personnel de nettoyage, de cantine, de garde, la section civile et les employés de bureau, cela faisait plus de soixante-dix personnes qui avaient accès aux locaux de la police. En venant de l'extérieur, les employés devaient entrer avec une carte magnétique et en tapant un code personnel. Chaque passage était enregistré dans un système informatique, mais quand bien même l'information se trouvait stockée là, comment la retrouver ? La permutation des mégots avait pu se produire à n'importe quelle heure du jour ou de la nuit pendant les trois jours où Rudolf Haglund avait été en cellule à l'hôtel de police, ou encore les jours suivants tant que Finn Haber n'avait pas envoyé les indices à l'analyse.

Sur les soixante-dix employés, seuls vingt travaillaient aux enquêtes criminelles. Celle-ci avait eu lieu en été et même si beaucoup d'enquêteurs avaient été rappelés, certains étaient à l'étranger. Sur les dix-huit restants, douze avaient directement été impliqués dans l'affaire. Si quelqu'un avait trouvé une raison de falsifier une des preuves, il fallait que ce soit quelqu'un qui avait eu un contact avec Rudolf Haglund. Wisting était celui qui avait passé le plus d'heures avec lui, mais d'autres avaient également été très présents.

Il décida de procéder avec méthode et posa le classeur rouge *Suspects* devant lui. Là était consigné tout ce qui touchait de près ou de loin à Rudolf Haglund.

Tout en haut se trouvait un rapport sur ses coordonnées personnelles. C'était Wisting lui-même qui avait rempli le formulaire standard lors de la première audition. Outre le nom, le numéro d'identification, l'adresse et le numéro de téléphone, étaient aussi notés des renseignements sur son employeur, son métier, ses revenus, sa formation, ses diplômes et ses antécédents judiciaires.

L'autre document était la décision, avec pour base juridique le paragraphe 175 du Code pénal, d'interpeller Rudolf Haglund. Ce document était tamponné et signé par le substitut du procureur Audun Vetti. Il s'agissait d'une formalité précisant le motif de l'arrestation, mais qui ne donnait pas de précisions sur l'affaire elle-même.

Cette décision était suivie d'un document intitulé « Rapport sur la personne interpellée ». C'était aussi un formulaire standard qui contenait des renseignements sur la nature de l'affaire, l'heure et le lieu de l'interpellation, le nom de la personne arrêtée, où elle avait été transférée, et le nom du juriste de la police qui avait ordonné l'interpellation.

C'était Nils Hammer qui l'avait interpellé, avec l'aide de Frank Robekk.

Wisting s'aperçut qu'il n'avait ni stylo ni papier à portée de main. Il alla jusqu'à l'armoire dans le coin de la pièce, trouva de quoi écrire, puis se rassit. Il serra les dents et tambourina avec le stylo sur la feuille blanche. L'idée était de clarifier quels collègues avaient été en contact direct avec Rudolf Haglund. Il pressa plusieurs fois l'embout du stylo et écrivit ces deux premiers noms avant de continuer à feuilleter le classeur. Le document suivant était un rapport sur la fouille et la confiscation des effets personnels. Les objets que Haglund avaient sur lui lors de son interpellation y étaient énumérés : portefeuille, clés, canif et tabac. C'était signé Nils Hammer.

Suivaient trois comptes rendus des analyses faites dans la petite ferme de Haglund à Dolven. Le premier indiquait qu'une patrouille cynophile n'avait rien détecté d'anormal. Le deuxième décrivait les analyses techniques que Finn Haber avait menées. Sans rien trouver non plus. Le troisième était une perquisition dirigée par Nils Hammer qui avait permis de confisquer des revues et des films porno étrangers portant les titres *Teenager* et *Preteens*, ainsi que des magazines pour sadomasochistes. Cela éclairait les enquêteurs sur ses préférences sexuelles et les confortait dans leur croyance qu'ils tenaient la bonne personne.

Puis il y avait les auditions que Wisting avait lui-même consignées, interrompues par des rapports faisant état des transferts de Haglund entre le commissariat et sa cellule en prison, et de sa visite chez le médecin.

La liste des noms s'allongea. Elle comprenait aussi bien des policiers à la retraite que des enquêteurs qui avaient quitté la fonction publique pour entrer dans le privé, ou encore des enquêteurs qui étaient passés à la brigade financière ou à la Criminelle. Des personnes qui apparaissaient au départ, seul Nils Hammer n'avait pas changé de service.

Wisting parcourut tous les noms avant de remonter aux premiers. Tous étaient des personnes expérimentées, compétentes, taillées pour le job. La plupart avaient été de bons maîtres pour lui et des collègues de confiance, comme Frank Robekk.

Chaque fois qu'un nom revenait dans un document, il traçait une barre verticale à droite sur son bloc-notes. Un se démarquait des autres : Nils Hammer. Les chiffres étaient sans appel. Dans les dossiers, il y avait vingt-trois points de croisement entre Nils Hammer et Rudolf Haglund. Lui-même arrivait en deuxième position avec dix-sept rencontres, suivi de Finn Haber qui lui en avait douze au compteur.

Il faisait confiance à Nils Hammer. C'est lui qui avait pris la place de Frank Robekk. L'avoir dans son équipe était un gage de sécurité. En tant qu'enquêteur principal, Wisting pouvait être sûr que ses ordres seraient exécutés le plus rapidement possible. Mais Hammer n'était pas à cheval sur les procédures en bonne et due forme. Son efficacité s'expliquait par les raccourcis qu'il prenait par rapport aux règles, autrement dit, il était un enquêteur qui pouvait s'avérer très créatif.

Toujours est-il que la liste qu'il avait sous les yeux n'était que des statistiques. Celles-ci pouvaient être lues de diverses manières. La conclusion pouvait tout aussi bien être une preuve de l'engagement et de la volonté de Nils Hammer de se charger de ce genre de tâches.

Wisting joua de nouveau avec son stylo à bille avant de barbouiller toute la liste. Il fallait qu'il trouve un autre moyen, mais pour l'instant il ne savait pas lequel.

# 26

Vers deux heures de l'après-midi la pluie cessa, mais le ciel restait bas. La mer était d'un gris anthracite taché du blanc de l'écume. Wisting emporta son téléphone sur la terrasse. Les arbres gouttaient. Le chant d'un oiseau s'éleva au loin.

Il avait eu beaucoup d'appels en absence. Son père avait tenté de le joindre deux fois et des numéros inconnus s'affichèrent, sans doute différentes rédactions ayant essayé de le contacter. Le nom de Nils Hammer apparut au milieu de la liste. Il avait laissé un message sur le répondeur. Intrigué, Wisting l'écouta, espérant apprendre du nouveau à propos de l'adolescente disparue. Si elle ne réapparaissait pas, cela deviendrait l'affaire Linnea…

Le message était bref. Il tenait seulement à ce que Wisting sache qu'il serait là pour lui en cas de besoin. Il avait aussi parlé avec le chef du syndicat qui proposait de couvrir les frais d'une assistance juridique si Wisting devait faire appel à eux.

Il effaça le message et rappela son père qui avait du mal à dissimuler son indignation. Le vieil homme avait un débit rapide et sa voix montait dangereusement dans les aigus à mesure qu'il s'échauffait.

— Je savais que ça serait grave, mais pas à ce point, dit-il. C'est une véritable mise au pilori. Une condamnation d'avance. Et cet Audun Vetti (il crachait presque le nom avant de marquer une pause, comme s'il ne savait pas très bien comment qualifier l'actuel directeur adjoint de la police)… ses commentaires sont carrément une mise en accusation.

Pendant qu'il discutait avec son père, Wisting regarda par la fenêtre, à l'intérieur du chalet, les documents éparpillés sur la table. Il prit le temps d'expliquer la raison des titres à la Une, qu'en effet quelqu'un avait bien fabriqué les preuves contre Rudolf Haglund, mais sans avoir besoin de raconter à son père que ce n'était pas lui.

Ensuite, il composa le numéro de Suzanne. Il lui relata ce qui s'était passé et ce qu'il en pensait. Elle semblait lointaine. Il entendait qu'elle était occupée à d'autres tâches pendant qu'il parlait, qu'elle rangeait des verres et des assiettes, et il reconnut en arrière-plan le bruit du lave-vaisselle.

— Et toi, comment tu vas ? demanda-t-il.

Elle expliqua qu'il y avait moins de clients que d'habitude et, à la manière dont elle le dit, il eut l'impression qu'elle l'en rendait responsable.

Puis ils échangèrent quelques banalités avant que des personnes se présentent à la caisse, l'obligeant à raccrocher.

Un clic et le silence.

Il resta figé sur place, son portable à la main.

Une conversation avec Suzanne datant de l'automne dernier lui revint en mémoire. C'était dans la chambre d'hôtel, après sa participation au fameux talk-show pendant lequel il avait parlé, entre autres, de la découverte d'un homme mort dans le chalet du présentateur. Ce dernier, rompu à cet exercice, l'avait amené à se livrer plus qu'il n'aurait voulu, et sur des sujets que d'ordinaire il gardait pour lui. Les dangers de son métier. Comment plusieurs fois il avait risqué sa vie. Et même l'épisode où il avait lui-même été obligé d'en ôter une. Devant la caméra, il avait aussi dévoilé qu'il avait déjà planifié son enterrement, et que celui-ci devrait commencer par *Where The Roses Never Fade*.

De s'entendre parler de ces choses lui avait semblé bizarre, et cela avait apporté de l'eau au moulin de Suzanne.

— Je n'aime pas, avait-elle dit, la manière dont tu fais passer le travail avant tout, même avant tes proches.

Il n'avait pas répondu.

— Il faut que je puisse me sentir en sécurité avec l'homme qui partage ma vie, avait-elle poursuivi. Même quand je ne suis pas avec toi. Et comment pourrais-je me sentir en sécurité quand j'entends que tu travailles de cette façon ? Je n'arrive pas à me détendre quand tu n'es pas à la maison. Chaque soir et chaque nuit, je me demande si cette fois-ci tu ne rentreras pas. Si tu n'es pas allé trop loin dans une affaire avec des inconnus que tu places avant ta famille et toi-même.

Ses doigts s'étaient refroidis pendant qu'il réfléchissait. Il glissa le téléphone dans sa poche et rentra dans le chalet. En s'asseyant dans le fauteuil, il s'empara du classeur noir contenant les notes internes, celles qualifiées de documents zéro.

Le classeur était divisé en cinq parties, correspondant à

cinq hypothèses, cinq scénarios possibles concernant Cecilia Linde.

Il se cala au fond du fauteuil avec le classeur sur les genoux. Il s'agissait de pistes qu'on avait abandonnées dès que Rudolf Haglund s'était imposé comme le suspect numéro un.

D'abord l'hypothèse d'une rançon. Enlèvement et demande de rançon n'étaient pas ce qu'ils connaissaient le mieux au commissariat, mais c'était l'une des premières hypothèses soulevées dans les conversations avec Nora et Johannes Linde. Un mois avant l'enlèvement, le *Finansavisen* avait publié une liste des familles les plus riches de Norvège et la famille Linde occupait la neuvième place. Leur vie professionnelle et privée s'étala sur une double page où figurait une photo de leur magnifique résidence secondaire sur la côte du Vestfold. Cette publication aurait pu inciter à un crime de ce genre.

Les deux parents avaient laissé entendre qu'ils payeraient en cas de demande de rançon, tout en acceptant parallèlement que la police surveille d'éventuelles transactions. À chaque heure qui passait sans qu'un ravisseur se manifeste, l'espoir de régler le problème par le versement d'une grosse somme s'amenuisait.

Wisting passa au premier intercalaire. L'hypothèse suivante était également liée à l'activité de la société de Johannes Linde. Ce dernier avait fondé Canes en partenariat avec Richard Kloster. Les parts de Kloster ayant été rachetées un an avant le lancement de la première collection à succès, ce dernier avait intenté un procès au groupe Linde. Il s'agissait de participations et de droits afférents aux différentes marques de vêtements. Richard Kloster avait déjà été inculpé pour évasion fiscale et faisait l'objet d'une enquête pour blanchiment d'argent. L'hypothèse se fondait sur la supposition que les ravisseurs se trouvaient chez les adversaires de Johannes Linde dans ce conflit et que ce dernier savait ce qu'il fallait faire pour que ces personnes libèrent sa fille.

Ils avaient poussé le pôle financier de la justice à redéfinir les priorités concernant l'affaire et à instruire une plainte contre Kloster permettant d'effectuer des perquisitions et une arrestation. Avec des enquêteurs du pôle financier, ils avaient passé au peigne fin sa résidence, son chalet, son voilier et tous ses autres espaces de vie, mais n'avaient trouvé que des factures de transactions.

Frank Robekk était à l'origine de la troisième hypothèse : le cambriolage.

Quand, à la fin du mois de juin, la famille Linde s'était installée dans sa résidence d'été, elle avait découvert que le chalet avait été visité. C'était Frank Robekk qui avait enquêté et, pour cette raison, on avait trouvé normal qu'il eût la charge de vérifier s'il pouvait y avoir une corrélation avec la disparition de la jeune femme trois semaines plus tard.

L'affaire avait été pour le moins étrange. L'auteur s'était introduit par une fenêtre de la chambre de Cecilia et il semblait qu'il n'ait pas visité le reste de la maison. L'alarme installée dans les pièces communes n'avait pas été déclenchée. Rien non plus ne semblait avoir été dérobé. Cecilia pensait qu'un de ses pulls avait peut-être disparu, mais elle en avait tellement qu'elle ne pouvait pas le dire avec certitude.

Cette effraction n'avait jamais été élucidée.

La quatrième hypothèse concernait le petit ami de Cecilia, le photographe Danny Flom, et cette fois c'était Nils Hammer qui avait eu la responsabilité de creuser la piste. Si cet homme avait retenu leur intérêt, c'était parce que les statistiques disent que les crimes violents sont souvent perpétrés par des relations proches de la famille.

Wisting n'avait jamais bien saisi la personnalité de Danny Flom. De deux ans l'aîné de Cecilia, il travaillait comme photographe free-lance pour différentes agences de presse. Ils s'étaient rencontrés deux ans plus tôt dans le cadre d'une commande de photos pour une des collections de Linde. En y réfléchissant, Wisting trouvait que Danny Flom ressemblait vaguement à Tommy Kvanter, l'ex-petit ami de Line. Un homme qui, visiblement, avait un côté sombre et un côté lumineux. Flom paraissait avoir des années d'entraînement à dissimuler son côté obscur au reste du monde, mais l'ombre qui traversait parfois son visage n'avait pas échappé à Wisting. Le plus souvent, il était très agréable, avec une forme d'insouciance bohème, à des kilomètres de la vie bourgeoise de la famille Linde. Les parents de Cecilia le décrivaient comme quelqu'un de divertissant, charmant et plein de joie de vivre, mais ils avaient aussi remarqué son tempérament quelque peu instable. Ils lui connaissaient des aspects que Cecilia était incapable de voir, et il était clair que Johannes Linde surtout n'appréciait guère leur relation.

Le casier judiciaire de Flom n'était pas vierge : deux condamnations à des amendes pour avoir fumé du cannabis et une affaire de coups et blessures qui avait été classée parce que l'accusation avait été retirée. Ils avaient aussi trouvé la trace d'une autre femme. Il s'agissait d'une photographe avec qui il avait fait un voyage professionnel peu après avoir rencontré Cecilia. Lors de la confrontation, il avait admis une liaison mais avait prétendu qu'il s'agissait seulement d'une relation passagère et que Cecilia était au courant. La photographe avait fait une déposition similaire.

Une chose était sûre : Danny Flom avait exercé une grande influence sur Cecilia. Ce qui avait incité la police à établir une quatrième hypothèse : la mise en scène. Dans d'autres pays, on avait entendu parler de filles de riches qui avaient simulé leur propre enlèvement avec leur amoureux afin d'obtenir de l'argent pour mener une nouvelle vie, libérée des parents. Cette hypothèse avait donc été envisagée, mais on n'y avait pas donné suite.

Le dernier intercalaire annonçait ce qu'on avait appelé «Le projet de liste» et concernait l'hypothèse principale : Cecilia Linde aurait été enlevée par un inconnu.

Retrouver un ravisseur inconnu était une des tâches les plus difficiles qui soient et il n'existait pas de raccourcis. Dans de telles affaires, l'important était autant la quantité que la qualité. Il fallait ratisser le plus large possible pour essayer de cartographier tout mouvement sur le chemin que Cecilia avait probablement suivi et identifier tous ceux qui s'étaient trouvés dans le secteur au même moment.

Le résultat aboutissait toujours à de longues listes. Des noms qu'on pouvait répartir selon le sexe et l'âge, et classer de différentes manières : selon le domicile, la couleur des cheveux, l'habillement, les éventuels véhicules, fumeur / non fumeur, droitier / gaucher ou n'importe quel autre élément.

Voilà en quoi consistait l'essentiel de la recherche d'un agresseur inconnu : de longues listes ennuyeuses qui ne mèneraient probablement nulle part. À la fin, seuls des mathématiques et un traitement statistique pourraient donner une réponse. Dans l'affaire Cecilia, les noms furent comparés au registre des propriétaires d'une Opel Rekord blanche et au listing des anciens délinquants sexuels.

C'était comme tirer un filet de pêche derrière un bateau. Ils ratissaient les bas-fonds, sans savoir ce qu'ils ramassaient. Ainsi ils étaient tombés sur Rudolf Haglund, mais le filet qu'ils avaient utilisé était à grosses mailles, avec une forte probabilité pour que quelqu'un ou quelque chose en réchappe.

Wisting s'adossa à son fauteuil. Il eût été intéressant, dix-sept ans après le début de l'affaire, de comparer à nouveau les listes. À l'époque, ils avaient remonté le temps pour fouiller le passé des personnes listées. L'idée était que l'homme à l'origine d'un tel acte ne devait pas en être à son coup d'essai. Si le vrai coupable n'avait pas été appréhendé à l'époque, la probabilité pour qu'il ait commis un crime semblable durant les années suivantes était assez grande.

Il prit la liasse des listings en laissant glisser les feuilles entre ses doigts. Sans la banque de données de la police, il ne pouvait pas faire grand-chose.

# 27

Une pluie drue et persistante teintait l'air de gris et gommait les contours de la ville.

Line tira les rideaux de sa chambre d'hôtel et enleva ses bottines. Malgré son envie de dormir, elle s'assit au bureau et sortit la petite voiture de collection qu'elle avait trouvée devant chez Jonas Ravneberg. Sur la plaque en dessous de la voiture, elle put lire que c'était une Cadillac modèle 1955. Les chiffres 1 / 43 expliquaient vraisemblablement l'échelle entre le modèle réduit et la vraie voiture. Elle ouvrit la portière et jeta un coup d'œil à l'intérieur avant de la reposer sur la table.

Au café, elle avait fait une liste pour être sûre de procéder efficacement. Elle commencerait par le téléphone portable de la victime. Il aurait pu mener la police à la maison de Jonas Ravneberg avant elle, mais elle savait que la première patrouille de police parvenue sur une scène de crime sécurisait surtout les lieux en laissant les analyses sur la victime aux techniciens d'identification criminelle expérimentés qu'il fallait faire venir d'urgence. À leur arrivée commençait alors un travail méthodique et minutieux où prévalait la règle de ne pas se hâter.

Elle sortit son portable et le paramétra pour appeler en masqué. Puis elle composa les huit chiffres du numéro qui, dans le rapport de police, était inscrit sur liste rouge. Les deux premiers chiffres étaient le 6 et le 9, ce qui indiquait que l'abonné était de Fredrikstad.

Elle laissa sonner longtemps dans le vide.

Ayant appris que certaines personnes ne décrochent pas lorsqu'un numéro inconnu s'affiche, elle réactiva son numéro tout en allumant l'ordinateur. Elle avait confiance dans le rapport de police, mais essaya de rappeler juste au cas où. Elle n'y parvint pas non plus cette fois-ci, et le téléphone sonna encore longuement sans réponse.

Elle poussa un juron. Pour la police il était aisé de trouver l'identité d'un abonné sur liste rouge, cependant ils restaient à la merci des horaires de bureau de l'opérateur Telenor. Le rapport avait été rédigé la nuit, à trois heures quarante, et l'enquêteur qui avait essayé le numéro avait certainement préféré laisser aux autres le soin d'apporter les informations complémentaires.

Onze minutes après l'appel du numéro sur liste rouge, Jonas Ravneberg avait téléphoné à l'annuaire inversé. Ensuite, il avait appelé la permanence des avocats.

Line tapa ce numéro. Au début de sa carrière de journaliste d'affaires criminelles, elle avait constaté à sa grande surprise que certains avocats pouvaient être très accommodants et même parler du contenu d'une affaire pénale en cours. Au bout d'un certain temps elle avait compris qu'il s'agissait simplement d'un échange de bons procédés. La majorité des avocats de la défense se retrouvaient tôt ou tard avec leurs clients sous les projecteurs des médias. Il importait alors d'obtenir une visibilité de leur version des faits. Tant que l'affaire se présentait comme un scoop, il était presque plus important de gagner le procès dans les médias qu'au tribunal. Quand enfin le jugement survenait, les titres étaient aussi plus petits et faisaient moins de dégâts.

— Permanence des avocats, Anders Refsti, répondit une voix.

Line déclina son identité, sa profession et la raison de son appel.

— Il s'agit de l'homme qui a été tué hier, continua-t-elle. Jonas Ravneberg. J'ai cru comprendre qu'il vous avait appelé seulement quelques heures auparavant.

Il y eut un lourd silence mais elle entendit qu'il fouillait dans des papiers. Elle eut l'impression que la demande l'avait surpris et elle s'étonna que la police ne l'eût pas encore contacté à ce sujet.

— C'est bien ça ? insista Line. Il vous a téléphoné ?

— Oui, j'ai son nom ici, confirma l'avocat de permanence.

— Alors, vous avez discuté avec lui ?

— Est-ce confirmé, s'enquit l'avocat, qu'il est bien la victime ?

— Pas officiellement.

— Bon. Cela expliquerait pourquoi il n'est pas venu au rendez-vous aujourd'hui.

— Vous étiez convenus d'un rendez-vous ?

— Il m'a appelé hier dans l'après-midi, expliqua l'avocat. Le lundi, en général, je ne donne pas de rendez-vous.

Je travaille en tant qu'avocat de la défense commis d'office pour des affaires criminelles, et ce jour-là je le passe souvent en entretiens dans les prisons, mais c'était très important pour lui. Nous avions un rendez-vous à huit heures et demie, mais il n'est pas venu. Maintenant, je comprends mieux pourquoi.

— De quoi voulait-il s'entretenir avec vous ?

— Il ne m'a rien dit, si ce n'est que c'était important.

— Il a quand même dû vous dire quelque chose ?

— Bien sûr, mais je ne sais pas si j'ai le droit de le répéter. De vieilles saloperies, a-t-il dit. De vieilles saloperies qui remontaient à la surface et qu'il ne savait pas comment gérer.

Line jouait avec le stylo à bille entre ses doigts.

— Rien d'autre ?

Il hésita un peu, mais sa réponse fut catégorique.

— Non.

Line laissa courir le stylo sur le bloc-notes.

— Êtes-vous d'accord si j'écris que vous avez confirmé qu'il cherchait l'assistance d'un avocat peu de temps avant d'être assassiné, mais que vous ne pouvez pas donner plus de renseignements sur l'affaire ?

Anders Refsti prit son temps pour réfléchir. Line avait déjà terminé sa formulation écrite quand il donna son accord. Elle le remercia mais, avant de s'atteler au reste des appels téléphoniques, procéda à quelques recherches sur Internet.

Astrid Sollibakke, de Gressvik, était le nom qui revenait le plus souvent : quatre conversations en tout. Sur la carte, Gressvik avait l'air d'être une agglomération rattachée à

Fredrikstad, séparée seulement par le fleuve Glomma. Le nom donnant plus de résultats qu'escompté, Line limita la recherche aux pages norvégiennes et obtint huit résultats. Cinq venaient d'un seul et même site : le club des collectionneurs de Fredrikstad. Il y avait une page avec l'organigramme de la direction où Astrid Sollibakke apparaissait en tant que trésorière, et quatre autres occurrences concernaient leur forum où elle-même recherchait des assiettes anciennes en porcelaine et des flacons d'apothicaire, tandis qu'elle proposait à la vente des boîtes métalliques décorées ainsi que des modèles réduits de voitures.

Un autre résultat venait des listes du Trésor public, et les deux derniers de deux journaux locaux : le *Demokraten* et le *Fredriksstad Blad*. Il y était question d'une foire d'antiquités et de collectionneurs dans le hall de Rolvsøy. Son nom figurait dans la légende sous une photo de deux femmes devant une table d'exposant avec divers objets. L'une était un peu plus âgée et plus grande que l'autre. La plus jeune des deux était la trésorière, Astrid Sollibakke, et la femme à droite la directrice adjointe, Mona Husby. Line reprit ses notes. Mona Husby figurait comme la deuxième femme sur la liste des appels téléphoniques. Toutes deux appartenaient à la même association. Peut-être Jonas Ravneberg avait-il aussi été collectionneur ?

Elle lança une recherche sur le nom de Torgeir Roxrud et tomba encore sur les listes du Trésor public, mais cela ne lui apprit rien.

Il était bientôt trois heures. Elle mordillait son stylo à bille en réfléchissant à ce qu'elle allait faire le reste de la journée. Son père finirait son travail dans une heure. Elle l'appellerait pour savoir comment il allait, mais elle voulait d'abord convenir d'un rendez-vous avec l'un des trois contacts téléphoniques de Jonas Ravneberg. Torgeir Roxrud l'intriguait le plus et elle composa son numéro.

La voix qui répondit était enrouée, comme celle de quelqu'un qui n'aurait pas l'habitude de parler. Line se présenta et fut accueillie par une quinte de toux.

— Il s'agit de Jonas Ravneberg, dit-elle.

— J'ai déjà parlé avec la police, répondit l'homme. Je n'ai pas pu les aider alors je ne vois pas comment je pourrais vous en dire plus.

Line tapotait son bloc-notes avec son stylo, contente que les enquêteurs aient au moins fait leur boulot.

— Je pense que vous pouvez quand même m'aider, insista la journaliste. J'ai juste besoin de parler avec quelqu'un qui le connaissait.

— Personne ne connaissait Jonas, rétorqua l'homme. Il ne laissait personne trop s'approcher de lui. Je n'ai jamais compris ce qui le rongeait, mais il devait y avoir quelque chose.

Line changea son portable d'oreille.

— Est-ce qu'on peut se voir ? demanda-t-elle. Disons, dans une heure ?

# 28

Torgeir Roxrud était la personne idéale à interviewer : quelqu'un qui connaissait la victime et avait la faculté de s'exprimer. Il semblait libre de sa parole et n'avait pas été difficile à convaincre.

Elle prévint Erik et convint avec lui de le retrouver à l'hôtel pour qu'ils se rendent ensemble à la maison de Roxrud. Le nom suivant sur son bloc-notes était celui de Christianne Grepstad, la femme qui, selon la liste des documents de la direction de l'enquête, avait été interrogée à titre de témoin. Comme on pouvait s'y attendre, le nom était assez spécial pour ne donner qu'un seul résultat dans l'annuaire. Le téléphone sonna longtemps dans le vide. Line nota néanmoins l'adresse pour y faire un crochet après l'entretien avec Roxrud.

Avant de partir, elle vérifia les nouvelles sur Internet. Les gros titres n'y allaient pas de main morte. Une photo de son père portait le titre : *Le responsable de l'enquête a été suspendu*. Elle fut prise de nausées mais se força à poursuivre la lecture.

Le directeur adjoint de la police actuellement en fonction, Audun Vetti, s'exprimait pour confirmer que le policier chevronné William Wisting avait été démis de ses fonctions après une accusation de falsification de preuves dans l'affaire Cecilia. Ce cas avait été transféré à l'unité spéciale de la police des polices. Wisting n'avait pas été joignable pour des commentaires.

Il répondit tout de suite.

— Que se passe-t-il ? lui demanda-t-elle.

Son père se racla la gorge, comme il le faisait toujours quand il voulait gagner du temps.

— Qu'est-ce que tu veux dire ?

— Je viens de lire que tu as été suspendu.

— C'est la procédure habituelle, confirma-t-il. Dès lors qu'ils estiment que j'ai falsifié les pièces à conviction, ils sont obligés de m'écarter de mon poste.

— Comment peuvent-ils croire une telle chose ?

— J'ai vu les nouvelles analyses, dit son père qui lui expliqua pourquoi la réouverture du dossier paraissait justifiée. La question n'est pas de savoir *si* falsification il y a eu, mais *qui* l'a faite.

— Et pourquoi te soupçonner, toi ?

— J'étais à l'époque le responsable de l'enquête, il est donc normal que j'en endosse à présent la responsabilité.

Line eut un mouvement de désapprobation.

— Et qu'en est-il du nouveau témoin ? demanda-t-elle. Celui qui peut fournir un alibi à Haglund. En sais-tu plus sur lui ?

— Non, mais je pense que cela ne saurait tarder. Sigurd Henden élabore probablement un plan pour garder l'affaire au chaud dans les médias en distillant goutte à goutte ce qu'il sait.

Line opina. C'était une stratégie bien rodée à l'intention des médias. Nul besoin de donner aux journalistes plus que le strict nécessaire pour faire les gros titres. Tout était question de dosage dans les précisions apportées par chaque article.

— Que vas-tu faire à présent ? voulut-elle savoir.

— Tenter d'y voir plus clair.

— Par quels moyens ?

Son père se racla de nouveau la gorge.

— Je suis allé aux archives avant de quitter le travail, répondit-il.

— Tu travailles sur l'affaire ?

— Disons que j'essaie de la regarder sous un angle neuf.

Line se leva et alla vers la fenêtre.

— Crois-tu qu'il était innocent ? demanda-t-elle.

— Pour l'instant, je n'ai rien trouvé qui le prouve.

Le temps gris baignait la pièce d'une lumière blafarde. Line jeta un coup d'œil sur les notes de l'affaire dont elle-même s'occupait. Brusquement elle lui sembla insignifiante.

— Je peux venir te donner un coup de main, proposa-t-elle.

Cela ne lui poserait pas de problème. Elle pouvait envoyer un arrêt de travail. Personne ne lui en tiendrait rigueur.

— Ça pourrait également être intéressant pour moi, ajouta-t-elle. Pour mieux comprendre comment la police travaille.

Son père ne dit rien, comme s'il considérait la proposition.

— Laisse-moi y réfléchir, dit-il. Et toi, comment tu vas ? Tu es toujours sur l'affaire de Fredrikstad ?

— Oui, encore un jour ou deux.

— Quelqu'un a été arrêté ?

Line comprit que son père n'avait pas suivi les nouvelles, ce qui ne l'étonnait qu'à moitié.

— Non et je crois que ce n'est pas demain la veille, répondit-elle. Au fait, où es-tu ?

— Au chalet.

Elle tourna le dos à la vue et s'assit sur le rebord de la fenêtre en repliant ses jambes. Elle s'imagina le chalet peint en rouge et crut entendre le bruit des vagues et les cris des mouettes. Comme ça lui manquait…

— Tu es sûr que tu ne veux pas que je descende ?

— Je vais bien, lui assura son père. Mais tu es toujours la bienvenue.

Line s'était déjà décidée. Elle finirait ce qu'elle devait faire, puis elle demanderait quelques jours de vacances.

— Qui est la victime ? voulut savoir Wisting.

— Apparemment, un certain Jonas Ravneberg. Un personnage assez quelconque. Ni famille ni travail. Je vais bientôt sortir pour rencontrer un homme qui le connaissait, afin d'avoir de quoi écrire un article quand son nom sera publié.

— Seule ?

— J'y vais avec le photographe, le rassura Line qui comprenait l'inquiétude de son père.

Un assassin était en liberté, avec une forte probabilité qu'il fasse partie de l'entourage de la victime.

# 29

Erik Fjeld avait pris un café au distributeur de la réception. Line remplit un gobelet en carton pour elle-même, puis fut prête à partir. Après avoir traversé la Glomma, elle suivit les indications de son GPS. La route les menait vers l'est. Les habitations se raréfiaient et bientôt ils furent entourés de champs labourés de profonds sillons noirs où ne restait que du chaume. Erik fit la mise au point et prit en photo un vieux tracteur abandonné. Après un quart d'heure, un grand lac apparut en bas à droite et bientôt le GPS leur indiqua de quitter la route.

Un étroit chemin en gravier serpentait entre les coteaux.

— Tu veux une photo comment ? demanda Erik en nettoyant l'objectif.

— De près, répondit Line. Un cliché personnel et intime, pour qu'on puisse ressentir qu'il connaissait bien la victime.

Puis elle se mit à repenser à ce que Torgeir Roxrud lui avait dit à propos du mort : que quelque chose le rongeait.

— Et sombre, ajouta-t-elle. Une photo contrastée, avec des zones d'ombre.

Le chemin aboutissait à une maison basse en bois brun

teinté et aux encadrements de fenêtre peints en blanc. Un feutre bitumineux vert couvrait le toit. Une forêt de sapins entourait la maison, dont une gouttière rouillée, rongée de mousse, pendouillait sur l'un des côtés de l'avant-toit. Dans la cour, un vieux camion-grue traînait entre des piles de pneus usagés, une palette supportant un moteur et des pièces détachées de voiture.

Line contourna une grosse flaque d'eau et se gara devant un abri de voiture bricolé avec du bois de récupération et du plastique déjà déchiré par le vent.

— *Nice*, ricana Erik Fjeld. Faire un portrait contrasté avec de l'ombre ne sera pas un problème.

Ils descendirent de voiture. Saturé d'humidité, l'air sentait la fange et les feuilles en décomposition.

Line s'avança vers l'entrée et frappa à la porte. Pas de réponse. Elle essaya de nouveau, un peu plus fort, mais toujours pas de réaction.

La fenêtre la plus proche avait des rideaux à fleurs. Line approcha un tabouret du mur, grimpa dessus et se mit sur la pointe des pieds pour jeter un coup d'œil à l'intérieur. La cuisine ne contenait que le strict minimum : placards, plan de travail, cuisinière et réfrigérateur. Sur la table, elle aperçut un journal plié à côté d'une tasse de café. Elle frappa au carreau et cria le nom de l'homme censé vivre ici, sans que personne ne donne signe de vie.

Elle redescendit et se tourna vers le photographe. Derrière lui, un grand chien noir surgit d'un sentier forestier. Il s'arrêta dans la clairière où il s'immobilisa, les oreilles dressées, queue et tête basses.

Line ne bougea plus, lançant seulement un coup d'œil à

la voiture. Erik se retourna et regarda dans la même direction, avant de reculer prudemment de quelques pas.

Le chien restait à une distance d'une vingtaine de pas, sans les quitter des yeux. Personne ne dit rien. Près d'une minute s'écoula ainsi avant qu'ils entendent un sifflement strident. Le chien commença à remuer la queue, puis s'approcha amicalement d'eux. De la forêt derrière lui sortit un homme portant une veste noire et un pantalon ample, avec un chapeau à large bord sur la tête.

Erik souleva son appareil et prit une photo de lui.

— Ah, vous êtes là, dit-il en tendant la main quand il arriva à leur hauteur.

Le chien renifla d'abord Line et lui lécha la main avant de faire connaissance avec le photographe.

Torgeir Roxrud conduisit l'animal à l'angle de la maison et l'attacha à une laisse.

— Entrez, dit-il en les précédant.

Il les fit pénétrer dans le salon et les pria de s'installer dans le canapé, avant d'enlever sa parka et de la suspendre au dossier d'un fauteuil. Le salon ressemblait plus à un chantier qu'à une pièce à vivre. Il ne restait guère de place pour se mouvoir : des cartons s'entassaient le long des murs et la plupart des meubles servaient de stockage aux outils et pièces de voiture.

— Je peux vous offrir quelque chose ? proposa-t-il. Du café ?

Tous deux déclinèrent d'un signe de la tête.

— Je ne sais pas si vous connaissiez bien Jonas Ravneberg, dit Line. Mais je vous présente mes condoléances.

— Merci, répondit Roxrud en prenant un siège. Mais

comme je vous l'ai dit au téléphone, je ne crois pas que quelqu'un l'ait réellement connu.

— Comment vous êtes-vous rencontrés ?

Torgeir Roxrud se redressa. Sa poitrine gargouillait quand il respirait.

— Par l'intermédiaire de Max, expliqua-t-il en regardant le chien par la fenêtre.

— Bel animal, commenta Erik. C'est un chien de berger ?

Line aimait bien que le photographe prenne part à la conversation. Cela détendait l'atmosphère.

— Oui, un berger hollandais, expliqua Roxrud. Tous les vendredis je l'emmène avec moi à Kongsten pour sa promenade. On finit par se lasser des forêts, dans le coin, et j'en profite pour faire mes courses au supermarché. Nous nous sommes rencontrés quand Max était un chiot. Il sautait partout et voulait dire bonjour à tout le monde. Tiedemann a un an de plus, mais il est à la fois patient et joueur. (Il ferma le poing et toussa dedans.) D'abord nos chiens se sont salués, puis nous avons engagé la conversation.

— Comment était-il ?

— Un type réglo. Posé. Jamais d'histoires avec lui. Un solitaire, c'est sûr. Pas d'amis ni de famille. Seulement Tiedemann. Au fait, qu'est-ce qu'il est devenu ?

— Il a été placé chez Falck, expliqua Line. Ils vont sûrement essayer de lui trouver une famille adoptive.

L'homme devint songeur.

— De quoi parlait-il avec vous ? voulut savoir Line.

— Il n'était pas du genre à se confier, répondit l'homme en prenant une clé à molette sur la table à côté de lui. Il ne demandait jamais rien. Il fallait que je lui tire les vers du nez. Mais il était capable de se fâcher. Il ne voulait pas qu'on se mêle de ses affaires. Je crois que c'était les nerfs. Il avait peur qu'on s'intéresse de trop près à lui.

Il se leva, alla à la fenêtre pour jeter un coup d'œil au chien. Erik en profita pour le prendre en photo.

— Il lui est arrivé une fois de parler de son père, dit Roxrud en reposant la clé à molette. C'était entre Noël et le Nouvel An, il y a deux ans. Je l'avais invité pour le réveillon de Noël, mais il n'a pas voulu venir. En revanche, il est venu le 27 et il est resté jusqu'au lendemain. Nous avons déjeuné ensemble et fait une promenade avec les chiens jusqu'au sommet du Veta. En fin de soirée, après avoir bu un coup, il m'a parlé de son père qui était tombé dans l'escalier de la cave, s'était blessé à la tête et était mort. C'était quand il était petit. Et puis il parlait de ses voitures.

— Des voitures ?

— Il collectionnait les modèles réduits. De vieilles américaines. Ça, ça l'occupait bien. Et Elvis. Il aimait beaucoup Elvis.

— Le *King*, commenta Erik.

Torgeir Roxrud se dirigea vers une armoire à l'autre bout de la pièce.

— Je suis moi-même collectionneur, dit-il en sortant un classeur. D'anciens billets de banque et de timbres, précisa-t-il en souriant. Vous voulez voir ma collection ?

Line sourit à son tour et dit oui. Cela pourrait faire un bon sujet de photo. Roxrud avec cette passion commune aux collectionneurs.

— Il faisait partie de votre club ? s'enquit Line une fois le classeur de timbres posé devant elle.

— Oui, c'était moi qui l'y avais entraîné, répondit Roxrud en feuilletant l'album. J'ai pensé que ça serait bien pour lui. Sortir un peu et voir d'autres gens. Se faire de nouveaux amis.

Il avait trouvé ce qu'il cherchait et posa son doigt sur un timbre de trente *øre* à l'impression rouge. Erik fit la mise au point et prit quelques clichés.

— Voici le bijou, expliqua Roxrud, vite interrompu par une brusque quinte de toux. (Son visage devint cramoisi et son grand corps fut secoué de violents spasmes.) Un timbre de trente *øre* à l'envers, continua-t-il une fois qu'il put parler de nouveau. En 1906, il y a eu pénurie de timbres et une partie des vieilles vignettes de sept *skilling* avaient été utilisées pour une surimpression de trente *øre*. En tout, quatre cent cinquante mille vignettes ont été changées et quelques milliers sont encore en circulation. Elles valent entre vingt et trente couronnes pièce. Mais une des feuilles a été posée tête-bêche pendant la surimpression et ces vignettes valent mille fois plus cher.

Line jeta un coup d'œil sur le petit bout de papier où le chiffre 30 était en sens inverse par rapport au reste de l'impression.

— Vous voulez dire que ça vaut trente mille couronnes ? demanda Erik, qui prit une photo de l'album.

Roxrud hocha la tête.

— Combien peut valoir une voiture miniature de collection ? voulut savoir Line.

L'autre haussa les épaules, referma l'album et le remit à sa place.

— Elles se vendent aux foires spécialisées pour quelques centaines de couronnes, répondit-il. Vous ne pouvez pas les comparer aux timbres. Les timbres sont au départ des billets de valeur que vous pouvez classer et indexer d'une tout autre manière que les autres objets de collection.

— Jonas Ravneberg possédait-il des modèles rares ?

Torgeir Roxrud se rassit.

— En tout cas, il avait les voitures d'Elvis.

— Les voitures d'Elvis ?

— Les Cadillac. Elvis en possédait au moins une centaine et Jonas avait un exemplaire de la plupart d'entre elles.

— Elles ont de la valeur ?

— Je crois qu'il aurait pu obtenir un billet de mille pour chacune à condition de tomber sur le bon acheteur. Et comme il en possédait plus d'une centaine, ça fait quand même pas mal d'argent.

— Est-ce qu'il entretenait des relations avec les autres membres de ce club ?

— Non, il les voyait seulement aux réunions.

Line consulta ses notes.

— Et qu'en est-il d'Astrid Sollibakke et de Mona Husby ?

Roxrud se frotta le menton.

— Astrid fait partie du comité, répondit-il. Elle m'a appelé la semaine dernière pour me demander de remplacer Mona à la direction. J'ai refusé et je lui ai suggéré de demander à Jonas. Je ne peux pas m'imaginer que leur relation ait été d'une autre nature, mais Jonas a eu autrefois une petite amie.

— Qui était-ce ?

— Je ne me rappelle pas son nom. Ils ont vécu ensemble, mais c'était il y a longtemps. Avant qu'il ne vienne ici, à Fredrikstad.

Line mit le sujet de côté et poursuivit la série de questions qu'elle avait préparée.

— A-t-il jamais dit qu'il aurait besoin d'un avocat ?

— D'un avocat ? Non. La police m'a posé exactement la même question. Je ne sais pas pour quelle raison il en aurait eu besoin.

— Savez-vous pourquoi il a été en contact avec le journal *Fredriksstad Blad* ?

Roxrud se rejeta au fond du fauteuil.

— Vous semblez en savoir plus long sur Jonas que moi, fit-il remarquer. Comment avez-vous trouvé tout ça ?

Line lui fit un sourire désarmant.

— Nous avons nos méthodes, répondit-elle en se rendant compte que cela sonnait creux (mais cette réponse eut l'air de satisfaire Torgeir Roxrud).

— Il n'avait pas eu son journal pendant deux jours, expliqua-t-il. À cause d'un nouveau livreur, apparemment, mais ça s'est arrangé après son coup de fil.

Line acquiesça et regarda ses notes. Elle avait souligné *petite amie* et *avant Fredrikstad.*

— Où habitait-il avant ? demanda-t-elle.

— De l'autre côté du fjord, expliqua Roxrud en indiquant la direction. Dans le Vestfold. À Larvik.

— C'est de là que tu viens, Line, n'est-ce pas ? demanda le photographe.

Line confirma. Cela piqua encore davantage sa curiosité.

— Savez-vous pourquoi il a déménagé pour s'installer à Fredrikstad ?

Torgeir Roxrud toussa.

— Je ne pense pas qu'il ait déménagé pour *s'installer* à Fredrikstad, répondit-il. Peu importe où il allait habiter. Je crois plutôt qu'il voulait *échapper* à quelque chose.

# 30

Selon le résumé qu'Erik Fjeld avait photographié à la dérobée pendant la conférence de presse, Christianne Grepstad était le seul témoin de la police, si l'on mettait de côté le passant qui avait trouvé Jonas Ravneberg. Elle vivait dans une vieille maison en bois rénovée à seulement cinq cents mètres de la scène du crime. Elle avait pu voir la victime et son chien peu de temps avant le meurtre ou faire d'autres observations intéressantes.

En passant devant la maison, Line vit de la lumière aux fenêtres. Elle fit demi-tour et gara la voiture contre la haie.

— Tu veux que je t'accompagne ? demanda Erik en prenant son appareil. Sinon, je reste dans la voiture pour trier mes photos.

— Attends-moi ici, le pria Line. Ce n'est pas sûr qu'elle accepte de nous parler.

Elle sortit de la voiture et poussa le portail. La cour pavée brillait sous la pluie. Devant le double garage était garée une Volvo et, contre le mur de la maison, il y avait un vélo, les roues en l'air.

Line sonna à la porte. Une partie de l'intérieur était

visible à travers une fenêtre à côté de l'entrée. La maison semblait claire et accueillante. Une femme avec un enfant sur ses talons s'approcha de la porte, la tête légèrement inclinée comme pour mieux voir l'intrus.

Elle ouvrit la porte avec un regard inquisiteur.

— Bonsoir, dit Line en montrant sa carte de presse. Mon nom est Line Wisting et je travaille pour *VG*. Je me demandais s'il était possible de m'entretenir un peu avec vous concernant l'homme qui a été tué hier.

L'enfant qui s'accrochait aux jambes de sa mère leva les yeux vers Line en bredouillant quelque chose d'incompréhensible.

— J'ai essayé de vous appeler plus tôt dans la journée, enchaîna-t-elle en souriant au petit. Je voudrais seulement entendre ce que vous savez.

La femme acquiesça. Était-ce pour confirmer que Line avait essayé de l'appeler ou cela voulait-il dire qu'elle acceptait l'entretien ?

— Je ne sais pas grand-chose, commença la femme.

— Est-ce que vous avez un peu de temps ? insista Line. (Elle savait sur quels boutons appuyer pour réussir à obtenir des interviews surprises.) Je peux revenir plus tard si cela vous dérange maintenant.

— Non, pas du tout, c'est bon, assura la femme en s'écartant. Mon mari est en voyage.

Elle précéda Line dans une grande cuisine avec une cheminée au gaz, où de fausses bûches flambaient de façon très réaliste. Sur le plan de travail, un plateau de petits pains au lait qui sortaient du four répandaient une bonne odeur dans toute la pièce.

— Nous venons de faire des gâteaux, expliqua Christianne Grepstad en installant l'enfant dans une chaise haute. Vous voulez en goûter un ?

— Avec plaisir, dit Line en souriant.

Christianne Grepstad disposa les petits pains sur un plat de service et mit le couvert. Elle devait avoir l'âge de Line, vingt-huit ans, voire un peu moins, mais elle était déjà établie dans une vie avec époux, enfant et maison.

Line rencontrait de plus en plus souvent des femmes plus avancées qu'elle dans la vie. Avec un certain détachement, elle constatait que cela ne la préoccupait guère. Elle avait toujours pensé qu'elle aimerait bien un jour avoir une famille, mais c'était un projet d'avenir. Pour l'heure, elle appréciait d'être son propre chef, de disposer librement de son temps, de faire des heures supplémentaires sans avoir mauvaise conscience envers qui que ce soit. Ce qui ne l'empêchait pas d'être un peu triste de ne pas avoir réussi à rencontrer un autre homme après Tommy Kvanter. Elle ne voulait surtout pas être prisonnière de sa fascination pour un homme qui, de toute évidence, n'était pas fait pour elle. Une collègue de travail d'un certain âge était depuis près de dix ans la maîtresse d'un journaliste marié, et Line s'était promis de ne pas se retrouver dans une relation semblable, sans avenir, découvrant soudainement qu'elle était devenue trop vieille pour réaliser ses rêves.

— Que savez-vous sur l'affaire ? demanda-t-elle en se ressaisissant.

— À vrai dire, pas grand-chose, mais je crois que je l'ai vu.

Christianne Grepstad sortit deux grandes tasses d'un placard au-dessus de l'évier, qu'elle posa sur la table.

— Du thé ?

— Avec plaisir, répondit Line tout en faisant attention à ne pas perdre le fil de la conversation. Qui avez-vous vu ?

La jeune femme remplit une bouilloire.

— Celui qui a été tué, répondit-elle en sortant une boîte de sachets de thé et un sucrier. En tout cas, je crois que c'était lui. Il promenait son chien et il portait un imperméable. Je pensais que je devais le signaler. La police avait demandé à tous ceux qui l'avaient vu de se manifester.

L'enfant attrapa une tasse en plastique et la serra entre ses doigts potelés.

— Où l'avez-vous vu ? insista Line.

Le petit tapa la tasse contre la table avant de la jeter par terre, puis lança un regard noir à sa mère.

— En bas, dans Gamlebyen, dit-elle en ramassant la tasse. J'étais allée au café avec quelques copines et je l'ai vu sur le chemin du retour. Il se tenait devant la librairie.

Ne connaissant pas les lieux, Line dut demander des explications plus précises à la jeune femme. Elle avait déjà étudié la carte sur l'écran de son ordinateur et compris que l'endroit dont elle parlait était situé à l'intérieur des remparts en forme d'étoile, immédiatement à l'ouest de l'endroit où le corps sans vie de Jonas Ravneberg avait été retrouvé.

— Vous rappelez-vous quelle heure il était ?

— Je sais que j'ai quitté le café à neuf heures et demie. La librairie se trouve un pâté de maisons plus haut.

Line calculait dans sa tête.

L'info avait été transmise par un coup de fil à la rédaction à dix heures moins dix. En gros, Jonas Ravneberg avait été tué dix ou quinze minutes après que Christianne Grepstad l'eut vu.

— Était-il seul ? demanda-t-elle.

— Oui, répondit la femme en se retournant vers le plan de travail.

L'eau bouillait et elle en versa dans les deux tasses.

— Mais il avait l'air d'attendre quelqu'un ou quelque chose, ajouta-t-elle en s'asseyant.

Line choisit du thé vert.

— Comment ça ?

— Je ne sais pas. Il restait juste là. La police m'a demandé la même chose. J'y ai réfléchi depuis, mais je n'arrive pas à l'expliquer autrement. J'ai eu l'impression qu'il allait faire quelque chose d'illégal et qu'il attendait seulement que la voie soit libre.

— Quelque chose d'illégal ? Qu'est-ce que ça aurait pu être ?

Christianne Grepstad hocha la tête en attrapant un petit pain au lait.

— C'était juste une impression, mais je crois qu'il cachait quelque chose.

— De quelle façon ?

— Il gardait la main à l'intérieur de son imperméable comme s'il tenait une chose qu'il ne fallait pas mouiller.

Line mélangea le sucre dans son thé en s'imaginant Jonas Ravneberg attendant sous la pluie.

— Vous avez croisé quelqu'un d'autre ? demanda-t-elle

en prenant une première gorgée. Quand vous avez poursuivi votre chemin ?

La jeune femme réfléchit, mais fit non de la tête.

— Pas que je me rappelle, mais je me souviens très bien de lui. J'ai eu une sensation désagréable. Comme s'il me suivait du regard. Avec de petits yeux noirs. Ce n'est pas quelque chose que je dis maintenant parce que je sais qu'il est mort. Je l'ai vraiment ressenti à ce moment-là. Je me rappelle m'être retournée pour voir s'il me suivait, mais il restait sur place à me regarder.

La tasse du garçon retomba par terre. Cette fois-ci, elle y resta.

— Il va bientôt se coucher, expliqua la mère.

— Est-ce que les policiers vous ont interrogée sur autre chose ? se permit de demander Line.

C'était toujours intéressant d'être au courant de l'angle d'attaque choisi par les enquêteurs.

— Ils m'ont posé les mêmes questions que vous, puis j'ai dû expliquer comment j'étais habillée, où je m'étais rendue, avec qui j'étais allée au café et qui d'autre j'avais vu sur la place. C'était pour faire une cartographie, m'ont-ils expliqué.

Line hocha la tête et la conversation glissa sur d'autres thèmes. La tasse de thé surdimensionnée n'était qu'à moitié vide quand Line se mit debout en disant qu'elle devait partir.

Dehors la pluie avait repris de plus belle, et elle traversa la route en courant tête baissée. Erik l'interrogea du regard quand elle s'assit derrière le volant.

— Du nouveau ? demanda-t-il.

— Pas vraiment, répondit Line en allumant le GPS. Elle a vu Jonas Ravneberg et son chien devant une librairie de la vieille ville.

— Qu'est-ce qu'il y faisait ?

— Il attendait. Quelque chose ou quelqu'un.

Erik se tut tandis que Line plissait les yeux pour mieux voir la petite carte sur l'écran. Elle s'orienta pour rejoindre la route principale, longea un cimetière avant d'arriver à un panneau indiquant Gamlebyen, la vieille ville.

Elle suivit les instructions et traversa une avenue bordée de vieux arbres dénudés. La route asphaltée fut vite remplacée par des pavés que le reflet des réverbères faisait briller. La voiture cahotait sur le sol inégal.

Tout de suite à l'intérieur des remparts de la vieille ville fortifiée s'étendait une grande place dégagée où la route se divisait en deux. En face se dressaient quatre maisons anciennes en bois imbriquées les unes dans les autres. La plus grande hébergeait au rez-de-chaussée un petit salon de coiffure et un magasin Libris. Line se rangea sur le bord et observa la rue. Une femme trapue avec un parapluie rouge marchait sur l'un des trottoirs.

— Qu'est-ce qu'on fait ici ? demanda Erik.

— Je ne sais pas très bien, répondit Line en regardant en arrière pour voir la route par laquelle ils étaient arrivés.

Les remparts barraient la vue, autrement ils auraient pu voir l'endroit où Jonas Ravneberg avait été tué.

La femme au parapluie jeta un coup d'œil dans la voiture en passant. Un homme plus jeune arriva derrière elle, une main à l'intérieur de sa veste. En s'approchant, il sortit une épaisse enveloppe grise, se dirigea vers l'entrée de la librairie et la glissa dans une boîte aux lettres rouge fixée au mur.

Line le suivit du regard quand il s'éloigna.

— Il a posté quelque chose, dit-elle.

— Oui, j'ai vu ça, acquiesça Erik Fjeld.

— Pas lui, rectifia Line en tournant la tête vers l'homme à la veste coupe-vent. Jonas Ravneberg. Il a posté quelque chose, juste avant d'être tué.

# 31

L'obscurité était tombée sans que Wisting l'eût remarquée. Une obscurité brumeuse qui n'était pas tout à fait la nuit.

Il se cala au fond du fauteuil, ferma les yeux et se pinça la racine du nez entre le pouce et l'index. Il dut admettre qu'il ne s'était pas focalisé sur le travail qu'il s'était promis d'effectuer : trouver quel policier aurait pu mettre en place la fausse preuve ADN. En l'absence d'élément concret, il s'était décidé à relire tous les documents sur l'affaire pour tenter de trouver quelque chose entre les lignes.

Ses pensées n'arrêtaient pas de retourner à Rudolf Haglund. Avaient-ils, dix-sept ans plus tôt, négligé quelque chose? Quelque chose que lui-même aurait minimisé pour préserver la cohérence de sa théorie?

Jusqu'ici, il n'avait rien découvert qui soit de nature à innocenter Rudolf Haglund, mais rien non plus corroborant sa culpabilité.

Il alluma l'applique sur le mur. La réverbération de la lampe rendit floue l'image de son visage sur la vitre de la fenêtre. Ses yeux le regardaient avec une absence étrange. Il se concentra sur un nouveau document : le rapport sur la confrontation photo avec Karsten Brekke, le témoin sur le tracteur.

C'est Nils Hammer qui l'avait menée et le travail semblait avoir été exécuté selon les règles préconisées par le procureur de l'État. L'important était que le témoin qui devait désigner le suspect ait un large choix d'individus et qu'il ne subisse aucune influence d'une manière ou d'une autre.

Karsten Brekke avait tout d'abord répété la description qu'il avait donnée de l'inconnu près de l'Opel blanche. Elle correspondait bien à Rudolf Haglund. À peu près la trentaine, des cheveux foncés et épais sur les côtés, un visage large avec un fort menton et des yeux sombres et rapprochés.

Ensuite on lui avait montré des images de douze hommes du même âge ayant la même forme de visage et la même couleur de cheveux. Les images étaient placées sur une planche, réparties en quatre lignes de trois. Une copie de la planche au format A4 était agrafée au rapport. Rudolf Haglund était le numéro deux de la deuxième rangée. Ce qui le plaçait à peu près au milieu de la feuille. Il fut le premier sur lequel Wisting posa ses yeux. Était-ce parce qu'il connaissait déjà son visage ? Il est vrai que le regard a tendance à se porter vers le centre. Vers le point central.

Karsten Brekke avait désigné Haglund. Ses mots étaient retranscrits dans le rapport : « *C'est lui. Le numéro 5.* » Quand on lui avait demandé s'il était sûr de lui, il avait répondu : « *Aussi sûr qu'il est possible de l'être.* »

Après l'identification, il y avait eu une pause dans l'interrogatoire. Karsten Brekke fut appelé à nouveau et on lui présenta les mêmes images, mais dans un ordre différent. Cette fois-ci, Rudolf Haglund avait été placé en numéro onze, mais Karsten Brekke s'était toujours montré aussi sûr de lui.

Le document suivant dans cette affaire était un mandat d'arrêt, signé et tamponné par Audun Vetti.

La confrontation avec les photos avait constitué la base de l'accusation qu'ils avaient montée contre Haglund. Elle constituait le socle de l'enquête et, à proprement parler, avait été plus décisive que le résultat de l'analyse ADN. Car dans l'éventualité où Karsten Brekke n'aurait pas reconnu Rudolf Haglund, ils n'auraient pas pu obtenir de lui un échantillon d'ADN pour le comparer au résultat de l'analyse des mégots.

La photo utilisée provenait du casier judiciaire que possédait la police, prise à l'occasion de l'affaire d'exhibitionnisme dont il avait été accusé deux ans auparavant. Mais il n'avait guère changé au moment d'être arrêté de nouveau, cette fois pour meurtre.

Wisting se replongea dans le rapport. Difficile pour quelqu'un qui n'avait pas été présent dans la même pièce de juger si Karsten Brekke avait subi une quelconque influence. Nils Hammer avait prétendu que le placement des photos avait été effectué au hasard, et il n'y avait pas de raison de croire que la position centrale du suspect eût été intentionnelle. Cependant, le fait que Nils Hammer avait été seul à mener cette confrontation constituait un point faible. Les règles prescrivaient qu'une confrontation avec des photos devait être mise en place et conduite par un officier de police supérieur accompagné d'au moins un assistant.

Il repoussa le rapport et sentit subitement qu'il avait faim. Il n'avait rien mangé de la journée. Il se leva et alla dans la cuisine boire un verre d'eau. Il était huit heures et il décida de rester encore une heure avant de rentrer chez lui.

Le rapport de la confrontation par images restait ouvert sur le canapé. Wisting but la moitié du verre d'eau, le remplit à nouveau puis l'emporta avec lui. Il s'assit et tint la planche de photos contre la lumière. Les onze autres hommes étaient un choix aléatoire effectué selon leur apparence physique, dans le répertoire des photos de la police. Ils étaient photographiés de côté et de face. Wisting ne connaissait aucun d'entre eux.

Il tourna les pages jusqu'à trouver celle où Hammer avait décrit le déroulement de la confrontation. Il n'y était pas mentionné si Karsten Brekke avait été informé que le suspect ne se trouvait pas nécessairement parmi les douze photos. C'était pourtant l'un des points essentiels des règles mises en place, ce qui évitait au témoin la pression d'un résultat et éliminait ainsi une éventuelle source d'erreur d'identification. Hammer aurait pu en informer le témoin sans avoir pris soin de le noter, mais c'était étonnant qu'il n'y soit fait nulle mention alors que le rapport était par ailleurs extrêmement détaillé avec, entre autres, les paroles de Karsten Brekke mises en exergue sous forme de citations.

Il remonta à la page des photos. La taille de la feuille du rapport ne faisait qu'un tiers de la planche utilisée à l'origine, et c'était de surcroît une copie en noir et blanc qui rendait les détails difficiles à distinguer. Tous les hommes avaient des traits qui se ressemblaient, mais seul Rudolf Haglund semblait présenter une cassure au niveau du nez.

Wisting emporta la feuille jusqu'au plan de travail de la cuisine pour l'étudier sous une lumière plus forte. Les hommes avaient sensiblement le même âge et la même forme de visage, mais la position des yeux et la forme du nez différaient, et Rudolf Haglund se distinguait des autres avec son arête nasale enfoncée. Le nez n'était pas aplati comme celui d'un boxeur, il avait davantage l'air d'être en creux.

C'était ainsi que Karsten Brekke avait décrit le suspect lors du premier interrogatoire. Wisting remonta les pages pour relire la description. Un homme norvégien, dans la trentaine. Environ un mètre quatre-vingts. Un visage large, des yeux rapprochés, des cheveux bruns et une cassure caractéristique sur le nez. C'était ce signalement qui avait été diffusé et qui avait fait accélérer le travail de listing. Ils avaient récolté quatre-vingt-trois dénonciations d'hommes répondant à la description. Quatre-vingt-deux avaient été écartés jusqu'à ce qu'il ne restât plus que Rudolf Haglund.

Wisting relut la description que Karsten Brekke avait répétée en amont de la confrontation photo : environ trente ans, cheveux bruns, visage large, et des yeux noirs rapprochés. La description du nez avait été omise. Cela pouvait vraiment être un oubli, mais Wisting avait du mal à y croire. C'étaient de telles caractéristiques qui mettaient souvent les enquêteurs sur une piste. C'était *ce* détail qui avait convaincu Wisting que Haglund était l'homme qu'ils recherchaient…

Il n'avait pas envie de pousser son raisonnement jusqu'au

bout, mais soupçonnait de plus en plus Nils Hammer d'avoir volontairement passé ce détail sous silence et de n'avoir placé dans la sélection qu'une seule photo d'homme au nez cassé : celle de Haglund. Il ne fallait surtout pas que les lecteurs du rapport se rendent compte que l'attention du témoin avait été dirigée vers une personne en particulier.

# 32

Deux questions avaient été au centre de l'affaire Cecilia : qui l'avait kidnappée et pourquoi ?

Une fois qu'ils eurent trouvé la réponse sur *qui*, la question du *pourquoi* était tombée aux oubliettes. Il n'y eut jamais de réponse. La solution de facilité avait été d'imaginer que l'enlèvement revêtait un caractère sexuel et que le meurtre avait été commis pour dissimuler le crime initial. Pourtant il n'avait jamais été constaté que Cecilia eût été victime de violences sexuelles. Elle était nue quand elle avait été découverte, mais c'était aussi le seul indice qui corroborait le motif sexuel. On n'avait retrouvé ni trace de sperme ni aucune autre trace de l'agresseur sur elle.

Le dossier de clichés de l'autopsie rendit avec brutalité l'aspect du corps nu sur la table d'examen. La peau était plus claire sur la poitrine et le bas-ventre, comme si elle s'était exposée au soleil en bikini. Ses hanches et sa taille étaient fines et les poils du pubis blonds et frisés. Ses seins étaient généreux et fermes avec des aréoles foncées. Une égratignure rouge de la taille jusqu'à l'os iliaque était due, selon les médecins légistes, à sa chute quand elle avait roulé dans le fossé où elle avait été retrouvée. Sinon sa peau était lisse, sans grains de beauté ni cicatrices. Ses mains et pieds étaient menus, elle s'était mis du vernis à ongles rouge, mais l'ongle au naturel avait continué à pousser pendant sa captivité. Le visage rigide présentait une couleur bleue effrayante. Les yeux étaient mi-clos, mais on pouvait voir de toutes petites taches de sang dans les globes et des éclats d'un gris brillant dans les pupilles. C'était ça qui l'attirait dans cette photo : un regard vide qui se trouvait quelque part entre angoisse et néant.

L'idée les avait effleurés que la nudité n'était peut-être qu'une mise en scène pour tromper les enquêteurs et que le vrai motif était tout autre – mais alors lequel ? Cependant, dans tous les cas, Rudolf Haglund était l'agresseur.

L'observation judiciaire référencée en tant que document numéro 58 dans le classeur rouge permettait une approche plus approfondie de la personnalité de Haglund que ce qui apparaissait dans les autres retranscriptions d'auditions. L'objectif d'une expertise psychiatrique était de clarifier si le suspect était pénalement irresponsable ou pas. L'expertise elle-même était fondée sur l'acceptation du suspect à participer à des entretiens avec deux spécialistes. C'était une lecture intéressante dans laquelle la famille, l'éducation, la scolarité, la vie professionnelle, la santé et la vie sexuelle étaient décrites d'un point de vue différent de celui d'un simple policier.

Né et élevé à Skien, Haglund décrivait ses premières années comme heureuses. Il était enfant unique et ses parents l'avaient eu sur le tard. Son père travaillait à la Poste alors que sa mère occupait un emploi à temps partiel dans un magasin de chaussures. L'année de ses huit ans, on découvrit à son père un cancer de l'estomac avec métastases dans les autres organes. Il subit une chimiothérapie et vécut encore cinq ans avec la maladie. Mais la souffrance semblait l'avoir complètement transformé, le rendant irritable et colérique, et Rudolf Haglund avait été beaucoup battu. Parallèlement, sa mère avait aussi eu des problèmes d'ordre nerveux. Tout son petit monde avait été radicalement chamboulé. Il avait recommencé à faire pipi au lit avec l'impression d'entrer sans cesse en conflit avec le monde qui l'entourait. Il fut victime de harcèlement scolaire, mais, étant grand pour son âge, il compensait par sa force physique. Il pouvait faire preuve d'agressivité dans d'autres situations et fut ponctuellement renvoyé de l'école à la suite de menaces proférées à l'encontre des enseignants. Des épisodes de violence envers sa mère étaient également décrits.

Il n'avait pas été capable de suivre un enseignement de matières théoriques et, à mi-parcours de la quatrième, fut placé dans une école spécialisée. Après le collège, il était entré dans un lycée technique mais, ne se sentant pas à sa place, il l'avait quitté peu de temps après. Ses pulsions violentes l'ayant peu à peu isolé des autres, il fut jugé inapte au service militaire.

À son vingtième anniversaire, sa mère se suicida et il se retrouva sans aucune famille. Avec l'héritage, il rompit tout lien avec son lieu de naissance et déménagea pour Larvik où il acheta une maison en rase campagne, à Dolven.

Par l'agence pour l'emploi, il obtint une place dans un entrepôt de meubles. Il sut s'adapter à son travail et, après une période d'essai, on lui proposa un poste permanent, celui qu'il occupait encore au moment de son arrestation.

D'un point de vue émotionnel, il présentait des difficultés à faire la différence entre les sentiments de tristesse, de déception ou de colère. La fureur chez lui pouvait se déclencher pour un simple détail, par exemple un lacet de chaussure qu'il n'arrivait pas à défaire. Il se sentait seul, mais ne jugeait pas que son existence fût vide. Il se plaisait en sa propre compagnie, aimait faire de longues promenades dans les bois et les champs, et surtout aller à la pêche.

Tout un chapitre était consacré à sa vie sexuelle. Elle avait débuté avec une adolescente de son âge quand il avait seize ans, mais sans qu'ils continuent à se fréquenter. Après avoir déménagé à Larvik, il s'était engagé dans une relation avec une voisine de treize ans son aînée. La liaison avait cessé quand la voisine avait déménagé pour la côte ouest. Ensuite, il n'avait eu que des relations sexuelles ponctuelles au hasard de petites annonces dans des magazines spécialisés. Il n'avait pas caché qu'il était excité par le sadisme et, parfois, par la domination de l'autre.

La conclusion des experts était que Haglund n'avait pas de symptômes ou de comportements indiquant un état psychotique. Mais la question de ses facultés était autrement plus délicate. Si sur le plan de l'intelligence il se situait largement dans la normalité, il présentait en revanche des lacunes significatives dans le développement de la personnalité, en particulier en ce qui concernait la capacité de contrôler ses pulsions d'agressivité. En dépit de certaines facultés insuffisamment développées, on estima qu'il n'était pas durablement diminué. Il était donc juridiquement responsable et pouvait être traduit devant un tribunal. Pour les enquêteurs, l'expertise psychiatrique n'était qu'une confirmation de plus de la culpabilité de Rudolf Haglund. Elle traçait les contours d'une personne capable de commettre des violences envers les femmes.

Wisting se leva pour jeter un coup d'œil à son téléphone portable. La liste des appels manqués s'était allongée, mais ni Line ni Suzanne n'avaient cherché à le joindre. Il était presque dix heures, plus tard que ce qu'il pensait.

Il laissa les dossiers et ses notes tels quels, mais tira les rideaux. Puis il enfila sa veste, sortit et verrouilla la porte derrière lui. L'air frais était saturé d'une humidité iodée. Il s'en emplit les poumons en restant immobile, le temps d'habituer ses yeux à l'obscurité, avant de s'engager sur le sentier qui menait au parking.

Les trombes d'eau ayant transformé en boue le petit carré herbeux devant le chalet, il dut le contourner pour éviter de marcher dans les plus grosses flaques.

En démarrant la voiture, il tomba sur les infos. Il était question d'un homme politique accusé d'avoir eu des relations sexuelles avec des mineurs. Il faillit éteindre la radio quand il entendit le présentateur annoncer que la police lançait un avis de recherche concernant une jeune femme de dix-sept ans habitant Larvik, nommée Linnea Kaupang. Elle était signalée disparue depuis vendredi dernier et la police n'excluait pas qu'elle eût pu subir des violences. Après une brève description de la jeune femme, un appel à témoin fut lancé.

Wisting éteignit la radio et roula, les lèvres serrées, à travers les ténèbres silencieuses, de plus en plus plongé dans ses pensées. Il ressentait un besoin impérieux d'arriver là-bas, au commissariat. Pour être certain que tout ce qu'il était possible de faire serait mis en œuvre pour retrouver la jeune fille disparue et celui qui, éventuellement, s'était attaqué à elle.

# 33

Line était seule dans la chambre d'hôtel. Elle s'était déshabillée et allongée sur le ventre dans le large lit, l'ordinateur posé devant elle. La police avait confirmé l'identité de la victime, ce qui facilitait son article sur le meurtre.

Elle l'avait construit autour de quatre éléments. Pour susciter l'intérêt, elle se servirait dans son introduction du mystérieux cambriolage et poursuivrait par le rendez-vous avorté avec l'avocat. Le troisième élément serait le portrait de la victime, fondé sur sa rencontre avec Torgeir Roxrud. Puis le dernier élément serait du genre *c'est ici que la victime a été vue pour la dernière fois*. Convaincue qu'elle était en possession de plus d'indices que les autres, elle eut cependant du mal à trouver les bonnes phrases. Elle pensait à son père. Il était doté d'une étonnante capacité à accepter la situation dans laquelle il se retrouvait et à prendre de la distance. Il avait semblé si réfléchi et lucide…

Deux choses pouvaient le réhabiliter, pensa-t-elle. L'une était que celui ayant manipulé la preuve du mégot soit démasqué, l'autre était que lui-même trouve de nouveaux indices dans l'affaire Cecilia. Les deux semblaient être une tâche impossible, du moins pour un seul homme.

Elle se décida à lui rendre visite le lendemain. Elle pourrait lui apporter son aide, tout en cherchant des traces de Jonas Ravneberg puisque, du temps où il vivait à Larvik, il avait eu une petite amie avant de déménager pour Fredrikstad.

Elle entreprit de rédiger un mail à l'une des documentalistes du journal en demandant si elle pouvait lui obtenir des informations du registre foncier ou d'anciennes adresses du registre d'état civil.

Puis elle se redressa et se concentra de nouveau sur son article. Le chef des infos voulait une colonne entière, soit trois mille cinq cents signes. Remplir la place n'était pas un problème. Tout au contraire. Il fallait plutôt se limiter pour faire entrer le plus de texte possible dans un espace réduit. Écrire court et concis, elle savait normalement le faire, mais pour l'instant ça partait dans tous les sens.

L'enquêteur qui l'avait interrogée au sujet de l'agression qu'elle avait subie lui avait demandé de le rappeler s'il lui revenait d'autres détails. Elle se retourna dans le lit pour regarder le modèle réduit de voiture. La Cadillac d'Elvis Presley.

Elle avait enregistré le numéro du policier dans son téléphone portable. Elle le retrouva et appela.

Il répondit d'une manière peu amène.

— Je me suis souvenue d'une chose, dit Line, après s'être présentée. Une chose que j'ai trouvée devant la maison de Jonas Ravneberg.

— Qu'est-ce que c'est ?

Line se leva du lit et se dirigea vers la fenêtre.

— Une voiture miniature. Je pensais d'abord que c'était un jouet appartenant à un enfant des voisins, dit-elle en se faisant passer pour moins informée qu'elle ne l'était en réalité. Ça ressemble à un modèle réduit qui a de la valeur, une voiture de collection. Elle est ancienne et en bon état.

— Eh bien ?

— Savez-vous si Ravneberg collectionnait de telles voitures ?

L'enquêteur hésita.

— Il y en a plusieurs dans son salon, dit-il finalement.

— Avez-vous découvert ce que le meurtrier avait emporté ?

— Avez-vous la petite voiture avec vous ? demanda le policier sans répondre à la question de Line.

— Oui. Croyez-vous que c'était ça qu'il recherchait ?

Line écarta les rideaux et prit la voiture. L'homme hésita encore.

— Non, dit-il.

— Savez-vous pourquoi il l'avait emportée alors ?

Le policier évita de répondre.

— Je viens la récupérer. Où êtes-vous ?

Line lui donna le nom de l'hôtel.

— J'y serai dans une demi-heure.

— OK, mais il y avait autre chose aussi.

— Oui ?

Line jouait avec le coffre de la voiture miniature.

— Avez-vous vérifié avec la Poste ? demanda-t-elle en rendant la question aussi percutante que possible.

— La Poste ?

— Nous publierons demain matin dans le journal que

Jonas Ravneberg a été vu pour la dernière fois sur la place à l'entrée de la vieille ville, c'est exact, n'est-ce pas ?

— Oui.

— Il y a une boîte aux lettres, expliqua Line. Pensez-vous qu'il aurait pu y mettre quelque chose ?

De nouveau, un silence se fit.

— Ce ne sont que des suppositions, finit par dire l'enquêteur. J'arrive pour récupérer cette petite voiture.

À la fin de la conversation, Line se recoucha sur le lit en estimant qu'elle s'en était bien tirée. La façon dont elle avait emballé le fait qu'elle avait emporté une possible pièce à conviction avait marché, et elle avait réussi à dévier l'attention sur le bureau de Poste sans avoir l'air d'une indic. C'était probablement trop tard de toute façon. Le courrier était vraisemblablement déjà trié et en route vers les destinataires.

Une demi-heure plus tard, l'article était terminé. Une fois qu'elle avait pu mettre de l'ordre dans ce qui l'avait distraite, le travail avait été plus facile que prévu.

Elle enfila son pantalon, remit le couvre-lit en place en espérant que le policier arriverait bientôt. Ayant peu dormi ces dernières vingt-quatre heures, il fallait qu'elle tente de récupérer un peu de sommeil.

Elle se laissa tomber dans le fauteuil, alluma la télévision et fit défiler les chaînes sans rien trouver d'intéressant. Elle se releva, écarta un peu les rideaux et se planta devant la fenêtre, les bras croisés. La pluie incessante qui dessinait des perles d'eau sur la vitre rendait flou le monde extérieur. Une ambulance surmontée d'une lumière bleue clignotante passait sur la route en dessous quand on frappa. Elle saisit la voiture miniature et se dirigea vers la porte. En l'ouvrant, elle fit un rapide pas en arrière. Ce n'était pas le policier. C'était Tommy.

Cela faisait presque trois mois qu'elle ne l'avait pas vu. Après avoir vécu ensemble pendant deux ans, ils s'étaient séparés d'un commun accord à l'automne dernier en estimant que ce serait mieux pour tous les deux. Malgré cela, il lui avait été plus difficile de tourner la page qu'elle ne l'aurait cru. Après Tommy, aucun homme n'avait trouvé grâce à ses yeux. Il faut dire qu'il avait tout pour lui plaire : du genre plutôt relax, intellectuel et passionné de culture, il y avait chez lui quelque chose qui ne cessait de la fasciner. Il paraissait n'avoir jamais peur et il dégageait une sorte de tranquillité et de sauvagerie qui lui donnaient l'impression qu'il était à la fois dangereux et bon. Mais son côté insouciant et impulsif l'avait aussi mise mal à l'aise.

Quant à leur entente sur le plan physique, il était difficile d'en faire abstraction. Line n'avait jamais connu une attirance aussi forte auparavant, cela l'effrayait et la rendait accro en même temps.

Tommy se tenait là, les mains enfouies dans ses poches, la tête légèrement penchée.

— Comment vas-tu ? demanda-t-il.

Elle ne le laissa pas entrer, mais le prit dans ses bras en restant dans le couloir. Comme c'était bon de sentir son corps contre le sien…

— Qu'est-ce que tu fais ici ? murmura-t-elle.

— Il fallait que je sache comment tu te portes, dit-il en l'écartant un peu de lui pour mieux la regarder.

— Mais comment tu m'as retrouvée ?

— C'était écrit dans le journal que tu étais à Fredrikstad, sourit-il. Il n'y a pas tant d'hôtels que ça dans cette ville.

Elle lui rendit son sourire et recula de quelques pas dans la chambre. Il la suivit et referma la porte derrière lui.

— Comment tu vas ? répéta-t-il.

— Bien, répondit-elle. C'est un peu le chaos dans ma tête, mais ça va.

Tommy saisit ses deux poignets et la regarda fixement.

— Tu as été agressée par un meurtrier, dit-il. Tu as pu en parler à quelqu'un ?

— Ça va bien, répéta-t-elle en détournant les yeux. J'en ai parlé à la police et au journal. Ils m'ont proposé un psychologue de crise et tout ça, mais ce n'est pas trop mon truc.

— Je le sais bien, répondit-il sans la lâcher. Qu'en est-il de ton père ? Tu lui as parlé ?

Elle hocha simplement la tête et se dit que le flegme qu'elle avait ressenti après l'agression était un héritage paternel. La faculté de prendre de la distance avec les événements et de ne pas se laisser emporter par l'émotion.

— C'est bon de te voir, dit-il en l'attirant contre lui de sorte que sa tête se love dans son cou.

Elle sentait ses pectoraux contre elle et une de ses mains trouva le chemin jusqu'à la nuque de son ancien compagnon. Elle effleurait de ses doigts ses cheveux noirs si doux qui retombaient sur le col de sa chemise.

Il la repoussa doucement, lui sourit et se pencha pour l'embrasser sur le front.

— Qu'est-ce que tu as là ? demanda-t-il en indiquant son autre main par un hochement de tête.

Elle lui montra la voiture miniature.

— Une pièce à conviction, sourit-elle.

À l'instant même, on frappa à la porte. Elle alla ouvrir, l'un des employés du restaurant en bas se trouvait là. Il apportait un plateau composé de fruits, de biscuits et de fromage, ainsi qu'une bouteille de vin.

— Je n'ai pas…, commença-t-elle, puis elle se tourna vers Tommy.

— Posez-le ici, dit-il.

Elle laissa entrer le serveur et sentit qu'elle n'avait plus du tout envie de dormir. Tommy prit la bouteille de vin et gratifia le garçon d'un billet de cent couronnes en pourboire.

Ils mangèrent sur le lit tout en discutant. Il la pressait de raconter ce qu'elle avait vécu et d'exprimer ce qu'elle pensait de l'accusation contre son père.

— Je retourne à la maison demain, dit-elle.

— Est-ce que je peux rester avec toi d'ici là ? demanda-t-il.

Elle n'eut pas le temps de répondre. On frappa de nouveau à la porte.

— En fait, j'attends une visite, dit-elle en sautant du lit.

Il la suivit d'un regard étonné quand elle prit la voiture miniature avant d'aller ouvrir.

— Désolé d'être en retard, dit le policier.

— Pas de problème, répondit Line.

Elle lui tendit la voiture et se retourna pour jeter un coup d'œil dans la chambre.

— De toute façon, je n'ai pas l'intention de dormir avant un moment.

# 34

Lentement, Wisting glissa d'un sommeil profond à l'état d'éveil. Il leva le bras et passa la main dans ses cheveux emmêlés. Sa première pensée consciente alla à Linnea Kaupang. Pourvu que la nuit ait apporté de bonnes nouvelles concernant la jeune fille au nœud jaune dans les cheveux… Il n'arrivait pas à chasser de son esprit l'idée que s'il avait été en service, il aurait pu être utile dans cette affaire. Il ne se considérait pas comme irremplaçable, et il savait que l'enquête était entre de bonnes mains, malgré tout il aurait voulu être de la partie.

Il entendait le souffle de Suzanne à côté de lui, doux et rythmé. Il se tourna vers elle, observa son visage endormi en se demandant si elle le connaissait assez bien pour savoir qu'il n'avait pas fait ce dont il était accusé. Cela faisait trois ans qu'elle était entrée dans sa vie et elle y occupait désormais une place essentielle. Il découvrait constamment de nouvelles facettes chez elle et, à la différence d'Ingrid, ne savait toujours pas comment elle réagirait dans telle ou telle situation. Ingrid et lui se connaissaient depuis l'école primaire et ils avaient vécu près de quarante années ensemble.

Wisting était sûr qu'elle serait restée à ses côtés pendant toute cette affaire. Il fallait espérer que Suzanne ferait de même.

Il s'assit sur le bord du lit et sentit le sol froid sous ses pieds. Il repoussa doucement la couette et sortit de la chambre sans faire de bruit.

Il fit ce qu'il avait l'habitude de faire tous les matins. Prit une douche, s'habilla, alla chercher le journal et s'assit à la table de la cuisine devant une tasse de café. Mais aujourd'hui, il évita d'allumer la télévision.

Le journal local titrait sur sa suspension. Il parcourut l'article. Les faits relatés étaient corrects, et en effet *William Wisting avait été injoignable pour commenter l'affaire.*

Le journal publiait également des informations sur le nouveau cas de disparition. Une photo de Linnea Kaupang apparaissait à côté d'un reportage où des volontaires ratissaient la zone forestière près de sa maison. Plusieurs de ses camarades de classe prenaient part à cette recherche. Fixés à leurs vestes, elles portaient des nœuds jaunes semblables à celui que Linnea avait dans les cheveux, sur la photo.

Il referma le journal, songeant à ce qui était en train de se reproduire. Encore une fois, une disparition était en passe de traumatiser la communauté locale. D'abord Ellen Robekk, puis Cecilia Linde, et à présent Linnea Kaupang. Les deux premières fois, il y a dix-huit et dix-sept ans, il avait passé presque chaque heure de la journée – excepté quand il dormait – à rechercher Ellen Robekk et Cecilia Linde. Il était frustré, cette fois, de ne pas participer à l'enquête.

Il se prépara à partir. Devait-il aller dans la chambre,

dire au revoir à Suzanne ? Ingrid aurait eu le sommeil si léger qu'elle serait descendue d'elle-même pour le voir.

Il décida de la laisser dormir et lui écrivit un petit mot pour la prévenir qu'il partait au chalet.

Il se sentit bien en sortant la voiture de la cour. Quitter la maison, c'était maintenir la routine quotidienne, même s'il lui semblait étrange de se diriger vers la côte au lieu d'aller en ville.

Aurait-il pu agir différemment dans l'affaire Cecilia ? Oui, il aurait dû contrôler de plus près les principales missions qu'il avait déléguées à ses coéquipiers, mais il avait confiance en eux et il savait d'expérience que les meilleurs résultats s'obtenaient parfois en laissant les choses se faire.

Les paysages alentour disparaissaient dans un brouillard gris cendre. Au bord de la route, dans la descente vers le lotissement des chalets, un chevreuil redressa la tête en pointant ses oreilles vers lui. L'animal s'était immobilisé, comme figé sur place, le suivant seulement de ses gros yeux bruns. Puis il fit un écart et disparut entre les arbres.

En se garant, Wisting regretta de n'avoir rien apporté à manger, mais se dit qu'il pourrait prendre la voiture pour faire des courses plus tard. De toute façon, il avait l'intention d'aller voir Finn Haber, le responsable de l'identification criminelle à l'époque de la disparition de Cecilia.

Il glissa et faillit tomber sur le sentier boueux, retrouvant son équilibre in extremis. L'air était humide et frais, il eut envie d'allumer un feu dans la cheminée.

La clé grinça dans la serrure. Il fut obligé de forcer pour la faire tourner et se dit qu'il fallait acheter du lubrifiant. Il aurait déjà dû faire tant de choses… Les vieilles fenêtres devaient être soit isolées soit remplacées, les poutres du faîtage nécessitaient d'être réparées et il y avait aussi quelques tuiles cassées à changer. À présent, ne disposait-il pas de tout son temps pour s'y atteler ? C'est en tout cas ce qu'aurait dit Ingrid. Que cela lui ferait du bien de déconnecter complètement en pensant à autre chose.

Les documents sur le bureau l'attiraient comme des aimants. Il jeta sa veste sur une chaise et s'installa. Son bloc-notes était toujours ouvert à la même page, il le prit pour relire ce qu'il avait écrit la veille. Pour tout autre que lui, ce n'était qu'une carte mentale enchevêtrée : des mots-clés et des idées qui lui étaient passés par la tête en lisant le dossier, des mots barrés ou entourés, reliés les uns aux autres par des flèches et des tirets. Mais finalement rien de très substantiel.

Il regarda les classeurs devant lui en se demandant par où commencer. Le classeur rouge dépassait un peu, il le repoussa de l'index afin qu'il soit aligné avec les autres. Un Post-it jaune indiquait où il s'était arrêté. Soudain, il eut un pressentiment. Une intuition, plus fondamentale que l'odorat et la vue. Et un frisson parcourut son corps.

Quelque chose n'allait pas.

Quelqu'un était venu.

Il ne pouvait pas déterminer ce qui le rendait si sûr de lui. C'était seulement un sentiment déplaisant. Tout n'était pas exactement comme lorsqu'il avait quitté le chalet la veille.

Il se leva et se dirigea vers la porte pour essayer une nouvelle fois la serrure. De l'intérieur, le verrou tournait sans problème, mais de l'extérieur la clé fonctionnait difficilement.

Il se tourna et embrassa le paysage du regard. Des rochers nus et des prairies vides. La mer était si grise qu'il distinguait à peine les îlots les plus lointains dans la brume. Une mouette décolla de l'un des poteaux de la jetée. Son cri ressemblait à un rire moqueur.

Sur le sol de la terrasse, il put voir les traces humides de ses propres chaussures, mais décela également quelques morceaux de terre que, pour sa part, il n'avait pas pu rapporter ici.

Il s'avança vers les marches. Le sol était imbibé d'eau et il y avait des flaques de boue sur la petite pelouse. De l'endroit où il se trouvait, il y distingua deux empreintes de pas. Le dessin des semelles était différent des siennes. Il descendit et s'accroupit à côté du chemin pour l'observer. Un motif gaufré, barré de larges lignes en zigzag. Une botte.

Les traces ne dataient que de quelques heures. Il retrouva ses propres empreintes de la veille, qui avaient été bien plus effacées par le mauvais temps.

Il suivit les marques pour voir s'il y avait d'autres empreintes plus nettes, et en trouva une à côté d'une flaque. Devant le talon, il y avait un cercle. Avec une inscription au centre. Il plissa les yeux, en se demandant s'il s'agissait de l'indication de la pointure, mais conclut que c'était la lettre A.

Cela pourrait permettre d'identifier la marque de la botte. Quant à la pointure, elle se déduirait aisément.

Il sortit son téléphone portable et prit des photos sous différents angles. Elles n'étaient pas très bonnes, mais le motif de la semelle apparaissait clairement.

Sur la mer, au large, on entendit le son grave d'une corne de brume. Un autre bateau répondit, avec un son plus clair.

Quand il retourna au chalet, il s'arrêta sur le pas de la porte. À l'intérieur, il remarqua aussi des taches de boue séchée sur le sol. Ses yeux fouillèrent la pièce pour voir si quelque chose avait été dérobé, et s'arrêtèrent sur la table avec les documents de l'affaire. Ceux-ci étaient numérotés et systématiquement répertoriés. Si quelque chose manquait, il serait facile de le découvrir. Mais il était quasiment sûr que rien n'avait été volé.

Le but de cette visite, c'était probablement lui-même. Quelqu'un était venu dans le chalet pour savoir ce qu'il était en train de faire…

Peu de personnes savaient qu'il était là. Il l'avait dit à Suzanne, à Line, et dans un message à Nils Hammer. Tous les trois avaient sa confiance, mais il n'y avait qu'une possibilité. Au commissariat, des ragots sur l'endroit où il se trouvait s'étaient certainement déjà répandus comme une traînée de poudre. Hammer n'était certes pas le seul à connaître l'existence du chalet. Néanmoins, l'idée qui devenait fixe était qu'il s'agissait de l'un de ses proches. Presque instinctivement, il entreprit d'explorer d'autres hypothèses. Des curieux avaient vraisemblablement envie de fouiner dans sa vie, maintenant qu'il était livré à la presse et au jugement de tous. Et le chalet n'était pas un secret, un jour il y avait même accordé une interview, pour un portrait dans un journal gratuit. Si quelqu'un tenait à le retrouver, c'était un endroit logique où le chercher.

Il s'approcha de la table, sortit l'un des classeurs qu'il feuilleta au hasard. Quiconque connaissait la vérité sur le meurtre de Cecilia Linde, songea-t-il, devait également être intéressé par ce que lui-même faisait.

Cette certitude ne fit que raviver sa motivation : quelqu'un craignait donc qu'il ne trouve de nouvelles pistes en mettant le nez dans ces anciens documents… Il fallait qu'il repasse tout au peigne fin, qu'il examine minutieusement chaque grain de sable, afin de déceler la moindre anomalie. Mais pas maintenant.

Il reposa les dossiers, espéra trouver une règle dans un tiroir pour mesurer la trace de semelle, mais il n'y en avait pas. Alors il prit une bassine qu'il mit à l'envers sur l'empreinte pour la protéger le plus possible du mauvais temps et, par-dessus, posa une pierre pour la maintenir en place. Puis il se retourna et resta immobile, faisant face à la mer. Il tenta de relativiser sa paranoïa naissante, mais n'arriva pas tout à fait à chasser de son esprit l'idée que quelqu'un lui voulait du mal.

Le son grave d'une corne de brume déchira à nouveau le silence. Wisting frissonna.

# 35

Finn Haber habitait dans une ancienne capitainerie à Nevlunghavn qui, depuis trois siècles, constituait un avant-poste dans le détroit de Skagerrak. La dernière partie du chemin qui descendait vers ce site battu par les vents était étroite et sinueuse, et, par endroits, n'était que de la roche à nu.

Le vieux technicien en identification criminelle avait toujours apprécié la mer et la pêche. À la retraite, il s'était donc installé au plus près de ce qu'il aimait.

Wisting se gara sur une place de parking à l'air libre, où la route s'arrêtait, et sortit de la voiture. Le vent s'était levé et le brouillard avait été balayé au large.

La surface sombre de la mer était tachetée d'écume et la houle déferlait sur les galets de la grève.

En bas de la bâtisse principale peinte en blanc, il y avait une jetée avec un hangar à bateaux et, juste devant, une barque secouée par la mer, les amarres tendues. La porte du hangar s'ouvrit. Haber se tenait dans l'embrasure et le regardait arriver. Il portait un gros pull-over en laine et une casquette à visière. Il avait vieilli depuis la dernière fois. Ses cheveux gris s'étaient clairsemés et son visage fin était encore plus marqué.

Ils se serrèrent la main sans dire un mot. Leurs regards se croisèrent.

— Du café ?

— Avec plaisir.

Haber hocha la tête et, d'un pas lourd et traînant, le précéda vers la maison. Il retira ses bottes en caoutchouc pour les ranger sur la trappe de la cave, à côté de l'escalier, avant d'entrer. Wisting allait l'imiter, mais Haber l'arrêta.

— Garde-les, insista-t-il en accrochant sa casquette à un crochet sous le porche.

Finn Haber vivait seul, mais la maison respirait le même ordre qui l'avait caractérisé au bureau. Ils entrèrent dans la cuisine au sol recouvert de linoléum, au mobilier en Formica et aux placards en pin. Sur le plan de travail trônait un petit téléviseur. Les images de la chaîne info défilaient mais le son était coupé. Le visage de Linnea Kaupang remplissait l'écran, et un reportage montrait que ses voisins avaient accroché des nœuds jaunes devant leurs maisons en signe de solidarité. Puis ils virent des images de la battue avec les volontaires, et les nouvelles sportives prirent le relais.

— On ne s'habitue jamais, déclara Haber en éteignant l'appareil.

— À quoi ?

— À ne plus en faire partie, répondit l'ancien technicien en identification criminelle en sortant sa vieille bouilloire. Ça fait huit ans que je suis à la retraite, mais je ne sais pas ce que je donnerais pour être sur les lieux, chaque fois que je vois des images d'une scène de crime. Juste pour m'assurer qu'ils ne passent pas à côté d'un indice important.

Il remplit la bouilloire. Wisting s'assit à la table devant la fenêtre, face à la place de Haber qu'indiquait une tasse à café, à côté du journal et d'un cendrier vide.

— Nous avons arrêté le véritable coupable à l'époque, dit Haber en mettant la bouilloire sur la plaque électrique. C'est bien Rudolf Haglund qui a tué Cecilia Linde.

Wisting aurait voulu en être aussi certain.

— Je le pense aussi, dit-il. Mais j'aurais aimé pouvoir le prouver. Et chasser toute équivoque.

Il informa Haber des nouvelles analyses sur les trois mégots de cigarette retrouvés à l'embranchement de Gumserød. L'ancien technicien en identification criminelle écouta sans broncher. Quand Wisting eut terminé, l'eau frémissait déjà. Haber retira la bouilloire de la plaque, y versa cinq mesures de café moulu et sortit une tasse pour Wisting. En attendant que le café infuse il resta debout, le bas du dos contre le plan de travail.

— Alors, le troisième mégot aurait été échangé avec les restes d'une cigarette des auditions ? résuma-t-il.

— Oui, du Petterøes Blå n° 3.

— Tu as établi une liste ?

— Qu'est-ce que tu veux dire ?

— Tu sais très bien ce que je veux dire ! s'écria Haber presque agacé. Une liste de tous ceux qui ont travaillé sur l'affaire.

— J'ai une liste, reconnut Wisting.

— Partagée entre fumeurs et non-fumeurs ?

— Je ne sais pas qui fumait ou pas, répondit Wisting. Et

encore moins qui fumait du Petterøes. D'ailleurs, ça n'a pas forcément à voir avec l'affaire. N'importe qui a pu ramasser un mégot du fumeur de Petterøes.

Haber apporta la bouilloire jusqu'à la table.

— Il faut bien commencer quelque part, dit-il en versant du café dans les tasses. Tu as apporté la liste ?

— J'ai les noms en tête.

Haber remit la bouilloire sur la cuisinière et s'assit.

— Tu peux commencer par moi, dit-il en repoussant le rideau pour attraper un paquet de tabac qui se trouvait sur le rebord de la fenêtre – du Petterøes Blå nº 3. Je crois que Kai Skodde fumait la même marque, et aussi Magne Berger. Ainsi que Thore Akre et Ola Kiste – il m'en réclamait un peu de temps en temps. Håkon Mørk fumait la pipe, Eivind Larsen avait ses cigarillos. Vidar Bronebakk utilisait du Eventyrblanding, Svein Teigen avait toujours des cigarettes avec filtre et Frank Robekk fumait du Tiedemanns Gul. Oui, il fumait du Tiedemanns Gul et mâchouillait des Fisherman's Friend.

Tout en parlant, Finn Haber ouvrit son paquet de tabac et en répartit une pincée sur le mince papier à cigarettes.

— Que des gens bien, poursuivit-il en roulant.

— Comment les mégots avaient-ils été conservés ? voulut savoir Wisting.

Haber lécha le bord du papier.

— Au réfrigérateur, répondit-il en enlevant le tabac qui dépassait à chaque extrémité de la cigarette.

— Les sachets n'étaient pas scellés ?

L'ancien technicien en identification criminelle posa la

cigarette pour soulever sa tasse de café. Il avait l'air de réfléchir.

— Pas pendant qu'on les gardait, conclut-il. Ils étaient scellés uniquement avant d'être postés. Quand la demande d'analyse en laboratoire avait été formulée et envoyée à l'institut médico-légal. Dans l'absolu, n'importe qui a pu venir remplacer le mégot.

— Pas n'importe qui, corrigea Wisting. L'un de nous.

Finn Haber se tut. Il glissa la cigarette entre ses lèvres, prit un briquet posé sur le rebord de la fenêtre et l'alluma. Son regard se tourna du côté de la mer agitée. Un bruit s'insinua dans la maison, comme si une porte battait dans le vent.

Wisting approcha la tasse de ses lèvres et goûta le breuvage.

— J'ai eu de la visite en mon absence, dit-il. Au chalet.

— C'est là que tu te terres ?

Wisting hocha la tête et sortit son téléphone portable.

— Quelqu'un s'intéresse à ce que j'ai découvert.

Il lui montra la photo de l'empreinte de botte.

Haber tira longuement sur sa cigarette et la pinça entre le pouce et l'index avant de la poser sur le bord du cendrier. Il prit le portable et sortit une paire de lunettes de sa poche de poitrine.

— L'un de nous, répéta-t-il.

— Peut-être.

Haber secoua la tête.

— Non. C'est bien l'un de nous, dit-il en montrant l'écran du doigt. J'ai déjà vu cette empreinte.

Wisting se pencha au-dessus de la table. Haber tint le téléphone pour que tous deux puissent voir la photo.

— De nombreuses fois, poursuivit-il.

— Où ça ?

— À différents endroits, dit-il en tapotant l'écran. Il s'agit d'une botte militaire Alfa M77, précisa-t-il. Elle fait partie de l'équipement de la police.

Wisting s'adossa à sa chaise. Lui-même possédait une paire de ces bottes, dans son casier au sous-sol du commissariat.

— As-tu relevé des caractéristiques ? demanda Haber en ôtant ses lunettes.

Wisting comprit ce qu'il entendait par là. Des marques d'usure particulières ou une entaille quelconque dans la semelle, occasionnée par une pierre coupante, qui pourrait la distinguer des autres bottes de la même marque et de la même pointure.

— Je n'ai pas bien examiné l'empreinte, reconnut Wisting. Je l'ai juste protégée en la couvrant.

Haber repoussa le téléphone vers lui.

— Tu as du plâtre et ce qu'il faut pour un moulage ?

— Non.

Haber se mit debout.

— Je vais voir ce que j'ai.

Il se dirigea vers la porte et fit signe à Wisting de le suivre. Ils entrèrent dans un couloir étroit, les larges lattes du sol craquèrent. Haber s'arrêta devant une autre porte tout au fond et l'ouvrit. Elle donnait sur une pièce servant de bureau, avec des étagères allant jusqu'au plafond couvertes de livres, de classeurs et de boîtes d'archives. Devant la fenêtre se trouvait une table de travail avec un vieil ordinateur équipé d'un grand écran.

Haber se dirigea vers une armoire derrière la porte. Deux de ses étagères croulaient sous du matériel médico-légal : pots de poudre de différentes couleurs pour relever des empreintes digitales et matériel en plastique pour couler le moulage. Il déplaça quelques boîtes et sortit un sac blanc marqué d'une écriture bleue.

— Tu sais comment faire ? demanda-t-il.

— Je n'ai pas fait ça depuis les bancs de l'École de police.

L'ancien technicien en identification criminelle l'observa un moment.

— Bon, je vais t'accompagner, décida-t-il en sortant aussi d'autres choses dont il aurait besoin.

— Ce n'est pas la peine…, protesta Wisting qui fut promptement rembarré.

— Partons tout de suite, ordonna Haber en fermant la porte de l'armoire. Avant que l'empreinte soit trop abîmée par la pluie.

Il déposa le matériel dans un sac et sortit.

Wisting le suivit sans protester. Une fois dehors, sur le pas de la porte, Haber lui tendit le sac, le temps qu'il enfile ses bottes.

— Je peux en endosser la responsabilité, dit-il en verrouillant la porte.

Wisting ne comprit pas ce qu'il voulait dire.

— C'est ma faute, poursuivit Haber en reprenant le sac d'équipement. Je n'aurais pas dû mettre de côté les pièces à conviction sans les avoir scellées. Elles auraient dû être expédiées tout de suite. Je peux en endosser la responsabilité. Tu n'as qu'à dire que c'est moi qui ai remplacé le troisième mégot.

Wisting voulut objecter quelque chose, mais resta bouche bée à fixer le vieil homme.

— Je n'ai rien à y perdre, continua Haber. Pas de famille à protéger. Ça mettra un terme à l'affaire. Toi, tu as encore quelques années à travailler. Tu peux encore faire beaucoup de bien. Tu pourrais retrouver l'autre jeune fille. Linnea Kaupang.

Wisting soutint son regard.

— Ça ne fonctionne pas comme ça, dit-il. Pas pour moi. Une injustice n'en corrige pas une autre.

Haber releva le col de sa veste. Puis il haussa les épaules et se retourna pour se diriger vers la voiture.

Wisting resta sur place à le suivre des yeux, sans savoir si le policier à la retraite était sérieux ou si la proposition ne servait qu'à le tester, comme dans un jeu de stratégie.

Laisser Haber assumer la responsabilité serait une faute aussi grande que d'avoir remplacé la preuve ADN. Ce serait un mensonge. Une fraude.

L'ancien technicien en identification criminelle se retourna et le chercha du regard. Wisting esquissa un pas pour le suivre, plus si sûr de bien connaître l'homme qu'il avait devant lui.

# 36

Ils étaient parmi les derniers clients dans la salle du petit déjeuner. Line ressentait ce curieux mélange de remords et de satisfaction qu'elle finissait par bien connaître : remords parce que chaque heure et chaque nuit qu'elle passait avec Tommy l'empêchait d'avancer dans la vie, satisfaction parce qu'il lui offrait exactement l'intimité qu'elle recherchait et dont elle avait besoin.

Tommy recula sa chaise et alla se servir au buffet pour la seconde fois. Line sortit *VG.* La Une était consacrée à un nouveau régime faible en glucides, mais tout en haut il y avait une manchette sur l'affaire Cecilia : *Le témoin qui n'a jamais été entendu.*

Elle ne savait pas si elle avait envie de lire l'article, alors elle commença par feuilleter les premières pages. Sa propre agression avait été traitée comme elle s'y attendait : aujourd'hui encore ils avaient utilisé la photo du chien, comme pour aider les lecteurs à resituer l'affaire. Puis il y avait la photo de la maison mitoyenne de Jonas Ravneberg, dont la clôture blanche était entourée par un cordon de sécurité de la police. Les deux photos illustraient bien le gros titre sur un cambriolage étrange où rien ne semblait avoir été dérobé. L'article était finalement plus court qu'elle ne le pensait, mais peu importait. L'essentiel y était dit.

Tommy se rassit à table. Line tourna la page et tomba sur la photo de son père. Pas très grande, certes, mais le journal n'avait visiblement pas l'intention de le lâcher.

Une autre photo montrait la reconstitution, faite à l'époque, de ce qui s'était passé au croisement vers la ferme Gumserød. Une voiture blanche occupait le centre du cliché. Un homme s'appuyait contre le coffre, tandis qu'un groupe d'enquêteurs discutaient un peu plus loin. Line reconnut le maigre technicien de la police scientifique et plusieurs autres policiers qui à présent étaient à la retraite.

La photo principale représentait ce fameux témoin qui n'avait jamais pu faire sa déposition. Il s'appelait Aksel Presthus, c'était un homme de grande taille, qui devait avoir la cinquantaine. Il portait un gros pull islandais avec un foulard en coton noir autour du cou. Il avait les cheveux brun foncé avec des boucles qui partaient dans tous les sens.

Tommy la laissa lire en silence.

À l'instar de Rudolf Haglund, Aksel Presthus aimait pêcher. Chaque week-end il partait tenter sa chance dans un nouveau coin et tenait un journal où il notait ses prises du jour. Il l'avait encore et montrait au photographe de *VG* ce qu'il avait écrit, dix-sept ans plus tôt. Le samedi 15 juillet, il avait noté : *Damtjenn. 20 h 45 : truite 132 grammes. 21 h 15 : truite 94 grammes. 21 h 35 : truite 168 grammes.*

Damtjenn était l'étang où Rudolf Haglund prétendait être allé pêcher le week-end où Cecilia avait été enlevée. Le témoin se rappelait avoir vu des gens de l'autre côté de l'étang, mais il ne leur avait pas signalé sa présence.

Il était venu relativement tard et il avait bien attendu une heure avant que le premier poisson morde. Quand il avait garé sa voiture, il s'était mis derrière une vieille Opel Rekord blanche, mais quand il était reparti le lendemain, la voiture n'était plus là.

Aksel Presthus avait suivi l'affaire Cecilia dans les journaux et quand il avait lu l'alibi invoqué par Rudolf Haglund, il s'était dit qu'il fallait qu'il se manifeste auprès de la police. Il avait appelé le standard et demandé à parler à la personne en charge de l'affaire. Le responsable l'avait remercié pour son témoignage en lui promettant de le rappeler si cela s'avérait intéressant pour l'enquête. Il n'avait plus jamais entendu parler de lui.

Le défenseur de Haglund expliquait qu'il avait consulté l'intégralité du dossier sans trouver la moindre mention d'Aksel Presthus. La police avait pratiqué une sélection des renseignements retenus dans l'affaire et, sur de simples présomptions, avait réussi à faire condamner Rudolf Haglund pour meurtre.

L'adjoint du commissaire William Wisting n'avait pas souhaité faire de commentaires. Le directeur adjoint de la police Audun Vetti faisait savoir que l'affaire avait été transmise à la police des polices et que l'enquêteur principal était suspendu à titre conservatoire.

Elle reposa le journal.

— Quels sont tes projets ? demanda Tommy.

— Je vais creuser un peu certaines infos dans l'affaire du meurtre, répondit-elle.

— Quel genre d'infos ?

— Sur Jonas Ravneberg. Il habitait à Larvik avant de venir s'installer ici à Fredrikstad.

Tommy piqua sa fourchette dans le dernier morceau de bacon.

— Tu vas rentrer ?

Line baissa les yeux sur la photo de son père dans le journal.

— Oui, je vais rentrer.

# 37

Ils roulèrent en silence. Lorsqu'ils quittèrent la route principale, Haber sortit son paquet de tabac et commença à se rouler une cigarette.

Un autre véhicule plus lourd avait laissé de profondes traces de pneus dans le sol boueux. C'était un chemin commun pour la quinzaine de chalets du coin. Un peu plus loin, il se divisait en deux, mais les traces partaient vers la droite, dans la direction du chalet de Wisting.

La voiture tanguait en brinquebalant ses passagers. Les pneus firent un ultime effort pour gravir la dernière butte, avant que le chemin redescende de l'autre côté vers le terrain dégagé qui servait de parking. Il y avait déjà là une voiture inconnue. Des journalistes, pensa Wisting, mais il changea d'avis en s'approchant. C'était une luxueuse Mercedes GL avec des éclaboussures de boue sur les côtés. Le conducteur se tenait sur la terrasse devant son chalet.

— D'autres invités ? demanda Haber.

— Pas à ma connaissance, répondit Wisting.

Il gara son véhicule. L'homme devant le chalet était tourné vers eux. Il portait un pardessus qui lui arrivait aux chevilles et tenait un porte-documents à la main. La distance était trop grande pour pouvoir voir de qui il s'agissait.

Haber glissa entre ses lèvres la cigarette qu'il avait roulée et l'alluma.

— J'arrive, dit-il en tirant sa première bouffée.

Wisting suivit le sentier et reconnut l'homme qui l'attendait avant d'être à mi-chemin. Sigurd Henden.

Le nouvel avocat de la défense de Rudolf Haglund le salua légèrement de la tête, mais ne lui tendit pas la main.

Wisting lui répondit de la même manière.

— Nous ne devrions sans doute pas nous parler, dit-il.

— Sans doute pas, en effet, répondit Henden.

La bruine avait posé un voile fin sur les cheveux gris foncé de l'avocat.

— Je suis désolé de toutes les conséquences que cela a eues pour vous, ajouta ce dernier.

Wisting ne répondit pas mais se plaça à côté de lui, le visage tourné vers la mer. Un cargo était en route vers l'ouest.

— Comment avez-vous trouvé le chemin jusqu'ici ? voulut-il savoir.

— C'est votre compagne qui me l'a indiqué.

Wisting le regarda, surpris.

— Suzanne ?

— Désolé, j'ai essayé de vous joindre par téléphone mais comme vous ne répondiez pas, j'ai dû prendre une voie détournée. Elle m'a dit que vous étiez ici.

— Quand lui avez-vous parlé ?

— Hier soir. Je ne l'aurais pas appelée si cela n'avait pas été important.

Un coup de vent fit frissonner les arbres les plus proches et des gouttes d'eau tombèrent des branches. Des feuilles mortes furent balayées sur le terrain devant le chalet.

Suzanne ne lui en avait pas parlé. Jamais Ingrid n'aurait donné l'information. Il n'y avait pas mort d'homme, mais ce n'était pas nécessaire. Sigurd Henden était un professionnel, partie prenante dans cette affaire, mais avec qui d'autre Suzanne avait-elle pu parler ? Ingrid se serait contentée de prendre le message et de le transmettre.

Il passa la main sur son visage mouillé. Haber s'était éloigné de la voiture et dirigé vers de petits bouleaux. Il sembla casser quelques branchages.

— Qu'y a-t-il donc de si important ? demanda Wisting.

Sigurd Henden s'éclaircit la voix.

— Il ne croit pas que c'était vous.

Wisting se tourna vers lui.

— Qui ça ?

— Rudolf Haglund. Il ne croit pas que c'est vous qui avez falsifié la preuve ADN.

Wisting fixa une mouette qui battait des ailes pour capter les courants aériens, tandis qu'il essayait de rassembler ses pensées. Ce que Rudolf Haglund pouvait croire ou penser n'avait aucune importance. L'avocat de la défense n'était pas venu jusqu'ici pour lui dire cela. Il y avait autre chose.

— Qu'est-ce que vous voulez de moi ?

— La justice.

— Alors nous sommes trois, mais sachez que je continue à penser que c'était lui. Que votre client a enlevé et tué Cecilia Linde.

L'avocat ne releva pas.

— Il sait qui l'a fait, dit-il.

La mouette cessa son vol plané et piqua droit dans la mer. Wisting ouvrit la bouche, la referma, l'ouvrit de nouveau.

— Qui a fait quoi ? demanda-t-il.

— Falsifié la preuve ADN.

— Et qui est-ce ?

— Je ne sais pas. Il n'a pas voulu me le dire.

— Comment peut-il le savoir ?

L'avocat secoua la tête.

— Je ne sais pas, répéta-t-il.

Wisting fit quelques pas et remonta le col de sa veste.

— Qu'est-ce que vous voulez de moi ? demanda-t-il encore une fois.

Sigurd Henden s'avança.

— Il veut vous voir, répondit-il. Il veut vous donner ce dont vous avez besoin pour laver votre honneur.

# 38

L'avocat se mit au volant et démarra la voiture. Il baissa la vitre électrique et lui tendit un journal.

— Tenez.

Wisting avança vers le véhicule et le prit.

— Lisez-le, poursuivit l'avocat (en pointant le doigt sur un des gros titres de la première page : *Le témoin qui n'a jamais été entendu*). Je ne crois pas que c'était vous.

Wisting observa la voiture disparaître au sommet de la pente. Quand Rudolf Haglund avait quitté la salle du tribunal dix-sept ans auparavant, encadré de policiers, Wisting avait espéré ne plus jamais avoir à croiser sa route. Et voilà qu'il avait accepté une rencontre. Demain, à midi, dans les bureaux de Henden à Oslo.

Haber le rejoignit en expirant un gros nuage de fumée dans la direction de la Mercedes.

— Qu'est-ce qu'il voulait ?

— Je ne sais pas très bien, répondit Wisting.

Haber plissa les yeux, pinça sa cigarette entre le pouce et l'index et jeta son mégot.

— On y va?

Wisting acquiesça et ouvrit le coffre de la voiture. Haber prit le matériel et le porta devant la cuvette en plastique.

— J'ai besoin d'eau et de quelque chose pour y mélanger le plâtre, dit-il.

Wisting alla chercher un seau et un grand broc rempli d'eau. Quand il revint, Haber était en train de secouer un spray de laque pour cheveux.

— Soulève la cuvette, dit-il, et tiens-la au-dessus de l'empreinte pour qu'il ne pleuve pas dessus.

Wisting s'exécuta. Haber trouva un lacet en cuir dont il entoura la trace de pas comme pour donner une échelle, puis il s'accroupit et pulvérisa de la laque sur l'empreinte, en veillant à tenir le spray à une certaine distance et de biais pour éviter que la pression de l'aérosol n'abîme d'infimes détails. Puis il attendit quelques instants avant de pulvériser une autre couche. Une fois l'empreinte préparée, il entreprit de mélanger le plâtre.

— J'imagine que tu ne vas pas déclarer le cambriolage à la police, dit-il en mélangeant l'eau et la poudre de plâtre.

Wisting se contenta de hocher la tête.

Le plâtre devint une fine masse assez liquide, que Haber versa doucement dans l'empreinte. Quand le fond fut recouvert, il posa des brindilles de bouleau en long et en travers dans le moule, comme pour le consolider. Enfin il versa le reste du plâtre et pria Wisting de mettre la cuvette renversée par-dessus.

— On prend un café? proposa Haber. Il faut que ça sèche pendant une heure.

Wisting avait vu un pot de café instantané dans un placard de la cuisine et il invita Haber à entrer dans le chalet.

Le vieux technicien de la police scientifique parcourut la pièce du regard tandis que Wisting posait le journal et ouvrait le placard dont il sortit un pot de café en poudre à moitié plein ainsi qu'un paquet de biscuits. Puis il mit la bouilloire à chauffer.

Finn Haber avait étalé le journal sur la table de la cuisine.

— Il y a une photo de nous deux, annonça-t-il.

Wisting se pencha par-dessus son épaule et vit sa photo. Celle de Haber était une photo d'archives prise au croisement de Gumserød lors de la reconstitution à partir de ce que Karsten Brekke avait vu depuis son tracteur. Le technicien se trouvait au milieu d'un groupe d'enquêteurs et faisait un geste avec les mains. Ils étaient presque tous là, hormis Wisting : Kai Skodde, Magne Berger, Thore Akre, Ola Kiste, Vidar Bronebakk et Svein Teigen. Frank Robekk se tenait à l'écart et portait un T-shirt blanc et un jean comme l'agresseur, mais il avait gardé ses épaisses lunettes. Appuyé contre le coffre de l'Opel blanche louée pour l'occasion, il fumait une cigarette.

— Ceci ne lui donne pas un alibi, conclut Finn Haber en mettant le doigt sur la photo du témoin qui n'avait pas été interrogé à l'époque. Il a vu l'Opel blanche vers huit heures du soir. Cela faisait presque six heures que Cecilia Linde avait disparu.

Wisting examina l'homme sur la photo. Des yeux d'un bleu très clair dans un visage taillé à la serpe. Un homme qui visiblement passait surtout du temps à l'extérieur. Des cheveux bouclés et en bataille.

— Mais quand même, objecta-t-il, quel genre d'homme enlève une jeune fille, l'enferme et part à la pêche ?

— Un homme comme Rudolf Haglund, répondit Haber.

L'eau avait chauffé, Wisting retira la bouilloire de la plaque électrique.

— Là n'est pas la question, dit-il en versant une cuillerée de café dans chacune des tasses. Il n'a jamais été entendu par nos services. Son info n'a jamais été retenue.

Le vieux technicien continua à lire en silence. Wisting ajouta l'eau chaude et remua.

— Il ne dit pas qu'il t'a parlé, poursuivit Haber en prenant la tasse que lui tendait Wisting. Il aurait demandé à parler avec la personne en charge de l'enquête.

— J'étais en charge de cette enquête, lui rappela Wisting.

Haber le jaugea.

— Et tu lui as parlé, alors ?

Wisting secoua la tête.

— Je m'en serais souvenu.

— Non seulement tu t'en serais souvenu, mais tu l'aurais convoqué pour recueillir son témoignage, dit Haber en reposant sa tasse sur le journal sans même avoir bu une gorgée. Tous les appels étaient transférés dans le bureau de Frank Robekk, poursuivit-il. C'était la seule tâche qu'on pût encore lui confier.

Wisting acquiesça. Frank Robekk ne s'occupait plus de l'enquête, mais il avait eu comme mission de trier les appels téléphoniques concernant l'affaire. Tous ceux qui arrivaient au standard étaient redirigés vers lui. Y compris si la personne qui téléphonait demandait à parler au responsable.

— Même ça, il n'a pas été capable de le faire, soupira Haber en jurant avant de reprendre sa tasse. De toute façon, j'ai toujours trouvé qu'il y avait un truc qui clochait chez Robekk.

— C'était un bon policier, objecta Wisting.

— Oui, jusqu'à ce qu'il pète les plombs, dit Haber. Mais je le répète, j'ai toujours trouvé qu'il y avait un truc qui clochait chez lui.

Pour Wisting, Frank Robekk avait surtout été un enquêteur très déterminé qui n'en faisait souvent qu'à sa tête. Un tacticien hors pair avec une stratégie derrière tout ce qu'il entreprenait. Jusqu'à ce que la machine s'emballe trop. Il y avait autre chose chez lui : une chose indéfinissable qui se trouvait sur un autre plan que celui, professionnel, que Wisting et lui partageaient.

— Je me souviens de m'être demandé s'il n'était pas homo, déclara Haber en buvant un peu de café, laissant un cercle brun sur le journal. Il n'avait jamais de petite amie et ne participait jamais non plus à des soirées entre collègues. Jamais une bière le vendredi après le boulot. Comme s'il avait quelque chose à nous cacher.

Wisting jeta de nouveau un coup d'œil à la photo du journal et sentit qu'il considérait Frank Robekk d'un regard neuf. Il scruta les autres policiers avant de revenir sur lui. Oui, il faudrait qu'il lui parle.

## 39

Le moulage en plâtre fut parfait. Finn Haber sourit pour la première fois de la journée, apparemment satisfait de ne pas avoir oublié les vieilles méthodes.

Il brossa l'empreinte blanche. C'était la copie exacte de la semelle de botte.

— Elle a l'air d'avoir peu servi, conclut Haber. Aucune trace d'usure. Une semelle tout entière, parfaite. Ce ne sera pas facile de la retrouver.

Wisting soupira. Il ne savait toujours pas à quoi allait lui servir l'empreinte, si ce n'est qu'il avait eu l'espoir de remonter à la personne qui s'était introduite chez lui.

— La terre a une forte teneur en sel par ici, expliqua Haber en se tournant vers la mer. Si tu trouves l'homme qui est venu, tu devras en prélever sous ses bottes. Une comparaison pourrait s'avérer payante.

Wisting enveloppa le moulage dans un morceau de tissu et le posa à l'arrière de la voiture. Haber emporta la bombe de laque et le sac avec le reste du plâtre, puis tous deux prirent place dans la voiture. Ils gardèrent le silence une bonne partie du trajet.

— Il est sur ta liste ? demanda Haber à mi-chemin de la petite maison de Nevlunghavn.

— Qui ça ?

— Frank Robekk.

— Il est sur la liste des personnes à qui je veux parler, oui.

Rien de plus ne fut dit avant que Wisting arrête la voiture devant le parking au bout du chemin.

— Merci pour ton aide, dit-il.

Haber ouvrit la portière mais resta assis.

— J'ai quelque chose pour toi, dit-il.

— Ah bon ?

— Quelque chose qui pourrait t'intéresser. Pour ça il faut que tu m'accompagnes à l'intérieur.

Wisting le suivit dans le bâtiment principal. Haber plaça ses bottes sur le perron de la cave, comme quelques heures auparavant. Wisting conserva les siennes aux pieds et entra derrière lui.

Ils traversèrent le couloir et entrèrent dans le bureau où Haber avait pris son matériel de moulage.

— Là-bas, dit-il en indiquant une haute armoire dans le fond de la pièce.

Wisting s'en approcha.

— Je ne sais pas si ça peut te servir, dit Haber en passant devant lui. Mais j'ai vu au chalet que tu avais les photocopies de tout le reste de l'affaire Cecilia.

Il ouvrit l'armoire. Le contenu ne différait guère de ce qui occupait les autres étagères de la pièce : des classeurs, des livres, des reliures de revues. Et plusieurs cartons, peu épais mais larges, étaient empilés sur les deux étagères du haut. Haber souleva celui du milieu sur la plus élevée et le déposa sur sa table de travail.

— Je n'en ai plus besoin, en tout cas, dit-il.

— Qu'est-ce que c'est ?

— Des photos supplémentaires de l'affaire Cecilia.

Il ouvrit le carton et Wisting y jeta un coup d'œil. Il devait bien y avoir plusieurs centaines de photos posées à la verticale sur trois rangées. Elles étaient classées avec des feuilles de séparation indiquant la date et l'heure où les clichés avaient été pris.

— Tout ceci aurait dû être détruit quand j'ai arrêté de travailler, dit-il en faisant un geste vers l'armoire, mais je ne me suis pas résolu à le faire. C'est un peu toute ma vie qui est dans ces cartons. Chaque fois que j'étais de la partie, je prenais des photos. J'avais pensé écrire un livre et les utiliser pour illustrer mon propos, mais je ne l'ai jamais fait.

Wisting caressa du doigt la rangée de photos et en sortit une sélection au hasard, dans la section marquée *Examen clinique 30/7*. C'étaient des photos de Rudolf Haglund prises lorsqu'il était dans la salle d'examen de l'hôpital, pour déceler d'éventuelles marques que Cecilia aurait pu faire à son agresseur : griffures, morsures entre autres. Mais l'examen n'avait rien donné. Sans doute était-ce pour cette raison que Wisting n'avait jamais vu ces photos et avait simplement lu le rapport des médecins.

Sur la première, Haglund se tenait torse nu. Pâle mais le corps musclé. Son visage affichait la même expression lasse que celle dont Wisting se souvenait lors des interrogatoires.

Les photos suivantes étaient des gros plans de ses mains, bras et autres parties du corps.

— C'est quoi, ça? demanda Wisting en montrant une ancienne cicatrice photographiée sur l'intérieur de la cuisse.

— Une cicatrice due à une opération, expliqua Haber. Il en avait trois comme ça, après s'être fait enlever des grains de beauté qui s'étaient transformés en mélanomes.

Voilà qui était nouveau pour Wisting. Il ne se souvenait pas que Rudolf Haglund ait développé un cancer, mais les cicatrices paraissaient anciennes et les renseignements médicaux n'étaient pas ce qu'on retenait en premier lors d'une procédure pénale.

Sur une photo qui était vraisemblablement un essai pour évaluer la luminosité, on voyait les deux enquêteurs qui avaient conduit Rudolf Haglund à cet examen médical. Il s'agissait de Nils Hammer et de Frank Robekk. Le flash se reflétait dans un des verres de lunettes de Robekk, mais Wisting reconnut dans son regard cette expression de vide qui l'avait empêché de poursuivre ses activités de policier. Au contraire, le regard de Nils Hammer était presque triomphant, il affichait un grand sourire et ses yeux brillaient comme ceux d'un chien de chasse entraîné qui rapporte le gibier à son maître.

— Emporte-les, si ça peut te servir, proposa Haber.

Wisting rangea les photos à leur place, referma le carton et le prit sous son bras.

# 40

Finn Haber raccompagna Wisting à la voiture. Le ciel s'était dégagé, mais il faisait plus froid.

Une fois au volant, Wisting pensa à Suzanne. Il fallait qu'il lui parle, qu'elle lui dise honnêtement ce qu'elle croyait, ce qu'elle pensait de lui. Pourtant, il ne s'en sentait pas la force à ce moment-là.

Il roula plutôt en direction de Brekke, trouva l'embranchement vers la plage de Rugland et la résidence secondaire de la famille Linde.

La dernière partie du chemin vers leur propriété était fermée par un portail. Wisting dut garer la voiture et faire le reste à pied.

Il était venu ici chaque jour, les premières semaines après la disparition de Cecilia, avec pour seule information le fait qu'il n'y avait rien de nouveau. Tout semblait encore plus désert et silencieux à présent, comme si l'air gorgé de pluie étouffait les moindres bruits.

La maison de campagne de la famille Linde se composait en réalité de plusieurs bâtiments. L'habitation principale était une maison de capitaine à un étage, peinte en blanc, avec des volets verts, et, sur le toit incliné, des lucarnes en avancée, aux briques d'un rouge délavé. Des roses et du lierre sauvage grimpaient le long des murs.

Une nuée de corbeaux s'envola des arbres en croassant quand il s'approcha de la propriété. Les dalles jusqu'à la maison étaient envahies de végétation sauvage. Ce qui autrefois avait été un jardin n'était plus que de l'herbe rousse d'automne. Une table ronde gisait retournée, entourée d'orties d'un mètre de hauteur. Au milieu de la cour se dressait un mât avec un fanion bleu en lambeaux, agité par le vent. On y devinait à peine la lettre C, du nom de l'entreprise Canes.

Cette résidence d'été autrefois si belle n'était pas seulement vide, mais complètement à l'abandon. La famille Linde n'avait pas dû y mettre les pieds une seule fois depuis dix-sept ans.

Il s'approcha d'une des fenêtres sales, au rebord couvert de mouches mortes, et jeta un coup d'œil à l'intérieur. Les rideaux aux couleurs passées étaient tirés, mais par un interstice il découvrit une scène figée dans le passé. Des meubles imposants, recouverts de tissus épais aux motifs caractéristiques de la campagne, des boiseries sur les murs couleur acajou.

La chambre de Cecilia donnait vers l'est. Il reconnut les traces d'effraction sur l'encadrement de la fenêtre. C'était d'ailleurs étonnant que l'endroit ait pu rester ainsi, pendant tant d'années, sans subir de cambriolage, songea Wisting. Ici également, une fente entre les rideaux permettait d'apercevoir un large lit avec une couverture rose pliée. Une commode où était posé un lecteur de cassettes. Au-dessus, sur des étagères, se trouvaient toutes ses cassettes, ainsi que des oursons et divers bibelots qu'elle collectionnait.

Wisting s'avança vers la terrasse orientée plein sud avec vue sur la mer. Il resta un long moment à la contempler et à écouter les vagues se briser sur le rivage de la baie en contrebas.

Sur la plage se promenait un homme avec un labrador noir qui courait librement à ses côtés. En apercevant Wisting sur la terrasse, il rappela le chien et le mit en laisse.

L'homme se dirigea vers le sentier qui remontait à la propriété. Sa silhouette lui disait quelque chose. Il était arrivé à mi-chemin quand Wisting sut qui c'était : Danny Flom, le photographe qui avait été le petit ami de Cecilia Linde. Il affichait le même style bohème que cet été-là, avec un jean troué, un pull noir à col roulé et une parka qui avait fait son temps. Ses yeux marron étaient cachés par le rebord d'un vieux chapeau en feutre.

— Ça fait longtemps que je n'ai pas vu quelqu'un par ici, dit-il en tendant la main à Wisting.

— Et moi, ça fait longtemps que je ne suis pas venu, répliqua-t-il. Dix-sept ans, pour être exact.

— Vous me reconnaissez? demanda Flom. J'avais surtout eu affaire à un autre enquêteur. Hammer. Il est encore chez vous?

Wisting confirma qu'il se souvenait du petit ami de Cecilia, et que Nils Hammer travaillait toujours au commissariat.

Le chien noir reniflait ses chevilles. Il se pencha et le gratta derrière l'oreille.

— Je viens souvent par ici, expliqua Danny Flom. Pas exactement ici, chez les Linde, mais j'ai un chalet de l'autre côté de la pointe maintenant.

Il indiqua la direction d'où il était venu.

— Nous l'avons acheté il y a quatre ans. Même après tout ce qui s'est passé avec Cecilia, j'ai toujours eu envie de revenir dans la région. Ma vie a forcément pris une tout autre direction que celle à laquelle je pensais, mais il fallait bien continuer à vivre. À avancer.

— Flomlys, commenta Wisting.

Danny Flom le regarda, surpris, voire effrayé que Wisting connaisse le nom de son entreprise.

— J'ai lu quelque chose sur vous dans un journal, il y a quelques années, expliqua-t-il.

— C'est juste. Flomlys, c'était notre idée, à Cecilia et à moi. Elle était très bonne devant un objectif, mais encore meilleure derrière. J'ai réussi à monter ma boîte malgré tout. Cela a mis un peu plus de temps, et j'ai pris un ami comme partenaire.

Il se pencha et détacha le chien. Celui-ci approcha son museau du sol et trottina vers les grandes portes vitrées de la maison. Là, de la vigne vierge grimpait le long du mur et avait commencé à recouvrir les fenêtres fissurées.

— Moi aussi j'ai lu un article sur vous dans le journal, dit Flom en suivant le chien des yeux.

Wisting ne répondit pas et s'approcha de la balustrade couverte de fientes séchées d'oiseaux.

— Moi ça m'est bien égal de savoir comment vous avez pu l'arrêter, poursuivit le photographe, je suis content que vous l'ayez fait. C'est aussi ce que j'ai dit à Hammer à l'époque. Arrêtez-le. Ce qui fait mal, c'est qu'il est de nouveau en liberté. Il nous a pris Cecilia pour toujours, et maintenant il est dehors, et il a le culot de se proclamer innocent.

Wisting fourra les mains dans ses poches. Nils Hammer s'était chargé personnellement de Danny Flom. Ses problèmes financiers et sa relation tendue avec le père de Cecilia les avaient amenés, jusqu'à la découverte du corps sans vie de la jeune fille, à soupçonner le couple d'avoir organisé l'enlèvement.

— Vous avez encore des contacts avec sa famille? lui demanda Wisting.

Danny Flom secoua la tête.

— Plus maintenant. Sa mère m'a envoyé des cartes de vœux à Noël pendant quelques années, de mon côté je lui ai téléphoné une ou deux fois, mais il fallait que je construise une autre vie. Je me suis marié quatre ans plus tard, au cas où vous ne le sauriez pas. Puis j'ai divorcé et je me suis remarié. Le meurtre de Cecilia est derrière moi, maintenant.

Il appela son chien sans que ce dernier réagisse.

— Et puis voilà que ça recommence, dit-il.

— Comment ça?

— La gamine qui a disparu. Linnea Kaupang. Ça ne vous a pas fait réagir? Vous ne vous êtes pas dit que quelqu'un avait pu l'enlever?

Wisting eut un imperceptible hochement de tête et garda les yeux baissés. Il avait eu la même pensée. Et elle avait jeté son ombre sur tout le reste.

# 41

Wisting déverrouilla la porte pour entrer dans son chalet. Il avait faim. Pourtant, sur le chemin du retour, il s'était arrêté devant le petit supermarché Meny de Søndersrød, mais n'était pas descendu de voiture. À la vue de plusieurs visages familiers parmi les clients, il avait compris qu'il n'était pas prêt. Il fallait qu'il se protège des regards, des commentaires et des questions, alors il avait redémarré.

Il posa la boîte avec les photos de Haber sur la table du salon et alla remplir un verre d'eau au robinet de la cuisine. Il s'en servit un autre, prit le journal qui était resté ouvert à la page sur l'affaire Cecilia et s'assit dans le canapé.

Haber avait raison. Le pêcheur du dimanche qui parlait à *VG* disait avoir vu Haglund près de l'étang, mais cela ne lui fournissait aucun alibi. Il pouvait fort bien être parti pêcher, même avec Cecilia enfermée dans sa cave.

Non, c'était justement ce raisonnement qui avait justifié son inculpation. Ils étaient tellement persuadés d'avoir identifié l'agresseur qu'ils avaient écarté toute nouvelle piste qui aurait été de nature à le disculper.

Il tourna les pages du journal pour arriver à l'affaire sur

laquelle travaillait Line à Fredrikstad. Ils avaient publié une grande photo de la maison de la victime, identifiée comme étant un certain Jonas Ravneberg. Il y avait également une photo plus petite de l'endroit où sa dépouille avait été retrouvée. On devinait les contours d'un corps sous une couverture, mais l'élément le plus dramatique était indiscutablement son chien, assis au pied de la civière, avec de grands yeux sombres.

Quant au cambriolage lors duquel Line avait surpris l'agresseur au domicile de la victime, il était décrit comme très étrange, puisque rien ne semblait avoir été volé.

Wisting porta le verre d'eau à ses lèvres et en but la moitié en une seule gorgée. L'intrusion dans la maison de vacances de la famille Linde avait elle aussi été mystérieuse. Là encore, rien n'avait apparemment disparu.

Il lut la suite avant de replier le journal. Elle écrivait bien, pensa-t-il. Mais il n'aimait guère savoir qu'elle avait couru un risque dans cette affaire.

Il ouvrit le carton qu'il avait rapporté de chez Haber et sortit la photo de Rudolf Haglund torse nu, à l'hôpital. Inoffensif, tel est l'adjectif qui lui était venu à l'esprit en découvrant ce cliché dans le bureau de Haber. Et ce mot lui revint de nouveau. Comment devait-il l'interpréter ? Cela lui fit penser à ces fameux tests psychologiques, avec des taches d'encre, où l'on demandait aux gens de dire ce que ça leur évoquait, instantanément, sans réfléchir. Cette méthode visait à explorer la partie inconsciente de l'esprit des patients.

Laissant cette idée de côté pour l'instant, il se leva et s'approcha du mur, de l'autre côté de la pièce. Là se trouvait un cadre avec une vieille carte marine du fjord d'Oslo. Il le décrocha et fixa la photo de Rudolf Haglund directement sur le clou, qui sembla lui transpercer la cage thoracique. Puis il chercha l'avis de recherche de Cecilia Linde. Il se souvenait avoir vu un rouleau de scotch dans un tiroir. Il le prit, en coupa un morceau avec ses dents et colla la photo de Cecilia sur le mur, à côté de celle de Haglund.

Séductrice, voilà le premier mot qui lui était venu à l'esprit en découvrant le regard de la jeune femme. D'autres mots avaient suivi : attirante, mutine… C'était sans aucun doute le but recherché. Danny Flom avait dit qu'elle était très bonne devant l'objectif. Le cliché avait servi dans une campagne publicitaire qui avait incité des milliers de jeunes gens à acheter le pull qu'elle portait. Sa poitrine généreuse mettait en avant le nom de la marque, CANES.

C'était le nom de la collection de vêtements, mais chaque modèle avait un nom en propre. Le pull par exemple s'appelait Venatici. *Canes Venatici.*

Wisting le dit tout haut. Le nom venait de l'astronomie. La constellation s'appelait les Chiens de chasse. Johannes Linde la lui avait indiquée, tard un soir d'été, dans leur maison de vacances. C'était une petite constellation boréale à peine décelable, pour ainsi dire « sous le nez » de la Grande Ourse.

Son regard se déplaça sur Rudolf Haglund.

— Les Chiens de chasse, dit-il à voix haute.

C'est ce qu'ils avaient été, ses collègues et lui. Une meute de chiens lancée à la poursuite d'un meurtrier. Rudolf Haglund était l'homme qu'ils avaient rattrapé. Mais, exactement comme n'importe quels chiens de chasse, ils avaient suivi la piste la plus évidente sans prendre le temps de s'arrêter pour en chercher une autre.

Il retourna à la boîte de Haber et passa rapidement en revue les photos. Derrière la séparation marquée *Reconstitution 20/7* il trouva d'autres clichés qui rappelaient la photo d'archives utilisée dans le *VG* d'aujourd'hui, où les principaux enquêteurs étaient réunis près du croisement de Gumserød. Ils ne formaient pas un groupe compact, comme dans le journal, mais étaient éparpillés. Il s'agissait clairement de photos préliminaires, ici aussi. Haber n'apparaissait bien entendu sur aucune d'elles. Frank Robekk était toujours seul, la cigarette au coin des lèvres, et regardait les autres par-dessus ses lunettes. Audun Vetti était également présent. Nils Hammer et lui semblaient en pleine discussion.

Wisting prit une photo où figuraient la plupart des enquêteurs et l'accrocha au mur. Puis il recula d'un pas et devint pensif. En regardant ainsi les trois clichés, il ne pouvait se départir du sentiment étrange qu'il avait récemment vu ou lu quelque chose qui changeait la donne. Mais quoi ? Il tenta de se repasser le film de sa journée pour retrouver ce qui l'avait mis sur une piste qui lui échappait à présent.

Le bruit léger de pas sur les planches devant le chalet le tira de ses pensées. Une démarche souple. De là où il était, il ne pouvait voir la porte, mais entendit les pas s'arrêter juste devant.

Des journalistes sans doute. Mais en entendant la poignée qu'on abaissait, son cœur se mit à battre plus vite. Il regarda autour de lui et se saisit d'une bûche au moment où la porte s'ouvrit en grinçant.

— Il y a quelqu'un ?

C'était Line. Elle entra dans la pièce et lui fit un grand sourire.

— Ça me fait plaisir de te voir, dit-elle en l'embrassant.

— Moi aussi, répondit-il.

— Il fait froid ici, fit-elle remarquer en jetant un regard dans la pièce.

— J'allais faire un feu, expliqua-t-il en posant dans la cheminée la bûche qu'il avait prise pour se défendre.

Il s'accroupit et disposa du petit bois autour.

— J'ai essayé de te joindre, dit-elle en se plaçant devant les trois photos sur le mur.

— Mon portable est sur silencieux, répondit Wisting, j'ai oublié de le consulter.

Line inclina la tête.

— C'est lui ? demanda-t-elle en montrant du doigt la photo de Rudolf Haglund.

— C'est lui, confirma Wisting en grattant une allumette.

— Pourquoi est-il torse nu ?

Le feu prit dans les brindilles sèches. Les flammes crépitèrent et une douce chaleur se répandit dans la pièce qui fut baignée d'une lueur orangée.

— C'est une photo prise à l'hôpital, précisa Wisting. Il a été examiné pour voir si on décelait des marques que Cecilia aurait pu lui faire quand il l'avait enlevée. Ou quand il l'avait étouffée.

Line se pencha plus près.

— Et il en avait ?

— Non, répondit Wisting en s'approchant d'elle.

— Tu ne trouves pas ça bizarre ? s'étonna-t-elle. Si ç'avait été moi, je me serais débattue comme une furie. En lui donnant des coups de pied et en le griffant.

— Nous sommes tous différents, répondit Wisting. Beaucoup de violeurs ne présentent aucune marque de lutte.

— Elle a été violée ?

— Non.

— Ça aussi, c'est un peu bizarre, non ? Je veux dire, pourquoi il l'aurait enlevée dans ce cas ?

Wisting considéra sa fille. Elle avait toujours eu l'esprit vif. C'est vrai que c'était également son travail, de savoir poser les bonnes questions.

Line n'attendait pas de réponse. Elle retourna près de la porte, où elle avait laissé des sacs de courses, qu'elle posa sur le plan de travail.

— J'ai apporté de quoi manger, dit-elle.

Dix minutes plus tard, ils étaient attablés l'un en face de l'autre et mangeaient des sandwiches qu'ils venaient de se préparer.

— Qu'est-ce que tu cherches exactement ? demanda Line en jetant un regard vers les notes et les documents qui s'étalaient sur la table.

Le savait-il seulement lui-même ?

— Des anomalies, répondit-il spontanément. Des choses infimes qui clochent et auxquelles je n'aurais pas fait attention, il y a dix-sept ans, des choses qui selon moi, à l'époque, n'avaient rien à voir avec l'affaire.

Line prit un des rapports de police tout en finissant de manger.

— Je peux t'aider ? demanda-t-elle. Je suis assez bonne dans cet exercice.

Wisting s'appuya contre le dossier de sa chaise et réfléchit à sa proposition. Il était conscient qu'ils ne seraient pas trop de deux pour venir à bout de cette tâche. Line était la personne toute désignée pour ce type de travail. Comme journaliste, elle avait une défiance presque innée envers tout ce qui était écrit dans les rapports officiels. Elle avait l'habitude de remettre en question l'ordre établi.

— Rien de cela ne doit filtrer dans ton journal, dit-il.

— Je ne suis pas ici en tant que journaliste, le rassura-t-elle. Je suis ici parce que tu es mon père.

Il sourit.

— OK.

Il lui expliqua l'affaire et la manière dont les documents étaient classés. Il lui parla des hypothèses envisagées et de la nouvelle analyse ADN. Sans oublier le cambriolage, l'empreinte de pas, Haber qui proposait d'endosser la responsabilité de l'échange de mégots, la rencontre avec Danny Flom et le rendez-vous avec Haglund le lendemain, au cabinet de son avocat.

Il vit que sa fille n'avait pas perdu une miette de ce qu'il lui avait dit.

— Mais qu'est-ce que tu cherches, au fond ? demanda-t-elle quand il eut terminé.

— Comment ça ?

— Est-ce que tu cherches celui qui a falsifié la preuve ADN ou quelque chose qui te conforterait dans ta conviction d'avoir arrêté la bonne personne ?

— Les deux, répondit-il. Et je crois que je trouverai ça ici, quelque part.

Line se leva et s'approcha du mur. Elle fixa longuement les trois photos.

— Donc tu penses qu'un policier a placé le mégot de Haglund dans les pièces à conviction, pour être sûr qu'il ne soit pas relâché ?

— Oui.

— Et s'il s'était passé tout à fait autre chose ? dit-elle tout à coup en se tournant vers son père.

— Comme quoi par exemple ?

— Et si c'était un policier qui avait enlevé Cecilia ? Qu'il avait fabriqué des preuves pour qu'un autre soit arrêté à sa place ?

# 42

Dans un premier temps, Wisting trouva l'hypothèse de Line complètement absurde. Malgré tout, il examina plus attentivement la photo avec les enquêteurs réunis lors de la reconstitution au croisement de Gumserød.

Selon toute vraisemblance, c'était l'un d'eux qui avait falsifié la preuve ADN. Si c'était le cas, d'autres mensonges, d'autres crimes n'étaient pas à exclure… Il devait admettre que Line avait peut-être trouvé une explication qui tenait la route. Oui, elle était plus que jamais la bonne personne pour étudier ces documents : si jamais il était passé à côté de quelque chose, elle le verrait.

Wisting se leva, s'approcha de la cheminée et remit quelques bûches.

— J'ai un truc à faire, dit-il en prenant sa veste.

Line était déjà plongée dans le premier classeur.

— Quoi ? demanda-t-elle en levant les yeux.

— Je vais rendre visite à Frank Robekk.

Il vit qu'elle avait du mal à se rappeler qui était Robekk.

— C'était lui qui avait la responsabilité, entre autres, de

filtrer les informations reçues par téléphone après l'appel à témoin, dit-il en enfilant sa veste.

Line avait pris un stylo et se mit à mordiller l'embout.

— Le témoin qui n'a pas été auditionné, dit-elle. Son appel a été transféré sur son poste et non sur le tien, c'est bien ça ?

Wisting acquiesça et replia le journal que Henden lui avait donné.

— Oui. Je n'ai jamais eu d'appel de ce genre, confirma-t-il en se dirigeant vers la porte. Tu fermeras derrière moi ?

— Laisse ton portable allumé, que je puisse te joindre.

Elle se leva et l'accompagna dehors. Le ciel était gris et lourd, avec des nuages bas poussés par un vent de sud-ouest froid et cinglant.

Son portable sonna avant qu'il se mette au volant. Un numéro qu'il ne connaissait pas.

L'homme qui appelait avait un ton très officiel et il se présenta comme Terje Nordbo, adjoint à l'Inspection générale de la police.

— Il s'agit de la manière dont vous avez mené l'enquête sur le meurtre de Cecilia Linde. Le directeur adjoint Audun Vetti nous a fait parvenir le dossier de l'avocat Sigurd Henden, concernant des irrégularités dans le prélèvement des preuves. Nous avons donc décidé de lancer une enquête et nous souhaitons vous entendre à ce sujet.

Wisting ouvrit la portière de sa voiture.

— Est-ce que l'enquête porte sur moi ?

— Vous avez un statut de suspect, confirma l'homme au bout du fil. Il s'agit d'un grave non-respect du règlement dans le cadre de votre service. Vous avez l'autorisation de vous présenter à l'audition avec un avocat.

— Quand pensez-vous m'interroger ? demanda Wisting en s'asseyant au volant.

— Le plus tôt possible. Demain par exemple.

— Où ça ?

— Notre siège se trouve à Hamar, mais nous avons aussi des bureaux à Oslo.

— D'accord, dit Wisting en démarrant le moteur. À quelle heure ?

— Disons midi ?

— Non, j'ai déjà un rendez-vous. Plutôt deux heures ?

Ils tombèrent d'accord et Wisting se fit expliquer le chemin.

En conduisant, il réfléchit à ce qu'il leur expliquerait. Cela dépendrait beaucoup de ce que Rudolf Haglund aurait à lui raconter lors de leur entrevue chez Henden.

La convocation de la police des polices l'avait pris de court, il aurait préféré repousser cette échéance pour être plus avancé dans ses investigations, mais de toute façon il n'y couperait pas. Ce n'était qu'un mauvais quart d'heure à passer.

Frank Robekk avait vécu à Kleppaker toute sa vie. Quand Wisting et lui avaient fait leurs premiers pas dans la police, il habitait encore chez ses parents. Au décès de ces derniers, il était resté dans la petite exploitation familiale.

Wisting se gara dans la cour au bout de la longue allée de bouleaux. La propriété était constituée de presque cinq hectares de champs cultivés et de pâturages pour les bêtes. Le fermage de ses terres, avait-il un jour confié à Wisting, lui assurait un bon complément de revenus en plus de sa modeste pension d'invalidité.

De l'autre côté des terres labourées vivait son frère aîné, Alf, dans une maison construite sur un terrain à part. C'était ici qu'avait eu lieu la disparition d'Ellen Robekk, l'été précédant celle de Cecilia Linde.

La cour était couverte de feuilles mortes agglutinées. Un souffle de vent apporta une odeur de feu de camp. Des volutes de fumée grise s'élevaient en diagonale derrière la vieille grange. Wisting prit le journal et tourna au coin du bâtiment. S'appuyant sur un bâton, Frank Robekk, la cigarette aux lèvres, observait les flammes qui montaient d'un baril rouillé. Des flocons de cendres restaient en suspension dans l'air.

Wisting dut s'approcher tout près pour que Robekk remarque sa présence. Il sursauta, signe qu'il était plongé dans ses pensées.

Wisting le salua d'un hochement de tête.

— T'es venu seul ? demanda Robekk en cherchant quelqu'un d'autre des yeux.

Nouveau hochement de tête.

Robekk remua son bâton dans le baril pour entretenir le feu. De grandes étincelles s'élevèrent avant de retomber.

— Qu'est-ce qui t'amène ici ? demanda-t-il en jetant son mégot dans les flammes.

— Je cherche des réponses, dit Wisting.

Robekk sortit de sa poche un sachet de pastilles, comme il l'avait toujours fait dans le vain espoir de cacher son haleine de fumeur.

— Comme tout le monde, commenta-t-il en remuant de nouveau le feu avec son bâton.

— Tu as lu les journaux ? demanda Wisting en lui tendant le dernier numéro de *VG*.

— Pas aujourd'hui, mais j'ai su ce qu'ils écrivent sur le profil ADN de Rudolf Haglund.

— Est-ce que tu en avais entendu parler, à l'époque ? Est-ce que quelqu'un avait évoqué la possibilité de faire ça ?

— Jamais, répondit Robekk. Je n'y crois pas. Pour moi, aucun des gars n'aurait eu l'idée de faire une chose pareille.

— Et pourtant, quelqu'un l'a bel et bien fait.

— Est-ce qu'il ne pourrait pas y avoir d'autres explications ? objecta l'ancien enquêteur. Et si un des mégots appartenait réellement à Haglund, et que les deux autres étaient déjà là avant lui ?

— Il fumait du Tiedemanns Gul.

— Moi aussi, mais s'ils n'en ont plus au magasin, je peux prendre autre chose.

Wisting comprit que cette discussion ne menait à rien. On pouvait toujours trouver une explication à tout, quand on ne voulait pas reconnaître qu'un policier avait pu falsifier des preuves.

— D'ailleurs si un enquêteur avait fait ça pour être sûr de le faire condamner, il aurait pu se débrouiller pour placer une preuve encore plus convaincante. Comme un cheveu de Cecilia Linde chez Haglund, par exemple. Quelque chose qui aurait créé un lien direct entre la victime et l'agresseur.

La fumée revenait sur eux. Ils se déplacèrent autour des flammes, mais où qu'ils soient, ils la recevaient au visage.

Robekk ôta ses grosses lunettes et se frotta les yeux. Wisting lui avait toujours connu la même monture. Celle-ci avait fini par lui former un creux à la racine du nez, et sans lunettes il était comme un inconnu.

Wisting lui tendit de nouveau *VG*.

— Pages 8 et 9, dit-il.

Frank Robekk prit le journal et remit ses lunettes, qui faisaient paraître ses yeux globuleux.

— Il y a l'interview d'un témoin qui aurait appelé pour donner un renseignement. Un renseignement qui aurait pu servir d'alibi à Rudolf Haglund, déclara Wisting.

— Hmm, grommela Robekk en tournant les pages. Là, c'est moi, dit-il en montrant du doigt la photo d'archives que le journal avait utilisée.

— Est-ce que tu as déjà entendu parler d'un homme qui avait téléphoné pour signaler qu'il avait vu Haglund à la pêche ?

Frank Robekk ne répondit pas. Il lut l'article dans son intégralité avant de lever les yeux et de secouer la tête.

— Je m'en souviendrais, dit Robekk. De plus, tous les appels étaient répertoriés, avant de t'être transmis pour que tu juges s'ils étaient intéressants ou non.

Il secoua de nouveau la tête.

— Est-ce que vous avez vérifié, demanda-t-il en rendant le journal à Wisting, si Haglund a pu rencontrer quelqu'un en prison, qui réussirait à vous entuber ?

Wisting eut un geste d'impuissance.

— Ce sera à la Commission de révision de tirer ça au clair.

Il y eut un long silence. Les flammes dans le baril crépitaient mais avaient perdu de leur vivacité.

— Aujourd'hui je suis allé à la maison de campagne des Linde, dit Wisting. Ils n'y sont pas retournés. C'est complètement abandonné.

— Je sais, renchérit Robekk. J'y suis allé cet été.

— Pourquoi ?

— Oh, sur un coup de tête. J'y suis retourné plusieurs fois. J'ai marché sur les sentiers que Cecilia prenait quand elle courait.

— Tu étais aussi allé là-bas avant sa disparition, se rappela Wisting. Dans le cadre du cambriolage.

Robekk ne répondit pas. Il enfonça de nouveau le bâton dans le baril et remua des braises.

— Et ça t'est arrivé de la voir ? voulut savoir Wisting. En vie, je veux dire…

— Elle était là, confirma-t-il.

— Tu lui as parlé ?

Il secoua la tête.

— Non. Elle revenait de son jogging au moment où je partais. C'était deux mois avant sa disparition.

Il se dégageait du silence une tension palpable. Le feu était en train de s'éteindre. Un vent froid balayait les champs et Wisting remonta le col de sa veste.

Frank Robekk posa contre le mur de la grange le bâton qui lui avait servi pour le baril.

— Si tu es venu pour parler d'autrefois, fit-il en enlevant du revers de la main quelques cendres qui s'étaient déposées sur son pull, on peut tout aussi bien rentrer et discuter autour d'une tasse de café, non ?

# 43

Le feu menaçait de s'éteindre dans la cheminée. Line, qui était restée plongée dans les documents de l'enquête, se leva et alla mettre la dernière bûche du panier.

Elle était frappée par la rigueur avec laquelle les investigations avaient été menées. Tout avait été soigneusement consigné et, grâce à la liste alphabétique des personnes impliquées, classé de telle manière qu'on s'y retrouvait facilement.

En tout, il y avait eu sept cent quatre-vingt-douze auditions. Chaque témoin décrivait où il était allé, ce qu'il avait fait et les vêtements qu'il portait ce jour-là, avant de faire part de ce qu'il avait observé. Ainsi chaque mouvement était précisément situé. Les déclarations les plus importantes se retrouvaient notées sur une carte avec un code couleur. Line la déplia sur la table et l'accrocha sur le mur à côté des photos de Cecilia Linde, de Rudolf Haglund et du groupe d'enquêteurs. Elle l'étudia longuement.

Elle ressentait de la fierté en pensant que son père avait dirigé ce travail exigeant.

Et pourtant cela n'avait pas suffi.

Elle continua à lire et comprit petit à petit qu'il y avait des trous, des choses qui manquaient dans le travail accompli. Les enquêteurs avaient besoin que les gens qui s'étaient trouvés près des lieux, ce jour précis, prennent contact avec eux de leur propre initiative. Mais parmi eux certains avaient peut-être des choses à cacher. Plusieurs personnes avaient vu une voiture rouge garée sur une voie secondaire. Une voiture de sport à la carrosserie rutilante. Pour l'un des témoins, il s'agissait d'une Toyota MR2. D'autres avaient déjà vu la voiture à cet endroit, sans qu'elle ait de liens avec les propriétaires des chalets alentour. Les déclarations variaient aussi concernant le nombre de personnes à l'intérieur : une ou deux ? Le chauffeur était décrit comme grand, les cheveux bruns, mais Line ne trouva aucune trace d'un tel homme parmi les personnes qui s'étaient présentées spontanément à la police.

Cette voiture rouge lui disait quelque chose, il en avait été question dans un texte d'archives. Elle se connecta sur son ordinateur et trouva deux occurrences liées à l'affaire Cecilia. Il était clair que ce véhicule avait retenu l'attention de son père et des autres enquêteurs. Lors d'une conférence de presse, ils avaient lancé un avis de recherche pour cette voiture et également prié le conducteur de la vieille Opel blanche, aperçue au croisement de Gumserød, de prendre contact avec eux.

Dans un article deux jours plus tard, un entrefilet indiquait simplement que la voiture de sport rouge était mise hors de cause dans l'affaire.

Il lui fallut une demi-heure pour en trouver la raison. Une femme qui faisait du camping avec sa famille dans la baie de Blokkebukta les avait appelés, pour dire que la voiture appartenait à un homme marié de Bærum qui habitait dans le mobil-home voisin. Ils s'étaient rencontrés plusieurs fois dans la forêt où le véhicule avait été repéré, pour avoir ce qu'on appelle des relations intimes.

Voilà le genre de petits secrets, comme on en voit tant, qui menaient à une fausse piste et faisaient perdre inutilement du temps aux enquêteurs.

Un motocycliste vêtu de noir avait aussi été observé, s'arrêtant dans un dégagement d'arrêt de bus et s'aventurant dans la forêt. Un témoin qui l'avait vu affirmait qu'il portait quelque chose, tandis qu'un autre, qui l'avait vu ressortir des bois, n'avait pas remarqué qu'il portât quoi que ce soit. Des recherches avec des chiens dans cette zone avaient permis de découvrir une cache de drogue – presque trois cent cinquante grammes d'amphétamines.

La présence du motocycliste s'expliquait de facto, même s'il n'avait pas été identifié. Jusqu'ici, Line avait noté qu'il y avait trois personnes que les enquêteurs n'avaient pu identifier. Plusieurs témoins avaient vu un homme avec un appareil photo. Il avait été aperçu à différents endroits le long du chemin côtier qu'avait choisi d'emprunter Cecilia Linde pour son jogging. Et Line n'avait trouvé aucun témoin correspondant à sa description. Il y avait aussi un homme en débardeur noir dont la présence était attestée par plusieurs témoins, et une camionnette grise qui avait fait demi-tour près de la ferme de Gumserød, dans le créneau horaire où Cecilia était sortie courir.

La dernière bûche avait fini de se consumer dans la cheminée. Il ne restait plus qu'une poignée de braises. Elle se leva et sortit avec le panier. Toute cette lecture lui donnait mal à la tête et un peu d'air frais lui ferait du bien. La couche nuageuse s'était lézardée ici et là, laissant enfin apparaître, après tant de jours maussades, un coin de ciel bleu.

Elle entra dans la remise à bois, remplit le panier et retourna vers le chalet. Un signal l'avertit qu'elle avait reçu un message. Elle posa le panier sur la terrasse et sortit son portable. C'était Tommy qui lui écrivait qu'il avait envie de passer plus de temps avec elle. Que lui répondre ? Elle finit par lui écrire qu'elle avait été heureuse d'avoir sa visite à Fredrikstad.

Puisqu'elle avait son téléphone à la main, elle décida de composer encore une fois le numéro dont Jonas Ravneberg avait reçu un appel, quelques heures avant sa mort, et qui l'avait fait prendre contact avec un avocat. Jusqu'ici, jamais personne n'avait décroché. Elle laissa sonner longtemps. En vain.

Elle entra et remit quelques bûches dans l'âtre. Puis elle parcourut les journaux en ligne et ses mails, avant de s'attaquer à un nouveau classeur.

Elle avait reçu un message du service de recherches du journal, concernant Jonas Ravneberg.

Sans aucune fioriture, elle avait des réponses lapidaires aux questions qu'elle leur avait posées.

Dans le registre du cadastre, au nom de Jonas Ravneberg, ils avaient trouvé la maison de la W. Blakstads gate, à Fredrikstad, mais aussi une propriété à Larvik avec uniquement le numéro sous lequel la ferme était enregistrée. D'après les archives, il s'avéra qu'il avait habité à cette adresse non précisée pendant plusieurs années, avant de vivre à peu près deux ans à Stavern, Minnehallveien 28. Ce n'était qu'ensuite qu'il avait déménagé à Fredrikstad.

Line consulta l'annuaire et trouva quatre numéros de portable pour l'adresse de Minnehallveien. D'après les noms, cela semblait être une famille.

Elle envoya un bref mail au service de recherches pour les remercier de leur aide et leur demander de vérifier s'il n'y avait pas un autre nom enregistré à cette adresse en même temps que celui de Jonas Ravneberg.

Puis elle alla sur le site de la commune et tapa le numéro de la ferme. La zone qui apparut à l'écran s'appelait Manvik. Le marqueur bleu sur la carte indiquait un endroit près d'une rivière.

Elle choisit une échelle plus grande pour mieux voir la propriété. Celle-ci se composait de deux grandes bâtisses et de deux autres plus petites. Elle était isolée, et un chemin sinueux y menait.

Elle choisit de visualiser la même zone en mode photo aérienne. On y voyait un paysage agricole, au milieu duquel coulait une rivière, divisant l'image en deux. Des champs de différentes couleurs, juxtaposés comme un patchwork. Autour de la propriété s'élevait une forêt dense, cachant en grande partie les bâtiments.

Jonas Ravneberg était toujours mentionné comme étant le propriétaire de ce qui ressemblait à une petite exploitation, alors même qu'il avait déménagé à Larvik dix-sept ans plus tôt.

Line revint à la carte et agrandit la zone concernée. La propriété de Manvik se trouvait à cinq kilomètres à vol d'oiseau de l'endroit où Cecilia avait été aperçue pour la dernière fois. La distance jusqu'à l'endroit où son corps sans vie avait été retrouvé était encore plus courte.

# 44

L'odeur du feu imprégnait encore ses vêtements. Il suspendit sa veste à une patère près de la porte pour l'aérer, mais sentit que l'odeur âcre s'était fixée dans ses cheveux.

Autour du chalet, la nuit commençait à tomber. L'obscurité gagnait du terrain, ne laissant qu'une pâle traînée rougeâtre derrière les nuages, à l'ouest.

Line l'avait entendu revenir et lui avait ouvert la porte. Elle avait pris sa place dans le canapé et s'était installée là, face à son ordinateur portable. Des archives s'étalaient sur la table et les coussins. Sur plusieurs d'entre elles elle avait collé des Post-it jaunes annotés, et sur le mur, à côté des photos, elle avait ajouté une carte et d'autres documents. Parmi eux il reconnut la retranscription du message que Cecilia avait laissé sur la cassette.

— Tu as trouvé quelque chose ? demanda-t-il en s'asseyant dans un des fauteuils.

— Rien de déterminant, mais je n'arrête pas de penser au fait que Rudolf Haglund ne présentait aucune blessure. Il portait un T-shirt le jour de la disparition, et pourtant il n'avait pas la moindre griffure sur les bras...

— Il a été arrêté deux semaines après l'enlèvement de Cecilia, se rappela Wisting. Des égratignures auraient eu le temps de cicatriser.

— Elle a aussi dû se débattre quand elle a été tuée, objecta Line. Quand son corps a été retrouvé, sa mort ne remontait qu'à quelques heures. C'était deux jours avant l'arrestation de Haglund.

— Elle avait été retenue captive, elle pouvait être à bout de forces.

— Elle a été nourrie, dit Line en sortant le rapport d'autopsie. Son estomac contenait des restes non digérés de pommes de terre, de chair de poisson et de grains de blé.

Wisting ne sut trop quoi lui répondre.

— Il aimait pêcher, dit-il dans une tentative de contrebalancer ses arguments. Peut-être qu'il lui a servi de la truite qu'il avait lui-même pêchée ?

Line goûta moyennement la plaisanterie.

— Un temps, vous avez aussi soupçonné son petit ami, poursuivit-elle.

Wisting confirma.

— Il y avait, dans cette hypothèse, deux possibilités : soit le kidnapping avait été arrangé par Cecilia et Danny d'un commun accord, soit lui seul en était l'instigateur.

— Vous avez fait des recherches sur son passé ?

— Évidemment.

— Et ça a donné quoi ?

— Tout est dans le classeur, répondit Wisting en indiquant de la tête la table du salon. Des dettes et une amende pour possession et consommation de cannabis. Une plainte pour coups et blessures, également, si mes souvenirs sont bons.

— D'autres femmes ?

— Il a eu une histoire, deux ans plus tôt, avec une collègue photographe. Il était parti en voyage avec elle, peu de temps après avoir rencontré Cecilia. Ensuite elle a changé de travail.

Line prit le classeur noir et le feuilleta jusqu'à l'endroit où elle avait mis un Post-it.

— Tone Berg ? lut-elle.

— C'est possible, je ne me rappelle plus son nom. Nous lui avons parlé.

Line reposa le classeur.

— Savais-tu que Danny Flom a un garçon qui aura seize ans dans dix jours ?

Wisting secoua la tête et regarda sa fille.

— Il s'est marié deux fois, répondit-il tandis qu'il comptait les mois dans sa tête.

— Son fils est né quinze mois après la disparition de Cecilia, déclara Line, lui épargnant son calcul mental.

Autrement dit, six mois après la mort de Cecilia, Danny Flom fréquentait une autre femme et la mettait enceinte.

Wisting changea de position dans son fauteuil.

— D'où tiens-tu ça ?

— De Facebook.

— Facebook ?

Line le regarda.

— Vous ne vous en servez pas dans la police ?

— Ça n'existait pas il y a dix-sept ans, répondit-il. C'est

tout juste si Internet venait d'être inventé. Quoi qu'il en soit, rien n'indique qu'il soit impliqué dans l'affaire. Et nous avons le témoignage de Cecilia sur ce qui s'est passé.

Line se tourna vers le mur où elle avait accroché la retranscription de l'enregistrement sur la cassette.

— Je pointe uniquement des anomalies, dit-elle en retirant la feuille du mur. C'est bien ce que tu as dit ? Trouver des choses infimes qui clochent ?

Wisting se tut et la laissa poursuivre.

— Je n'ai pas écouté la bande magnétique, reprit-elle, mais ce qu'elle dit me paraît un peu artificiel.

— Il y a une copie de l'enregistrement dans le magnétophone, expliqua Wisting en pointant le doigt vers le vieil appareil sur l'étagère. Tu n'as qu'à rembobiner la bande si tu veux l'écouter.

Line haussa les sourcils, comme si elle n'était pas sûre d'en avoir vraiment envie, puis fit ce qu'il lui avait expliqué.

Pendant une minute quarante-trois secondes, la voix de Cecilia Linde emplit la pièce. Sa voix était sobre et calme avant de devenir plus tremblante et de se transformer en sanglot.

— En plus des explications factuelles, dit Line en arrêtant la bande, elle nous livre deux ou trois indications intéressantes. Elle dit qu'il a une odeur acide. Comme celle de la fumée, mais aussi d'autre chose. Vous n'avez pas trouvé ce que ça pouvait être ?

— Rudolf Haglund avait cette odeur, répondit Wisting. Exactement comme elle l'avait décrite.

— Quand elle a parlé de fumée, voulait-elle dire fumée de cigarette ou de feu de camp ?

Wisting devint pensif.

— J'ai toujours pensé à la fumée de cigarette, répondit-il.

Line acquiesça.

— C'est normal, puisque vous aviez déjà retrouvé les mégots au croisement de Gumserød lorsque vous avez écouté la bande.

Wisting comprit qu'ils étaient allés trop vite en besogne.

— Est-ce que Cecilia fumait ?

— Non.

— Son petit ami ou ses parents ?

— Son père fumait, se souvint Wisting. Et son frère. Je ne crois pas que c'était le cas de Danny.

— Elle avait donc l'habitude de la fumée de cigarette.

Wisting se racla la gorge.

— Je crois que tout cela ne mène à rien, dit-il. Si elle parlait d'un feu de bois, pourquoi n'a-t-elle pas précisé qu'il sentait une odeur de feu de bois ?

— Bon, dit Line. Mais ce qui est réellement intéressant, c'est la phrase : *Je l'ai déjà vu.*

Wisting était d'accord. Ces cinq mots l'avaient rongé.

— Est-ce que vous savez si Cecilia et Haglund ont eu l'occasion de se rencontrer ?

— Non, avoua Wisting. Mais l'enlèvement paraît planifié. Nous savons qu'un homme l'a attendue. Ils auraient très bien pu se croiser auparavant, du moins s'apercevoir de loin. Et il aurait préparé l'enlèvement à partir de là. Peut-être a-t-il surveillé Cecilia avant de passer à l'action.

Line n'avait rien à objecter à cela. Wisting s'enfonça dans son fauteuil et comprit qu'il était tombé dans le piège d'accabler le suspect plutôt que de chercher des éléments pour l'innocenter, laissant de côté tout ce qui ne rentrait pas dans le cadre préétabli. C'était à cause de ce genre de mécanismes psychologiques que des innocents étaient condamnés.

Certes, c'était aux tribunaux et non à la police de juger de la culpabilité des suspects, mais il était impossible pour des enquêteurs de rester objectifs dès lors qu'ils avaient un soupçon. La suite de l'enquête ne visait finalement qu'à étayer ce qui devenait une conviction, et la question de la culpabilité était tranchée bien avant le jugement du tribunal.

Wisting restait persuadé que Rudolf Haglund était le coupable, mais cette conviction commençait à vaciller. Il en était moins sûr que dix-sept ans auparavant.

## 45

— Je vais faire un tour, dit Line.

— Maintenant? demanda Wisting en jetant un coup d'œil par la fenêtre où seul apparaissait le reflet de la cheminée.

— Juste un petit tour.

Wisting regarda sa montre. Sept heures passées de quelques minutes.

— Tu reviens ici ou tu rentres chez toi? voulut-il savoir.

Line enfila sa veste.

— Tu penses rester combien de temps? éluda-t-elle.

— Encore quelques heures. Suzanne est au café.

— Tu lui as parlé aujourd'hui?

Il secoua la tête.

— Tu devrais passer la voir sur le chemin du retour.

Wisting se leva pour accompagner sa fille à la porte.

— Peut-être, répondit-il en sortant sur la terrasse.

Une lune pâle perçait à travers les déchirures de la couche nuageuse.

Elle lui donnait un baiser sur la joue quand il entendit son portable sonner à l'intérieur. Il lui fit un signe de la main avant de retourner dans le chalet et de se laisser guider par la sonnerie. Son portable avait dû glisser de sa poche quand il était assis dans le fauteuil, car il le retrouva coincé entre l'assise et l'accoudoir. Il le prit et répondit sans réfléchir, sans même regarder qui l'appelait.

— Allô ?

La voix au bout du fil était rugueuse, sans doute celle d'un homme âgé.

Wisting éloigna le téléphone pour voir l'écran : c'était un numéro qu'il n'avait pas enregistré.

— Allô.

— Je suis Steinar Kvalsvik, médecin-chef à la retraite du service de psychiatrie de l'hôpital universitaire d'Akershus.

Wisting savait qui était cet homme : c'était lui qui avait été nommé par la justice pour l'expertise psychiatrique de Rudolf Haglund. Ils avaient alors eu quelques brèves conversations, à caractère purement professionnel. Kvalsvik avait aussi été engagé dans des affaires plus récentes, où ils avaient eu besoin d'un expert en psychiatrie pour juger si l'agresseur était responsable ou non de ses actes.

— Il s'agit de Rudolf Haglund, poursuivit le médecin-chef à la retraite. Je me mêle sans doute de ce qui ne me regarde plus, mais je suis inquiet.

— Vous savez que l'on m'a relevé de mes fonctions ?

— Oh, ça ? Aucune importance. De toute façon je ne vois pas à qui je pourrais m'adresser à part vous.

Wisting s'approcha de la fenêtre. Dehors, la nuit était tombée. Il vit son propre reflet mais aperçut la mer à la faveur d'un rayon de lune.

— De quoi s'agit-il au juste ?

— J'ai mené des centaines d'expertises psychiatriques mais j'ai rencontré peu d'individus comme Rudolf Haglund.

— Comment ça ?

— Ça n'est peut-être pas ressorti assez clairement dans mon rapport, mais c'est difficile à mettre en mots. Ma mission était de déterminer s'il était responsable de ses actes. Ce qu'il était. Presque calculateur. Mais il y avait chez lui quelque chose que je qualifierais d'effrayant.

— Je ne comprends pas bien.

— C'est justement ce que j'ai dû mal à formuler. Nous avons utilisé à l'époque une nouvelle méthode d'analyse pour mesurer le risque de récidive de comportement violent.

Wisting se racla la gorge pour signifier qu'il écoutait attentivement.

— La méthode comprend des variables qui prennent en compte les relations passées, présentes et futures du patient. À cela s'ajoutent des facteurs historiques et des constantes qui permettent d'affiner ces variables sur la gestion des risques.

— Vous êtes arrivés à quelle conclusion ? demanda Wisting qui ne comprenait pas bien où voulait en venir le médecin.

— Rudolf Haglund a obtenu un score très élevé : déchaînement précoce de la violence, absence d'empathie, inadaptation sociale, comportements négatifs, instabilité émotionnelle et manque de lucidité sur lui-même.

— Ce qui veut dire ?

Le médecin ne lui répondit pas directement.

— Souvent on mesure le risque de récidive par rapport à la probabilité qu'on a d'être exposé à des situations à risques. Si l'on a une dépendance à des produits stupéfiants et des relations instables, le risque augmente, par exemple. Mais Haglund apparaît comme ayant un plan bien établi en tête.

— Si vous le dites…

— Je vous épargne la terminologie spécialisée, conclut le psychiatre. Je n'ai pas traité de tueurs en série jusqu'ici, mais je crains fort qu'il ne puisse recommencer, maintenant qu'il est sorti.

Wisting déglutit et vit un nuage noir passer devant la lune.

— Qu'il enlève et tue à nouveau ?

— Rudolf Haglund est du type à conduite répétitive. Il est resté enfermé pendant presque dix-sept ans. Il est certainement très réceptif à la pression et aux pulsions qui l'ont déjà amené une fois à commettre un acte mortel.

— Mon Dieu… Vous en êtes sûr ?

— La psychiatrie n'est pas une science exacte et je n'aurais pas pris la peine de vous contacter si une autre jeune fille n'avait pas disparu. Linnea Kaupang.

— Mais qu'en est-il de ses actions passées ? demanda Wisting en pensant à Ellen Robekk. A-t-il déjà pu commettre quelque chose de semblable avant ?

— Il n'est pas facile de donner une réponse tranchée, mais le meurtre de Cecilia Linde n'a pas dû être son premier passage à l'acte. Il a recouru à la violence extrême *avant* cela.

Wisting sentit soudain que le temps pressait.

— Je vais prier la personne responsable de l'affaire Linnea de prendre contact avec vous, dit-il. Il faut que vous lui racontiez tout ce que vous venez de me dire.

— Évidemment, dit le psychiatre. Mais que ce soit clair : mon pronostic n'assure en aucune manière que Rudolf Haglund est celui qui a ôté la vie à Cecilia Linde. Il n'est pas le seul à être perturbé et dangereux. Des gens comme lui courent les rues.

# 46

Line dépassa l'embranchement recouvert de mauvaises herbes, profita d'une aire de dégagement pour faire demi-tour et gara la voiture près de l'entrée boueuse du chemin. Les phares éclairèrent, fixée à un poteau télégraphique, une vieille boîte aux lettres rouillée dont le vernis vert foncé avait à moitié disparu.

Elle sortit du véhicule et jeta un coup d'œil au couvercle. Sur une plaque blanche étaient gravés les noms d'Ingvald et Anne Marie Ravneberg. En dessous, elle crut déceler les traces d'un autocollant avec un nom supplémentaire. Jonas, songea Line. C'était sa maison d'enfance.

Elle se remit au volant et s'avança dans le chemin tandis que les branchages et les herbes folles frôlaient la voiture des deux côtés. Elle remarqua tout à coup des traces de pneus dans la boue. Cela pouvait être le fait d'une patrouille de police, venue ici dans le cadre du meurtre à Fredrikstad, mais cela lui parut peu plausible. Quoi qu'il en soit, elle préférait ne croiser personne. Elle fit marche arrière, sortit sur la route principale et se gara dans un dégagement un peu plus loin. De ce qu'elle avait vu sur la carte, il devait y avoir six à sept cents mètres jusqu'à la petite exploitation près de la rivière. Elle avait des bottes dans le coffre, elle les enfila et emporta l'appareil photo qu'elle avait dans son sac. Il avait une sensibilité de 25 600 ISO, ce qui lui permettait de prendre des photos quasiment dans le noir.

La forêt avait presque envahi l'étroit sentier. Les branches au-dessus d'elle formaient un tunnel. Dénudées, elles étaient réduites à des lignes sombres contre le ciel où brillait la lune.

Ses bottes s'enfonçaient presque à chaque pas, en faisant un bruit de succion quand elle marchait dans une flaque de boue. Sur sa gauche, la rivière grondait quelque part derrière les arbres, grossie après plusieurs jours de pluies abondantes.

Le ciel était rempli d'étoiles pâles et, sans source lumineuse artificielle, ses yeux mirent un peu de temps à s'habituer à l'obscurité.

Le chemin descendait en pente douce. Elle entendait au loin une voiture passer de temps à autre sur la route, mais plus elle progressait plus le silence augmentait. De même que l'obscurité. Le chemin rétrécissait encore et elle se demandait si elle ne devrait pas faire demi-tour pour revenir quand il ferait jour, lorsqu'elle aperçut une lumière entre les arbres. Elle avança jusqu'au tournant suivant et vit alors le petit groupe de maisons devant elle. À l'angle d'un bâtiment pendait une ampoule nue, solitaire, qui jetait un reflet jaune grisâtre sur le sentier et certaines parties de la ferme.

Elle s'approcha un peu plus avant de s'arrêter pour avoir une vue d'ensemble.

La maison d'habitation était rouge avec des fenêtres à

petits carreaux, encadrées de blanc. L'obscurité faisait disparaître tout ce qui aurait pu donner une impression de cadre champêtre idyllique. C'était une maison moribonde gagnée par la pourriture, à la peinture écaillée sur les murs en bois et au porche de travers. De l'autre côté de la cour se dressaient deux remises grises et affaissées. Entre ces bâtiments, elle devina les contours d'une vieille voiture. Des herbes sauvages poussaient tout autour, prouvant que ce n'était pas cette épave qui avait pu laisser les récentes traces de pneus sur le chemin.

Un peu plus loin se trouvait une autre bâtisse, de guingois, que le mauvais temps n'avait pas épargnée. Une pente herbeuse descendait vers la rivière aux eaux sombres. Tout au bord de l'eau, on apercevait encore, sous la pâleur de la lune, un autre bâtiment.

Line s'immobilisa. L'endroit paraissait tout à fait abandonné, mais le courant n'avait pas été coupé et les traces de pneus montraient que quelqu'un était venu jusqu'ici. Elle essaya d'examiner ces empreintes dans la faible lumière. À certains endroits, la pluie les avait effacées et il était difficile de déterminer quand la voiture était passée. La veille sans doute, ou l'avant-veille.

Elle alla jusqu'à la maison principale, monta les quelques marches du perron et abaissa la poignée. La porte était verrouillée. La fenêtre à côté était fendue mais il faisait trop noir à l'intérieur pour distinguer quoi que ce soit. Elle sortit son portable pour utiliser le flash de l'appareil photo intégré comme lampe de poche. Elle l'alluma et plaqua le téléphone contre la vitre. Il n'éclairait qu'à une poignée de mètres dans la pièce. Au mur étaient accrochés deux tableaux. Un tapis lirette courait sur le parquet où traînait une paire de sabots en bois. Rien d'autre.

Elle fit quelques pas dans l'herbe haute jusqu'à une autre fenêtre, dotée de rideaux blancs et d'une bordure décorative au crochet. Elle utilisa de nouveau son portable et appuya son front contre le verre. C'était une vieille cuisine. Une cuisinière en tôle émaillée avec trois plaques, un évier profond et un autre de service, un plan de travail et des placards en hauteur. Au milieu de la table était posé un vase sur une nappe fantaisie.

Elle abaissa son téléphone, mais se ravisa et le plaqua de nouveau contre la vitre. Un frisson parcourut son dos.

Il y avait des fleurs dans le vase.

Un bouquet de roses rouges. Un pétale était tombé sur la table, mais sinon les fleurs paraissaient toutes fraîches.

Elle éteignit la lumière de son portable et resta immobile, craignant de faire du bruit. Puis elle se retourna lentement et parcourut la cour du regard. Le vent gémissait dans la forêt sombre, les branches se balançaient et craquaient. Sous la clarté de la lune, les ombres bougeaient. Tout à coup, elle perçut un autre son. Une sorte de raclement. Elle s'appliqua à déterminer d'où venait le bruit. C'était tout proche d'elle. Cela venait-il de l'intérieur de la maison ? Elle s'avança un peu, le son disparut mais revint avec le souffle du vent, et elle comprit que c'étaient les branches d'un arbre qui frottaient la toiture.

Elle n'avait jamais eu peur du noir et savait que c'était une frayeur irrationnelle. Pourtant elle avait la sensation qu'une main moite remontait le long de son dos. La maison derrière elle avait été vide pendant dix-sept ans au moins, mais quelqu'un y était venu très récemment…

Elle retourna sur le sentier et s'apprêtait à jeter un regard par-dessus son épaule quand elle aperçut une lumière bouger entre les arbres. Les phares d'une voiture. Celle-ci avançait lentement et elle entendit le bruit sourd du moteur.

Line se tapit rapidement derrière un tronc. La voiture passa devant elle, avec un homme seul au volant, dont elle ne put voir le visage.

La voiture s'avança jusqu'à la maison. La cour de la ferme fut baignée d'une lumière qui souligna crûment sa décrépitude. Le conducteur resta au volant, laissant tourner le moteur.

Courbée en deux, Line traversa le plus discrètement possible le sentier et s'enfonça entre les arbres de l'autre côté, d'où elle bénéficiait d'une meilleure vue. Elle prit quelques photos du véhicule avant de zoomer et de photographier la plaque d'immatriculation. L'homme à l'intérieur n'avait pas bougé. Elle voyait seulement l'arrière de sa tête.

Pendant cinq minutes, il resta là, puis la voiture repartit doucement et roula vers les deux remises en passant en pleins phares. L'épave entre les deux bâtisses avait la forme d'une Saab. La laque rouge et mate était constellée de taches de rouille, et le caoutchouc des pneus semblait avoir pourri. Deux minutes plus tard, les feux de recul s'allumèrent. Le conducteur manœuvra la voiture pour reprendre le chemin par lequel il était venu.

Line se plaqua contre un bloc rocheux recouvert de mousse et sentit l'humidité pénétrer ses vêtements. Au moment où le véhicule passa à sa hauteur, elle leva la tête et put prendre une photo du conducteur. C'était un homme de l'âge de son père. Avec des lunettes, les cheveux foncés et les tempes grisonnantes. Ce visage lui disait quelque chose. Qui que fût cet homme, son comportement avait été pour le moins étrange.

# 47

Wisting lut de nouveau les rapports d'expertise des psychiatres et s'arrêta sur un passage décrivant l'état physique de Rudolf Haglund. Ce dernier semblait être en bonne santé, il n'avait jamais été traité pour des affections graves et n'avait jamais été hospitalisé, que ce fût en Norvège ou à l'étranger. Il n'y avait pas de maladie héréditaire dans sa famille et il ne prenait aucun traitement.

Rien d'autre.

Il sortit encore une fois les photos de l'examen à l'hôpital et regarda de plus près la cicatrice d'un nævus que Haglund s'était fait enlever. Les psychiatres ne mentionnaient pas un éventuel cancer de la peau. Tous les grains de beauté n'étaient pas de nature maligne, cependant il était étonnant qu'il n'y eût pas une seule ligne à ce sujet dans un rapport par ailleurs assez conséquent.

Wisting sortit son téléphone portable et appela le médecin-chef à la retraite.

— Savez-vous si Rudolf Haglund a eu un cancer de la peau ? demanda-t-il.

L'homme au bout du fil claqua la langue comme s'il avait la bouche sèche.

— Pourquoi me posez-vous cette question ?

— Je viens de relire ce que vous aviez écrit à l'époque, expliqua Wisting. Il est dit qu'il n'a pas été hospitalisé ni traité pour des maladies graves, mais nous avons des photos de lui qui montrent trois petites cicatrices. Il a expliqué que c'étaient les marques laissées par une opération pour se faire enlever des grains de beauté.

— Ça ne me dit rien, répondit le psychiatre. Mais le rapport sur la santé physique est basé sur ce que nous raconte le sujet observé. Cela étant, c'est bizarre qu'il ne l'ait pas mentionné. Surtout que son père a eu un cancer. Cette maladie a marqué un tournant dans la vie de Haglund. Nous en avons beaucoup parlé, mais il ne m'a pas raconté que lui-même avait été atteint par cette maladie.

— C'est vraiment étrange, non ?

— Effectivement. Étant donné sa peau très pâle et ses antécédents familiaux, il est typiquement un cas à risque pour des formations cutanées malignes.

Wisting passa en revue les autres photos. Outre celle de la cicatrice à l'intérieur de la cuisse, il y en avait une qui montrait une marque sous l'omoplate gauche et une autre dans la nuque.

— Est-ce important ? demanda le psychiatre.

Wisting entendit des pas sur la terrasse et reposa les photos.

— Sans doute pas, répondit-il en se dirigeant vers la porte. Je trouve seulement étrange qu'il ait passé cela sous silence mais qu'il ait ouvertement parlé de son attirance pour le sadomasochisme, alors que c'est un trait qui correspond bien au profil d'un agresseur.

Line entra, referma la porte et la verrouilla derrière elle. Ses bottes étaient pleines de boue et elle les retira.

— Il a reconnu cela après avoir été confronté aux documents pornographiques que vous aviez trouvés chez lui, précisa l'ancien médecin-chef.

Wisting adressa un salut silencieux à sa fille tout en écoutant la suite :

— Rappelez-vous que Rudolf Haglund a une personnalité très complexe. Comprendre les motivations qui le poussent à partager ses pensées ou à s'expliquer sur telle ou telle chose n'est pas simple. Et comprendre ses actes encore moins.

— Mais ce n'est pas un malade mental ?

— Non. Il est malgré tout une énigme sur le plan psychologique.

Line s'installa dans le canapé, ouvrit son ordinateur et parcourut les photos qu'elle venait de prendre en attendant que son PC s'allume. Wisting raccrocha et s'assit en face d'elle.

— Qui était-ce ? voulut-elle savoir.

— Un des experts psychiatres qui ont examiné Rudolf Haglund.

— Qu'est-ce que tu lui voulais ?

— C'est lui qui m'a contacté, répondit Wisting qui lui exposa la crainte du médecin que Rudolf Haglund ne fût impliqué dans la disparition de Linnea Kaupang.

Line s'enfonça dans le canapé.

— Mon Dieu, gémit-elle. Il faut qu'il parle avec ceux qui bossent sur cette affaire.

Wisting hocha la tête.

— J'en ai informé Nils Hammer.

— Qu'est-ce qu'il a dit ?

— Je lui ai envoyé un texto.

— Un texto ? Quand un psychiatre expérimenté pense qu'un meurtrier peut avoir enlevé une autre jeune fille ?

Wisting haussa les épaules. Il n'avait pas envie de lui expliquer que Nils Hammer était en haut de sa liste des collègues susceptibles d'avoir manipulé la preuve ADN dans l'affaire Cecilia.

— Il a répondu ? voulut savoir Line.

— Il a écrit qu'ils regarderaient ça de plus près, dit Wisting, mais ils sont pour l'instant sur d'autres pistes intéressantes.

Il savait que l'hypothèse Haglund serait reléguée à l'arrière-plan. Tout bien considéré, ce n'était qu'une idée lancée en l'air.

— Ils ne feront rien, déclara Line. Vu la situation, ils n'oseront pas s'en prendre à Rudolf Haglund.

Wisting dut reconnaître qu'elle avait raison. Une enquête dirigée contre Haglund devrait avoir l'aval du procureur, et les suppositions d'un psychiatre à la retraite ne pèseraient pas lourd dans la balance. Audun Vetti freinerait des quatre fers.

Line se releva et mit une bûche dans la cheminée.

— Tu vas le rencontrer demain ? demanda-t-elle, les yeux fixés sur le feu.

— À midi, confirma Wisting. Au cabinet de Henden. Je vais tâter le terrain. Essayer de le cerner.

Line prit le tisonnier et repoussa la bûche dans le foyer.

— Nous pourrions le suivre, après, dit-elle sans quitter du regard les flammes qui léchaient la bûche.

— Je ne sais pas…, commença Wisting.

— C'est la seule possibilité, insista-t-elle. Si c'est lui qui retient Linnea Kaupang prisonnière, c'est la seule façon de la retrouver.

Une bûche craqua dans la cheminée.

— C'est du ressort de la police, déclara Wisting.

— Tu crois vraiment qu'elle va le faire ? rétorqua Line.

Wisting dut reconnaître que sa fille avait une nouvelle fois raison. Suivre Rudolf Haglund pouvait les mener quelque part. Ce serait toujours ça. Parce que Nils Hammer n'organiserait certainement pas de filature. Les motifs pour le faire étaient beaucoup trop ténus.

— J'ai un autre rendez-vous après la rencontre, dit Wisting. Je suis convoqué par la police des polices à deux heures.

— Nous ferons ça sans toi. Surtout qu'il te connaît.

— Qui ça, « nous » ?

— Je prendrai quelqu'un du boulot.

— Il ne suffit pas de le suivre, protesta Wisting. Et filer quelqu'un, garder le contact avec lui sans se faire repérer, ça réclame de l'entraînement.

— Tu sais, c'est aussi une partie de notre travail, à nous autres journalistes, lui rappela Line. Suivre des policiers pour connaître leurs contacts, c'est toujours intéressant dans une grande affaire. Tu as sûrement été suivi par des journalistes en affaires criminelles sans que tu t'en rendes compte.

— Mais tu ne peux pas écrire là-dessus. Je croyais qu'on s'était mis d'accord.

— Je ne vais pas écrire sur l'affaire Cecilia, répondit Line en montrant la table couverte de notes. Mais si Rudolf Haglund nous conduit à Linnea Kaupang, c'est une autre histoire.

## 48

Ils se rassirent autour de la table.

— Tu as parlé à Suzanne ? demanda Line.

Wisting secoua la tête.

— Tu ne crois pas que tu devrais le faire ?

— Je devrais, je sais, admit Wisting qui changea de sujet. Tu étais partie où ?

— Chez Jonas Ravneberg.

— Ce n'est pas lui qui a été tué à Fredrikstad ?

— Si, mais il a grandi dans une petite ferme près de Manvik. Il en est toujours propriétaire.

— Qu'est-ce que tu es allée faire là-bas ?

— Je voulais seulement voir. Il est parti de là l'automne après l'affaire Cecilia.

Wisting fronça les sourcils et étudia le visage de sa fille. Il ne parvenait pas à lire dans ses pensées.

— L'endroit était tout à fait désert, mais quelqu'un était venu, dit-elle. J'ai vu des traces de pneus sur le chemin jusqu'à la maison, et il y avait un bouquet de roses sur la table de la cuisine.

— Il peut y avoir des gens chargés de veiller sur la maison, suggéra Wisting. Et puis après l'annonce de sa mort, ils sont venus apporter des fleurs. Comme un dernier au revoir.

Sa fille le regarda, peu convaincue.

— Une voiture est arrivée pendant que j'étais là-bas, ajouta-t-elle en sortant de nouveau son appareil photo.

— C'était qui ?

— Un type qui est resté assis dans sa voiture. Je pense l'identifier avec sa plaque d'immatriculation.

Line tendit l'appareil photo à son père. Wisting plissa les yeux pour mieux voir l'écran.

— Tu peux t'économiser cette peine, dit-il. Je sais qui c'est.

Line leva les yeux de son téléphone.

— Je lui ai parlé plus tôt dans la journée. C'est Frank Robekk.

— Le policier ?

— Il a arrêté après l'affaire Cecilia, ç'a été la goutte de trop pour lui. Sa nièce avait disparu de la même façon que Cecilia, un an plus tôt.

— Que pouvait-il bien faire chez Ravneberg ?

— Aucune idée, avoua Wisting qui se leva.

Il venait d'entrevoir une piste, telle une porte entrebâillée. Il alla vers le carton de l'affaire Cecilia et sortit la liste alphabétique des personnes. Sous la lettre R, il trouva *RAVNBERG, Jonas*. Le nom apparaissait dans le document 6, 43.

Il poussa une petite exclamation. Ravnberg, sans *e* entre « Ravn » et « berg ». La similitude était frappante. S'agissait-il d'une faute de frappe ?

— Qu'y a-t-il ? demanda Line.

— Jonas Ravneberg est mentionné dans l'affaire Cecilia,

répondit-il en sortant le classeur indiqué par un grand 6 qui renfermait les déclarations des témoins.

Le document nº 43 était une audition de Hogne Slettevoll. Il était l'un des cinq employés de l'entrepôt de meubles où Rudolf Haglund travaillait et il avait été entendu pour dire ce qu'il savait sur cet homme.

Nils Hammer avait mené l'interrogatoire. L'essentiel du contenu portait sur une plainte : Haglund avait proposé à une cliente de l'accompagner chez elle pour monter un grand lit dont elle venait de faire l'acquisition et pour l'aider à le tester. Il lui avait aussi expliqué que la tête de lit se prêtait idéalement à la fixation de menottes. Cela s'était produit presque dix ans auparavant. Mais peu avant l'audition, un épisode similaire avait eu lieu : le témoin avait accompagné un client à l'entrepôt suite à une réclamation à propos d'un lit, et Haglund avait fait des allusions sexuelles pour expliquer pourquoi le lit n'avait peut-être pas tenu.

Une demi-page parlait du tempérament de Rudolf Haglund. Plusieurs anecdotes étaient décrites où des événements insignifiants avaient provoqué chez lui un accès de fureur. Il pouvait s'agir de marchandises mal rangées à l'entrepôt, de fiches incomplètes ou de produits difficiles à déballer.

Wisting trouva enfin le nom de Jonas Ravnberg, sans *e*. Il lut à Line le passage à haute voix. « *Le témoin n'a pas eu de contact avec le suspect en dehors du cadre de son travail. Il ne connaît ni ses fréquentations ni ses centres d'intérêt, mais il sait qu'il collectionne certaines choses, entre autres des voitures Matchbox. Il ne sait plus comment ils en sont venus à parler de ça, mais le témoin possédait un carton avec des petites voitures qui lui restaient de son père et qu'il voulait vendre. Le suspect lui a acheté trois voitures et il avait un client potentiel pour les autres. Un rendez-vous a été arrangé à l'entrepôt de meubles. C'était il y a deux ou trois ans. L'acheteur s'appelait Jonas Ravnberg. Le témoin reçut cinquante couronnes par voiture, en tout cela fit mille cent cinquante couronnes que l'acquéreur paya par chèque.* »

— Jonas Ravneberg collectionnait les petites voitures, dit Line en parlant de la Cadillac miniature d'Elvis Presley qu'elle avait trouvée devant sa maison. Il doit s'agir du même homme.

Wisting se prit la tête entre les mains pour rassembler ses idées. Un lien venait de surgir entre Rudolf Haglund et une personne assassinée, qui avait déménagé et quitté la ville au moment même où Haglund avait été condamné. Ce lien avait été peu significatif à l'époque. Avait-il plus de sens aujourd'hui ? Et au milieu de tout cela, Frank Robekk surgissait.

Line avait pris le classeur avec les auditions des témoins.

— Pourquoi Jonas Ravneberg n'a-t-il pas été entendu à l'époque ?

Wisting n'avait aucune réponse satisfaisante à lui donner. Au début de l'enquête, tout nouveau nom qui surgissait dans le cadre de l'affaire avait fait l'objet de recherches, même si le lien était très lointain. Mais au fur et à mesure, les cercles les plus éloignés n'avaient plus été pris en compte avec le même zèle, et au stade où ce nom était apparu, ils en avaient plus qu'il n'en fallait pour interpeller Rudolf Haglund. Dès son arrestation, une seule chose avait importé : trouver d'autres éléments à charge.

# 49

À dix heures, Line se leva et alla se beurrer une tartine. Elle demanda à son père s'il en voulait aussi.

Il se leva à son tour et s'approcha de la fenêtre.

— Non merci, répondit-il. 7,4 °C, lut-il tout haut. On arrête là pour aujourd'hui ?

— J'ai envie de continuer encore un peu, dit-elle en s'asseyant dans le canapé, les jambes repliées sous elle.

Elle mâcha lentement sa tartine en regardant son père.

— Tu es sûre ? demanda ce dernier. Tu peux emporter le classeur chez toi.

— Ce n'est pas la même chose, répondit Line. Tout est lié en quelque sorte. Je lis une chose et je dois la vérifier par un autre biais.

Wisting acquiesça, il comprenait ce qu'elle voulait dire. Son travail serait infiniment ralenti si elle n'avait pas tous les documents sous la main.

— Mais vas-y, toi, lui dit-elle. Je peux me débrouiller toute seule.

Elle vit à son visage qu'il n'aimait pas la laisser seule,

mais elle avait passé plusieurs semaines ici l'automne précédent, et il savait qu'elle connaissait bien les lieux.

— Je ne veux pas que tu passes la nuit ici, dit-il d'un ton qui ne tolérait pas de discussion.

— Je serai rentrée avant minuit, répondit-elle en souriant.

— Très bien. Je vais passer voir Suzanne au café, déclara-t-il comme s'il avait besoin d'une bonne raison pour partir.

— Dis-lui bonjour de ma part, dit-elle avant de se replonger dans les documents.

Dès qu'il fut parti, elle tourna le regard vers la fenêtre noire. Vue de l'intérieur, du salon éclairé, l'obscurité paraissait impénétrable, comme constituée de plusieurs couches.

Line avait été trop occupée par ses propres affaires pour suivre le reste de l'information en profondeur. Certes, elle était au courant qu'une jeune fille de dix-sept ans avait disparu, mais elle ne connaissait pas les détails de l'histoire.

Elle alla sur le site Internet de *VG* et tapa le nom de la jeune fille. L'article le plus récent avait été écrit par Morten P. et Harald Skoglund.

La dernière personne à avoir vu avec certitude Linnea Kaupang était le chauffeur de bus de la ligne 01. Elle était en dernière année de lycée et le vendredi 2 octobre elle avait été en cours jusqu'à 14 h 10. Une demi-heure plus tard, elle avait grimpé dans le bus à l'arrêt de Torstrand. Ce bus empruntait la route nationale 303 qui passait par Tjølingvollen et allait en direction de Sandefjord. À 14 h 49, Linnea Kaupang était descendue au carrefour près de la Lindhjemveien. Depuis, personne ne l'avait vue.

Elle habitait avec son père à quelque huit cents mètres de l'arrêt de bus. Entre sa maison et la route se trouvaient trois autres habitations. Seul un marin retraité était chez lui. Il avait souvent vu la jeune fille rentrer à pied à la maison, mais pas ce jour-là.

Morten P. et Harald Skoglund avaient parlé avec ses amies, qui avaient décrit Linnea comme une jeune fille appliquée et digne de confiance. Nils Hammer, chargé de l'enquête, avait résumé les moyens mis en œuvre pour retrouver la jeune fille et il n'excluait pas la piste criminelle.

Line appela Morten P.

— Comment ça va ? lui demanda-t-il.

— J'ai encore mal aux fesses, répondit-elle, mais j'en ai terminé avec cette affaire. Enfin, presque.

— Presque ?

Elle lui expliqua comment elle suivait un fil dans le passé de l'homme assassiné à Fredrikstad qui, curieusement, le rattachait à l'affaire Cecilia.

— En fait, je n'aime pas trop ça, conclut-elle. Je me demande s'il n'y a pas un lien plus profond et non une simple coïncidence.

— Les coïncidences, ça arrive tout le temps, lui rappela Morten P. La preuve : il existe un mot pour ça.

Il avait raison.

— Je t'appelle en fait pour l'affaire Linnea.

— Une affaire vraiment bizarre, dit Morten P. Je suis justement en train d'étudier les dernières traces électroniques qu'on a d'elle. Jusqu'à hier soir, son téléphone portable a émis des signaux en provenance de Høgskolen dans le Vestfold.

— Mais c'est presque à Horten, à l'extrémité nord du comté !

— Je sais, c'est bien pour ça que c'est bizarre.

Line fit un rapide raisonnement qu'elle partagea avec son collègue journaliste :

— Est-ce qu'elle aurait pu laisser son portable dans le bus quand elle en est descendue ? Le bus 01 traverse tout le comté jusqu'à Horten.

— C'est une possibilité, mais cela voudrait dire que quelqu'un l'aurait sorti du bus à Bakkenteigen.

— Que dit la police ?

— Rien. Nous avons des photos de recherches sur le bas-côté de la route, entre Åsgårdstrand et Borre, mais la police ne veut rien laisser filtrer.

Line se tut puis se lança :

— J'ai une hypothèse sur la personne qui a pu l'enlever.

Silence à l'autre bout de la ligne.

— Une hypothèse de la police ? s'enquit-il.

— Non, et elle ne vient ni de moi ni de mon père, mais d'un expert psychiatre.

— Tu as éveillé ma curiosité.

— Il croit que ça peut être Rudolf Haglund.

Au moment où elle prononça son nom, Line vit elle-même à quel point son hypothèse était banale. Morten P. restait silencieux. Elle l'imaginait derrière son bureau, à tripoter son stylo à bille, en se demandant comment lui faire gentiment comprendre qu'elle faisait fausse route.

— Je sais que ça paraît tiré par les cheveux, dit-elle.

Morten P. s'éclaircit la voix.

— Il lui est arrivé quelque chose, dit-il. J'ai parlé avec

ses amies, il ne s'agit nullement d'une fugue. Quelqu'un l'a enlevée, et il me paraît plus vraisemblable que ce soit quelqu'un qui a déjà fait ça plutôt que l'œuvre d'un détraqué.

— Selon le psychiatre, son séjour en prison a créé une pression intérieure, reprit Line pour étayer sa théorie.

— Est-ce que la police pense la même chose ?

— Je ne sais pas ce qu'ils pensent, sauf que pour eux il n'y a pas lieu de mettre sur pied une filature.

Elle entendit à sa voix que Morten P. avait compris où elle voulait en venir.

— Est-ce que quelqu'un sait où il se trouve pour l'heure ?

— Pas au moment où je te parle, mais je sais où il sera demain à midi.

Morten P. rit car il avait compris la raison de son appel.

— Harald et moi, on peut se positionner chacun dans notre voiture, dit-il. Mais nous avons besoin d'une personne en plus, en dehors de toi.

— Je vais vous trouver quelqu'un, promit Line.

— Bon, je termine cet article et on se reparle demain.

Après avoir raccroché, Line trouva le numéro de Tommy Kvanter. Vingt-quatre heures plus tôt, il avait surgi sans prévenir dans sa chambre d'hôtel à Fredrikstad. Maintenant, c'était à son tour de le surprendre.

*J'ai besoin de toi*, lui écrivit-elle dans un texto qu'elle lui envoya aussitôt.

Puisqu'elle avait sorti son téléphone, elle tenta de rappeler le numéro inconnu de Fredrikstad. L'abonné non enregistré avait provoqué une réaction en chaîne quand il avait appelé Jonas Ravneberg.

Le téléphone sonna aussi longtemps que la dernière fois, mais à l'instant où elle allait raccrocher, quelqu'un décrocha en disant « Allô ? ». La voix d'un homme jeune.

— Allô ? répéta Line. Je ne sais pas si je suis chez la bonne personne.

— Vous cherchez qui ?

— Je m'appelle Line Wisting, dit-elle en esquivant la question. Et vous êtes… ?

L'homme au bout du fil raccrocha.

Line lâcha un juron et refit le numéro. Cette fois personne ne répondit. Puis elle entendit qu'elle avait reçu un message.

C'était Tommy : *Quand et où ?*

# 50

Sur la rampe des marches devant La Paix dorée était noué un ruban jaune et sur la porte était affiché le portrait de Linnea Kaupang, le mot *Disparue* au-dessus de la photo. En dessous, sa description physique, le détail des vêtements qu'elle portait ce jour-là et l'endroit où elle avait été vue pour la dernière fois. Wisting prit le temps d'étudier l'affiche avant d'entrer. Il ne pouvait s'empêcher de penser qu'il aurait pu apporter toute son expérience à l'enquête s'il n'avait pas été suspendu de ses fonctions. S'il n'y avait pas eu un certain Audun Vetti qui ne pouvait pas le voir en peinture.

La clochette sonna quand il ouvrit la porte. Des visages se tournèrent vers lui et le silence se fit. Wisting adressa un signe de tête à droite et à gauche en se dirigeant vers le comptoir. Il sentait les regards dans son dos et ne retrouva pas l'atmosphère douce et chaleureuse qu'il aimait ici.

Suzanne lui sourit à l'autre bout du bar et vint à sa rencontre.

— Ça fait plaisir de te voir, dit-elle. Tu veux boire quelque chose ?

— Un café.

— Assieds-toi, lui dit-elle en lui indiquant sa table habituelle au fond de la salle. Je te l'apporte.

Il enleva sa veste et la suspendit au dossier de sa chaise. Suzanne déposa sur la table un café et une part de gâteau.

Wisting la remercia et la pria de s'asseoir. Elle jeta un bref regard au comptoir.

— Tu as du monde ?

— Un peu moins que d'habitude, répondit-elle en s'installant face à lui. Et toi, comment vas-tu ?

— Line est venue, dit-il sans répondre à sa question.

— Tant mieux.

Wisting prit une bouchée du gâteau et parla des mésaventures de sa fille à Fredrikstad.

— Est-ce que quelqu'un a essayé de me joindre ? voulut-il savoir.

— Comment ça ?

— J'ai eu au chalet la visite de l'avocat de Rudolf Haglund. Il m'a dit que tu lui avais indiqué où j'étais.

— Je n'aurais pas dû ?

Wisting but son café.

— Si, mais j'ai aussi eu d'autres visites, dit-il en lui révélant qu'on s'était introduit chez lui en son absence.

— Cela aurait été plus simple si tu avais décroché ton téléphone quand les gens cherchaient à te joindre, déclara Suzanne qui vit un client s'approcher du comptoir. Cela m'aurait évité d'être dérangée sans arrêt.

— Tu as raison, dit Wisting.

Suzanne se leva et s'occupa de son client, à qui elle servit aussi un café, puis elle revint.

— Je voulais juste savoir à qui tu as parlé, poursuivit Wisting. Il n'y avait pas tant de monde que ça qui savait où j'étais.

— Les journalistes n'ont pas cessé d'appeler, dit-elle, et je leur ai répondu que tu étais au chalet.

Wisting reprit un morceau de gâteau. À quoi bon continuer sur ce sujet ? Tous deux restèrent silencieux. Suzanne se leva de nouveau pour ramasser les verres et les assiettes vides.

Il ne s'était pas attendu à autant d'indifférence de sa part. Il avait besoin de quelqu'un à qui parler, mais le ton de Suzanne lui avait paru accusateur. Certes, ce lieu n'était pas le meilleur endroit pour discuter, mais elle aurait quand même pu lui consacrer un peu de temps.

Leur relation était partie sur les chapeaux de roue. Ils s'étaient rencontrés dans le cadre d'une enquête, trois ans plus tôt, soit deux ans après la mort d'Ingrid, et Wisting n'était pas du tout dans l'état d'esprit de trouver quelqu'un d'autre pour partager sa vie. Il devait avouer qu'il n'avait eu aucun projet particulier pour leur relation, mais au fil du temps, il avait dû se rendre à l'évidence : il aimait la compagnie de Suzanne. Line et elle avaient noué des liens étroits, ce qui était très important pour lui. Les années qu'ils avaient passées ensemble avaient été agréables, mais il sentait qu'il était en train de la perdre. Elle était absente et plus froide que d'habitude. Il comprenait qu'elle eût besoin de se sentir en confiance avec celui qui partageait sa vie. Elle avait un passé douloureux, c'est pourquoi la confiance et le sentiment de sécurité étaient des valeurs qui comptaient pour elle. Pour lui aussi, d'ailleurs, mais il avait une autre définition de ce sentiment de sécurité. Il ne s'agissait pas tant pour lui de présence physique. Il avait l'habitude de passer beaucoup de temps seul et appréciait ces moments d'isolement. Non, il s'agissait davantage de ne pas avoir besoin de peser chaque mot et chaque pensée. D'être sûr de la bienveillance de l'autre. De sentir sa proximité, même s'il était au travail, voire à l'étranger. Ingrid et lui avaient réussi à instaurer précisément cela. Pendant plusieurs années, elle avait travaillé comme coopérante à la Norad, l'agence norvégienne pour la coopération au développement. Et même si, par périodes, elle lui avait beaucoup manqué, ils n'avaient jamais perdu ce sentiment de proximité. Il avait toujours pu se confier à elle au téléphone, et elle de même. Avec Suzanne c'était plus difficile de préserver ce contact, tous deux travaillaient tellement… Ils devenaient des étrangers l'un pour l'autre, les échanges entre eux se faisaient plus rares, moins personnels.

Il la regarda se déplacer entre les tables et lui jeter un regard. Il crut déceler quelque chose de nouveau dans ses yeux : une forme de jugement, d'évaluation, un peu froide, méfiante, peut-être aussi de la peur.

Cela se voyait clairement maintenant, pensa-t-il, même s'il y avait eu des signes avant-coureurs. Une distance s'était instaurée entre eux depuis le jour où elle avait ouvert son café. Au début il avait attendu le soir qu'elle ait tout rangé pour faire avec elle la fermeture, mais il avait fini par aller se coucher avant qu'elle rentre et se lever avant qu'elle se réveille le matin. Il était obligé de venir ici s'il voulait être avec elle.

Il resta assis un moment, à boire son café. Puis il se leva, enfila sa veste et sortit.

# 51

La maison de bois sombre dans la Herman Wildenveys gate était déserte et silencieuse. Wisting entra avec la voiture dans la cour pavée, où les feuilles mortes formaient une sorte de congère jaune le long de la haie du voisin.

Il resta un moment derrière le volant. Lorsque Suzanne avait emménagé chez lui, elle avait un peu comblé le vide laissé par Ingrid. Il n'avait pas voulu l'admettre tout de suite, mais savoir qu'une personne l'attendait à la maison lui avait manqué. Pourtant, de peur que cette nouvelle femme n'efface les traces laissées par Ingrid dans sa vie, il avait un peu gardé ses distances. C'était peut-être ça que Suzanne avait ressenti : qu'elle n'était qu'une remplaçante.

Cette pensée le tourmentait, mais il ne parvenait pas à se faire une vision précise de la situation. Il sortit en claquant la portière.

Une fois à l'intérieur, il alla à sa penderie. Dans le tiroir du bas, il prit un bonnet noir et une paire de gants en cuir, et sur une étagère avec les vêtements d'hiver, un pull noir à col roulé. Il savait qu'il avait aussi un jean noir quelque part et le retrouva derrière une pile de chemises pliées.

Il se changea et se planta devant le miroir. Il n'était pas rasé, avait les yeux rouges, mais la tenue allait bien avec ce qu'il s'apprêtait à entreprendre. Puis il détourna le regard, comme s'il n'avait pas envie de se voir en face.

Son plan avait pris forme après la première conversation avec l'expert psychiatre. L'idée s'était définitivement ancrée en lui que celui qui avait enlevé Cecilia Linde était aussi à l'origine de la disparition d'Ellen Robekk.

Un des plus anciens enquêteurs avait été chargé de l'affaire Ellen. Wisting était arrivé en cours de route et n'avait jamais eu l'ensemble des éléments à sa disposition. Lorsque Cecilia avait disparu l'année suivante, Frank Robekk avait tenu à passer de nouveau au crible les documents de l'affaire concernant sa nièce. Wisting ne doutait pas qu'il eût fait un travail approfondi et consciencieux, mais après ce que lui avait raconté le psychiatre, il avait besoin de consulter lui-même tout le dossier. Cela voulait dire s'introduire dans les archives du commissariat, sans clé ni carte d'accès.

Il descendit et se fraya un chemin à travers la haie du jardin voisin. Un trampoline se dressait au milieu de la grande pelouse. Un tricycle gisait renversé contre une cabane de jardin, et une corde à sauter traînait dans l'allée de gravier qui menait à la maison. Dans la plate-bande de roses, il trouva ce qu'il cherchait : un ballon de foot. Il l'emporta dans la voiture et ressortit de la cour en marche arrière.

Les pneus sifflaient contre le bitume mouillé. Les phares éclairaient le trajet qu'il connaissait par cœur pour l'avoir parcouru presque chaque jour pendant trente ans. Il aurait pu le faire les yeux fermés.

En s'approchant du commissariat, il tourna au niveau de l'ancien poste à incendie et se gara sur le parking de Bøkkerfjellet. Il arrêta le moteur et resta derrière le volant. D'ici il avait une vue parfaite sur cinquante mètres dans la Linneagate, jusqu'au portail de l'entrée du personnel.

Il était 23 h 04. Ceux qui étaient de garde cette nuit venaient d'arriver, tandis que l'équipe du soir devait se changer au vestiaire.

Il voulait attendre que le commissariat se vide. Au bout de trois minutes, un des anciens du service sortit avec un vélo. Il s'arrêta devant la porte et fixa son casque avant de s'éloigner. La porte s'ouvrit à nouveau et deux hommes et une femme sortirent. Wisting les reconnut tous les trois et s'enfonça dans son siège.

Trois voitures, l'une après l'autre, quittèrent le parking dans l'arrière-cour. Aucune d'elles ne prit la direction où se tenait Wisting.

Quand les phares se furent éloignés, il descendit du véhicule en emportant le ballon de foot.

Près du commissariat se trouvaient encore des ruines de l'ancienne usine de tricot Brynje, qui avait été démolie pour laisser place au nouveau poste de police. Wisting longea les vieux murs de brique et s'accroupit derrière une caisse contenant du sable. L'arrière-cour était plongée dans la pénombre, seulement éclairée par un réverbère situé sur le parking du haut. Une fente entre la caisse de sable et le mur lui permettait de surveiller le portail sans être vu.

Il leva les yeux vers la façade. Tout le commissariat semblait assoupi. Aucune lampe allumée dans son propre bureau. En revanche, chez Nils Hammer, il y avait de la lumière. À part cela, rien n'indiquait qu'on travaillait sur le cas de Linnea Kaupang, et il savait par expérience qu'à ce stade les enquêteurs ne devaient pas trop savoir comment poursuivre leurs recherches. Quatre jours s'étaient écoulés. La plupart des témoins avaient été auditionnés et toutes les zones retenues passées au peigne fin. Sans plus d'élément concret, il ne leur restait qu'à attendre que la jeune fille soit retrouvée.

Dans le ciel, il trouva le Grand Chariot et les autres étoiles qui, ensemble, formaient la Grande Ourse. Près de cette constellation se trouvaient les *Canes Venatici.* Les Chiens de chasse.

Il inspira et expira lentement. L'air était frais, gorgé d'humidité.

L'équipe de garde mettait d'habitude une demi-heure à se préparer. Le chef d'équipe faisait le point en résumant ce qui s'était passé dans la journée. Les policiers étaient mis au courant des actions à venir, sortaient le listing des véhicules volés, des personnes recherchées, et vérifiaient leur matériel personnel. Quand ils seraient prêts à patrouiller, ils sortiraient du parking souterrain. Après leur passage, le portail resterait ouvert environ quinze secondes. C'était la seule possibilité pour Wisting d'entrer dans les lieux. Il n'avait plus qu'à attendre.

Tandis qu'il se tenait là, tapi, une étoile filante traversa l'obscurité en laissant derrière elle une fine traînée laiteuse. Regarder les étoiles, c'était comme remonter le temps, songea-t-il. Qui sait si les Chiens de chasse ne s'étaient pas éteints depuis longtemps et n'avaient pas disparu de la voûte céleste ?

Au bout d'une heure seulement, le portail se leva et une voiture de patrouille sortit. Wisting reconnut le chauffeur. C'était Frank Kvastmo, un des policiers les plus anciens et expérimentés chargés de l'ordre public. À côté de lui était assis un étudiant de l'École supérieure de police. Autrement dit, il restait encore au moins un policier en service au commissariat.

Le véhicule s'arrêta devant le portail, le moteur en marche. Dès que la lumière se mit à clignoter, il avança lentement.

Wisting attendit qu'il ne restât plus qu'un mètre avant que le portail ne se referme entièrement. La distance depuis sa cachette était trop grande pour qu'il ait le temps de courir jusque là-bas, mais dès l'instant où la voiture de service tourna au coin de la rue, il lança le ballon de football en direction du portail. Il atterrit à cinquante centimètres de l'ouverture, rebondit sur le bitume et rencontra le faisceau optique installé pour éviter tout risque d'accident. Le processus de fermeture s'arrêta aussitôt et la porte se releva de nouveau. Le ballon continua de rouler et finit sa course devant la station de lavage au sous-sol.

Wisting se glissa à l'intérieur, la tête baissée. La forte lumière des néons l'obligea à plisser les yeux. L'air du sous-sol était confiné et humide, les murs blancs portaient des traces de moisissure. À l'autre extrémité, une caméra était fixée au plafond. C'était un vieux système de surveillance analogique datant de l'époque de la construction du commissariat. La dernière fois qu'ils avaient eu besoin des images remontait à trois ans, quand quelqu'un avait placé une valise suspecte devant l'entrée principale. Cela s'avéra être un simple objet abandonné, mais les vidéos étaient si mauvaises qu'il avait été difficile d'identifier l'homme qui l'avait déposée là. Il avait alors été question d'installer un nouveau système, mais on n'avait pas encore réussi à l'inclure dans le budget.

En tout, il y avait dix caméras au commissariat. Wisting connaissait leurs emplacements et savait qu'il serait difficile de les éviter. C'était un risque qu'il était obligé de prendre. Si personne n'avait de soupçons sur un quelconque manquement au règlement, les enregistrements seraient automatiquement effacés dans une semaine.

Du parking souterrain, deux portes menaient directement au commissariat. L'une conduisait aux cellules de garde à vue qui n'étaient plus utilisées depuis la création de la maison d'arrêt à Tønsberg. L'autre donnait dans la cage d'escalier et permettait d'accéder aux étages. Les deux étaient fermées et ne s'ouvraient qu'à l'aide d'une carte magnétique avec un code à quatre chiffres.

Ses pas résonnèrent entre les murs de béton quand il s'approcha de la porte. Un son creux et froid. Il était presque arrivé quand il y eut un bruit dans la serrure et la diode du lecteur de cartes magnétiques passa du rouge au vert.

Wisting fit un bond de côté et s'accroupit derrière une des voitures de service banalisées.

Un policier en uniforme portant un gros sac d'équipement poussa la porte avec son épaule avant de remettre la carte d'accès dans son étui. Derrière lui venait un autre aspirant de l'École de police, lui aussi chargé d'un sac. La porte claqua derrière eux.

Ils se dirigèrent vers la voiture la plus proche et déposèrent leurs sacs sur la banquette arrière avant de passer en revue le matériel dans le coffre. Après s'être assurés que tout était en place, l'un d'eux prit les clés et s'assit au volant. La voiture démarra et se dirigea vers la sortie. Le conducteur baissa la vitre et tira sur la cordelette qui faisait coulisser le portail vers le haut. Puis ils s'éloignèrent dans la nuit.

Wisting attendit que le portail se referme avant de se relever. Il resta immobile à fixer la porte. Il s'était attendu à ce qu'elle soit fermée et avait conçu un plan pour entrer. Il y avait des cartes supplémentaires pour les employés qui avaient oublié les leurs, pour les enquêteurs d'autres villes qui venaient les voir ou pour des artisans qui devaient avoir accès au bâtiment. Il arrivait que ces cartes restent dans une voiture de service.

Il s'assit dans la voiture la plus proche de lui et chercha sur la tablette entre les sièges, au-dessus du pare-soleil et dans la boîte à gants, mais ne trouva qu'une carte de station-service et une boîte de tabac à chiquer vide.

Il fut plus chanceux avec la voiture suivante. Dans la boîte à gants, il trouva une carte magnétique avec le carnet de bord. Il retourna près de la porte, glissa la carte dans le lecteur et tapa le code. La diode verte s'alluma et la serrure fut déverrouillée.

Wisting entra. Les archives où tout le dossier de l'affaire Ellen était conservé se trouvaient au bout du couloir à gauche, mais la porte était fermée par un verrou à cylindre. Il savait qu'il y avait toujours une clé dans le bureau du chef d'équipe à l'étage au-dessus. Et maintenant qu'il était entré dans le bâtiment, il pouvait se déplacer librement.

Il monta à l'étage et s'arrêta un instant dans la pièce réservée au public. Tout était silencieux. Il glissa sa carte magnétique et entra dans la salle de contrôle. Sur un écran poussiéreux défilaient les images des caméras de surveillance. Ces images du commissariat vide paraissaient presque statiques. Il était souvent resté jusque tard dans la nuit, par le passé, mais cette fois-ci il se sentait comme un étranger, une personne extérieure.

La clé était bien à sa place, dans l'armoire où se trouvaient suspendus les dossiers des missions et des interventions. Il la décrocha et la serra dans son poing, manquant de la lâcher quand retentit soudain une grosse voix derrière lui.

Il lui fallut quelques secondes avant de comprendre qu'il s'agissait du haut-parleur de la radio.

— *Fox 3-0, j'écoute.*

— *Prenez la nationale 40 jusqu'à Bjerke. Un véhicule aurait fait une sortie de route. Pas de blessés apparemment.*

— *Reçu.*

Wisting sortit de la pièce, prit l'escalier pour redescendre au sous-sol et alla au bout du couloir où étaient stockées les archives. Il ouvrit la porte et se faufila à l'intérieur. Les néons firent un léger bruit quand il appuya sur l'interrupteur et clignotèrent plusieurs fois avant que toute la salle soit baignée d'un flot de lumière crue.

Le carton avec le dossier Ellen était à la même place que la dernière fois. Il le souleva et le porta dans un bureau à part, réservé à la consultation des documents. En réalité, ce lieu servait d'entrepôt pour les décorations de Noël, les vieux rapports de permanence, les dossiers de permis de conduire et les revues. Tout était entassé dans des cartons en attendant d'être assez ancien pour pouvoir être détruit ou déposé aux archives nationales. Pour Wisting, impossible de séparer là-dedans le bon grain de l'ivraie, mais il faisait confiance au personnel compétent du bureau des affaires pénales.

Il aurait voulu emporter tout le carton avec lui, mais il le déposa sur une table pour passer en revue son contenu. Il y avait beaucoup moins de documents que pour Cecilia Linde, entre autres parce qu'on n'avait pu trouver ni lieu du crime, ni cadavre, ni suspect. L'ensemble ou presque des documents était constitué d'auditions de témoins qui connaissaient Ellen Robekk ou qui s'étaient trouvés dans les environs de Kleppaker quand elle avait disparu.

La jeune fille de dix-sept ans s'était volatilisée un dimanche. Elle était encore au lit à midi, quand les parents étaient montés dans sa chambre pour lui dire qu'ils partaient se balader en forêt. À leur retour, elle n'était plus là.

Wisting laissa de côté les détails de sa disparition et sortit la liste des personnes dont le nom apparaissait à un moment ou un autre dans cette affaire. Elle aussi était classée par ordre alphabétique. Il parcourut des yeux les noms au hasard. Certains lui disaient encore vaguement quelque chose, d'autres plus rien du tout, quand il sursauta : au bas d'une page, quelqu'un avait mis une croix à côté d'un nom.

*RAVNEBERG, Jonas.*

Son corps se mit à trembler, sa gorge se noua et il eut du mal à respirer.

Il était question de Jonas Ravneberg dans deux documents. Dans l'un, il avait été auditionné à titre de témoin, et dans l'autre il était mentionné dans le rapport d'un des enquêteurs.

Il posa la liste sur le carton et le souleva avant de le reposer. Il venait de voir un ordinateur sur un bureau, allumé, à en juger par le faible bourdonnement qu'on entendait.

Wisting bougea la souris et la page d'identification apparut aussitôt.

Il tourna les yeux vers le carton de l'affaire Ellen avant de revenir à l'écran, puis se décida et tapa son nom d'utilisateur et son mot de passe. Visiblement, on n'avait pas bloqué son accès à Internet et il put entrer facilement dans le système informatique de la police. Il le regretta aussitôt. On retrouverait quand et où il s'était connecté… Mais pourquoi quelqu'un irait-il vérifier son historique de recherches, à moins d'avoir un doute ?

Il avait dix-sept mails non lus. La plupart étaient des messages envoyés en copie et il ne se donna pas la peine de les lire. En revanche il entra dans la base de données des enquêtes d'affaires criminelles et tapa le nom de Linnea Kaupang.

Le nom apparut dans le dossier 11828923 – *Disparition d'une jeune fille de moins de 18 ans.*

Les documents étaient classés par ordre chronologique. Wisting ouvrit celui qui présentait l'affaire. Linnea Kaupang avait été déclarée disparue par son père samedi à 12 h 45. Cela faisait presque vingt-quatre heures qu'il était sans nouvelles.

La mère de la jeune fille était décédée douze ans plus tôt, et le père exerçait donc seul l'autorité parentale. Il avait expliqué qu'elle n'était pas à la maison lorsqu'il était rentré du travail vendredi après-midi. Dans la soirée, il avait contacté ses copines de classe et d'autres connaissances, sans que personne ne sache où elle était. Elle n'avait jamais fugué auparavant, elle n'était ni déprimée ni en conflit avec son père.

Wisting hocha la tête. Ces trois derniers éléments étaient déterminants pour que la police lance des recherches. Sinon, l'affaire était mise en attente, avec celles des autres adolescents pour lesquels l'hypothèse de la fugue était envisagée.

Deux camarades de classe déclarèrent que Linnea était montée dans le bus qui reliait Larvik à Sandefjord. Le chauffeur fut auditionné. Il se souvenait de Linnea et il était sûr de l'avoir vue descendre à l'arrêt qui s'appelait Snippen.

Wisting ignora les comptes rendus des recherches effectuées sur le trajet jusqu'à la maison, qui se trouvait à environ un kilomètre de l'arrêt de bus, et préféra lire un rapport qui résumait l'enquête de voisinage. Cela ne fit que renforcer l'image positive de Linnea Kaupang, une jeune fille agréable et toujours souriante. Mais personne ne l'avait vue ce jour-là.

En revanche le rapport sur les traces laissées par son téléphone portable l'étonna un peu. La dernière conversation remontait à trois heures avant sa disparition. Elle avait appelé une amie qui, interrogée, avait expliqué qu'elles avaient discuté de leurs devoirs. Le téléphone était alors dans une zone qui couvrait le lycée Thor Heyerdahl. Ce qui était bizarre, c'est que lorsque le téléphone fut localisé en temps réel, il se trouvait près de Bakkenteigen, entre Horten et Tønsberg.

Tant qu'il n'avait pas été utilisé, il était impossible de savoir comment l'appareil s'était retrouvé là-bas. Toutes les cinq minutes, on avait essayé mais on n'avait détecté aucun mouvement. Lundi soir, les signaux s'étaient éteints, la batterie du téléphone étant sans doute à plat.

Les enquêteurs avaient pensé, comme Wisting, qu'il avait été jeté d'une voiture qui roulait. Les bas-côtés de la nationale 19 avaient été fouillés, et à l'embranchement vers la prison de Berg, on avait retrouvé le Sony Xperia de la jeune fille. Cette découverte n'avait guère apporté de réponses et l'enquête n'excluait aucune piste.

Il resta songeur. À sa connaissance, il n'avait pas filtré dans les médias que le téléphone portable de Linnea Kaupang avait été retrouvé. Pourquoi ? S'il avait dirigé l'enquête, il n'aurait pas caché cette information, pour éventuellement récolter d'autres renseignements. Jusqu'ici, cette disparition avait été circonscrite localement, mais si les habitants de la région de Horten apprenaient qu'ils étaient aussi concernés, qui sait s'ils n'auraient pas à faire part de quelque chose de suspect ?

Un bruit le tira de ses pensées. Une des lourdes portes coupe-feu se referma quelque part dans le bâtiment et l'écho se répercuta jusqu'entre les murs du sous-sol. Il tendit l'oreille mais, n'entendant pas d'autres bruits, tourna de nouveau les yeux vers l'écran.

Telle qu'il interprétait l'évolution de l'affaire, deux personnes semblaient intéresser plus particulièrement les enquêteurs. L'un était un marin à la retraite qui habitait juste à côté de chez Linnea. Il passait pour un original et un alcoolique. D'autres voisins l'avaient vu veiller la nuit pour regarder des films porno. Il avait subi deux interrogatoires et n'avait toujours pas d'alibi pour le créneau horaire où Linnea avait disparu.

Quant au second, il vivait à proximité de l'arrêt de bus où la lycéenne descendait d'habitude, où la commune avait installé un logement collectif pour personnes présentant des déficiences mentales. Tous les pensionnaires et le personnel avaient été auditionnés, beaucoup avaient remarqué qu'un certain Rolf Tangen, ancien toxicomane déjà condamné pour viol, était sorti l'après-midi en question. Il était rentré vers six heures et demie, en sueur et apparemment sur les nerfs. Tangen affirma pour sa part être allé marcher dans la forêt.

Wisting ferma sa session et se dirigea vers la porte, le carton de l'affaire Ellen sous le bras. Il ne considérait pas ce qu'il était en train de faire comme du vol, il allait pourtant à l'encontre de sérieux problèmes si cela était découvert. Mais vu la situation où il se trouvait déjà, son seul moyen de s'en sortir était de se replonger dans cette affaire qui remontait à dix-huit ans.

Il poussa doucement la porte avec l'épaule, jeta un coup d'œil dans le couloir et tendit l'oreille. Il n'entendit rien et se dirigea vers le sous-sol. Celui-ci était plongé dans l'obscurité, mais les capteurs de mouvements eurent vite fait de le repérer et le parking fut inondé de lumière. Il posa le carton par terre à côté des poubelles, et retourna à l'étage pour remettre la clé des archives à sa place. La radio grésilla et il crut comprendre que les deux patrouilles étaient dépêchées sur le site de l'usine Farris, où l'alarme anticambriolage s'était déclenchée.

Du coin de l'œil il capta un mouvement sur l'écran du système de surveillance et eut le temps de voir une personne traverser l'espace de garde à vue avant d'arriver au parking. Nils Hammer sortit par l'autre porte. C'était un raccourci qu'utilisaient souvent les agents au moment de rentrer chez eux. Hammer s'arrêta près de la poubelle où Wisting avait déposé le carton et se débarrassa de quelque chose. De nouveau, le système bascula sur une autre caméra montrant l'entrée du bâtiment désert.

Wisting resta jusqu'à ce que toutes les caméras soient passées en revue et que l'image revienne sur le sous-sol vide. La distance jusqu'à la poubelle était trop grande et l'image trop floue pour qu'il puisse déterminer avec certitude si le carton était toujours là, mais il semblait bien que oui.

Il attendit encore quelques minutes avant de redescendre. Le carton de l'affaire Ellen était bien là où il l'avait laissé. Il remit dans la boîte à gants de la voiture banalisée la carte qu'il avait empruntée, puis souleva le carton et tira sur la cordelette qui commandait l'ouverture du portail.

Au moment où celui-ci se refermait derrière lui, il se rendit compte qu'il avait oublié de récupérer le ballon de foot appartenant au fils de son voisin.

# 52

Il était 1 h 53 quand Wisting fut de retour chez lui. Le clair de lune faisait se refléter les branches des arbres du jardin dans les vitres sombres. La voiture de Suzanne était garée tout en haut de l'allée, devant la Golf de Line, mais toutes les deux devaient s'être couchées.

Il se gara et emporta les documents de l'affaire Ellen. Malgré la fatigue, il savait qu'il ne pourrait pas dormir, tant les pensées se bousculaient dans son esprit.

La maison était silencieuse. Il n'entendit que les bruits habituels, devenus quasi imperceptibles avec le temps : le sifflement de la pompe à chaleur, le tic-tac de l'horloge murale dans la cuisine, le léger bruissement dans une canalisation d'eau et le bourdonnement du réfrigérateur.

Il posa les archives sur la table de la cuisine. Avant de lire l'interrogatoire de Jonas Ravneberg, il passa rapidement en revue les rapports précédents pour se rafraîchir la mémoire. C'était Frank Robekk qui avait prévenu la police, en tant qu'oncle de la disparue. Son frère l'avait contacté quand sa femme et lui avaient commencé à s'inquiéter. Elle était restée longtemps au lit le jour de sa disparition. Ce qui en soi n'avait rien de surprenant puisque c'était le week-end. Et lorsque ses parents étaient revenus de leur balade en forêt, elle avait disparu.

Apparemment, elle s'était levée et était allée dans la salle de bains. Il y avait de l'eau dans la cabine de douche. En examinant ses affaires, sa mère avait déduit qu'elle avait enfilé un jean et un T-shirt jaune. Sans doute voulait-elle aller à la ferme de son oncle qui avait un cheval, mais l'animal était dans son box et son fumier n'avait pas été enlevé.

L'interrogatoire de Jonas Ravneberg était relativement bref. La plus grande partie du compte rendu était consacrée à l'exposé des raisons pour lesquelles la police désirait l'entendre. Un témoin avait observé une Saab 900 rouge stationnée non loin de l'embranchement de la rue où Ellen Robekk habitait. Le témoin travaillait comme vendeur chez le concessionnaire local de la marque suédoise et il avait jeté un regard sur la plaque d'immatriculation pour voir si c'était une voiture que lui-même avait vendue. Il lui semblait se rappeler que le numéro commençait par ND et que la voiture ne venait pas de chez lui. En tant que professionnel, le véhicule lui avait paru être de 1987 ou d'un peu plus tard, parce que cette année-là le modèle avait subi un lifting avec entre autres de nouveaux pare-chocs et une nouvelle calandre. La production avait été arrêtée en 1993, et la police avait pu établir un listing de tous les propriétaires d'une Saab 900 rouge datant de ces années-là et dont le numéro commençait par ND. Sur l'ensemble du pays, ils n'étaient pas plus de soixante-quatorze. Jonas Ravneberg était un des quatre propriétaires d'une telle voiture dans la commune et l'un des premiers à être interrogé.

Ravneberg avait un alibi. Il était allé en Suède avec une amie, rendre visite à la famille de celle-ci à Malmö. Ils avaient pris sa voiture à elle et s'étaient absentés toute une semaine. Jointe à l'interrogatoire se trouvait la photocopie des billets de ferry sur la ligne de Strömstad. Son amie s'appelait Maud Torell. Elle avait confirmé les faits dans un entretien au téléphone avec un des enquêteurs.

Wisting se rappelait comment les recherches autour de la voiture avaient été interrompues après que le témoin se fut rétracté lors d'une autre audition, en disant qu'il n'était plus si sûr des deux lettres au début de la plaque d'immatriculation. Il n'était plus certain que d'une chose : le véhicule n'avait pas été enregistré dans la commune et ne commençait pas par les lettres LS. Il ne savait plus non plus si c'était bien le jour où Ellen Robekk avait disparu qu'il avait aperçu la voiture : il était en vacances à ce moment-là et confondait peut-être les jours.

Il lut de nouveau les explications de Jonas Ravneberg et remarqua que Maud Torell et lui étaient domiciliés à la même adresse : Minnehallveien 28 à Stavern. Elle avait donc été plus qu'une amie. Ils avaient vécu ensemble.

L'alibi était simple et facile à vérifier, mais plusieurs questions ne lui avaient pas été posées. Y avait-il d'autres personnes, par exemple, qui se servaient de sa voiture ? Combien de clés avait-il et où se trouvaient-elles ? L'audition par téléphone de sa petite amie avait également été une solution de facilité, comme si tout, au fond, avait été fait pour éviter que Jonas Ravneberg ne soit inquiété. Les membres proches de la famille ne fournissaient jamais de bons alibis, et quand on ne réclamait même pas une explication en face à face avec un enquêteur, quelle valeur pouvait-on y accorder ?

Leur relation avait dû se terminer l'année suivante. En tout cas, selon Line, Jonas Ravneberg avait déménagé pour s'installer à Fredrikstad. Dans le cadre de l'enquête sur Cecilia, il avait été décrit comme un homme vivant seul.

Wisting reposa les papiers dans le carton.

Il s'adossa à sa chaise, avec le sentiment de se retrouver face à un tableau inachevé. Un paysage où le cadre était déjà en place, les grandes lignes aussi, mais le motif était esquissé à traits grossiers, il manquait les détails. Pour l'instant, le croquis était si imprécis qu'il n'arrivait pas à se faire une idée de ce qu'il représenterait quand il serait achevé.

# 53

Suzanne ne dormait pas quand il entra doucement dans la chambre à coucher. Elle avait éteint la lumière mais il entendit à sa manière de bouger qu'elle était réveillée.

— Bonne nuit, chuchota-t-il.

Elle répondit par un *Mhm.*

Il se glissa sous la couette et s'allongea sur le dos, les yeux grands ouverts dans le noir.

— Tu trouves que ça en vaut la peine ? demanda-t-elle d'une voix pâteuse.

— Quoi donc ?

— Ton boulot dans la police, dit-elle. Personne ne te remercie pour ce que tu fais, quel que soit ton engagement. Tu risques ta vie, ta santé, tu te coltines tous les malheurs des autres. Tu fais des centaines d'heures sup' qui ne te seront jamais payées, et je ne te parle pas des coups de téléphone à toute heure du jour et de la nuit. On attend et on exige de toi des résultats sans arrêt, et voilà que ton propre patron te suspend. Tu trouves vraiment que ça en vaut la peine ?

Il ne répondit pas. Il n'avait pas de réponse. Son travail

comportait ces surcharges de tous ordres, mais il ne l'avait pas choisi pour mener une petite vie tranquille et il avait appris à résister à la pression.

Le matelas gémit quand Suzanne se retourna.

Wisting ferma les yeux, sans que ça change grand-chose. Il avait toujours sur la rétine l'image de la jeune fille disparue. Linnea Kaupang.

— C'est mon boulot, dit-il simplement.

Si seulement il pouvait travailler sur cette dernière disparition, tout le reste en vaudrait la peine. Pouvoir s'approcher d'une solution qui nourrirait l'espoir qu'elle soit toujours en vie, quelque part, contrebalancerait tout.

Il s'éclaircit la voix.

— J'ai vu que tu avais accroché un nœud jaune, dit-il pour changer de sujet.

Elle ne répondit pas. Resta allongée, immobile.

— L'appartement au-dessus du café est libre, annonça-t-elle au bout d'un moment. Il est à vendre.

Une sensation de malaise l'envahit, un froid insidieux qui gagnait ses membres. Il eut envie de se redresser et d'allumer la lampe de chevet pour la regarder dans les yeux, mais n'en fit rien.

— Qu'est-ce que tu veux dire ? demanda-t-il.

— Ce serait pratique, répondit-elle.

Il déglutit en silence. Il avait l'impression que Suzanne faisait monter la mise, tel un joueur de poker. Mais ce qu'il y avait entre eux n'était pas un jeu.

— Tu veux déménager ?

— Je passe tout mon temps là-bas. Et toi tu es surtout

au boulot. Nous avons la même adresse, mais au fond on ne vit pas ensemble.

Je n'ai pas mérité qu'elle m'annonce ça juste maintenant, pensa-t-il.

Il s'était toujours perçu comme indépendant, mais depuis la mort d'Ingrid, il s'inquiétait de plus en plus pour les gens qu'il aimait. Il avait peur de perdre ceux qui lui étaient chers. Sans doute à cause de ce qu'il avait vécu dans la police. Combien de fois avait-il vu des personnes dévastées par la mort absurde de leurs proches ?

Il ne s'était pas seulement lié à la personne qu'était Suzanne, il s'était rendu dépendant d'elle comme compagne de vie. La pensée que cela s'arrête provoquait chez lui une réaction physique de mal-être : la sueur apparut telle une membrane froide sur sa peau. Il voulut dire quelque chose mais les mots restèrent coincés dans sa gorge. Alors il caressa ses épais cheveux noirs et tenta de respirer calmement.

— Je n'ai pas besoin d accrocher des nœuds à ma porte, dit-il comme pour expliquer qui il était. Je suis un homme d'action. Je dois essayer de faire quelque chose. C'est ma manière de gérer les événements.

Suzanne tourna la tête vers lui.

— Je préférerais avoir moins besoin de toi, dit-elle. Mais nous sommes comme nous sommes, toi et moi.

Ils restèrent longtemps allongés sans rien dire et finirent par s'endormir, le visage de Suzanne tourné vers le mur, Wisting sur le dos, leurs mains entremêlées.

# 54

Les lueurs de l'aube pénétraient à peine dans la chambre quand Wisting se réveilla. Il se tourna vers Suzanne qui dormait profondément à côté de lui. Elle était encore plus belle avec tous les muscles de son visage relâchés. Sa peau était comme lissée et il se dégageait de ses traits une quiétude et une douceur qu'il voyait plus difficilement quand elle ne dormait pas et plongeait son regard dans le sien.

Un muscle tressaillit sous son œil et sa bouche esquissa un vague sourire, mais à sa respiration régulière, il sut qu'elle dormait encore.

Il se redressa sur un coude. De quoi rêvait-elle ?

Il écarta doucement la couette et se leva.

De la cuisine montaient des bruits. Une bonne odeur de café lui parvint alors qu'il descendait l'escalier. Line tourna la tête quand il entra dans la pièce.

— Tu as pensé à nettoyer la machine ? demanda-t-elle.

Il resserra son peignoir et secoua la tête.

— Tu l'as eue à Noël, lui rappela-t-elle en lui tendant une tasse de café. Tu devrais la nettoyer plusieurs fois par an, tu sais.

Il lui sourit et s'assit à la table de la cuisine tandis qu'elle se préparait également un café. Il avait rangé les documents de l'affaire Ellen et déposé le carton dans la voiture avant de se coucher.

Une couche de nuages poussée par le vent du large avait atteint Stavern dans le courant de la nuit. Le temps était gris, mais il ne pleuvait pas.

Line avait ouvert le réfrigérateur.

— Il vous manque de tout, ici, constata-t-elle en le refermant.

Wisting fit un signe de tête vers l'un des placards.

— Je crois qu'il y a du pain croquant suédois là-dedans, dit-il.

Line ouvrit le placard et regarda sur les étagères. Dans la boîte à pain, elle trouva un demi-pain blanc déjà découpé. Elle sortit du sachet en plastique deux tranches qu'elle glissa dans le toasteur.

— Tu es prêt à le revoir ? lui demanda-t-elle en se tournant vers lui.

Il comprenait ce qu'elle voulait dire mais répondit par un « Hmm ? ».

— Rudolf Haglund. Tu es prêt à le revoir ?

— Je crois.

— Nous sommes prêts, nous aussi.

Il but son café.

— Vous allez le faire ?

Line ouvrit de nouveau la porte du réfrigérateur et sortit le beurre ainsi qu'un pot de confiture de fraises.

— Ça vaut le coup d'essayer, dit-elle en posant sur la table ce qu'elle venait de prendre.

— Vous êtes combien ?

— Quatre voitures.

— Tous des collègues du journal ?

Wisting vit son œil gauche tressaillir légèrement.

— Oui, pour deux d'entre eux, répondit-elle en se tournant vers le grille-pain.

— Qui est le quatrième ?

Les toasts sautèrent et Line les posa chacun dans une assiette, avant d'en mettre deux autres à griller.

— Est-ce que Tommy sera de la partie ? demanda-t-il quand elle plaça son assiette devant lui.

— Oui.

Wisting préféra ne rien dire. Il s'était réjoui que sa fille cessât de fréquenter ce Danois qui avait fait de la prison. Il n'aimait pas que Tommy Kvanter continue à faire partie de sa vie, mais après tout, elle était majeure et vaccinée.

— Tu étais où hier soir ? voulut-elle savoir. Tu es rentré après Suzanne et moi.

Devait-il oui ou non lui en parler ? Si Line devait l'aider, il fallait qu'elle ait accès aux mêmes infos que lui…

— J'ai parcouru les documents de l'affaire Ellen, dit-il.

Line s'arrêta de mâcher.

— La nièce du policier aux lunettes ?

Wisting hocha la tête.

— Je croyais que tu n'avais pas accès au commissariat, fit-elle remarquer.

— Jonas Ravneberg a été interrogé dans cette affaire, déclara Wisting sans tenir compte de sa remarque.

— Et pourquoi ?

— Son nom est apparu sur une liste. Le jour de la disparition d'Ellen, une Saab 900 rouge a été aperçue dans les parages. Jonas Ravneberg possédait une voiture qui correspondait à la description.

— La voiture est toujours dans sa ferme, dit Line. Cela veut dire qu'il était là quand elle a disparu.

Wisting fit non de la tête.

— Il était en Suède.

— Comment le sait-on ?

— Sa compagne l'a confirmé.

Sa fille fit une moue sceptique, mais ses yeux étaient soudain plus vifs.

— Tu as son nom ?

— Maud Torell.

Line répéta le nom, comme si elle voulait l'analyser.

— Nous devrions lui parler, dit-elle en se levant.

Les toasts sautèrent du grille-pain. Elle les laissa et alla dans le couloir chercher son ordinateur portable.

— C'est la femme avec qui il vivait avant de déménager à Fredrikstad, dit-elle. Est-ce que tu sais où elle habite maintenant ?

Il secoua la tête et elle tapa le nom sur son ordinateur.

— Maud Torell, répéta-t-elle. Un nom particulier, mais je ne le trouve nulle part.

— Ce n'est pas sûr qu'elle soit encore en vie.

Line le regarda fixement.

— Ou bien elle s'est mariée et porte un autre nom.

— Nous devons la trouver, dit Line. Il n'a pas laissé entrer beaucoup de personnes dans sa vie. Elle est celle qui a été le plus proche de lui. Elle peut avoir été la destinataire de la lettre.

— Quelle lettre ?

Line lui raconta que Jonas Ravneberg avait été vu avec son chien à côté d'une boîte aux lettres, peu de temps avant d'être tué.

— C'est peut-être un coup d'épée dans l'eau, mais ça vaut la peine d'essayer, conclut-elle.

Wisting se leva, s'approcha du plan de travail et prit un toast.

— Quand pars-tu ? demanda Line.

Il regarda sa montre.

— Dans une heure.

# 55

Le cabinet des avocats Henden, Haller et Brenner était situé de manière anonyme dans un immeuble du centre-ville, juste derrière Stortorvet. Il n'y avait aucune plaque rutilante sur la porte, seulement une sonnette avec le nom du cabinet.

Une femme répondit quand Wisting sonna. Il donna son nom et allait expliquer avec qui il avait rendez-vous quand la porte fut déverrouillée.

Le cabinet se trouvait au troisième étage. À l'intérieur, Wisting tomba sur un espace de bureaux qui contrastaient fortement avec les parties communes de l'immeuble, en assez mauvais état. Ici, il y avait du parquet sombre au sol et des peintures à l'huile abstraites aux murs. Une femme blonde se trouvait à l'accueil.

— Monsieur Wisting ? demanda-t-elle.

Il confirma d'un hochement de tête.

— Je vais prévenir que vous êtes arrivé, dit-elle en se levant. Vous pouvez vous asseoir en attendant que maître Henden puisse vous recevoir.

Elle l'accompagna jusqu'à un espace dégagé dans le couloir, où deux canapés de cuir noir se faisaient face autour d'une table basse en verre teinté. Un homme à la carrure impressionnante, portant une barbe et un blouson en cuir, occupait déjà un canapé, et dans l'autre était assis un Pakistanais assez enveloppé. Wisting choisit de s'installer à côté de l'homme au blouson.

— Désirez-vous boire quelque chose ? demanda la secrétaire. Du café ? De l'eau ?

— Non merci.

Wisting prit une revue qui traînait sur la table. Il commençait à regretter d'avoir accepté cette rencontre, du moins en ce lieu. Il aurait dû réclamer un endroit plus neutre.

Son téléphone portable émit un bip. C'était un message de Line : *Préviens-nous dès que l'entrevue est terminée. On a besoin de savoir comment il est habillé.*

Wisting répondit par un *OK*.

À midi cinq, une femme vêtue d'un tailleur noir s'approcha d'eux.

— Monsieur Ali Mounzir ? demanda-t-elle à haute voix dans la pièce, comme s'il pouvait y avoir un doute sur la personne.

Le gros Pakistanais se leva et la suivit.

Dix minutes plus tard, la secrétaire qui avait accueilli Wisting revint :

— Désolée pour cette attente, dit-elle d'un ton mécanique. Maître Henden peut vous recevoir maintenant.

Il la suivit dans un couloir qui serpentait entre les bureaux avant de s'arrêter devant une porte en verre cathédrale. Elle attendit que Wisting la rejoigne avant de la pousser.

L'éclairage était tamisé. Une épaisse moquette recouvrait le sol et des tableaux ornaient la pièce. Sur une desserte le long du mur étaient posés des fruits et des carafes d'eau.

Au bout de la longue table de réunion, Rudolf Haglund était assis, les bras croisés. Un vague sourire aux lèvres, il fixait Wisting.

Henden se leva du siège à côté de lui et vint à la rencontre de Wisting pour le saluer.

Haglund se leva également. Wisting le trouva plus petit que dans son souvenir, mais toujours aussi pâle.

Haglund lui tendit la main. Wisting la serra et chacun accompagna ce geste d'un bref hochement de tête, avant que tous trois ne prennent place autour de la table.

— M. Haglund est très heureux que vous ayez accepté cette rencontre, déclara l'avocat en introduction.

Rudolf Haglund opina.

— Je ne me suis pas du tout occupé, comme vous le savez, de l'ancien procès et je ne connais l'affaire qu'à travers le dossier. Mais mon client m'a dit n'avoir pas la moindre critique à vous faire sur la manière dont vous l'avez traité. Il vous juge comme un homme droit et, comme je vous l'ai dit, il ne croit pas que ce soit vous qui ayez remplacé la preuve ADN.

Haglund acquiesça de nouveau.

— Toujours est-il que mon client a subi un grand préjudice, poursuivit l'avocat. Mon cabinet travaille à le dénoncer, mais pour M. Haglund il ne s'agit pas seulement de réparer cette injustice. Nous voulons obliger le policier corrompu qui a trafiqué les preuves ADN à répondre de ses actes.

Wisting ne dit rien. À partir des informations fournies par Henden, la presse s'était acharnée sur lui. Certes, il avait alors été l'enquêteur en chef, mais s'ils l'avaient ainsi exposé en première ligne, il devait y avoir une raison. Rudolf Haglund était un être calculateur et il avait eu des années pour réfléchir à cette affaire. De même, Henden était un bon tacticien. Ils avaient dû concevoir un plan dès le départ, et il n'aimait pas sentir qu'il en faisait partie.

— Je suppose que nous avons un intérêt commun à démasquer le responsable ? reprit Henden qui, après s'être penché au-dessus de la table, se redressa et se cala dans son fauteuil.

— Et selon vous, qui est-ce ? demanda Wisting.

L'avocat fit un geste pour donner la parole à son client.

Les yeux de Haglund se rétrécirent, on eût dit un prédateur ayant aperçu sa proie.

— Je n'ai pas l'intention de vous le dire, lâcha-t-il.

Wisting ne broncha pas, mais l'avocat ne put s'empêcher de laisser échapper une exclamation.

— Mais je croyais que… cette rencontre…, bredouilla-t-il.

— Vous saurez qui c'est, mais je n'ai pas l'intention de le dire. Je vais simplement vous indiquer le moyen de le découvrir.

Wisting hocha la tête, toujours sans dire un mot.

— Les premiers jours après l'interpellation sont gravés au fer rouge dans ma mémoire. Les interrogatoires avec vous et les heures passées en bas, dans la cellule.

L'homme condamné pour meurtre se pencha en avant.

— Pendant dix-sept ans, j'ai su qu'il y avait eu une embrouille, dit-il en tambourinant des doigts sur la table. Mais il a fallu que Sigurd fasse analyser les mégots de cigarette une deuxième fois pour que je comprenne ce qu'on m'avait fait.

L'avocat eut un tressaillement à la commissure des lèvres, preuve qu'il n'était pas habitué à ce que son client l'appelle par son prénom.

— Tout ce qui s'est déroulé cette fois-là est comme gravé au fer rouge, répéta Haglund. Et je me suis repassé chaque heure dans ma tête, dit-il en fermant les paupières pour illustrer son propos. J'ai fini par trouver qui a échangé les preuves ADN pour me faire inculper et je sais exactement comment ça a eu lieu.

Wisting se racla un peu la gorge et bougea sur son siège, uniquement pour montrer qu'il écoutait avec le plus grand intérêt.

— J'ai perdu la notion du temps dans le sous-sol, sans montre et sans lumière du jour, mais ça devait être tard le soir. Ils avaient sorti un homme de la cellule voisine qui n'avait cessé d'appeler et de crier depuis qu'il avait été enfermé, et j'étais seul à être encore en cellule. J'allais m'endormir quand j'ai entendu s'ouvrir la porte du couloir. J'ai pensé que c'était le surveillant qui faisait son tour de ronde comme toutes les demi-heures, mais ce n'était pas le cas.

Wisting hocha la tête. En effet, plusieurs cas de décès en cellule de garde à vue les avaient conduits à exercer une surveillance physique des détenus toutes les trente minutes.

— La porte de la cellule s'est ouverte, poursuivit Haglund. L'homme qui se tenait là a posé quelque chose par terre et s'est appuyé contre le chambranle en me lançant un regard en biais. Ensuite il a sorti un paquet de tabac et a commencé à me faire la conversation tout en se roulant une cigarette. Un paquet de Petterøes Blå nº 3.

— La même marque que celle des preuves ADN, crut bon de préciser l'avocat, comme si Wisting n'avait pas saisi.

— Quand il a eu terminé, il m'a tendu le paquet pour que je m'en roule une aussi. Ce que j'ai fait. Il m'a donné du feu et on est restés un moment à bavarder. Une conversation étrange, dans mon souvenir. Sans vraiment de sujet, mais c'était un moment agréable. Fumer une clope avec quelqu'un qui ne s'occupait pas de l'affaire, ça n'arrivait pas tous les jours. Puis la porte du couloir s'est ouverte de nouveau.

Rudolf Haglund s'éclaircit la voix et pointa son index vers la table pour souligner que ce qu'il allait raconter maintenant était important.

— C'était le surveillant qui faisait son tour, expliqua-t-il en parlant plus lentement pour qu'on n'en perde pas une miette. Et écoutez-moi bien maintenant : le policier qui m'avait rendu visite s'est accroupi, a ramassé un cendrier et me l'a tendu. J'ai écrasé mon mégot avant qu'il ne ressorte de la cellule.

— Un témoin, constata l'avocat. Ce surveillant peut témoigner.

— Je doute que quelqu'un s'en souvienne, dit Wisting.

— Je crois qu'il s'en souvient, mais à vrai dire ce n'est pas nécessaire, déclara Haglund.

— Que voulez-vous dire ? voulut savoir l'avocat.

— Au mur devant chaque cellule, il y avait des formulaires accrochés, expliqua Haglund, où les surveillants devaient noter chacun de leurs passages.

Wisting confirma d'un hochement de tête. Des instructions avaient été données pour que ce contrôle de routine soit consultable sur ordinateur.

— Sur ces mêmes formulaires, c'était noté quand on nous interrogeait, quand nous faisions un tour de promenade, quand on prenait une douche, quand on nous servait à manger ou quand on avait droit à une cigarette.

— C'était il y a dix-sept ans, rappela l'avocat.

Rudolf Haglund ne releva pas.

— Le surveillant a été visiblement surpris de voir qu'il y avait déjà un autre policier au sous-sol et, à travers le guichet de la porte, je l'ai entendu demander si l'autre voulait signer la feuille de suivi.

Wisting se pencha au-dessus de la table. L'histoire devenait intéressante. Il était tout à fait naturel que celui qui avait donné une cigarette à un homme en garde à vue émarge.

— Et il l'a fait ?

Haglund fit signe que oui.

— Est-ce que ces feuilles de suivi sont encore quelque part ?

Wisting ne répondit pas. Tous ces formulaires étaient rangés dans des classeurs quand la personne arrêtée était soit libérée soit conduite en prison, et ces classeurs soigneusement conservés. Il était arrivé que des plaintes pour mauvais traitement en cellule de garde à vue surgissent plusieurs années après que l'affaire fut terminée et le jugement prononcé.

Oui, quelque part, dans les archives au sous-sol du commissariat, se trouvait le document qui pouvait le laver de toutes ces accusations.

# 56

Le message de son père lui arriva à une heure moins le quart. *Trapu, cheveux noirs. Pâle. Chemise bleue et pull en V gris. Jean bleu foncé. Bottes marron. Veste en cuir.*

Trente secondes plus tard, Wisting sortit de l'immeuble. Il savait qu'ils étaient là quelque part et reconnut rapidement la voiture de sa fille garée le long du trottoir un peu plus haut dans la rue. Il remonta le col de sa veste, enfonça ses mains dans ses poches et marcha dans la direction opposée, la nuque baissée.

Line transmit le SMS à Tommy et à ses deux collègues du journal. Puis elle se mit en mode conversation à plusieurs et entendit les autres se connecter à leur tour. C'était un moyen efficace de garder le contact et de se tenir tous au courant des moindres faits et gestes de Rudolf Haglund.

Elle appela leurs noms un à un et les autres répondirent à tour de rôle en donnant leur position. Elle était la seule à avoir vue sur l'entrée du cabinet d'avocats. Morten P. pensait qu'il y avait une porte dérobée, à l'arrière de l'immeuble, et s'était posté là. Son collègue Harald et Tommy couvraient chacun une rue perpendiculaire.

Son père avait reçu le numéro de la conversation à plusieurs et le code d'accès, elle lui avait expliqué comment ça fonctionnait, de sorte qu'il pouvait se connecter directement dessus, s'il le souhaitait.

Elle utilisait un téléphone de service de *VG* pour les conférences et se demanda si elle ne devait pas l'appeler avec son propre portable pour savoir comment s'était passée la rencontre, mais décida de s'en tenir pour l'heure à sa mission. Ce n'était pas la première fois qu'elle menait une filature et elle savait que cela demandait une concentration particulière.

Dix minutes plus tard, Haglund apparut à la porte de l'immeuble, tel que son père l'avait décrit, avec une veste en cuir noir.

— Il sort, prévint-elle les autres en décrivant la veste.

— OK, répondit Morten P.

Haglund prit un paquet de cigarettes dans sa poche intérieure et l'ouvrit lentement tout en jetant des regards à gauche et à droite dans la rue. Il sortit une cigarette et la fit glisser entre ses doigts avant de la tapoter contre le paquet et de la porter à ses lèvres. Il l'alluma avec un briquet qu'il avait dans la poche de son pantalon et tira une longue bouffée. Ensuite il regarda sa montre et se mit à marcher.

— Direction Møllergata, indiqua-t-elle. Je le suis à pied.

Elle brancha ses écouteurs et descendit de la voiture. Comme il bruinait, elle put relever la capuche de sa veste sans que cela paraisse bizarre. Rudolf Haglund traversa la rue dix mètres devant elle, sans se retourner.

— Il se dirige vers l'avenue Karl Johan, chuchota Line.

— Moi aussi je suis à pied, annonça Harald. Je prends la rue parallèle, la Torggata.

L'autre téléphone sonna dans la poche de Line. Elle le sortit mais, en voyant que c'était un numéro en interne de *VG*, le mit sur silencieux et le replaça dans sa poche.

Haglund avança sur le trottoir et passa devant l'auberge de Stortorvet, traversa Grensen et continua à marcher vers l'est. Line donna chaque fois des repères aux autres pour qu'ils puissent se positionner. En débouchant dans l'avenue Karl Johan, il tourna à droite.

— Il remonte Karl Johan, indiqua-t-elle.

— Je vais le rattraper au niveau de Egertorget, fit savoir Tommy.

Haglund devançait Line d'une trentaine de mètres. Il s'arrêta devant The Scotsman et écrasa sa cigarette dans le cendrier d'une des tables extérieures avant d'entrer dans le pub.

— Il est entré au Scotsman, rapporta Line en se dirigeant vers un magasin de vêtements de l'autre côté de la rue.

— Oui, je l'ai vu, répondit Harald. Je suis plus haut dans la rue. J'attends près du 7-Eleven au cas où il viendrait après dans cette direction.

Morten P. intervint :

— Tu commandes un hot dog?

— Confirmé, dit Harald.

Line se posta près d'une table avec des piles de sweatshirts en promotion. Un jeune homme qui repliait des T-shirts sur la table d'à côté lui fit un signe de tête en souriant. La musique diffusée était si forte qu'elle dut enfoncer davantage ses écouteurs pour entendre ce que disaient les autres.

— T'es où, Morten ?

— À Stortorvet, en double file.

Son autre téléphone sonna de nouveau. C'était le même numéro en interne. Elle enleva un écouteur et répondit. Elle réussit à entendre que c'était une des personnes du service de recherches, mais la musique dans le magasin de vêtements couvrait tout.

Elle retourna dans l'avenue Karl Johan au moment où Rudolf Haglund ressortait du pub pour s'asseoir à une des tables extérieures, sous une lampe chauffante. Il tenait dans ses mains une tasse de café et un journal. Line lui tourna le dos et le surveilla dans le reflet de la vitre.

— Il s'est pris un café, annonça-t-elle.

— Qu'est-ce que vous avez dit ? demanda la femme qui appelait du journal.

— Désolée, fit Line en couvrant de la main le micro de la ligne ouverte avec les trois autres. Vous m'avez dit que vous aviez trouvé quoi ?

— En fait, vous l'aviez trouvé vous-même, répondit l'autre. Vous vouliez avoir l'historique de l'adresse de Minnehallveien 28 à Stavern.

Line sortit un calepin de son sac.

— Jonas Ravneberg a vécu là avec Maud Torell. Elle est en réalité suédoise, mais elle est venue s'installer en Norvège à la fin des années quatre-vingt. Il y a dix ans, elle est retournée en Suède. Elle a changé de nom, s'appelle maintenant Svedberg et habite à Ystad, tout à fait dans le sud de la Suède.

— Maud Svedberg ?

— Oui, je vous ai appelée parce que j'ai cru comprendre

que vous teniez beaucoup à avoir ces infos. Je peux vous communiquer l'adresse et le numéro de téléphone maintenant ou, si vous préférez, vous envoyer un mail.

— Parfait, dit Line. Envoyez-moi un mail.

Elle raccrocha. Le mannequin en vitrine portait une chemise qui aurait été parfaite pour Tommy. Derrière elle, Haglund but son café et repoussa la tasse sur la table afin de déplier le journal.

Quelques années auparavant, Line avait publié une grande série d'articles dans *VG* où elle avait dressé le portrait d'assassins qui, leurs peines additionnées, avaient passé cent ans en prison. Il s'agissait de montrer l'influence de leur incarcération sur eux et de décrire leur vie à la sortie. Elle avait principalement rencontré des êtres fracassés qui, après une longue détention, n'avaient que de nouveaux problèmes à offrir à la société.

Haglund feuilletait les pages du journal sans les lire. Il restait assis et contemplait la foule qui se pressait dans cette rue piétonne très fréquentée. De temps en temps, son regard s'arrêtait sur telle ou telle personne qu'il suivait des yeux avant qu'elle ne disparaisse dans la multitude.

— Qu'est-ce qu'il fait ? demanda Morten P. dans son oreillette.

— Il regarde les gens, c'est tout, répondit Line.

Mais au moment où elle dit ça, elle se rendit compte qu'il ne se contentait pas de regarder les gens. Il choisissait certaines personnes qui passaient et les étudiait en détail. Et celles qui l'intéressaient étaient de jeunes femmes.

# 57

Le vent s'était levé et des nuages bas se montraient menaçants au-dessus de la capitale. Wisting trouva un café à l'angle de Tinghuset. Sa convocation par la police des polices n'était que dans une heure. Il s'acheta un petit pain et une tasse du café « sélection du jour ». C'était une expression qu'il ne connaissait pas, mais le café choisi aujourd'hui venait du Burundi et était censé avoir une saveur de miel, d'agrumes et de noisette.

Il trouva une table dans un coin au fond où il pouvait tourner le dos aux autres clients. Ses pensées tourbillonnaient dans sa tête, il ressentait une sorte de vertige. Il croyait saisir à présent la stratégie de Rudolf Haglund. Sa tactique. Elle avait fonctionné à merveille. Wisting se sentait contraint de se procurer les preuves qui le laveraient des accusations portées contre lui, alors qu'elles permettraient du même coup la révision du jugement à l'encontre de Haglund.

Il y avait de fortes probabilités pour que le classeur avec les anciennes feuilles d'émargement des gardes à vue soient encore là, quelque part. Bjørg Karin Joakimsen, la responsable des archives qui travaillait depuis bientôt quarante ans au bureau des affaires criminelles, était le genre de personne qui ne jetait jamais rien, trouvant toujours un peu de place sur une étagère ou dans un tiroir. Il avait dû être tout proche de ce document déterminant quand, la veille, il s'était connecté à l'ordinateur des archives.

Il but son café qui, selon lui, n'avait qu'un goût de café. Moins corsé que celui qu'il buvait d'habitude, mais aucune trace d'agrumes ou de noisette.

Il lui était tout à fait possible de faire une nouvelle visite nocturne au commissariat, mais il risquait de revenir bredouille. Retrouver le dossier d'une affaire archivée d'après un système précis était un jeu d'enfant, mais mettre la main sur des documents gardés ces dix-sept dernières années parce qu'« on ne sait jamais si ça peut servir » était autrement plus incertain.

La seule personne à savoir si ces documents n'avaient pas été détruits et où ils étaient éventuellement conservés était Bjørg Karin.

Il composa son numéro au bureau, un des rares qu'il connût par cœur.

Elle répondit de manière aimable et professionnelle. La plupart des demandes qui lui arrivaient venaient de gens qui se plaignaient pour une raison ou une autre. On lui transférait leurs appels pour qu'elle puisse les orienter vers la personne à même de les aider. Souvent, une écoute amicale et patiente permettait de régler des malentendus car elle présentait les faits de manière enfin compréhensible pour eux.

— Ça fait plaisir d'entendre ta voix, dit-elle avant de le bombarder de questions sur ce qu'il pensait de sa suspension.

— Je crois que je vais trouver un moyen de m'en sortir, mais j'aurais besoin que tu m'aides.

— J'espère que je vais pouvoir.

Wisting expliqua ce qu'il cherchait, sans entrer dans les détails.

— Je ne suis pas sûre, répondit Bjørg Karin, mais je crois que ces classeurs sont au sous-sol dans les archives. Il me semble bien les avoir vus. En tout cas, je ne les ai pas jetés.

— Tu peux vérifier ça ? lui demanda Wisting.

— Ce sera fait avant la fin de la journée, lui assura Bjørg Karin.

# 58

Haglund but en tout deux tasses de café avant de reprendre son chemin. Ils l'avaient suivi jusqu'à un restaurant dans la Rådhusgata dont la vue donnait sur la forteresse d'Akershus. Un vent venant du fjord, glacial et implacable, s'engouffrait dans les rues et aux coins des bâtiments. Quand les premières gouttes de pluie tombèrent, Line chercha refuge sous le porche d'un immeuble de bureaux.

— Ça fait combien de temps qu'il est là ? demanda Morten P. dans son oreillette.

— Bientôt dix minutes, répondit Line.

— Je suggère que l'un de nous entre pour voir ce qu'il fabrique. Peut-être qu'il a rendez-vous avec quelqu'un ?

— Je m'en occupe, se proposa Harald. J'ai besoin d'aller aux toilettes.

Line était d'accord. Elle ne savait pas exactement ce qu'elle espérait tirer de cette filature, mais elle n'avait aucunement l'intention de faire la tournée des pubs à cause de ce Rudolf Haglund.

Harald poussa la porte du restaurant. La pluie tombait plus dru et de violentes bourrasques balayaient les rues.

Deux minutes plus tard, il ressortit.

— Il discute avec Hulkvist, rapporta-t-il.

— Gjermund Hulkvist? réagit Morten P. Putain, on aurait dû être à sa place. Il nous doit bien ça. C'est quand même nous qui avons fait la Une sur son affaire. Mais il a décliné toute interview.

Gjermund Hulkvist était un journaliste en affaires criminelles expérimenté du journal *Dagbladet*, qui pendant plusieurs années avait couvert les procès les plus importants du pays. Il était connu pour avoir le don du contact et disposait d'un très large réseau de sources qui l'aidaient à obtenir des informations auxquelles les autres n'avaient pas accès.

— Ils déjeunent, mais Hulkvist a sorti de quoi prendre des notes, expliqua Harald.

— Cela nous laisse un peu de temps, dit Line qui commençait à avoir froid. Je vais chercher la voiture.

Le temps de s'asseoir au volant, elle était trempée. Elle mit le moteur en marche, alluma le chauffage et fit fonctionner les essuie-glaces avant de retirer à grand-peine sa veste et son pull. Elle enfila des vêtements secs, pris dans son sac sur la banquette arrière, avant de démarrer et de se garer dans une rue adjacente. Cela lui laissait différentes possibilités, selon la direction choisie par Rudolf Haglund quand il en aurait terminé avec son entretien.

Comme Harald et Morten P. contrôlaient l'entrée du restaurant, elle eut le temps de rassembler ses idées. Elle décida d'appeler le policier qui l'avait auditionnée à Fredrikstad pour savoir s'il y avait du nouveau dans l'affaire du meurtre, mais avant elle voulait réessayer d'appeler le fameux numéro de téléphone non enregistré.

À sa grande surprise, quelqu'un décrocha presque tout de suite. Une fillette dit « Allô ? » et elle entendit des rires en arrière-fond.

Line vérifia qu'elle avait composé le bon numéro tandis qu'elle se présentait.

— Vous êtes qui ? demanda-t-elle.

— Vous voulez parler à qui ? répliqua la fillette.

— Je ne sais pas exactement, répondit Line qui décida de tenter un coup de poker. Je rappelle parce que j'ai eu un appel en absence.

— Vous êtes à une cabine téléphonique, répondit la fillette.

— Une cabine ? Où ça ?

— Devant la gare de Fredrikstad.

C'était logique, pensa Line. Il n'y avait donc rien d'étonnant à ce que le meurtrier ait appelé sa victime d'une cabine et que personne n'ait répondu quand elle avait fait ce numéro.

— Est-ce qu'il y a une caméra ? s'enquit-elle.

— Une caméra ?

— Oui, est-ce qu'il y a une vidéosurveillance à la gare ?

Pour toute réponse, la fillette à l'autre bout raccrocha.

Line leva les yeux. De la buée recouvrait le pare-brise. Elle l'essuya du revers de la main pour guetter la rue. La pluie avait chassé les passants. Elle se repassa le fil des événements ayant précédé le meurtre de Jonas Ravneberg. À 14 h 17, il avait reçu un appel qui l'avait fait contacter un cabinet d'avocats pour avoir un rendez-vous. Sept heures plus tard, il était mort. Il y avait forcément un lien. Elle ignorait toujours qui lui avait téléphoné, mais l'appel venait d'une cabine publique.

Elle trouva le numéro du photographe dont elle avait demandé l'aide à Fredrikstad et l'appela. Il répondit sur-le-champ. Sa voix résonnait et elle comprit que lui aussi était en voiture.

— J'ai besoin d'une photo, annonça-t-elle.

— Tu travailles toujours sur l'affaire ? demanda Erik Fjeld.

— J'essaie seulement de relier quelques points, répondit Line en termes vagues, avant de lui parler de la cabine téléphonique devant la gare. Est-ce que tu peux la prendre en photo ?

— Je suis à une demi-heure de là.

— Parfait. Et dernière chose : quand tu seras sur place, j'ai besoin de savoir s'il y a là-bas une caméra de surveillance.

Erik hésita avant de répondre.

— OK, finit-il par dire.

Elle crut entendre qu'il accélérait d'un coup. Il avait apparemment compris que la mission ne consistait pas qu'à photographier une cabine de téléphone vide, mais peut-être à trouver une vidéo du meurtrier.

# 59

L'Unité des polices, autrement dit la police des polices, occupait des locaux anonymes dans le centre-ville. L'entrée était située dans l'arrière-cour de la Kirkegata 1. L'immeuble abritait aussi une entreprise de téléphonie, plusieurs cabinets comptables et d'autres activités de ce genre ne nécessitant pas d'avoir pignon sur rue.

Sous le porche, deux femmes qui fumaient à l'abri de la pluie lui adressèrent un hochement de tête comme si elles le connaissaient et savaient pour quoi il venait. Il sentit leurs regards dans son dos quand il se dirigea vers la porte. Fermée. Sur l'interphone, il pressa le bouton « Unité spéciale ». On mit du temps à lui répondre. Wisting donna son nom en disant qu'il avait rendez-vous à deux heures.

Il y eut un déclic.

— Premier étage, lui dit une voix.

Il se retourna et jeta un regard derrière lui au moment de tirer la porte. De l'autre côté de la cour se tenait un homme avec un appareil photo levé. Il en avait un autre à l'épaule, et des gouttes de pluie tombaient de la visière de sa casquette.

Un journaliste, pensa Wisting en se dépêchant d'entrer. Quelqu'un avait dû le prévenir qu'il était convoqué ici aujourd'hui.

L'inspecteur de police Terje Nordbo l'accueillit. Ils se serrèrent la main. Wisting avait cherché son nom sur Internet en obtenant pour seul résultat une occurrence sur une liste d'arrivée de la course de ski de fond des Birkebeiner, où il était parmi les derniers.

Ils traversèrent des locaux presque déserts. Au bout d'un couloir, l'inspecteur ouvrit la porte d'un vaste bureau et laissa Wisting entrer en premier.

Les murs étaient gris, froids et nus, avec uniquement une horloge au tic-tac sonore et une fenêtre étroite. Sur la table étaient posés un écran d'ordinateur avec clavier et souris, ainsi qu'une pile de feuilles blanches, un stylo à bille et un petit enregistreur numérique de la même marque que ceux utilisés par ses propres collègues.

Terje Nordbo retira sa veste et la suspendit soigneusement au dossier de son fauteuil. Puis il s'assit, rapprocha le clavier et retroussa ses manches de chemise. Wisting resta debout un moment. C'était étrange pour lui, et pour le moins inhabituel, de se retrouver de l'autre côté d'un bureau de policier. Mais il finit par s'asseoir et regarda l'autre qui était occupé à observer quelque chose sur l'écran. Nordbo, un homme maigre aux cheveux coupés court, aux lunettes sans monture et au nœud de cravate serré, devait avoir une dizaine d'années de moins que lui. Ce qui donnait à Wisting des milliers d'heures d'expérience de plus. Alors d'où lui venait ce sentiment d'infériorité ? Une enquête diligentée en interne prenait toujours du temps et, en fonction de ce que trouvaient les policiers, elle était souvent transmise aux meilleurs criminalistes du pays. Ceux qui étaient assis derrière de larges bureaux, plus haut dans les étages, trouvaient toujours quelque chose à redire.

— Je vais enregistrer l'audition, expliqua l'inspecteur en mettant l'appareil en marche. Puis j'imprimerai un résumé que vous pourrez relire et valider.

Wisting acquiesça, bougea un peu sur sa chaise et croisa le regard de l'homme en face de lui.

Me voilà donc de l'autre côté, songea-t-il. À cette place où tant d'hommes et de femmes s'étaient assis avant lui. Là où lui-même avait fait asseoir des centaines, des milliers de suspects. Au regard de la loi, ils étaient considérés comme innocents jusqu'à preuve du contraire. Pour les enquêteurs, c'était l'inverse : la personne assise en face d'eux était a priori coupable de ce dont on l'accusait. Wisting avait été dans cette disposition d'esprit quand il avait interrogé Rudolf Haglund, dix-sept ans plus tôt. Il était entré dans la salle d'interrogatoire et s'était assis en pensant qu'il avait en face de lui le meurtrier de Cecilia Linde. C'était ainsi que ça devait être. Comme une compétition sportive. Et si on ne croyait pas que le combat valait la peine d'être gagné, on le perdait.

— Vous êtes mis en examen pour infraction aux paragraphes 168 et 169 du Code pénal, article 2, lui fit savoir l'enquêteur.

Wisting plissa le front. Il comprit qu'il n'était pas préparé. Il avait passé ses journées à consulter les documents de l'affaire Cecilia en espérant trouver qui avait trafiqué les preuves ADN pour faire inculper Rudolf Haglund, mais aussi pour trouver un autre meurtrier à la place de ce dernier. Résultat des courses : il n'avait aucunement préparé sa défense.

Il saisit le bord de la table et sentit le contact du métal rugueux contre ses doigts. Il connaissait le paragraphe 168 du Code pénal. Il s'agissait de punir les auteurs de fausses accusations ainsi que ceux qui fournissaient de fausses preuves. En revanche, il ignorait le contenu du paragraphe 169.

— Le paragraphe 169 prévoit une peine d'au moins un an d'emprisonnement pour fabrication de preuves, expliqua l'inspecteur, comme s'il avait deviné le trouble de Wisting. Dans le cas où la personne a déjà été condamnée et a purgé plus de cinq ans de prison pour des faits similaires, elle encourt une peine maximale de vingt et un ans de prison. Il est également précisé que le délai de prescription de l'affaire est de vingt-cinq ans.

Wisting déglutit. L'affaire prenait un tour beaucoup plus sérieux. Il n'avait pas mesuré jusqu'à cet instant l'impact des accusations portées à son encontre. S'il n'arrivait pas à se disculper, il serait passible d'une peine de prison.

Il inspira profondément et expira, en faisant plus de bruit qu'il ne l'aurait voulu.

— À l'origine de cette mise en examen, il y a les observations qui ont poussé maître Henden à demander une révision du procès de Rudolf Haglund, poursuivit l'inspecteur sur le même ton neutre. En tant que mis en examen, vous n'êtes pas tenu de vous expliquer et vous avez naturellement le droit de vous faire assister d'un avocat à chaque étape de la procédure.

La pluie ruisselait sur les vitres. Des traînées aussi régulières qu'obstinées.

L'air commençait à être confiné. Wisting changea de position et croisa les jambes.

— Avez-vous compris votre mise en examen et connaissez-vous vos droits ? voulut savoir l'homme de l'autre côté de la table.

Wisting fit signe que oui.

— Vous devez répondre à haute voix, déclara l'enquêteur en indiquant le magnétophone.

# 60

La pluie avait redoublé d'intensité et les caniveaux débordaient. L'horloge de son tableau de bord indiquait 14:37. Rudolf Haglund était resté presque une heure avec le journaliste de *Dagbladet*.

Line avait le classeur rouge de l'affaire Cecilia sur les genoux. Libellé *Mis en examen*, il contenait les déclarations de Rudolf Haglund et toutes les informations qu'on avait pu réunir le concernant. Dans l'espoir de se familiariser avec lui, elle lisait en diagonale ses différents interrogatoires.

On n'avait pas retrouvé de traces ADN, d'empreintes digitales ou toute autre preuve de la présence de Cecilia au domicile de Haglund. La police scientifique en avait conclu qu'elle n'avait jamais mis les pieds dans cette maison. Des photos avaient été prises lors de la perquisition. C'était un immeuble caractéristique des années soixante-dix, où les moyens alloués par la Husbanken finançaient seulement un bien immobilier sans luxe. Un grand salon, une cuisine, une salle de bains, des toilettes, une buanderie, deux débarras et trois chambres à coucher. Chaque pièce était photographiée sous des angles différents, puis il y avait des clichés des revues porno qu'on avait retrouvées dans une valise, au fond d'un des débarras. La couverture de chaque revue avait été photographiée, le but étant de mieux comprendre les préférences sexuelles de Haglund et de trouver un motif sexuel à l'enlèvement de Cecilia Linde.

Elle revint en arrière et étudia la photo de son salon. Du papier peint gris à rayures. Une moquette aiguilletée au sol. Dans un coin de la pièce, un canapé de velours bleu avec deux fauteuils assortis, une table basse avec un plateau en verre, un téléviseur et un magnétoscope sur un meuble à roulettes.

Des photos d'une vie triste et solitaire, songea Line qui s'apprêtait à refermer le classeur quand un détail attira son attention : derrière le téléviseur, trois étagères étaient fixées au mur, un peu comme trois marches d'escalier, et sur chaque étagère s'alignait une rangée de petites voitures.

Elle se pencha pour mieux voir et alluma la lampe de l'habitacle. Il s'agissait bien d'une collection de voitures miniatures.

Elle ne se souvenait pas avoir lu quelque part que Rudolf Haglund était lui-même collectionneur. Elle savait seulement, grâce à la déposition d'un témoin, que Haglund avait joué les intermédiaires entre Jonas Ravneberg et un des employés de l'entrepôt de meubles qui avait hérité d'une caisse remplie de petites voitures. Ni Haglund ni Ravneberg ne paraissaient être des hommes sociables. Le fait d'être tous deux des collectionneurs les avait peut-être rapprochés ?

Elle vérifia ses mails sur son téléphone portable et enregistra le message du service de recherches du journal. Maud

Svedberg habitait Lilla Norregatan à Ystad. Elle avait pris le nom de Svedberg en se mariant douze ans plus tôt, mais elle apparaissait comme divorcée et sans enfants.

Comme elle ne devait pas lire la presse norvégienne, il y avait de fortes chances pour qu'elle ignorât que son ancien compagnon avait été tué. Cela signifiait que Line devait lui annoncer sa mort.

Elle enquêtait sur deux hommes à la fois, Jonas Ravneberg et Rudolf Haglund. Mais d'une façon qu'elle ne s'expliquait pas encore, ils étaient liés.

Elle composa le numéro. La voix de femme qui décrocha était rauque et hésitante, comme si elle n'avait pas l'habitude que son téléphone sonne.

Line déclina son identité.

— Je travaille sur un meurtre et je crois que vous connaissiez la victime, expliqua-t-elle.

— Un meurtre ?

— Une enquête pour meurtre, confirma Line. La victime s'appelle Jonas Ravneberg.

— Jonas ?

— Il y a dix-sept ans, vous avez vécu ensemble en Norvège, si je ne me trompe.

— Il est mort ?

Line exposa ce qui s'était passé.

— Vous viviez ensemble, c'est bien ça ? insista-t-elle.

— Oh, c'était il y a si longtemps, répondit la femme au téléphone. (Elle parlait si bas que Line devait se concentrer pour l'entendre.) Je vis une tout autre vie maintenant. Je suis rentrée en Suède et je me suis mariée.

— Pourquoi vous êtes-vous séparés ? voulut savoir Line.

— C'était il y a si longtemps, répéta Maud Svedberg.

— Mais il a déménagé à Fredrikstad, reprit Line avec une certaine impatience et de la brusquerie dans la voix. Y avait-il une raison particulière à son déménagement ?

— Il était si nerveux, raconta Maud Svedberg. Il avait des problèmes de nerfs.

Elle s'interrompit soudain.

— Vous travaillez pour un journal ?

— Oui, *Verdens Gang*, répondit Line. J'aimerais savoir quel genre d'homme il était.

— Je ne veux pas que vous écriviez sur nous.

— Je ne suis pas obligée de le faire. Je veux seulement parler avec quelqu'un qui le connaissait. Il semblerait qu'il n'y ait pas eu tant de personnes que ça.

— C'est ça qui a posé problème entre nous. Il s'enfermait de plus en plus. Ne partageait ni ses pensées ni quoi que ce soit avec moi. À quoi bon dans ce cas vivre ensemble ? Alors il a déménagé.

— Avez-vous eu de ses nouvelles depuis ?

La femme marqua un temps d'hésitation.

— J'ai eu cinquante ans cet été, répondit-elle en précisant qu'elle avait deux ans de plus que Jonas Ravneberg. À cette occasion, j'ai eu une lettre de lui. Il n'écrivait pas grand-chose, pas un mot sur lui, juste quelques lignes sur l'époque où nous vivions ensemble.

— Vous n'avez pas reçu de courrier ces derniers jours ?

— Non. Il avait noté son adresse au dos de l'enveloppe et je lui ai envoyé une carte postale d'Espagne quand je suis allée là-bas en septembre. Je l'ai remercié pour la lettre et je lui ai souhaité bonne chance pour la suite.

— Est-ce que vous avez une idée des raisons qui auraient pu pousser quelqu'un à le tuer ?

Maud Svedberg n'eut pas le temps de répondre.

— *Il y a du mouvement*, annonça Morten P. sur l'autre ligne. *Haglund sort. Il se dirige vers Akersgata.*

— Excusez-moi, j'ai un autre appel, dit Line en démarrant la voiture. Est-ce que je peux vous rappeler plus tard ?

La voix de la femme était un souffle quand elle remercia Line de son appel.

# 61

Wisting s'était expliqué pendant plus d'une heure. Il avait tenté d'exposer l'affaire Cecilia de la manière la plus objective possible, en donnant les noms de tous ceux qui, d'une façon ou d'une autre, avaient été impliqués dans le travail, en précisant bien les tâches assignées à chacun.

L'inspecteur l'avait écouté patiemment, mais sans prendre beaucoup de notes. Il s'était visiblement préparé à cet entretien en parcourant l'ancien dossier et savait déjà dans les grandes lignes ce que Wisting lui déclarait.

Sur un plan purement objectif, Wisting était irréprochable concernant la gestion de l'affaire. Tout avait commencé par l'annonce de la disparition d'une jeune fille, suite à quoi il avait auditionné d'innombrables témoins jusqu'à ce que le corps de la victime soit retrouvé et qu'un suspect soit interpellé.

Après avoir entendu ce libre exposé des faits, l'inspecteur s'était intéressé plus particulièrement au rôle de Wisting, à ses réflexions, ses théories et sentiments autour de l'affaire, ainsi qu'aux procédures, qu'il passa beaucoup de temps à décortiquer et interpréter. Cela avait de quoi frustrer Wisting. C'était comme si l'autre embrouillait tout : la vérité était devenue un labyrinthe.

— Pourquoi avez-vous été désigné responsable de l'enquête ? voulut savoir Terje Nordbo.

— Cette responsabilité m'a été confiée par le chef de la police. C'est à lui qu'il faut poser la question.

— Nous ne manquerons pas de le faire, mais qu'en avez-vous pensé personnellement ?

Wisting prit le temps de réfléchir. Il était habitué à ce qu'on lui confie des enquêtes, non à se demander pourquoi.

— J'étais là, répondit-il. Et j'avais les compétences.

— Cela ne vous a pas inquiété ?

Wisting secoua la tête. Ces questions étaient aux antipodes de sa manière de penser.

— Aviez-vous déjà eu des affaires de cette importance à traiter ? demanda l'inspecteur en pointant son doigt vers l'enregistreur pour rappeler à Wisting qu'un oui ou un non de la tête ne serait pas suffisant.

Wisting s'éclaircit la voix.

— L'affaire Cecilia a fini par devenir la plus grande enquête que j'ai menée, répondit-il. Mais quand on a fait appel à moi, il s'agissait seulement d'une disparition suspecte.

— Seulement ?

— Dès le départ il était clair que Cecilia Linde n'avait pas disparu volontairement. On a d'abord pensé qu'elle avait pu faire une chute : à certains endroits, le terrain était très accidenté et longeait la mer. Mais mon travail a consisté à étudier l'hypothèse du pire.

— L'hypothèse du pire ?

— Oui, mon devoir a été d'envisager le pire scénario dès le départ, à savoir la piste criminelle.

— Quelles consignes avez-vous reçues de la direction de la police ?

— Des consignes ? Je ne suis pas sûr de comprendre la question.

— Vous ont-ils donné l'impression d'être satisfaits du travail que vous avez fait ?

— Je n'ai pas eu de remarques allant dans un autre sens. La question portait toujours sur les moyens mis en œuvre, naturellement, mais il n'y a jamais eu aucune critique sur le travail effectué.

— Qu'attendaient-ils de vous ?

Wisting haussa les épaules. Dans les faits, jamais un chef de la police ne disait ce qu'il attendait, car tous n'avaient qu'un but : résoudre une affaire criminelle pour que le juge puisse l'instruire.

— Des résultats, répondit-il. Ils attendaient naturellement de moi des résultats.

— Comment cela s'est-il traduit dans l'enquête proprement dite ?

— Je ne comprends pas la question.

— Quelqu'un s'est-il impatienté quand les résultats se sont fait attendre ?

— Tous étaient impatients, reconnut Wisting, mais la plupart d'entre nous avaient déjà connu ça. Nous savions par expérience qu'une affaire ne se résout pas en un claquement de doigts.

— Et les médias ?

— Eh bien ?

— Est-ce qu'ils n'étaient pas impatients ?

— Évidemment qu'ils nous mettaient la pression.

— Comment l'avez-vous vécu ?

— De manière ambivalente, répondit Wisting. D'un côté, répondre sans arrêt à leurs questions freinait le déroulement de l'enquête. De l'autre, l'attention des médias avait un côté utile dans la perspective de collecter des renseignements auprès du public.

— Avez-vous jugé cela pesant ?

— Dans une telle affaire, tout est pesant. Gérer les médias fait partie du boulot.

— Mais je veux bien croire que la pression médiatique a dû être éprouvante.

— C'est une question ?

— Je vais tourner les choses autrement. Quelles ont été les conséquences, pour l'enquête, du fait que vous n'ayez rien de nouveau à annoncer à la presse ?

Wisting réfléchit. C'était une bonne question.

— Ma principale responsabilité était de mener l'enquête de manière tactique, répondit-il. Je me suis concentré là-dessus. C'était le substitut du procureur, Audun Vetti, qui gérait la presse.

— Mais vous participiez aux conférences de presse ?

— Oui.

— Et comment viviez-vous le fait d'assister à ces conférences quotidiennes sans avoir aucun élément nouveau à donner ?

— Ce n'était pas le cas, objecta Wisting. L'affaire connaissait chaque jour des développements, même si on ne donnait pas l'impression d'avancer.

L'inspecteur feuilleta ses papiers, comme pour retrouver sa question initiale. Wisting en profita pour l'examiner. Il insistait sur un point qui n'était pas seulement central dans l'affaire, mais qui avait eu des conséquences catastrophiques. Pendant qu'ils continuaient leurs recherches pour retrouver Cecilia Linde, l'information avait fuité que la police était en possession d'une cassette où la jeune fille décrivait l'endroit où elle était maintenue captive. Le jour même où Audun Vetti avait confirmé l'information dans les médias, le corps sans vie de Cecilia avait été abandonné sur le bas-côté d'une route. S'il y avait une chose qu'on pouvait lui reprocher, c'était de ne pas avoir empêché cette fuite. Ils l'avaient tuée. L'agresseur, acculé, n'avait pas eu d'autre choix que de se débarrasser d'elle.

Wisting déglutit. Il préféra ne pas remuer tout ça.

— Comment cette absence de résultats vous a-t-elle affecté personnellement ? voulut savoir l'inspecteur.

— C'est difficile de répondre à cette question. Je ne me suis jamais concentré sur cet aspect du problème.

— Était-ce pesant ?

— On peut dire ça, oui.

— Comment votre famille a-t-elle géré cette affaire ?

— Je ne les voyais pas beaucoup, admit Wisting.

L'inspecteur feuilleta ses notes.

— Vous avez des jumeaux, si je ne me trompe. Line et Thomas. Quel âge avaient-ils ?

— Ils venaient d'avoir douze ans.

— Ils ont compris ce qui s'est passé ?

Wisting fit signe que oui.

— Ingrid, ma femme, parlait avec eux. Quand je rentrais à la maison, ils étaient le plus souvent déjà au lit.

Il baissa les yeux. Il revit ces soirées où Ingrid l'aidait à se vider la tête. Après avoir pu se confier à elle, il se couchait l'esprit un peu plus léger. Ce que précisément il ne trouvait pas dans sa relation avec Suzanne.

— Cela vous a manqué ?

— Quoi donc ?

— De passer plus de temps avec votre famille. Est-ce que ça vous a manqué ?

— Naturellement.

— Comment allait votre couple ?

Wisting tourna les yeux vers la fenêtre. La pluie qui ruisselait sur la vitre offrait une image brouillée du monde extérieur. Il voyait la manœuvre de l'inspecteur, qui essayait de présenter la responsabilité de Wisting comme une charge presque inhumaine. Ainsi, selon la théorie de la police des polices, il aurait manipulé les preuves à charge afin de trouver une porte de sortie, vu qu'il n'y arrivait pas avec une enquête traditionnelle.

— Je ne vois pas ce que mon couple vient faire là-dedans, répondit-il.

— Je ne suis pas de cet avis, dit l'autre.

Silence. Et dehors, toujours, la pluie.

Terje Nordbo se cala dans son fauteuil à haut dossier et attendit. Wisting avait souvent fait la même chose. C'était une méthode qui avait fait ses preuves. Rester assis en silence était si pénible que l'interlocuteur finissait par prendre la parole pour continuer l'entretien.

Cette pause artificielle eut le mérite de faire prendre

conscience à Wisting que cet interrogatoire commençait à lui taper sérieusement sur les nerfs. L'homme censé l'entendre cherchait avant tout à le faire sortir de ses gonds et à se contredire.

Il décida donc de regarder ses mains croisées sur ses genoux. C'était peut-être de sa faute, songea-t-il. Peut-être qu'inconsciemment il avait laissé les choses se faire. Que le manque de résultats tangibles avait fait surgir ces fausses preuves à charge qui avaient provoqué l'inculpation de Rudolf Haglund. Qui sait, son manque d'efficacité avait pu pousser quelqu'un à prendre l'affaire à son compte…

L'inspecteur fut le premier à rompre le silence. Il se pencha en avant, feuilleta les documents et choisit un nouvel angle d'attaque.

— Combien d'interrogatoires avez-vous menés avec Rudolf Haglund ?

Wisting leva les yeux au plafond, comme pour réfléchir. En réalité, il connaissait la réponse mais savait où l'inspecteur voulait en venir. Ce dernier l'avait poussé à décrire l'affaire comme étant dans une impasse, ce qui en tant que responsable était difficile à accepter. L'inspecteur avait réussi à trouver un mobile, maintenant il voulait savoir si Wisting avait également eu la possibilité de déposer la fausse preuve ADN.

— Six, répondit-il.

— Pourquoi avez-vous choisi de l'interroger vous-même ? Vous étiez en charge de l'enquête, vous auriez pu déléguer entièrement cette tâche. Avez-vous envisagé de faire appel à d'autres personnes pour cela ?

Le portable de Wisting sonna avant qu'il ait pu répondre.

L'inspecteur de la police des polices fut clairement agacé, mais fit semblant de se montrer conciliant. Wisting sortit son téléphone de sa poche. C'était Bjørg Karin.

— Je suis obligé de répondre, dit-il en se levant.

L'autre ouvrit la bouche pour protester, mais Wisting sortait déjà de la pièce.

# 62

À 15 h 43, Rudolf Haglund avait quitté le restaurant de la Rådhusgata. Il avait remonté la Tollbugata qu'il avait suivie jusqu'à la Bourse. Puis il avait encore marché jusqu'au pâté de maisons suivant et il était entré dans un parking couvert d'où il était ressorti au volant d'une Passat grise.

Désormais il était pris dans un filet invisible. Il faisait route vers le sud sur la E18. Devant lui, cinq voitures plus loin, se trouvait Morten P. Les trois autres roulaient derrière, mais se doublaient souvent entre eux.

Haglund roulait à la vitesse réglementaire ou juste au-dessus. Il pleuvait. Les roues glissaient sur l'asphalte mouillé. Line occupait la première voiture derrière la Passat. À la hauteur de Liertoppen, Haglund ralentit soudain l'allure. Toutes les autres voitures le doublèrent et Line se serait fait repérer si elle était restée derrière lui. Elle prévint les autres, avant de déboîter et de le dépasser en prenant garde à ne pas tourner la tête. Une fois devant lui, elle jeta un coup d'œil dans le rétro, mais sa vitre arrière était embuée.

Elle resta sur la file de gauche le temps de dépasser Morten P. Maintenant, deux voitures étaient devant Haglund et deux derrière. Ce qui les rendait plus vulnérables s'il décidait de bifurquer.

— Il accélère à nouveau, annonça Tommy.

— Je vais me laisser doubler, dit Morten P.

Dans le rétro, Line vit les autres voitures déboîter et le doubler.

— Il arrive, rapporta Morten P. Je vais rester en arrière.

Haglund continua de rouler en direction du sud. Le pont de l'autoroute au-dessus de Drammen était bondé. Dans la pluie, les phares formaient une coulée de lumière.

Au niveau de la zone industrielle de Kobbervikdalen, l'autre portable de Line sonna. La ligne servant à la filature passant par le système mains libres, elle porta le téléphone à l'oreille.

C'était Erik Fjeld.

— Ça m'a pris un peu plus de temps que prévu, dit-il en s'excusant, mais j'ai une photo de ta cabine téléphonique.

— Attends une seconde! dit Line qui avait ralenti en prenant son portable et qui voyait à présent dans son rétroviseur que Haglund déboîtait.

Elle pria les autres de la relayer à la tête de ce qui avait des allures de convoi. La Passat grise la doubla. Suivie de la voiture de Tommy. Line se mit en queue de peloton et mit le système mains libres sur silencieux, de sorte qu'elle entendait ce que les autres disaient, mais qu'eux ne l'entendaient pas. Les essuie-glaces avaient beau être à la vitesse maximum, elle ne distinguait plus la voiture de Haglund à cause de l'intensité de la pluie.

— Et pour la vidéosurveillance? demanda-t-elle en changeant son portable de main.

— Il y a pas mal de vandalisme dans la zone de la gare, donc ils ont installé une vidéosurveillance avant l'été dernier.

— Ils ont déjà les images? demanda Line pleine d'espoir.

— C'est ça qui m'a pris un peu de temps, poursuivit Erik sans répondre à sa question. La police est passée hier et a obtenu les images.

Line laissa échapper un juron, même si en soi c'était plutôt rassurant que les enquêteurs de Fredrikstad l'aient devancée.

— C'est numérique, reprit le photographe. Ils n'en ont eu qu'une copie. L'enregistrement lui-même est encore sauvegardé ici à la gare.

Un coup de vent déporta la voiture et Line dut saisir le volant avec les deux mains. La pluie oblique était balayée sur les côtés de la route.

— Est-ce que tu peux aussi nous avoir une copie? demanda-t-elle en portant de nouveau le téléphone à son oreille.

— Les employés n'ont pas voulu le faire, vu que la police est impliquée. Mais j'ai pu visionner les images.

— Et?

— Je suis resté seul quelques minutes et j'ai pris des photos de l'écran. Je peux te les envoyer, mais ça ne t'aidera pas beaucoup. Tout ce qu'on voit, c'est un homme en vêtements sombres qui a le dos tourné.

— Est-ce que c'est possible de le suivre? Est-ce qu'il apparaît sous un autre angle à un autre moment?

— Non, il n'est que sur cette image.

— Est-ce qu'on peut voir s'il est arrivé en voiture ?

— Non. On ne voit que sa silhouette.

— OK, en tout cas tu as fait du bon boulot. Envoie-moi ce que tu as. Je vais me renseigner pour savoir ce que la police a trouvé.

Ils approchaient du péage de Sande sur la E18. Harald annonça que Haglund avait pris la file de paiement en liquide. Line ralentit pour ne pas risquer de se retrouver devant lui en prenant la file de télépéage.

Elle attendit d'avoir passé à son tour la barrière pour appeler la police de Fredrikstad. Elle s'était demandé si elle ne devait pas prévenir d'abord son rédacteur en chef pour s'assurer que personne d'autre de chez eux ne travaillait sur l'affaire, mais n'en fit rien. Le meurtre n'était plus une histoire intéressante pour l'heure, tant que l'arrestation de l'assassin ou tout autre événement marquant n'avaient pas eu lieu.

Elle put avoir au bout du fil l'avocat de la police qui avait participé à la conférence de presse.

— Vous avez récupéré la vidéo de surveillance de la gare, commença-t-elle pour ne pas révéler les infos qu'elle détenait.

— Oh, pure routine, répondit le juriste brièvement, clairement lassé des questions des journalistes.

Line opta pour une autre tactique et se montra plus offensive :

— Avez-vous identifié l'homme qui a appelé Jonas Ravneberg de là-bas ?

Il y eut un silence. Un des employés de la gare pouvait avoir prévenu le journal que la police était venue chercher des images de vidéosurveillance. Les données de télécommunications étaient plus difficiles à obtenir. Peut-être que quelqu'un de la police avait laissé fuiter l'info ?

— Nous pouvons lancer un appel à témoin dans le journal, proposa Line dans l'espoir que la police lui dise s'ils savaient oui ou non qui avait téléphoné.

— Je reviendrai vers vous à ce sujet, dit l'avocat d'une voix hésitante.

— Dois-je comprendre que vous savez qui a appelé ?

— Je ne peux rien dire.

Line changea son téléphone d'oreille.

— Mais vous voyez un lien ? insista-t-elle.

— Est-ce que je peux revenir vers vous plus tard ? demanda l'avocat.

— D'accord, dit Line. Je peux tout de même vous rappeler ?

— *Il quitte la route au croisement de Kopstad*, annonça Harald.

— *Je continue*, rapporta Tommy. *Je prendrai la prochaine sortie.*

Line raccrocha avec l'avocat et remit le son de l'autre ligne.

— Qui est derrière lui ? demanda-t-elle.

— Je suis la première voiture, répondit Harald. Je suis trop près et je vais être obligé de le laisser au prochain embranchement si je ne veux pas me faire repérer.

— J'arrive derrière, fit savoir Morten P. Je peux le suivre.

Line se déplaça sur la voie de sortie et regarda le classeur rouge sur le siège passager. Ils se trouvaient à Horten. Elle ne se souvenait pas avoir lu que Rudolf Haglund eût le moindre lien avec cette commune rurale. Ils étaient à presque une heure de route de Larvik et de son domicile.

— Il s'enfonce dans la campagne, annonça Harald. Je le lâche.

— Je l'ai, assura Morten P., mais il s'interrompit. Merde, il se range à un arrêt d'autobus, je suis obligé de continuer. Ralentis, Line !

Trop tard. Line avait déjà bifurqué et s'était engagée sur la route secondaire. Elle vit la Passat à quelques centaines de mètres devant elle, sur une ligne droite. Elle n'avait aucun moyen de quitter cette route et elle fut obligée de passer devant lui.

Elle accéléra pour le dépasser à une allure telle que Haglund n'ait pas le temps de remarquer quel type de véhicule elle conduisait.

Morten P. reprit les commandes. Il ordonna à Harald de se tenir prêt plus loin sur la E18, au cas où Haglund ferait demi-tour, et indiqua à Line de prendre le premier dégagement pour se poster plus loin en surveillant la route. Quant à Tommy, il devait quitter la E18 à la prochaine sortie et revenir vers eux. Lui-même continua à rouler quelques kilomètres pour être devant, au cas où Haglund décidait de redémarrer et de poursuivre son chemin.

Ils attendirent presque un quart d'heure. Enfin la Passat grise dépassa le dégagement où Line était arrêtée.

— Il continue, avertit-elle en reprenant la route.

Les autres confirmèrent qu'ils avaient reçu son message.

Haglund s'enfonça de plus en plus à l'intérieur des terres. Il y avait peu de circulation et la filature devint plus difficile. Il roulait à une vitesse normale et Line resta la voiture de tête pendant plusieurs kilomètres. Le paysage qu'ils traversaient était monotone : de grandes étendues agricoles sans relief. Les habitations se firent plus rares, juste quelques fermes éparses. Ils passèrent devant un petit lac, dont l'eau agitée par la pluie donnait l'impression de bouillir. Le chemin grimpa. De nouveau sur le plat, Haglund freina et s'engagea sur un sentier en gravier.

— Il tourne, prévint Line qui passa devant le sentier avant de s'arrêter un peu plus loin.

— Qu'est-ce qu'on fait ? voulut savoir Harald.

Line réfléchit rapidement. S'ils le suivaient, ils se feraient repérer à coup sûr. D'un autre côté, ils ne pouvaient abandonner la filature. Dix-sept ans plus tôt, l'enquête s'était focalisée pour découvrir le lieu où Rudolf Haglund avait tenu Cecilia captive. Ils se trouvaient à présent dans un rayon d'une heure de distance de l'endroit où elle avait été enlevée.

— Je le suis, annonça Line. Vous autres, restez où vous êtes. On reste en contact.

Tout le monde se tut. Le gravier crissa sous les pneus quand Line s'engagea sur le sentier.

— Sois prudente, lui enjoignit Tommy.

# 63

Wisting sortit avec son téléphone dans le couloir et ferma la porte de la salle d'interrogatoire.

— Tu les as retrouvés ? demanda-t-il en s'éloignant.

— Je crois, répondit Bjørg Karin. Les documents étaient dans un carton avec d'anciens numéros de la revue *Politiende*.

— Formidable.

— Tu veux que je fasse quoi avec ?

Wisting regarda sa montre. C'était bientôt l'heure de fermeture des bureaux, il ne pouvait pas demander à Bjørg Karin d'y jeter un coup d'œil maintenant. Il n'avait pas non plus envie de confier cette tâche à une tierce personne.

— Je suis à Oslo mais je rentrerai ce soir, dit-il. Est-ce que tu crois que tu peux les emporter chez toi ?

Bjørg Karin ne répondit pas tout de suite. Wisting comprit que c'était beaucoup lui demander. Elle était consciencieuse dans son travail et avait déjà fait plus qu'elle n'aurait dû.

— C'est très important pour moi, insista-t-il.

— Si ça peut t'aider, alors…

— Est-ce que je pourrai passer les regarder ?

— Je suppose que oui. Je n'ai rien de prévu ce soir. Tu penses venir vers quelle heure ?

— Disons après sept heures, je ne sais pas exactement.

— Y a-t-il autre chose que je puisse faire pour toi ?

Wisting réfléchit. Il y avait des pistes qu'il aurait voulu explorer et qu'il aurait retrouvées en deux clics, mais il était actuellement loin de son bureau et de son ordinateur.

— Tu es devant ton ordi ? demanda-t-il.

— Oui.

— Est-ce que tu peux vérifier quelque chose pour moi sur les registres d'état civil ?

— Un instant.

Il attendit qu'elle se connecte.

— Qu'est-ce que tu cherches ?

— Un nom. Danny Flom. Il doit avoir un fils qui aura seize ans la semaine prochaine, expliqua Wisting en se référant à ce que Line avait trouvé sur Facebook. Tu peux me confirmer ça ?

Il l'entendit taper sur son clavier.

— Effectivement, répondit-elle. Un certain Victor Hansen.

— Il ne s'appelle pas Flom ?

— Il l'a pris en nom intermédiaire. Victor Flom Hansen. (Bjørg Karin poursuivit sa recherche.) Attends un peu, je vais avoir le tableau généalogique.

Wisting attendit. L'inspecteur de la police des polices était sorti dans le couloir pour chercher une carafe d'eau.

— Il semblerait qu'il ne soit pas le père biologique, expliqua Bjørg Karin en continuant de taper sur l'ordinateur. C'est le fils de sa femme. Danny Flom apparaît comme son père adoptif avec l'autorité parentale partagée.

Wisting hocha la tête. C'était une complication de moins. Les registres officiels étaient plus fiables qu'Internet.

— Alors tu passes ce soir ? conclut Bjørg Karin.

— Oui. Merci pour ton aide.

Il glissa son portable dans sa poche et retourna dans la salle d'interrogatoire.

— Ça ne vous dérange pas de continuer, maintenant ? demanda l'inspecteur d'une voix aigre en leur versant de l'eau à tous les deux.

Wisting s'assit. En fait, si, ça le dérangeait. Par ses questions, l'inspecteur avait clairement dévoilé que c'était sur lui que portait l'enquête, et non sur l'affaire proprement dite. La police des polices s'était déjà fait son opinion. Il suffisait d'en avoir confirmation.

— Vous travaillez comme enquêteur en chef, poursuivit l'inspecteur. Où en seriez-vous aujourd'hui, à votre avis, sur le plan de votre carrière, si vous n'aviez pas eu un jugement défavorable sur Rudolf Haglund ?

Wisting jaugea celui qu'il avait en face de lui. La carrière n'avait jamais été un but pour lui. Il passait d'une affaire à l'autre sans autre ambition que de les résoudre. La question était hypothétique et n'avait rien à faire dans le cadre d'une enquête objective. La réponse n'avait au fond aucun intérêt.

Il se leva. Continuer l'interrogatoire était du temps perdu. Ce n'était pas avec ses questions biaisées que l'inspecteur de la police des polices résoudrait cette affaire. Il devait s'en charger lui-même.

— Où allez-vous ? Nous n'avons pas terminé.

— *Moi*, j'ai terminé, répondit Wisting en quittant la pièce.

# 64

Une vieille barrière de route privée gisait sur le bas-côté. À un poteau pendaient un ancien panneau d'avertissement «Attention au feu» et une pancarte expliquant où l'on pouvait se procurer un permis de pêche.

La nuit commençait à tomber. Les phares éclairaient le chemin que la pluie avait détrempé, rendant les traces de pneus de Haglund bien visibles.

Line se rendit compte qu'elle frissonnait et elle alluma le chauffage. La soufflerie d'air chaud remplit l'habitacle d'une odeur de moteur.

Le chemin grimpait et tournait sur la droite en passant devant une carrière, avant de repartir brusquement sur la gauche, avec une falaise montagneuse d'un côté et une pente raide de l'autre. Elle rétrograda. Des filaments de brouillard surgirent devant la voiture, mais elle put voir que la route devenait plane et que le terrain changeait de nature. De lourdes branches de sapins raclaient la voiture.

Puis le chemin se divisa en deux.

Les traces du véhicule de Haglund partaient vers la gauche. Elle ralentit l'allure. Un panneau rappelait le montant de la taxe de pêche, mais ne disait rien sur l'endroit où menait le sentier. Line passa devant et, cinquante mètres plus loin, aperçut un lac et un terrain dégagé.

— Il a pris à gauche, transmit-elle aux autres. On dirait qu'il est descendu vers un coin de pêche ou quelque chose comme ça.

— Ça m'étonnerait qu'il ait fait tout ce trajet pour pêcher, commenta Morten P.

— Je continue encore un peu, dit Line. Le chemin grimpe. Je vais voir si je trouve un endroit d'où je pourrai surveiller le lac.

Le sentier se rétrécissait, mais serpentait à travers une forêt avant que le terrain soit plus ouvert, avec quelques feuillus ici et là. Dans un virage, elle vit un dégagement permettant à deux véhicules de se croiser. Elle se rangea sur le côté.

Ce qui était autrefois une clairière, quand on avait abattu des arbres, était à présent recouvert de fourrés. D'ici, elle pouvait apercevoir l'aire près du lac, la voiture de Haglund et le toit d'une bâtisse entre les arbres.

De la buée se formait déjà sur les fenêtres et elle baissa légèrement sa vitre. Une odeur de bruyère, de marais et de baies de genièvre lui parvint. La pluie tambourinait sur le toit tandis que le vent sifflait légèrement.

Elle trouva des jumelles dans son sac de matériel, mais elle ne repéra aucun mouvement.

— Je vais essayer de trouver une meilleure position, dit-elle en enfilant sa veste.

Elle sortit de la voiture et marcha dans une flaque alors

qu'elle était occupée à remettre ses écouteurs. De l'eau glaciale entra dans une de ses chaussures.

Elle poussa un juron, retira son pied de la flaque et expliqua aux autres ce qui s'était passé pendant qu'elle tentait de secouer l'eau hors de sa chaussure.

Soudain, elle entendit un cri. Long. Inquiétant.

Elle resta interdite, bouche bée. Cela venait de loin, quelque part derrière elle. Puis elle l'entendit de nouveau, plus proche cette fois, et elle leva la tête pour voir d'où il pouvait venir. Un grand oiseau noir survola la colline boisée derrière elle. Il battit des ailes et cria encore une fois.

Quand elle se retourna, il était là.

Rudolf Haglund se tenait devant sa voiture et la scrutait de ses petits yeux plissés, sans ciller. La pluie ruisselait sur son visage, gouttant de son nez et de son menton.

Elle eut un mouvement de recul, voulut dire quelque chose mais aucun son ne sortit de ses lèvres.

— Je sais qui vous êtes, dit-il d'une voix chuintante, presque noyée sous la pluie.

Elle hocha simplement la tête, comme pour lui dire qu'elle aussi savait qui il était. Il inclina la tête sans détacher d'elle ses yeux qui la transperçaient comme des aiguilles… La sensation d'un danger imminent affola son cœur.

— Qu'est-ce que vous voulez ? demanda-t-il. Pourquoi vous me suivez ?

Quel regard, pensa-t-elle. Il est si perçant qu'on a presque mal quand il est posé sur vous. Ses yeux froids enregistraient tout. Aspiraient le moindre détail, comme sur l'avenue Karl Johan.

— Je suis journaliste, dit Line comme si cela expliquait tout. Votre affaire m'intéresse.

— Je sais qui vous êtes, répéta Haglund. Vous ne pouvez pas me laisser tranquille ?

— *Qu'est-ce qui se passe ?* demanda Tommy dans son oreillette. *Line ?*

Rudolf Haglund secoua la tête, tourna les talons et commença à descendre le versant de la colline par lequel il avait dû venir.

— *Elle ne répond pas*, entendit-elle Tommy déclarer. *On y va.*

— Attendez ! cria Line.

Rudolf Haglund se retourna.

— *Line ?*

— Attendez, répéta Line. Est-ce qu'on peut parler ?

— De quoi donc ?

— De Jonas Ravneberg.

Haglund ouvrit la bouche… et la referma. Puis son regard glissa sur elle, sur ses seins, et s'arrêta sur ses hanches. Enfin il promena son regard sur la forêt alentour.

— Tenez-vous loin de moi, dit-il en reprenant sa descente. Vous devriez vous tenir loin de moi.

Line le regarda s'éloigner. Elle avait perçu ses paroles comme un avertissement, non comme une menace.

# 65

Il continuait à pleuvoir quand Wisting quitta la E18. Une pluie froide et lourde qui ne semblait pas près de s'arrêter.

N'étant jamais allé chez Bjørg Karin Joakimsen, il avait dû appeler les renseignements pour obtenir son adresse. Elle habitait à Hovland, un quartier au nord, construit dans les années soixante. Sa maison se trouvait dans une impasse, en retrait de la route principale. Elle était grande, avec un jardin devant et un autre derrière, mais sa taille restait modeste comparée aux nouvelles maisons qui s'étaient construites ces dernières années. Si le jardin paraissait bien entretenu, la façade aurait eu bien besoin d'être ravalée.

Il y a une dizaine d'années, elle s'était retrouvée veuve. Wisting n'avait pas connu son mari, mais il avait assisté à l'enterrement, au fond de l'église, avec quelques collègues. Il doutait qu'elle eût rencontré un autre homme.

Il se gara le long de la clôture. La lumière des réverbères renvoyait des stries jaunes de pluie. Il était sept heures cinq et il s'avança sans se presser vers la porte.

— Entre! lança gaiement Bjørg Karin, qui secoua les épaules en voyant que le temps ne s'améliorait pas.

Du revers de la main, il essuya un peu de pluie sur sa veste et la suivit à l'intérieur. Cela sentait bon le café et les roulés à la cannelle.

Elle le fit entrer dans le salon avant de disparaître dans la cuisine. Elle avait dressé la table basse avec des tasses à café, des petites assiettes et des bougies. Wisting resta debout. Sur la table de la salle à manger était posé un carton.

— Assieds-toi, lui dit-elle en plaçant un plat avec les roulés à la cannelle sur la table basse, avant de redresser une tapisserie qui penchait un peu sur le mur, une représentation de Jésus et d'un homme sur le bord du chemin.

Au fond il ne la connaissait pas, songea Wisting en prenant place dans le canapé. Cela faisait des décennies qu'ils travaillaient ensemble mais il ne savait pas qui elle était. Jamais il ne se serait imaginé qu'elle avait un rapport si étroit avec la religion qu'un tableau brodé de Jésus ornait le mur de son salon. Ce devait être pareil pour la plupart de ses collègues au commissariat : des étrangers les uns pour les autres, dès qu'ils sortaient du cadre de leur travail.

Bjørg Karin servit le café.

— C'est tellement bizarre, tout ça, dit-elle en s'asseyant. On a l'impression de marcher sur la tête.

Wisting porta la tasse à ses lèvres.

— Que disent les collègues ? demanda-t-il avant de boire une gorgée.

— Ils sont tous sur l'affaire de la fille qui a disparu, Linnea Kaupang. Mais en fait il ne se passe pas grand-chose. Je crois qu'ils ont tellement peur de faire des erreurs qu'ils préfèrent ne rien faire du tout.

— Ça ne ressemble pas à Nils Hammer.

— Non, mais Audun Vetti passe dans les bureaux.

Wisting fut surpris. En tant que chef de la police, Vetti aurait dû se trouver à l'hôtel de police de Tønsberg avec le reste de l'administration.

— Christine Thiis me fait de la peine. Normalement c'est elle la porte-parole, mais il ne la laisse pas s'exprimer.

Cela ne surprit pas Wisting. Il connaissait Audun Vetti. Il avait toujours aimé avoir les projecteurs braqués sur lui. Déjà, quand il était juriste pour la police à Larvik, il n'arrêtait pas de leur faire part de ses bonnes idées et de leur indiquer les tâches qu'il convenait de faire en priorité, ne ratant jamais une occasion de les critiquer. Il était devenu un vrai boulet pour l'équipe. Ce dont on avait besoin, c'était d'un chef qui motivait ses enquêteurs, soutenait et guidait ses troupes pour trouver ensemble une solution.

Les roulés à la cannelle étaient bons. Wisting en mangea deux puis se leva et s'approcha de la grande table.

— C'est ça ? demanda-t-il en indiquant le carton.

— Oui. Je ne vois pas très bien comment ça peut t'aider, mais je t'ai rapporté tout ça.

Wisting souleva un des classeurs et commença à le feuilleter. Les formulaires remplis étaient rangés par ordre chronologique à partir du lendemain du jour où le détenu était libéré de sa garde à vue ou au contraire transféré en prison. Les documents qu'il tenait entre ses mains dataient de trois ans après la condamnation de Rudolf Haglund.

Il choisit un autre classeur. Celui-ci était encore plus récent. Il reconnut plusieurs noms : des personnes qui avaient été interpellées et jugées depuis longtemps. Différents officiers de police avaient apposé leurs signatures.

— Tu peux l'emporter chez toi, proposa Bjørg Karin qui se leva pour le rejoindre.

Wisting reposa le classeur à sa place. Il ne lui faudrait pas longtemps pour trouver le bon, mais il préférait le faire seul.

— D'accord, merci beaucoup, dit-il en prenant le carton.

— J'espère que tu trouveras ce que tu cherches, dit Bjørg Karin, et que tu reviendras vite parmi nous. Ce n'est pas tout à fait pareil quand tu n'es pas là.

Il la remercia encore et emporta le carton. Les classeurs du haut eurent le temps d'être mouillés par la pluie avant qu'il puisse tout déposer sur le siège arrière de sa voiture. Il fit demi-tour et adressa un signe de la main à Bjørg Karin restée sur le pas de sa porte. Au bout de cent mètres, il se gara le long du trottoir. Il se pencha vers l'arrière et fouilla dans le carton jusqu'à trouver le classeur avec la bonne année.

Les extrémités de ses doigts se glacèrent et il serra le poing avant de commencer à le parcourir.

Au milieu du classeur, il tomba sur le nom de Rudolf Haglund. Ce dernier avait passé trois jours en cellule, et les feuilles de suivi avaient été agrafées ensemble.

Haglund avait été mis en garde à vue dans la matinée du samedi 29 juillet, très exactement deux semaines après que Cecilia Linde eut disparu. Toutes les demi-heures, jour et nuit, la surveillance était notée et attestée par une signature. En plus d'avoir ses cases cochées, la feuille d'émargement présentait à quelques endroits le mot *cigarette.* À 14 h 38, Frank Robekk avait écrit *présentation, visite médicale.* Peu avant quatre heures, Haglund était de retour.

Tout en bas de la première page il y avait noté *conférence, avocat.* Une heure plus tard, on lui avait servi son repas et le même soir un des policiers avait écrit *interrogatoire, W. Wisting.* Trois heures plus tard, il réintégrait sa cellule. Quasiment le même topo les deux jours suivants. Tours de garde, entretiens avec l'avocat, repas et interrogatoires. C'étaient toujours les mêmes policiers qui le surveillaient et les mêmes signatures. La dernière nuit, le nom surgit. Wisting eut les mains qui se mirent à trembler en tenant la feuille. À 1 h 37, dans la nuit du lundi 31 juillet au mardi 1er août, Rudolf Haglund avait eu de la visite dans sa cellule. Il y avait marqué *cigarette* d'une grosse écriture un peu anguleuse précédant une signature penchée que Wisting connaissait très bien.

Il regarda fixement le nom. C'était totalement inattendu, mais toutes les pièces du puzzle s'imbriquaient enfin.

## 66

Le dos de Rudolf Haglund disparut dans les fourrés du chemin. Un coup de vent secoua les cimes des arbres et la fit frissonner. La pluie tambourinait sur son crâne, dégoulinait le long de ses cheveux jusque dans sa nuque et s'infiltrait sous ses vêtements.

— Que se passe-t-il ? insistait Tommy.

Line se ressaisit.

— Il m'a répérée, dit-elle en approchant le micro de sa bouche. Il m'avait reconnue et savait que je l'avais suivi depuis Oslo.

— Comment..., dit Harald.

— Juste toi ou est-ce qu'il nous a grillés aussi ? l'interrompit Morten P.

En bas, au bord du lac, une portière claqua et une voiture démarra.

— Juste moi, je crois, répondit Line.

Elle entendit Haglund reculer et tourner. Puis il y eut un bruit de gravier et les phares balayèrent le sentier.

— Il fait demi-tour, annonça Line.

— Alors, voilà ce qu'on va faire, dit Morten P. On prend

le relais et on va le suivre. Toi, tu inspectes l'endroit où il s'est arrêté et puis tu rentres chez toi.

Elle allait protester, mais Morten P. était déjà en train de donner ses instructions aux deux autres pour continuer la filature.

Sa veste et son pantalon étaient trempés. Elle s'assit de nouveau dans la voiture et se regarda dans le rétroviseur. Elle avait les cheveux mouillés et tout aplatis, et le visage très pâle.

Elle tourna la clé de contact. De l'eau froide lui coula dans le dos. Les mains tremblantes, elle se cramponna au volant tandis qu'elle faisait faire demi-tour à la voiture. Au croisement, elle s'engagea cette fois sur la route qui descendait vers le lac. Le vent agitait l'eau, qui cognait contre les piliers d'un ponton et secouait une vieille barque.

À l'extrémité du lac, il y avait un barrage et quelque chose qui ressemblait à une ancienne scierie.

Ses chaussures firent un bruit de succion quand Line sortit de la voiture et alla s'abriter sous l'auvent du bâtiment gris et abîmé. Des roues de scies circulaires rouillées, des machines avec des courroies en lambeaux et une pile de bois coupé témoignaient de l'ancienne activité en ce lieu.

La porte n'était pas verrouillée. Elle l'ouvrit et entra. La première pièce dans laquelle elle pénétra faisait moins d'une dizaine de mètres carrés. Il y faisait froid et une odeur de moisi flottait. Un banc en bois était installé le long du mur du fond. Sur une table se trouvaient des bouteilles de bière vides et, par terre, un vieux journal. Des gouttes tombaient sur le sol où des mauvaises herbes avaient poussé entre les lattes.

Une autre porte conduisait à ce qui avait dû être une sorte de bureau. Une vieille armoire d'archives était toujours là dans un coin, une chaise à roulettes traînait renversée sur le sol. Au mur était accroché un papier jauni avec les prix des grumes.

Elle ressortit et ferma la porte. Elle avait froid et serra sa veste contre elle. Dans son oreillette, elle sut que les autres avaient pris en filature la voiture de Haglund et suivaient les ordres de Morten P.

Line passa la main dans ses cheveux mouillés et regarda autour d'elle. Il n'y avait aucun endroit qui se prêtait ici à garder une victime kidnappée. Peut-être était-ce seulement un endroit où Haglund avait pêché un jour et qu'il avait eu envie de revoir ? Ou bien un lieu qu'il avait utilisé pour la coincer, sachant qu'elle le suivait ?

Elle s'apprêtait à s'en aller et se dirigeait vers la voiture quand elle aperçut quelque chose. Elle fronça les sourcils. C'était un autre bâtiment. Parmi les arbres de l'autre côté du barrage, elle aperçut une sorte de bunker en béton avec une porte métallique rouillée.

C'était une construction étrange. Vue de l'extérieur, elle devait faire à peu près trois mètres sur trois et n'avait pas de fenêtres. La porte massive était dans un renfoncement, qui prouvait que les murs devaient faire au moins trente centimètres d'épaisseur. La porte était fermée par un loquet en fer et un cadenas. Elle le souleva pour en sentir le poids. De l'acier inoxydable

Elle le lâcha et frappa plusieurs fois avec la paume à plat avant de rester immobile et de tendre l'oreille. Mais elle n'entendit que la pluie.

— Ohé ? cria-t-elle, en se sentant un peu bête.

Elle serra le poing et donna de nouveaux coups sur la porte. Elle crut entendre comme un écho. Si quelqu'un se trouvait là, il l'aurait forcément entendue. À condition d'être encore en vie ou du moins conscient.

Elle ne voulut pas partir sans en avoir le cœur net. Elle retourna donc à la scierie et trouva une hache. Malgré la lame émoussée, elle devrait réussir à casser le cadenas.

Elle la brandit et assena un grand coup. La lame glissa et termina sa course contre le fer du loquet. Le choc lui envoya une décharge jusque dans les épaules. Elle jura et souleva de nouveau la hache pour une deuxième tentative. Cette fois, le coup porta. Le cadenas se tordit autour de l'anneau, mais resta entier.

Le troisième essai fut le bon : le cadenas sauta et atterrit par terre.

Line jeta la hache. De la peinture rouge écaillée tomba avec des morceaux de rouille quand elle souleva le loquet et tira la porte.

La lumière du jour entra dans la pièce. Elle avança prudemment et fit quelques pas sur le côté.

La pièce était vide, à part quelque chose contre le mur, recouvert d'une bâche épaisse.

Elle l'arracha d'un coup sec et découvrit un empilement de caisses en bois avec des lettres et des chiffres illisibles. L'un des couvercles avait disparu, elle se pencha et vit plusieurs paquets en forme de rouleaux, enveloppés dans du papier kraft.

Elle en souleva un. Le contenu suintait à travers le papier et elle eut les doigts poisseux.

*Danger*, lut-elle. *Explosifs.*

Elle déglutit et son cœur se mit à battre plus fort.

De la dynamite. C'était un entrepôt de dynamite. Datant sans doute de l'époque où l'on traçait les routes forestières à l'explosif. Avec le temps la substance s'était détériorée.

Elle redéposa prudemment le paquet dans la caisse et revint sur ses pas. Elle referma la porte métallique et remit le cadenas en place.

Elle ne savait pas ce qu'elle s'était imaginé, mais en tout cas Linnea Kaupang n'était pas ici.

# 67

Les essuie-glaces couinaient sur le pare-brise. Penchée en avant, Line faisait des efforts pour voir à travers le rideau de pluie.

Elle repensa à la confrontation qu'elle avait eue avec Rudolf Haglund. Elle ne l'avait jamais rencontré avant, mais il l'avait apparemment reconnue. Comment pouvait-il savoir qui elle était ? Il avait dû voir des photos d'elle dans *VG*, à moins qu'il ne se soit renseigné sur son père, ce qui n'aurait pas été si étonnant. Curieusement, il y avait eu chez lui aussi quelque chose de familier, songea-t-elle. Et il y avait une seule possibilité pour qu'ils se soient effectivement déjà croisés : qui sait si ce n'était pas Rudolf Haglund qui s'était précipité hors de la maison de Jonas Ravneberg, à Fredrikstad ?

Plus elle y repensait, plus cette hypothèse lui paraissait plausible : il faisait partie du cercle proche et limité de la victime, et il avait déjà tué. En tout cas, il avait été condamné pour cela. Toute la question était de savoir pourquoi il aurait supprimé Jonas Ravneberg. Haglund avait passé dix-sept ans derrière les barreaux et venait d'être libéré. Il pouvait avoir un mobile très ancien, quelque chose qui l'avait rongé pendant toutes ces années de détention.

Elle rétrograda, se mit sur la première file et dépassa un camion pour éviter les jets d'eau qui l'éclaboussaient.

Puis les images de la caméra de surveillance de la gare de Fredrikstad, qu'Erik Fjeld devait lui envoyer, lui revinrent à l'esprit. Une bande d'arrêt d'urgence apparut et elle freina pour pouvoir s'y garer. Le camion qu'elle venait de doubler lui fit un appel de phares et projeta une gerbe d'eau en passant à sa hauteur. Dans le haut-parleur de la voiture, elle entendit que les autres s'approchaient de Larvik et qu'ils étaient juste derrière la Passat grise de Haglund.

Elle ouvrit sa messagerie sur son portable et lut les mails arrivés entre-temps. Aucun d'eux ne nécessitant une réponse urgente, elle se concentra sur celui d'Erik Fjeld. Le premier fichier joint montrait une cabine téléphonique vide. On pouvait s'en servir dans un article disant que le meurtrier avait appelé sa victime, mais sinon ce cliché n'avait pas grande valeur.

La photo suivante était prise d'un écran de télésurveillance. Il y avait bien quelques rayures à la surface, mais elle reconnut la cabine téléphonique de l'image précédente. Un homme était à l'intérieur, la tête penchée sur l'appareil. Il était habillé en noir, impossible de distinguer quoi que ce soit d'autre.

Sur les deux autres clichés, l'homme s'éloignait de la cabine. Pouvait-il s'agir de Rudolf Haglund ? Ou la ressemblance qu'elle croyait déceler n'était-elle qu'une illusion pour corroborer son hypothèse ? Impossible de déduire quoi que ce soit de ces deux photos.

Elle redémarra et se retrouva derrière un autre camion.

L'affaire Cecilia établissait une relation manifeste entre Haglund et Ravneberg, un lien entre le présent et le passé, mais elle n'arrivait pas à en saisir la signification.

Et si elle appelait son père pour lui demander ce qu'il en pensait ? Il devait en avoir terminé avec son interrogatoire par la police des polices, et elle avait hâte de savoir ce qu'avait donné son rendez-vous avec Haglund au cabinet de l'avocat. Les éléments qui rattachaient Haglund à l'affaire de Fredrikstad étaient si épars qu'elle préférait les garder pour elle. Finalement elle reporta l'appel à plus tard.

Quelques kilomètres plus loin, Tommy annonça que Haglund quittait la E18 et continuait en direction de Larvik.

Line s'en voulut de ne plus pouvoir participer à l'opération, même si elle commençait à douter que la filature débouche sur quoi que ce soit. Elle devait avouer que si Haglund avait enlevé Linnea Kaupang et la retenait prisonnière quelque part, il paraissait peu probable qu'il se rende à Oslo pour avoir des rendez-vous et des interviews avec des journalistes. Et encore moins probable qu'il aille de l'autre côté du fjord pour frapper un homme à mort. Elle serra les mains sur le volant. À moins qu'il ne se fût déjà débarrassé du corps ?

— Il n'a pas l'air de rentrer chez lui, annonça Morten P. Il va faire autre chose. Il roule vers le centre-ville. Prends le relais.

Line monta le son pour couvrir le chuintement des pneus sur la chaussée mouillée.

— Il a pris la Tollbodgata et je le suis, rapporta Tommy

qui connaissait bien cette ville de province. Je passe devant l'Hôtel Wassilioff.

— Ne le colle pas de trop près ! l'avertit Line.

— Il se gare. Je le dépasse.

— J'attends près de Statoil, annonça Harald. Je le vois d'ici.

Il y eut un silence. Line passa devant la sortie vers Sandefjord.

— Il descend de voiture. On dirait qu'il porte quelque chose. Il remonte la rue.

— Qu'est-ce qu'il porte ?

— Je ne sais pas. Peut-être son portefeuille qu'il a glissé dans sa poche intérieure. Il tourne à droite au niveau de la banque.

— C'est la Verftsgata, expliqua Tommy. Je prends le relais à la prochaine rue perpendiculaire.

— Je suis dehors, prévint Harald. Je descends lentement la rue.

Line se concentra pour suivre leurs déplacements et ralentit. Un break la doubla et le rouge orangé de ses feux arrière donna une couleur d'aquarelle au bitume trempé.

— Qui l'a, maintenant ? demanda-t-elle en n'entendant plus rien.

Personne ne répondit.

— Tommy ?

— Négatif. Je suis près de la pharmacie.

— Harald ?

— J'ai pris la Verftsgata. Je ne le vois pas.

— Morten ?

— Je viens de laisser la voiture près de l'église. On l'a perdu ?

— Attends un peu, dit Harald.

Les bruits en arrière-fond changèrent tout à coup. Le vent laissa place à de la musique étouffée et ils entendirent Harald s'éclaircir la voix.

— Je l'ai, dit-il. Il est entré dans un café. La Paix dorée. Il s'est assis tout au fond de la salle.

# 68

Line prit la sortie et imagina Rudolf assis à la table habituelle de son père, tout au fond de La Paix dorée.

Elle coupa la ligne ouverte et voulut l'appeler quand le téléphone sonna. Le numéro qui s'affichait sur l'écran montrait que l'appel venait de l'étranger. Indicatif du pays 46. La Suède.

— Allô ?

Une femme se racla la gorge.

— Votre nom, c'est bien Line Wisting ?

La voix était ténue et hésitante. Line la reconnut. Maud Svedberg, la compagne de Jonas Ravneberg, dix-sept ans plus tôt.

— Oui, c'est bien ça, répondit-elle.

— Nous avons parlé ensemble tout à l'heure, expliqua la femme. J'ai votre numéro puisque vous m'avez appelée.

— Oui.

La femme finit par demander :

— Est-ce que vous êtes de la famille de William Wisting ? Le policier ?

— C'est mon père, répondit-elle. Pourquoi ça ?

— Non… c'est si étrange.

— Quoi donc ?

— Jonas m'a envoyé un paquet.

— Un paquet ?

— Une grande enveloppe grise. Elle devait déjà être dans ma boîte aux lettres quand vous m'avez téléphoné.

— Qu'y a-t-il à l'intérieur ?

— C'est ça que je trouve bizarre. Il y a un autre paquet à l'intérieur de l'enveloppe. Et dessus il y a le nom de votre père. Jonas a écrit que je devais lui remettre ce paquet s'il lui arrivait quelque chose.

Line eut soudain les mains moites et dut se cramponner au volant.

— Est-ce qu'il a écrit autre chose ?

— Pas vraiment. Ça donne l'impression qu'il a noté ça à toute vitesse. Il écrit qu'il a confiance en moi et qu'il veut bien me revoir pour tout m'expliquer, mais qu'en attendant je dois garder ce paquet pour lui.

Le contenu doit être très important, pensa Line. Quelque chose qui a peut-être signé son arrêt de mort…

Elle se décida d'un coup :

— Je peux venir le chercher.

— Je ne sais pas…

Line calcula mentalement. Elle n'était encore jamais allée à Ystad, mais elle savait que c'était une ville portuaire au sud-est de Malmö. Le trajet entre Oslo et Malmö durait six heures. Si elle prenait le ferry de Horten à Moss au lieu de repasser par Oslo, elle en mettrait sept.

— Je vais en parler à mon père et j'arrive.

Si elle faisait demi-tour et partait tout de suite, elle pourrait être à Ystad aux alentours de minuit, mais il fallait qu'elle rentre se changer d'abord et qu'elle vérifie les horaires des ferries.

— Je peux être chez vous demain matin, dit-elle.

— Oui… si vous y tenez vraiment. J'aurais pu vous l'envoyer par la Poste.

— Non, insista Line. Je viens.

# 69

Wisting jeta un coup d'œil à la feuille posée sur le siège passager. Il avait un nom. Il savait qui avait fabriqué la fausse preuve contre Haglund. Mais ce n'était pas un élément qui tiendrait face à des juges. Offrir une cigarette à Haglund en garde à vue pouvait passer pour un geste normal, et rien n'attestait que c'était précisément ce mégot-ci qui avait été échangé contre l'échantillon A-3. Cependant, pour Wisting, il n'y avait pas l'ombre d'un doute. À la lumière du nom qu'il avait trouvé, tout s'éclairait, mais cela ne lui facilitait pas la tâche, loin de là.

Les mains posées sur le volant, il écarta les doigts. Ses pensées se bousculaient. Que faire à partir de là ? Petit à petit, une idée surgit. D'abord une intuition fugace et fragile, mais qui s'étoffa. Et enfin un plan prit forme. Les différents morceaux étaient comme des pièces de puzzle. Il fallait absolument que chacun soit posé à la bonne place. Mais s'il y parvenait, cela provoquerait un véritable séisme.

Il serait bientôt chez lui, mais ne put se retenir. Le numéro de Finn Haber n'étant pas enregistré dans son portable, il dut appeler les renseignements pour être mis en relation avec l'ancien technicien de la police scientifique.

— Tu as pu coincer ton visiteur indésirable ? voulut savoir Haber.

Wisting jeta un regard dans le rétroviseur, vers le coffre où se trouvait le moulage en plâtre de l'empreinte. Ça lui était presque sorti de l'esprit.

— Non, répondit-il. Je crois savoir qui c'est, mais j'ai besoin d'aide.

— Ah ?

— Est-ce que tu peux retrouver des empreintes digitales sur des papiers qui ont dix-sept ans ?

— C'est théoriquement possible, tout dépend du papier, de sa conservation et de l'empreinte proprement dite.

— Mais est-ce que tu peux le faire ?

— Je n'ai pas tout à fait le matériel adéquat, je devrai improviser. Mais oui, ça devrait marcher. Je peux le faire.

— Tu *veux* bien le faire ?

— Quand tu veux.

— Merci. Je te rappellerai.

Il raccrocha et téléphona à Henden. Le défenseur de Haglund répondit d'une voix un peu pâteuse.

— Je ne m'attendais pas à avoir de vos nouvelles aussi vite, dit-il. Est-ce que vous avez pu avancer après notre rendez-vous ?

— J'ai trouvé un nom dans les anciennes feuilles d'émargement, répondit Wisting. Mais cela ne prouve rien.

— Avez-vous pu demander au responsable des gardes à vue s'il se souvenait de quelque chose ?

— Pas encore. J'ai besoin de quelque chose de plus solide. D'une preuve matérielle.

— Je ne crois pas pouvoir vous aider sur ce plan-là.

Wisting s'arrêta pour laisser passer un piéton.

— Ça dépend. Est-ce que vous avez toujours les trois mégots ?

— Oui. Ils m'ont été retournés du laboratoire danois la semaine dernière.

Le piéton avait traversé. Wisting redémarra.

— Vous avez l'emballage d'origine ?

— Naturellement, répondit l'avocat. Ils sont chacun dans une enveloppe en papier, sur laquelle sont notés le lieu, la date et l'heure où ils ont été trouvés.

— J'ai besoin de celui marqué A-3.

L'avocat hésita.

— Le procureur vous a autorisé à faire procéder à de nouvelles analyses par les techniciens de la police scientifique, n'est-ce pas ? poursuivit Wisting.

— Oui, tout à fait.

— Je connais un expert qui peut analyser les empreintes digitales sur l'enveloppe.

— Maintenant ? Dix-sept ans après ?

— Il pense être en mesure de le faire.

— Eh bien, je suppose que c'est une possibilité. Personne ici au bureau n'a touché les enveloppes. Elles sont rassemblées dans une boîte avec les preuves à charge et ont été envoyées d'ici de la même façon. Dans les laboratoires, je présume qu'ils utilisent des gants.

— C'est bien.

— Mais qu'espérez-vous trouver ? Ces enveloppes ont

été manipulées par la police. Vos empreintes digitales peuvent fort bien se retrouver dessus.

— Non, répondit Wisting avec fermeté, pendant qu'il tournait dans la Herman Wildenveys gate, près de chez lui. Aucun enquêteur ne s'est occupé du travail de la police scientifique. Je m'attends à trouver les empreintes d'une personne qui n'avait absolument rien à voir avec le labo.

Il y eut un silence au bout du fil. Puis Henden se racla la gorge :

— Je vais vous faire parvenir l'enveloppe par coursier. Vous l'aurez dans le courant de la soirée.

# 70

La voiture de Line était garée dans l'allée. Cela le mit de bonne humeur. Il s'était attendu à retrouver une maison vide.

Il prit le classeur avec les feuilles d'émargement et déverrouilla la porte. Il entendit l'eau couler dans la douche.

— C'est toi ? cria-t-elle quand il claqua la porte derrière lui.

— Oui, c'est moi, annonça-t-il en entrant dans la cuisine.

L'eau cessa de couler.

— Du café ? demanda-t-il.

Elle répondit quelque chose qu'il ne saisit pas, mais il prépara tout de même deux tasses.

Au commissariat, dans le coffre-fort ignifugé du service, il avait mis en sécurité une enveloppe avec des négatifs. C'étaient ceux de photos de famille irremplaçables qu'Ingrid avait réunies. Dans la maison, il n'avait pas d'endroit sécurisé et il resta avec le classeur dans les mains en regardant autour de lui. Finalement, il ouvrit un tiroir de cuisine et le glissa à l'intérieur.

Line sortit de la salle de bains. Elle portait un jean et un soutien-gorge, et avait une serviette enroulée autour de la tête.

— Je t'ai préparé un café, dit Wisting.

— Super. J'en ai besoin. J'ai seulement quelques heures devant moi.

— Tu t'en vas ?

— Je vais en Suède, expliqua Line.

— En Suède ? Je croyais que tu surveillais Haglund.

— Nous le faisons. Il est à La Paix dorée.

L'étonnement mêlé d'inquiétude provoqua une grimace sur le visage de Wisting.

— Qu'est-ce qu'il fait là-bas ?

— Il est juste assis, expliqua Line. Il regarde passer les gens.

— Pourquoi n'es-tu pas avec les autres ?

Line lui raconta comment il l'avait démasquée.

— Je me demande s'il ne m'a pas reconnue à cause de ce qui s'est passé à Fredrikstad, dit-elle. Il n'est pas impossible que ce soit lui qui m'ait agressée. Auquel cas c'est lui qui aurait tué Jonas Ravneberg.

Wisting lui jeta un coup d'œil par-dessus sa tasse de café.

— C'est plus un pressentiment qu'autre chose, poursuivit-elle. Et je ne vois pas quel mobile il aurait eu pour le faire, si ce n'est qu'il y a forcément un lien avec l'affaire Cecilia. C'est ce qui les relie tous les deux. Ils se connaissaient du temps où elle a été tuée, et maintenant quelque chose est remonté à la surface.

Line prit sa tasse. Wisting resta à la regarder. Elle avait

une façon bien à elle de voir la relation entre des bribes d'informations et de percevoir de nouveaux liens logiques. C'était une forme de flair qu'il avait aussi remarquée chez de très bons enquêteurs. Au début d'une investigation, l'imagination pouvait être une meilleure alliée que les connaissances. Un esprit imaginatif permettait de déceler de nouvelles pistes à suivre.

— Qu'en penses-tu ? voulut-elle savoir. Quel pourrait être son mobile ?

— J'ai toujours pensé qu'il en existait huit, répondit Wisting.

— Huit ?

Il hocha la tête et commença à les énumérer :

— La jalousie, la vengeance, l'appât du gain, le désir, l'excitation, le rejet et le fanatisme. Les meurtres de jalousie et de vengeance sont toujours les plus faciles à élucider, tout comme les meurtres par appât du gain. L'excitation, c'est plus rare. Ce sont en général des tueurs en série qui assassinent pour avoir leur dose d'adrénaline et, heureusement, il n'y en a pas beaucoup chez nous.

— Est-ce le désir qui a tué Cecilia Linde ?

— Je le suppose, même si nous n'avons jamais trouvé la preuve qu'elle ait été abusée sexuellement.

— Et le rejet, c'est quoi exactement ? Ça recouvre quoi au juste ?

— Cela arrive le plus souvent dans des milieux extrémistes. Comme chez certains groupes religieux ou politiques, ou encore dans les milieux des motards et des gangs.

— Et le fanatisme ?

— C'est ce que nous appelons les crimes d'honneur.

Quand ce sont l'honneur et le sentiment de honte qui sont en cause.

Line entoura la tasse chaude de ses mains, en cherchant quel mobile conviendrait le mieux au meurtre de Jonas Ravneberg. Son père avait toujours eu la faculté d'éprouver un certain nombre de ces sentiments qu'on trouvait à l'origine d'un meurtre : la jalousie, la vengeance et le désir. Par chance, d'autres facteurs entraient aussi en ligne de compte dès lors qu'un être humain était poussé à faire du mal à un autre. Les meurtriers qu'il avait été amené à rencontrer étaient obtus et égocentriques, souvent dépourvus d'empathie. Des gens comme Rudolf Haglund.

— Tu ne m'en as cité que sept, dit Line. Quel est le huitième mobile ?

— C'est peut-être le plus difficile à reconnaître, estima Wisting. Quand un meurtre est commis pour en cacher un autre.

Il vit sa fille devenir songeuse. Tout ce qu'il disait, elle le savait déjà, mais cela déclenchait malgré tout chez elle un processus de réflexion.

Puis elle sembla sortir de ses pensées.

— Comment ça s'est passé aujourd'hui ? Qu'est-ce que Haglund t'a dit ?

Wisting hésita un instant avant de lui donner la version de Rudolf Haglund, mais il évita de lui dire qu'il avait déjà trouvé le nom qu'il cherchait. Au lieu de cela, il décrivit le feu de questions auquel la police des polices l'avait soumis et lui dit qu'il avait fait suspendre l'interrogatoire.

— Tu trouves que c'était une bonne idée ? demanda Line.

— Sûrement pas, admit-il en se dirigeant vers le réfrigérateur.

Ce dernier était presque vide, mais il restait du beurre, du fromage et un pot de confiture avec un paquet de pain croustillant.

— Au fait, que vas-tu faire en Suède ? demanda-t-il en posant la nourriture sur la table.

— Je vais faire une course pour toi, répondit Line en regardant l'heure.

— Quel genre de course ?

— Chercher un paquet.

Wisting étala le beurre sur son pain en fronçant un sourcil en direction de sa fille pour qu'elle continue.

— J'ai parlé avec l'ex-concubine de Jonas Ravneberg, expliqua-t-elle. Elle vit à Ystad. Il lui a fait parvenir une lettre et un paquet en indiquant qu'il fallait te le transmettre s'il devait lui arriver quelque chose.

Wisting reposa le couteau à beurre, assez estomaqué. Il n'avait jamais rien eu à voir avec Jonas Ravneberg. Ils ne s'étaient jamais rencontrés. Leur seul lien était Rudolf Haglund.

— À moi ? demanda-t-il.

Line acquiesça. Wisting la regarda, il n'en revenait toujours pas. Mais il était impressionné par ce qu'elle avait trouvé jusqu'ici. Puis il se mit à réfléchir posément, comme tout bon enquêteur.

— Il faudrait alerter la police de Fredrikstad, dit-il.

— Pourquoi ça ?

— Un paquet au contenu inconnu, qui me serait transmis si quelque chose devait lui arriver ? résuma Wisting.

Cela doit avoir un lien avec les meurtres. Ils peuvent demander à la police locale de récupérer le paquet et d'en examiner le contenu.

— Et tu penses que ça ira plus vite que si je vais le chercher ?

Wisting avait déjà expérimenté la bureaucratie du système de justice pénale entre les deux pays et il dut admettre qu'elle n'avait pas tort.

— J'y vais en voiture ce soir, annonça Line. Et j'irai à la police de Fredrikstad en rentrant pour leur remettre le paquet.

Wisting mâcha longuement son pain croustillant, puis donna son consentement par un bref signe de la tête.

— À moins que tu ne veuilles venir avec moi ? proposa Line. C'est quand même ton nom qui est indiqué sur le paquet.

Il ressentit un picotement de curiosité, mais le policier expérimenté en lui reprit encore une fois le dessus.

— J'ai une ou deux choses à faire ici, expliqua-t-il en regardant le tiroir qui renfermait le classeur.

# 71

À la bretelle de sortie vers l'aéroport de Torp, elle quitta l'autoroute pour entrer dans une station-service où elle acheta une saucisse grillée et deux nouveaux balais d'essuie-glaces. Après avoir mangé et les avoir changés, elle reprit la route vers Horten pour prendre le ferry qui permettait de rallier l'autre côté du fjord d'Oslo.

Les réverbères étaient éteints sur de grandes parties de la route. Le bitume noir luisait d'humidité dans la lumière des phares. À gauche de la route, derrière un bosquet d'arbres, se trouvait un ancien camp de détention datant de la guerre qui avait été transformé en prison. Elle y avait interviewé un détenu une fois. Les lumières crues des phares de plusieurs voitures, postées sur la bande d'arrêt d'urgence, étaient bien visibles. Line réduisit sa vitesse et aperçut une voiture de police et une autre de TV2. Un policier en uniforme faisait face à la caméra.

Ils ont dû trouver le téléphone portable de Linnea Kaupang, se dit-elle. Il avait été localisé par ici, et maintenant la police accordait une interview filmée sur les lieux mêmes où l'appareil avait été retrouvé, dans l'espoir d'obtenir des informations de quelqu'un qui aurait vu quelque chose.

Line envisagea de s'arrêter, mais les dépassa lentement. Il était presque neuf heures. La voiture de la télévision avait une antenne satellite sur le toit, et le scoop était probablement prévu pour les informations du lendemain.

Morten P. et Harald Skoglund avaient couvert cette affaire pour le journal. Et ils étaient toujours en train de surveiller Rudolf Haglund. Elle connecta son téléphone sur la ligne ouverte pour leur dire ce qu'elle avait vu.

— L'info est sortie, lui assura Morten. Mais *Dagbladet* l'a eue en premier. La police leur a confirmé la découverte cet après-midi.

— Qu'est-ce que ça veut dire ?

— Qu'ils nous ont coupé l'herbe sous le pied.

— Je veux dire pour l'affaire. Qu'est-ce que ça veut dire que son téléphone ait été trouvé ici ?

— La police pense que le téléphone a été jeté par la fenêtre d'une voiture. Pour eux c'est la preuve que Linnea Kaupang a été victime d'un acte criminel.

— Comment va Haglund ?

— Il est toujours à La Paix dorée.

— Qu'est-ce qu'il fait ?

— Il boit du café et regarde les gens. Harald aussi est à l'intérieur en train de boire du café. Harald ?

— Je suis installé près de la porte, expliqua Harald Skoglund. Je commence à avoir des remontées acides.

— Il reste juste assis là ?

— Il regarde, mais ne bouge pas, confirma son collègue. Je crois que personne ici n'a compris qui il est.

Morten P. enchaîna :

— J'ai envoyé Tommy chez lui pour vérifier la maison. C'est sans risque tant que nous le surveillons ici. T'es en ligne, Tommy ?

— Je suis là, répondit Tommy. J'ai fait le tour de la maison. Rien à signaler.

— Quels plans avez-vous pour le reste de la soirée ?

— Tout dépend de ce que fera Haglund, répondit Morten P. Nous n'abandonnerons pas si facilement.

— Alors tenez-moi au courant, leur dit-elle.

Elle mit fin à la conversation avant d'entrer dans le tunnel de Horten. Celui qui avait enlevé Linnea Kaupang et qui s'était débarrassé de son téléphone portable avait probablement emprunté la même route qu'elle… Peut-être avait-il également été en route pour l'Østfold ?

Elle prit l'embranchement vers le terminal des ferries et avança jusqu'au guichet pour acheter un billet. La file d'attente devant elle avait déjà commencé à bouger et on lui fit signe de monter directement à bord.

La traversée du comté de Vestfold à celui d'Østfold prenait trente minutes. Line en profita pour lire les journaux en ligne. Les développements dans l'affaire Linnea et la découverte du téléphone portable y figuraient en bonne place. En revanche, elle ne trouva rien de nouveau concernant le meurtre à Fredrikstad, pas plus que dans les deux journaux locaux.

Il était dix heures moins dix quand elle accosta à Moss. Il pleuvait autant de ce côté du fjord que de l'autre. Elle avait entré dans le GPS l'adresse de Maud Svedberg à Lilla Norregatan à Ystad. Le service de cartographie électronique lui indiqua qu'elle y serait juste avant quatre heures du matin. Elle était déjà fatiguée, mais décida de conduire jusqu'à ce qu'elle éprouve vraiment le besoin de se reposer, et de ne s'arrêter pour dormir qu'à ce moment-là.

Après un quart d'heure sur l'E6, elle dépassa la sortie pour Fredrikstad. Elle continua sa route et, peu avant dix heures et demie, elle traversa le pont de Svinesund pour entrer en Suède.

Une demi-heure plus tard, elle commença à ressentir la fatigue et sortit sur une aire de pique-nique mal éclairée. La pluie tambourinait contre le toit de la voiture. Elle verrouilla les portières, abaissa le siège et ferma les yeux.

# 72

Le coursier arriva juste avant minuit. Wisting entendit la grosse voiture s'arrêter devant la maison et ouvrit la porte d'entrée avant que le conducteur ait eu le temps de sonner. La pluie striait la lumière des phares du véhicule, dont le moteur tournait au ralenti.

Le livreur présenta une grande enveloppe blanche, et Wisting signa l'accusé de réception sur l'écran de son ordinateur de poche. Il alla dans la cuisine, posa l'épaisse enveloppe sur la table, sortit un couteau à la lame aiguisée du tiroir et l'ouvrit.

Elle contenait une autre enveloppe, légèrement plus petite, qui était déjà ouverte. Wisting déversa le contenu sur la table et vit l'emballage de la preuve A-3. Il reconnut la signature de Haber et son écriture anguleuse dans les colonnes concernant le numéro de dossier, le numéro de saisie, le lieu et la date. Ce n'était pas le même type de sachets que ceux utilisés aujourd'hui, mais il n'avait pas été altéré par le temps. Celui-ci ayant été protégé et pratiquement intouché pendant dix-sept ans, Wisting se sentait confiant quant à l'état des empreintes digitales qui pourraient s'y trouver. Il remit avec précaution l'emballage dans l'enveloppe, glissa le tout dans une chemise et sortit.

À la vieille capitainerie de Finn Haber, le temps était à la tempête. Le vent hurlait dans les mâts et les gréements. Des paquets de mer se brisaient contre le ponton, jaillissant en gerbes avant de retomber. Dans l'obscurité, une lumière chaude s'échappait des fenêtres de la maison. Wisting courba la nuque et s'avança vers le porche. De l'eau de mer se collait à son visage.

L'ancien technicien de la police scientifique le fit entrer et le précéda dans la cuisine. Les murs de la maison gémissaient et, par le faîtage, le hurlement du vent se faisait entendre.

Haber avait déroulé du papier kraft sur la table de la cuisine et préparé l'équipement dont il aurait besoin. Wisting s'était imaginé de la poudre de carbone et des pinceaux pour relever les empreintes, mais il ne vit qu'une boîte en plastique transparent à couvercle, une loupe, un appareil photo et un pot en verre marron fermé par un bouchon de liège.

Il sortit l'enveloppe de la chemise en carton et la posa sur la table.

— Comment comptes-tu t'y prendre ? demanda-t-il.

— Avec des cristaux d'iode, répondit Haber, prenant le pot en verre marron et le secouant. C'est la méthode la plus ancienne et la meilleure. Lorsque les cristaux sont chauffés, ils se transforment en vapeur sans passer par la phase liquide, et cette vapeur se fixe aux acides aminés des traces de gras laissées par l'empreinte digitale.

— Ça n'abîme pas les empreintes ni le papier ?

— Non. L'iode ne produit pas un développement permanent. Après quelques heures, les empreintes ne seront plus visibles, mais elles seront toujours là. L'iode ne fait pas disparaître les huiles grasses ou les protéines de la surface, comme le fait le nitrate d'argent. Si nous ne réussissons pas avec l'iode, nous pourrons essayer avec d'autres méthodes par la suite.

Wisting acquiesça. Il ne comprenait pas tout ce que disait Haber, mais son ancien collègue parlait avec tant de conviction qu'il se sentait confiant. La preuve était entre de bonnes mains.

Finn Haber enfila une paire de gants en caoutchouc, sortit avec précaution de l'enveloppe l'emballage qui datait de dix-sept ans et le posa sur le papier kraft.

— C'est bien mon sachet, sourit-il en le revoyant.

Il chercha l'appareil photo et en prit un cliché avant de se saisir du pot en verre et d'enlever le bouchon. Une odeur rappelant le chlore se répandit autour d'eux. Haber le secoua pour faire tomber trois ou quatre petits morceaux marron dans la boîte en plastique et reposa le pot. Puis il plaça l'enveloppe marquée A-3 dans la boîte et remit le couvercle, se dirigea vers l'évier de la cuisine, le boucha avec la bonde et le remplit d'eau chaude.

— Ça ne prendra que quelques minutes, expliqua-t-il en mettant la boîte en plastique sur l'eau et en la laissant flotter.

Wisting se pencha au-dessus de l'évier. À travers le plastique transparent, il pouvait suivre tout le processus. Il vit apparaître plusieurs empreintes arrondies de doigts, telle une photographie plongée dans un bain de révélateur en chambre noire.

Il regarda Haber. L'ancien technicien sourit, l'air heureux.

— C'est quasiment magique, expliqua-t-il en sortant la boîte de l'eau. L'invisible devient visible.

Il retira le couvercle et sortit l'enveloppe. Les empreintes relevées étaient légèrement teintées de mauve. Certaines étaient plus nettes que d'autres, et plusieurs d'entre elles se chevauchaient.

Haber posa l'enveloppe sur le papier kraft et saisit l'appareil photo.

— Elles proviennent de plusieurs personnes, expliqua-t-il en prenant une photo. On voit à la fois des arcs et des boucles.

Wisting regarda par-dessus son épaule.

— Les arcs peuvent être de moi, continua Haber en regardant ses propres doigts. Ce sont les impressions les moins nettes, mais il y en a aussi d'autres. Le résultat est bien meilleur que ce à quoi je m'attendais.

Le technicien à la retraite prit plusieurs photos avant de se redresser.

— Mais ce n'est que la moitié du travail, poursuivit-il. Pour dire à qui ces empreintes appartiennent, nous avons besoin de les comparer à d'autres.

Wisting sortit son bloc-notes de la chemise de documents sur la table de cuisine. Entre les couvertures rigides il avait glissé une feuille.

Haber se pencha au-dessus de la table pour voir la lettre.

Puis il ajusta ses lunettes, recula d'un pas et regarda Wisting.

— Tu es sérieux ? demanda-t-il en jetant un nouveau coup d'œil sur la feuille.

Wisting hocha la tête et regarda la lettre avec son avis de suspension.

— Il est le chef de la police à présent, dit Haber.

— Chef de la police adjoint, corrigea Wisting en indiquant du doigt le titre sous la signature d'Audun Vetti.

# 73

Line se réveilla parce qu'elle avait froid. Elle démarra le moteur et mit en route le chauffage. L'horloge sur le tableau de bord indiquait qu'elle avait dormi près de trois heures. À un moment ou un autre pendant la nuit, il avait cessé de pleuvoir et un brouillard enveloppait la voiture.

Elle vérifia son téléphone avant de repartir et vit que Morten P. lui avait envoyé un SMS voilà un peu plus de deux heures. *H est rentré chez lui. Nous montons la garde.*

Le brouillard formait comme un voile gris. Les lampadaires éclairaient le contour flou de l'autoroute. Le GPS affichait qu'elle serait à Ystad à 6 h 47. Ce qui serait un peu trop tôt pour aller frapper à la porte de Maud Svedberg, mais cela lui donnait le temps de prendre un bon petit déjeuner quelque part.

Elle continua à rouler dans la nuit tout en se demandant si elle pouvait appeler Morten P. pour avoir des nouvelles de la filature. Mais si Haglund était rentré dormir, ils devaient probablement se reposer à tour de rôle et elle ne voulait pas risquer de le réveiller. Elle trouva une radio suédoise diffusant de la musique pour l'aider à rester éveillée.

De toute façon, elle serait avertie si quelque chose se passait.

À chaque kilomètre parcouru, elle grignotait du temps sur l'heure d'arrivée que le système de navigation avait calculée. Elle s'arrêta à une station-service à mi-chemin entre Göteborg et Malmö pour aller aux toilettes et en profita pour acheter une bouteille de soda. Malgré cela il n'était que 6 h 34 quand elle dépassa le panneau qui indiquait qu'elle était arrivée à Ystad.

Elle s'écarta de la direction indiquée par le GPS pour dévier jusqu'à un port de plaisance en contrebas, puis continua à longer la côte. Un livreur de journaux s'était arrêté devant une maison jaune avec des roses grimpantes autour du porche de l'entrée.

À la gare, elle emprunta une rue perpendiculaire qui remontait vers le centre-ville. Voyant de la lumière par la fenêtre d'un salon de thé, elle se gara le long du trottoir. Le panneau sur la porte indiquait que l'établissement ouvrait à sept heures. Elle attendit en se promenant dans les rues et eut l'impression d'une ville agréable avec de jolies placettes entourées de maisons anciennes.

Quand le salon de thé ouvrit, elle commanda deux sandwiches, une bouteille de Ramlösa et un café. Elle se connecta à un réseau sans fil et lut les journaux en ligne sur son téléphone portable pendant qu'elle mangeait. Dans les pages de *Dagbladet*, elle tomba sur une photo de son père. On le voyait se diriger vers une porte en jetant un regard par-dessus son épaule. D'après la légende, elle comprit qu'il s'agissait de la convocation de la veille chez la police des polices. Le titre annonçait *Interrogatoire interrompu.*

L'enquêteur connu et expérimenté risquait une peine d'emprisonnement suite à la révélation d'une falsification de preuve ADN. Un responsable du bureau d'investigation de la police des polices confirma que William Wisting avait quitté l'interrogatoire de la veille avant son terme, expliqua pourquoi l'affaire n'était pas prescrite et précisa que selon les législateurs fausser des preuves était aussi répréhensible qu'un meurtre. Au pire, le coupable encourait une peine de vingt et un ans d'emprisonnement. Son regard se porta à nouveau sur la photo de son père et elle sentit son cœur se serrer.

L'article se terminait par une publicité pour l'édition papier du journal, dans laquelle était publiée une longue interview de Rudolf Haglund sur les accusations mensongères portées contre lui, où il confiait avoir eu le sentiment de s'être fait voler sa vie à cause de sa détention.

Quand elle sortit du salon de thé, le jour commençait à se lever. Un grand ferry blanc arrivant de la mer Baltique s'approchait du quai de l'autre côté de la voie ferrée.

Elle rentra dans la voiture et réactiva le GPS. Il la mena à travers un lacis de rues pavées jusqu'à Lilla Norregatan.

Maud Svedberg vivait dans une maison à colombages blanchie à la chaux, avec un toit de tuiles pentu. La rue étant étroite, il n'y avait pas de place pour garer la voiture. Elle passa donc devant la maison, emprunta la première rue adjacente et trouva une place de stationnement devant une église avant de revenir sur ses pas.

La femme qui avait vécu avec Jonas Ravneberg en Norvège, il y avait dix-sept ans, ressemblait à ce que Line s'était imaginé à l'écoute de sa voix hésitante au téléphone. Petite et menue, elle avait des traits assez grossiers qui faisaient paraître sa tête trop grande pour son corps. Ses yeux ronds étaient clairs, avec une expression craintive.

Quand Line se présenta, elle sourit timidement et lui tendit une longue main fine.

— J'espère que je n'arrive pas trop tôt, dit Line.

Maud Svedberg fit non de la tête.

— Je me lève tôt, assura-t-elle, et elle devança Line dans la maison.

Son dos était voûté et elle faisait plus âgée que ses cinquante ans.

Elles prirent place autour d'une table ronde dans le salon. Maud Svedberg posa ses jambes sur un tabouret.

— J'ai mal dormi cette nuit, admit-elle. Ce qui est arrivé à Jonas m'a perturbée.

— Comment vous êtes-vous rencontrés ? voulut savoir Line.

— C'était il y a longtemps, répondit la femme de l'autre côté de la table, sans donner l'impression de vouloir en dire plus.

Line lui parla du meurtre et de ce qu'elle avait découvert à propos de Jonas Ravneberg.

— Il était toujours si anxieux et si peu sûr de lui, dit Maud Svedberg doucement. C'est pour ça qu'il avait une pension d'invalidité. Il se sentait perdu parmi les gens. Il n'arrivait pas à travailler. Nous étions assez semblables sur ce plan et c'est peut-être cela qui nous a réunis. Mais il lui est arrivé quelque chose le dernier été que nous avons passé ensemble. Quelque chose qui a rendu impossible la vie commune.

— Quoi donc ?

— Il s'est renfermé tout d'un coup. Ne parlait plus de rien et se fâchait dès que je lui posais une question.

— Savez-vous pourquoi il est devenu ainsi ?

— Non. Bien que nous vivions ensemble, il avait aussi sa vie à lui. Il avait hérité de la ferme de ses parents et pouvait y rester pendant des jours et des jours sans donner signe de vie. À la fin, nous nous sommes juste éloignés l'un de l'autre.

Maud Svedberg avait gardé les mains sur ses genoux, mais elle les écarta quand elle évoqua la raison de leur rupture.

— Il a emporté ses vêtements et a déménagé à la ferme, où il y avait toutes ses autres affaires, dit-elle doucement. Il a retrouvé ses voitures miniatures et tout ce qu'il collectionnait.

— Vous vous souvenez de l'affaire Cecilia ? demanda Line.

Les muscles du visage pâle de la femme devant elle se contractèrent et des rides se creusèrent sur son front.

— Elle a disparu le dernier été où nous étions ensemble, dit-elle en hochant la tête.

— Est-ce que Jonas vous en a parlé ?

— Il ne parlait de rien.

— Mais il connaissait l'homme qui avait été condamné pour son meurtre ?

Maud Svedberg eut un mouvement de recul sur sa chaise. Ses yeux s'agrandirent encore. Elle secoua la tête.

— Rudolf Haglund, dit Line pour lui rappeler le nom.

— Non...

Line inclina la tête.

— Vous êtes sûre ? insista-t-elle.

La femme se mit debout.

— Nous avons vécu ensemble pendant presque deux ans, expliqua-t-elle. Mais je n'ai jamais vraiment appris à le connaître. Il ne m'a jamais présentée à qui que ce soit et ne m'a jamais parlé d'éventuels amis ou connaissances, même si je sais qu'il en avait au moins un. Parfois, il utilisait le téléphone pour appeler quelqu'un, mais il ne voulait pas que j'écoute sa conversation.

Pendant qu'elle parlait, Maud Svedberg avait traversé la pièce et ouvrit le tiroir d'une commode. Elle sortit une enveloppe en papier kraft et la posa devant Line, comme pour lui signifier que la visite était terminée.

— Voilà, dit-elle en lui montrant le nom de son père.

Line souleva l'enveloppe et la pinça entre ses doigts pour sentir ce qu'il y avait à l'intérieur. Elle ne pesait presque rien. Le contenu était rectangulaire avec des angles droits, comme une petite boîte dure.

— Puis-je voir ce qu'il a écrit ? demanda-t-elle.

La femme retourna vers le tiroir, sortit une feuille et la donna à Line. Les lettres étaient disproportionnées et semblaient avoir été écrites à la hâte. Il n'y avait rien de plus que ce que Maud Svedberg avait déjà expliqué au téléphone. Qu'il pensait à elle et qu'il voulait bien venir en Suède pour la rencontrer, mais qu'entre-temps elle devait lui rendre service en conservant le paquet qui accompagnait la lettre. Il y avait beaucoup de choses qu'il aurait voulu lui dire, mais cela serait pour une autre fois. S'il devait lui arriver quelque chose, elle devait remettre ce pli à l'officier de police William Wisting à Larvik.

Line lui tendit la lettre.

— Vous ne voulez pas l'ouvrir ? lui demanda l'autre en restant à côté.

Line aurait voulu attendre d'être dans la voiture, mais réalisa que Maud Svedberg était aussi curieuse du contenu qu'elle-même et qu'elle était obligée d'ouvrir le paquet avant de partir.

Elle le déchira à l'une des extrémités et déversa le contenu sur ses genoux. Une cassette glissa de l'enveloppe. Une cassette vidéo.

# 74

C'est le recoupement qui prit du temps. Tout en haut de l'enveloppe, Finn Haber avait trouvé une empreinte qui convenait à l'identification et il avait commencé le laborieux travail de comparaison avec les empreintes sur la lettre de mise à pied. Il élimina celles appartenant à Wisting avant de commencer à chercher une marque correspondante.

Haber était toujours penché au-dessus de la table de la cuisine quand Wisting le quitta vers une heure et demie du matin. Sur le chemin du retour, en passant devant La Paix dorée, il avait vu Suzanne en train de débarrasser les tables, mais il n'était pas entré. Au lieu de cela, il était retourné à la maison pour se mettre au lit avant qu'elle arrive. Ce qu'il avait vécu pendant cette journée, la réunion avec Haglund, l'interrogatoire par la police des polices et les empreintes digitales, tout cela était trop compliqué pour qu'il reste encore des heures à le lui expliquer jusqu'au petit matin. D'ailleurs, il était fatigué.

Il se réveilla plus tard que d'habitude et se prépara un café. Le vent avait faibli et la pluie cessé pendant la nuit, mais les nuages restaient encore bas et l'air semblait saturé d'humidité.

Quand le téléphone sonna, il crut que c'était Finn Haber, mais c'était Line.

— Je rentre de Suède, expliqua-t-elle. Je suis allée chercher ton paquet chez Maud Svedberg.

Wisting se figea au milieu de la cuisine, sa tasse de café à la main.

— Et tu l'as ouvert ? demanda-t-il.

— Oui.

— Alors ?

— C'est une cassette vidéo.

— Un film ?

— Une cassette V8. Je me suis déjà un peu renseignée. C'est un ancien format utilisé il y a quinze ou vingt ans. Il faudrait un ancien caméscope pour le lire.

— Où pourrait-on trouver ça ?

— Je pense que Grand-père en a un.

— Oui, tu as raison. Je vais lui en parler. Tu rentres quand ?

— Il y a un ferry de Strømstad pour Sandefjord à trois heures et demie. Je compte le prendre. Dans ce cas, je serai à la maison un peu avant six heures.

— OK. Conduis prudemment.

Wisting posa la tasse de café sur la table de la cuisine et raccrocha sans écouter si elle ajoutait quoi que ce soit. Il avait vu quelque chose. Devant lui, sur la table, il y avait une cassette audio jaune. Une cassette AGFA, exactement comme celle que Cecilia avait utilisée dans son walkman, mais sur celle-ci le nom de Wisting était écrit au feutre noir.

Il la souleva puis la retourna. Son nom figurait en majuscules des deux côtés. Au même moment, le téléphone sonna à nouveau. Cette fois, c'était Haber.

— J'ai la confirmation, dit-il. C'est la même personne qui a touché ta lettre de mise à pied et l'emballage de la preuve A-3. Et il ne s'agit pas de toi.

Bien que la cassette audio dans la main de Wisting le troublât et mît un bémol à sa joie, il éprouva tout de même une grande satisfaction de voir ses soupçons confirmés. Dix-sept ans auparavant, Audun Vetti était un jeune juriste entré dans la police avec de grandes ambitions. Un homme pressé de monter dans la hiérarchie. Sans preuves concrètes, l'affaire Cecilia stagnait au point de devenir une entrave à l'avancement de sa carrière.

— Mais ça ne prouve toujours rien, poursuivit Finn Haber. Je ne l'ai jamais vu au laboratoire, et il pourra bien sûr inventer une histoire expliquant pourquoi ses empreintes se retrouvent sur l'enveloppe.

— Je ferai en sorte qu'il ne puisse pas s'en tirer si facilement, garantit Wisting, les yeux toujours rivés sur la cassette jaune. Tu as fait un rapport ?

— Tout a été photographié, confirma Haber. On a seulement besoin des empreintes digitales de Vetti dans le registre officiel.

Wisting répondit distraitement et n'écouta qu'à moitié ce que disait le technicien en identification criminelle à la retraite.

— Y a-t-il autre chose que je puisse faire pour toi ? voulut savoir Haber.

— Non, c'est bien, répondit Wisting. Plus que bien.

Il remercia encore une fois Haber pour son aide et reposa le téléphone. Puis il emporta la cassette à l'étage, dans la chambre à coucher. Suzanne dormait profondément. Il s'assit au bord du lit, posa la main sur son épaule nue et la secoua doucement.

Elle se réveilla, s'étira et se tourna vers lui.

— Salut, dit Wisting en tenant la cassette devant elle. Tu sais d'où ça vient ?

Suzanne se frotta les yeux, claqua la langue contre son palais pour humecter sa bouche sèche.

— L'un des clients a laissé ça sur le comptoir hier, répondit-elle en lissant la couette. Il m'a dit de te la donner. Que c'était important.

Wisting prit une profonde inspiration et se releva.

— Quelque chose ne va pas ? demanda Suzanne.

— Non, ça va, répondit-il. Sauf que ça vient de Rudolf Haglund.

Suzanne se redressa.

— Le meurtrier ?

Wisting acquiesça.

— Il était dans ton café hier.

— Mais..., balbutia Suzanne dont le regard alla de Wisting à la cassette jaune. Qu'est-ce qu'il y a dessus ?

— Je ne sais pas encore, répondit-il en se dirigeant vers la porte. Rendors-toi si tu veux. Il faut que je sorte prendre l'air.

Ils n'avaient pas de lecteur de cassettes à la maison. Thomas avait emporté la radiocassette faisant lecteur de CD en partant pour le service militaire, huit ans auparavant. Ni lui ni la radiocassette n'étaient jamais revenus à la maison. Il fallait qu'il aille au chalet pour l'écouter.

Les routes restaient humides, avec à maints endroits de grandes flaques sur le bitume. Des gerbes d'eau giclaient quand il les traversait sans ralentir.

L'air était plus sec vers la côte, mais la mer restait ourlée d'écume, même si le vent avait faibli.

Il s'enferma dans le chalet et passa un moment à regarder autour de lui sans trouver de signe d'intrusion. Line était la dernière personne à y être venue. Elle avait lavé les tasses qu'ils avaient utilisées et les documents de l'affaire Cecilia étaient bien rangés sur la table du salon.

La vieille radiocassette se trouvait sur une étagère sous la fenêtre. Il inséra la cassette, côté face A. Puis il appuya sur *Play*.

Au début, il entendit une sorte de froissement, comme si quelqu'un était en train de marcher. Puis il y eut des voix. Deux personnes se saluèrent, en disant leurs prénoms. Gjermund et Rudolf. Rudolf Haglund.

Au début, c'était surtout l'autre qui parlait. Il remerciait Rudolf Haglund d'avoir pris le temps de venir au rendez-vous et lui demanda s'il avait été sollicité par beaucoup d'autres personnes. Haglund confirma, puis le Gjermund en question lui demanda s'il était d'accord pour que la conversation soit enregistrée.

C'était une interview. Rudolf Haglund lui avait donné l'enregistrement d'une interview de lui-même pour un journal.

Le journaliste expliqua qu'ils voulaient avoir de nouvelles photos et qu'un photographe les rejoindrait. Haglund avait dû accepter par un signe de la tête, parce que la conversation continua, mais elle fut rapidement interrompue par une serveuse venue prendre la commande. Haglund commanda un steak à point et le journaliste un plat de poisson. Haglund voulait un Coca, et le journaliste demanda à la serveuse un Farris[1].

Wisting ne connaissait qu'un seul journaliste répondant au nom de Gjermund : Gjermund Hulkvist de *Dagbladet*. C'était un journaliste spécialisé dans les affaires judiciaires qui employait volontiers un ton amical et donnait beaucoup de lui-même pour parvenir à ses fins.

Sur l'enregistrement, il utilisa le prénom de Haglund et répéta combien il lui était reconnaissant d'avoir eu son accord pour l'interviewer.

— Vous êtes compétent, répondit Haglund. J'aime bien ce que vous écrivez. Vous vous en tenez aux faits. C'est ce qui m'avait plu dans votre article sur l'affaire, il y a dix-sept ans.

— C'est gentil de votre part.

— Non seulement vous êtes capable de vous cantonner aux faits, mais vous avez été le premier à avoir sorti l'affaire.

— Je le dois à mon réseau, expliqua Gjermund Hulkvist. Il faut avoir de bonnes sources.

— Dans la police ?

— Là aussi. Et bien placées.

Wisting monta le son. C'était Hulkvist qui avait révélé que la police possédait un enregistrement où Cecilia Linde

1. Eau pétillante norvégienne.

racontait ce qui lui était arrivé et où elle était maintenue prisonnière.

Une chaise racla le sol.

— Je ne suis pas intéressé par une interview si celui qui a fait condamner un innocent est l'un de vos contacts dans la police, déclara Haglund manifestement énervé.

— Ce n'est pas Wisting, lui assura le journaliste. (La voix était basse et persuasive.) C'est plus haut.

— Le juriste ?

— Disons qu'il assure actuellement les fonctions de chef de la police.

Haglund ramena la chaise à la table.

— Et qu'il peut s'avérer utile pour vous de collaborer avec la presse, continua le journaliste d'une voix plus détendue à présent qu'il avait réussi à retenir l'intéressé.

La conversation se poursuivit sans que Wisting continue à y prêter attention. Le journaliste était allé aussi loin que possible sans nommer sa source. Mais c'était bien plus qu'un indice et cela ne laissait aucun doute sur l'identité de celui qui avait donné l'information : Audun Vetti.

# 75

Roald Wisting était resté un homme très actif. Après avoir pris sa retraite de médecin à l'hôpital, il avait occupé des postes à responsabilité dans diverses associations. Son emploi du temps chargé ainsi que les longues journées de travail de Wisting expliquaient qu'ils se voyaient seulement quelques fois par mois, bien que tous deux habitent à Stavern. Du vivant d'Ingrid, son père venait dîner chez eux tous les dimanches. Maintenant, ils ne se rencontraient que pour un café à La Paix dorée.

Le père aimait marcher et il était venu à pied jusqu'à la maison de Wisting avec la sacoche de la caméra sur l'épaule.

— Je ne l'ai pas utilisée depuis de nombreuses années, expliqua-t-il en posant le sac noir sur la table basse. Mais j'ai vérifié à la maison qu'elle fonctionnait avant de partir. J'ai quelques enregistrements amusants de Line et de Thomas.

Il sortit un câble et écarta le téléviseur du mur. Wisting se demanda s'il allait lui raconter ce qu'il avait découvert à propos d'Audun Vetti, mais décida de ne pas aborder le sujet. Il n'avait pas à se justifier auprès de son père.

— Il y a une cassette à l'intérieur, expliqua ce dernier en désignant le caméscope. Elle doit dater de l'été avant qu'ils ne commencent l'école. Nous étions tous au Danemark. À Legoland et au Parc des lions.

Wisting sourit en se rappelant l'enthousiasme de son père filmant les voitures en Lego qui circulaient dans les villages miniatures construits avec les petites briques.

Le père plissa les yeux derrière ses lunettes en essayant de trouver la bonne entrée du fil du caméscope. Ayant réussi à le brancher, il sourit.

— Nous aurions dû transférer les films sur des DVD, poursuivit-il. Les couleurs et la qualité s'altèrent avec le temps.

— Tu as raison, dit Wisting. Il y a probablement des entreprises qui font ça ?

— Certainement…, marmonna le père. Voyons voir.

Il connecta le vieux caméscope à la télévision et chercha une prise de courant.

— Line arrive quand ?

Wisting regarda l'heure et vit que le ferry de Suède venait d'accoster à Sandefjord.

— Dans une petite heure, je pense.

— Et quel genre de vidéo rapporte-t-elle ?

— On ne le sait pas encore, mais je pense que c'est à propos de l'affaire Cecilia.

— L'affaire Cecilia, répéta le père. J'étais de garde à l'hôpital le jour où vous êtes arrivés avec le meurtrier. La rumeur s'est répandue comme une traînée de poudre et ça a été un soupir de soulagement dans tous les services. Moi-même, je n'ai rien eu à voir avec lui, mais les infirmiers à la réception ont parlé de lui très longtemps après. Quelques-uns le connaissaient depuis l'époque où il avait été hospitalisé.

Wisting s'assit. Il se souvint des petites cicatrices chirurgicales qu'il avait vues sur les photos de Haglund prises pendant son examen. C'était une partie de son passé qui n'avait pas été correctement examinée au cours de l'enquête.

— Il s'était fait enlever plusieurs grains de beauté, c'est ça ?

— Oui, acquiesça son père comme si de vieux souvenirs remontaient à la surface. Des modifications de cellules ont été découvertes quand il est revenu pour le suivi.

— Pour le suivi ?

— Nous l'avions opéré pour un cancer de la prostate. C'était quelques années plus tôt.

Le père dirigea la télécommande vers le téléviseur.

— On ne devient pas impuissant après une telle opération ? demanda Wisting.

— Ça arrive, confirma son père.

L'image vacillait sur l'écran. Un bus en Lego rouge roulait vers un pont et s'arrêta pendant que le pont s'ouvrait pour laisser passer un bateau.

Wisting se mit debout, chercha son téléphone et se dirigea vers la cuisine.

— Qu'est-ce qu'il y a ? demanda son père.

— Je dois juste vérifier quelque chose, répondit Wisting.

Il fit le numéro du psychiatre à la retraite qui avait examiné Rudolf Haglund. Si ce dernier avait perdu la faculté d'érection à cause du traitement pour son cancer de la prostate, cela jetait une nouvelle lumière sur l'affaire. C'était quelque chose qui aurait dû être souligné dans le rapport psychiatrique des experts. Mais que Rudolf Haglund lui-même ait dissimulé des informations qui auraient pu aider à le disculper était encore plus étrange…

Le psychiatre ne répondit pas. Wisting laissa un message et demanda à être rappelé. Puis il retourna dans le salon. Sur l'écran de la télévision, les jumeaux apparurent chacun avec une glace. Derrière eux se tenait Ingrid, avec un grand sourire.

— *C'est seulement leur troisième glace aujourd'hui*, dit-elle en riant.

Wisting déglutit. Il ne l'avait pas vue depuis son décès cinq ans auparavant, mais c'était d'entendre sa voix qui l'émut le plus.

Ensuite arrivaient des images d'un village indien où les enfants avaient eu droit chacun à une plume dans les cheveux.

Wisting s'assit. Petit à petit, les soucis concernant Cecilia Linde, Rudolf Haglund et Audun Vetti le quittaient. Il creusait avec ses enfants pour trouver de l'or, montait dans les bateaux, les trains et les voitures Lego. Pendant tout ce temps, le rire communicatif d'Ingrid flottait à l'arrière-plan. Ces souvenirs le rendaient à la fois mélancolique et heureux, et il fut déçu que le film s'arrêtât.

Peu après, la porte d'entrée s'ouvrit et Line arriva avec un sac plein de produits détaxés. Elle avait l'air fatiguée. Ses cheveux blonds étaient ébouriffés, ses vêtements défraîchis, et elle avait des poches sous les yeux. Malgré cela, elle semblait satisfaite.

Elle les embrassa chacun à leur tour. Wisting prit le sac de courses et le posa sur la table de la cuisine. Quand il revint dans le salon, Line mettait déjà la cassette vidéo dans le caméscope.

— Elle a été rembobinée, précisa-t-elle.

Son grand-père prit le relais et appuya sur *Play*.

Tous les trois restèrent debout devant le téléviseur.

Tout d'abord, il n'y eut qu'une image pixellisée, des grains gris, blancs et noirs qui tourbillonnèrent sur l'écran avant que des parties d'une cuisine apparaissent. Une cuisinière et un évier. Puis l'image se brouilla soudainement. Les couleurs disparurent et l'écran devint tout noir avant qu'un nouvel aperçu de la cuisine surgisse. Une fenêtre avec des rideaux blancs et un brise-bise en crochet. Un fort contre-jour rendait difficile de voir quoi que ce soit à l'extérieur.

Line s'assit sur le bord de la chaise la plus proche.

L'image de la télévision repassa au noir avant de revenir, brouillée. Enfin des images d'une pièce vide, aux murs blancs en brique et au sol gris. C'était filmé d'en haut, comme si on tenait l'appareil à bout de bras, en l'inclinant légèrement pour voir le plus possible de la pièce. Celle-ci était bien éclairée et on pouvait distinguer une ombre au milieu, comme si quelqu'un se déplaçait à l'extérieur du champ de la caméra.

Le film sauta. La caméra avait à présent un angle légèrement différent, mais elle filmait à partir de la même position en surplomb. Cette fois, il y avait une personne au milieu de la pièce. Une femme nue. Elle avait la tête baissée, mais la souleva lentement pour regarder droit dans l'objectif. Autour de son cou, elle avait un collier de cuir.

Wisting fit un pas en arrière et s'appuya contre le bord de la table.

C'était Cecilia Linde.

Cette vision atroce le frappa en plein plexus.

Elle se tenait juste là, les yeux remplis d'angoisse, de tourments et de douleur.

Sur ses joues brillaient les restes de larmes qui avaient séché. Elle cligna des yeux, les ferma un instant, et quand elle les rouvrit, l'angoisse et le désespoir étaient encore plus évidents.

Ses lèvres frémirent. Au début, le son n'arrivait pas à sortir, puis on l'entendit murmurer :

— *S'il vous plaît…*

La lèvre inférieure commença à trembler. Ses yeux devinrent brillants et débordèrent de larmes qui coulèrent sur ses joues.

— *S'il vous plaît*, pria-t-elle encore l'homme derrière la caméra.

La honte d'être nue avait disparu. Elle se tenait droite, les bras le long du corps, sans essayer de se couvrir.

— *N'importe quoi*, suppliait-elle. *Je ferai n'importe quoi. Mais laissez-moi sortir d'ici.*

— Reviens en arrière, demanda Line.

— Quoi ?

— Rembobine tout jusqu'au début.

Son grand-père s'exécuta. L'écran brouillé apparut à nouveau. Les images défilèrent.

— Stop ! ordonna Line.

L'image se figea au moment où la caméra était tenue obliquement.

Line pencha la tête pour étudier l'écran. Un mur bleu, un élément de cuisine sur lequel étaient posés des assiettes et des verres sales, un placard de la même couleur que les murs. Une cuisinière en tôle émaillée blanche avec trois plaques chauffantes. Deux éviers en acier inoxydable.

— J'ai déjà vu cette cuisine, dit Line en pointant le doigt sur l'image fixe. Je sais où c'est, je sais où Cecilia Linde a été enfermée. C'est la ferme de Jonas Ravneberg.

# 76

Line enleva ses affaires du siège passager pour faire de la place pour son père. Elle était déjà allée à la petite ferme de Jonas Ravneberg à Manvik et ils se mirent en route.

Wisting resta silencieux, les dents serrées. Jonas Ravneberg était passé au travers des mailles du filet de l'enquête menée dix-sept ans auparavant. Cecilia était restée enfermée chez lui pendant douze jours sans que son nom n'apparût nulle part. Ils l'avaient cherchée ailleurs et avaient enquêté dans des directions tout à fait opposées.

— Il faudrait peut-être appeler quelqu'un ? dit Line. La police ou une ambulance ? Si c'est bien lui, Linnea Kaupang est peut-être enfermée là-bas depuis plusieurs jours sans boire ni manger.

— Attendons d'arriver sur place, répondit Wisting.

Il essaya d'avoir une vue d'ensemble. Jonas Ravneberg n'était qu'un personnage pâlot, mais il apparaissait à la périphérie dans les deux affaires de Cecilia et d'Ellen. À présent, lui-même avait été liquidé et ce peu de temps après que Rudolf Haglund fut sorti de prison et eut apporté la preuve qu'il avait été injustement condamné. Quelque chose continuait à lui échapper car il n'arrivait pas à abandonner complètement l'idée que c'était Haglund qui avait enlevé et tué Cecilia Linde. Bien sûr, on ne pouvait exclure qu'il y eût deux assassins, même si cela était rare dans le cas d'un crime à caractère sexuel. Mais rien dans l'enquête n'indiquait que l'auteur n'eût pas été seul.

Line ralentit pour bifurquer sur une route secondaire. La voiture dérapa légèrement avant que les pneus adhèrent de nouveau à la surface boueuse et qu'elle puisse accélérer. Les arbres s'inclinaient lourdement au-dessus d'eux, assombrissant la lumière déjà crépusculaire. Les phares éclairaient la route loin devant et révélaient les traces bien visibles de pneus d'un autre véhicule.

— Tes collègues surveillent toujours les mouvements de Haglund ? demanda Wisting.

Line acquiesça d'un mouvement de la tête.

— Je leur ai parlé juste avant de rentrer chez moi. Il n'est pas sorti de chez lui de la journée. Sa voiture est restée sur le parking.

Il y eut une secousse quand Line rétrograda. La voiture sortit de l'ornière et quelque chose heurta le châssis. Wisting fut retenu par la ceinture de sécurité tandis que la voiture penchait vers le fossé. Line s'acharna sur le volant et les pneus patinèrent avant qu'elle reprenne le contrôle.

La route devint plus étroite et les branches des fourrés fouettèrent les côtés de la voiture. Puis ils dépassèrent un dernier virage et la petite ferme se dressa devant eux.

Une voiture était garée dans la cour, avec des garde-boue complètement crottés. Line lâcha l'accélérateur, mais c'était trop tard. Un homme près de la grange se tourna vers eux et fut pris dans la lumière des phares.

— Frank Robekk, constata Wisting.

Ils descendirent en laissant le moteur tourner au ralenti. L'ancien policier fit quelques pas vers eux. Il tenait quelque chose dans chaque main, mais dut en soulever une pour se protéger les yeux de la lumière des phares. Ils virent qu'il s'agissait d'une lampe de poche. Dans l'autre main, le long de son corps, il avait ce qui ressemblait à une arme à feu.

— Wisting ? s'étonna-t-il.

— Frank. Qu'est-ce que tu fous ici ?

— Viens par ici, je veux te montrer quelque chose, répondit Robekk en lui faisant signe d'approcher.

Ce que Wisting avait pris pour une arme était en réalité une perceuse sans fil.

— Qu'est-ce que tu fous ici ? répéta-t-il.

— Ce que nous aurions dû faire il y a dix-sept ans, répondit Robekk en se dirigeant vers la porte de la grange.

Une barre verrouillée par plusieurs boulons la condamnait. Des copeaux de bois frais étaient répandus par terre.

Robekk montra du doigt un trou qu'il avait percé dans la porte épaisse.

— Regarde à l'intérieur ! lui dit-il en plaçant la lampe de poche contre un trou similaire, juste à côté.

Wisting échangea un regard avec Line et s'accroupit pour coller un œil contre l'orifice.

À l'intérieur il faisait sombre. La lumière de la lampe de poche formait un faisceau qui venait éclairer l'arrière d'une voiture se trouvant à trois ou quatre mètres de la porte. Elle était pleine de poussière et semblait être de couleur grise.

La plaque d'immatriculation avait été enlevée, mais au milieu du coffre brillait le logo d'une Opel.

Wisting se redressa et regarda Frank Robekk dans les yeux sans rien dire.

— Qu'est-ce que c'est ? voulut savoir Line.

— C'est la voiture, répondit Robekk. La voiture utilisée pour l'enlèvement de Cecilia Linde.

Line s'approcha du trou pour voir à son tour, mais Robekk dirigea la lampe vers le hangar de l'autre côté de la cour et vers la vieille Saab garée devant.

— On est complètement passés à côté, dit-il en éclairant la voiture qui, avec le temps, n'était plus qu'une épave rouillée. Elle avait été vue à la disparition d'Ellen, mais nous n'avions pas compris. On est passés à côté.

Wisting, qui n'avait toujours rien dit, cherchait autour de lui de quoi fracturer la porte de la grange.

— J'ai des outils dans la voiture, dit Robekk comme s'ils avaient eu la même pensée.

Il chercha un pied-de-biche dans son coffre et confia la lampe de poche à Wisting. La vieille boiserie desséchée céda facilement quand Robekk donna un coup dans les planches, au-dessus du premier support en acier des boulons. Il se mit à le tordre si frénétiquement que des éclats de bois fusèrent. Un craquement se fit entendre et le premier boulon tomba par terre. Il s'attaqua au suivant. Celui-ci était mieux ancré, et la sueur commença à perler sur le front de l'ancien policier.

Après cinq minutes, tous les boulons avaient été arrachés. Frank Robekk jeta le pied-de-biche par terre pour ouvrir la grande porte à double battant de la grange.

Wisting lui emboîta le pas. Des restes de graines de semence craquaient sous leurs pieds et des particules de poussière dansaient dans le faisceau lumineux de la lampe. Ça sentait la paille et le fumier.

Il y avait une grande hauteur sous plafond, mais en largeur il n'y avait la place que pour une seule voiture. Le long d'un des murs s'alignaient pioches, pelles, râteaux et autres outils agricoles, ainsi que deux vieilles roues de charrette. De l'autre côté traînait une pile de sacs de jute desséchés. Une échelle menait au grenier à foin.

Ils avancèrent jusqu'à la voiture couverte d'une épaisse couche de poussière. Wisting tenta de jeter un coup d'œil à travers les fenêtres, mais à l'instant même où il allait essuyer la poussière un bruit se fit entendre au plafond. Il y eut quelques forts clignotements avant que la grange baigne dans une lumière crue. Une grande lampe industrielle en métal gris était suspendue au-dessus d'eux. Son regard se porta vers Line, postée juste à l'entrée de la grange.

Frank Robekk ouvrit la portière arrière du côté gauche. Wisting jeta un coup d'œil à l'intérieur avec lui. Au rétroviseur était accroché un arbre désodorisant Wunder-Baum, sinon tout était propre et rangé. Une clé était insérée dans le contact.

Wisting fit le tour de la voiture pour l'examiner de tous les côtés. Elle était rouillée, comme l'avait décrit le témoin sur le tracteur, même si les années passées dans la grange froide avaient aggravé les dégâts. Autour des garde-boue, de grandes plaques de rouille étaient tombées et l'attache d'un rétroviseur s'était désintégrée, le laissant pendouiller.

Il s'arrêta devant le coffre, pressa légèrement son pouce

contre le bouton qui résista d'abord avant de s'enfoncer avec un frottement métallique. Il y eut un cliquetis et le coffre s'entrouvrit.

Frank Robekk le souleva en grand.

Ils découvrirent un paquet de vêtements bien pliés posé sur un tapis de caoutchouc noir. Un maillot de jogging à manches courtes, un pantalon, une petite culotte blanche et une brassière de sport grise. À côté, une paire de baskets avec des chaussettes blanches glissées à l'intérieur. Devant les vêtements se trouvaient un baladeur et une paire d'écouteurs.

À plusieurs endroits dans le coffre, la rouille avait rongé le métal qui laissait apparaître le sol en béton.

C'étaient des fissures qui, déjà dix-sept ans plus tôt, avaient dû être suffisamment grandes pour faire glisser une cassette audio hors de la voiture.

Un étrange sentiment, lugubre, s'empara de Wisting. Il se retourna pour regarder par la porte de la grange vers la maison qui reposait sur d'épais murs de soutènement. Avec, très probablement, une cave.

# 77

Son téléphone sonna pendant qu'il était encore dans la grange. C'était Steinar Kvalsvik, le psychiatre. Wisting ayant enregistré son numéro, son nom apparut sur l'écran.

— Vous m'avez appelé ?

— Oui, mais on peut voir ça plus tard, répondit Wisting en se dirigeant vers la porte de la grange.

— De quoi s'agit-il ? demanda le psychiatre à la retraite.

— Haglund a été opéré d'un cancer de la prostate, expliqua Wisting. À cause de cela, il est peut-être devenu impuissant. Je trouve bizarre que ça n'apparaisse pas dans le rapport.

— Je suis d'accord. Cela aurait dû y figurer, répondit le psychiatre après un moment de silence. Mais une expertise psychiatrique n'est pas une enquête policière. Elle est basée sur ce qui est indiqué dans les documents de la police et les entretiens avec l'accusé. Je ne sais pas pourquoi il n'en a pas parlé, mais ça ne change rien. Au contraire, cela pourrait plutôt consolider et étayer le mobile.

— Comment ça ?

— Les pulsions sexuelles ne se trouvent pas entre les

jambes. Elles sont dans la tête. D'ailleurs, les abus sexuels ont plus souvent un rapport avec le pouvoir qu'avec le sexe.

Wisting observa Line tout en écoutant. Elle était retournée à la voiture pour éteindre le moteur, mais avait laissé les phares allumés. Elle prit son appareil puis s'avança de quelques pas pour prendre une photo de son père avec, en arrière-plan, la voiture pour laquelle un avis de recherche avait été lancé dix-sept ans plus tôt.

— Une érection est, au fond, une interaction compliquée entre hormones, impulsions nerveuses et muscles, où des facteurs physiques et mentaux entrent en jeu, poursuivit le psychiatre. Le traitement d'un cancer affaiblit souvent cette capacité, mais pas le désir. Pour certains, une intense stimulation sexuelle physique ou simplement mentale peut faire l'affaire.

— Haglund est un sadique, rappela Wisting en pensant aux magazines pornographiques qu'ils avaient trouvés chez lui.

— Exactement. Un sadisme sexuel implique qu'il peut trouver du plaisir à dominer les autres, à humilier ou à infliger aux autres des souffrances physiques ou mentales. Et, dans les cas extrêmes, en enlevant une femme et en lui faisant subir tout cela, il peut éprouver la satisfaction recherchée.

Wisting changea son téléphone d'oreille. Le moment n'était pas idéal pour approfondir une telle conversation, car il voyait Frank Robekk se diriger vers la maison, le pied-de-biche à la main. Mais il tenait à savoir ce que le psychiatre en pensait.

— Vous croyez toujours que c'est Haglund qui a enlevé

Cecilia Linde ? demanda-t-il pour en avoir encore la confirmation.

— J'en suis plus que jamais convaincu, répondit le psychiatre. Un traitement chirurgical de la prostate peut également expliquer pourquoi on n'a retrouvé aucune trace de sperme sur elle. Le sphincter de la vessie a pu être détérioré pendant l'intervention. Il aurait pu avoir ce qu'on appelle un orgasme sec. Le liquide séminal se vide alors dans la vessie, il se mélange à l'urine et il est évacué plus tard lors de la miction.

De l'autre côté de la cour, Frank Robekk s'employait à démolir la porte d'entrée.

— Il y a tout de même quelque chose qui me trouble, poursuivit le psychiatre retraité. J'ai un pressentiment qui m'inquiète.

— Oui ? fit Wisting.

— Une idée qui m'obsède.

— Oui ? répéta Wisting qui commençait à s'impatienter.

— Il s'agit de cette fille au nœud jaune. Linnea Kaupang. Je crois décidément qu'il peut l'avoir enlevée et qu'il la retient quelque part.

Wisting déglutit. Il traversait déjà la cour de la ferme.

— Merci de m'avoir rappelé, dit-il. Je vous recontacterai sans faute.

Les huisseries en bois craquèrent. Frank Robekk jura en y donnant des coups de pied.

— La trappe de la cave ! hurla Wisting en indiquant l'autre bout de la maison. Si elle est ici, elle se trouve dans la cave.

Robekk abaissa le pied-de-biche et s'avança à grands pas vers la trappe. Des feuilles mortes étaient collées sur le bois. Les branches des buissons épais de chaque côté avaient été cassées et écrasées contre le sol, ce qui indiquait clairement que les deux battants de la trappe avaient récemment été ouverts et rabattus.

Frank Robekk enfonça le pied-de-biche sous le porte-cadenas. Le téléphone sonna à nouveau. Cette fois, c'était un appel de son père. Wisting hésita à le prendre mais choisit de répondre.

— Je suis en pleine intervention, prévint-il.

— J'ai vu le reste du film, dit son père, exceptionnellement assez laconique. Vers la fin, un homme apparaît dans la cave. C'est celui que vous avez pris. Rudolf Haglund.

Wisting entendait ce que son père lui disait, mais n'avait pas le temps de prendre la mesure de ce que cela signifiait vraiment, pour lui, pour l'affaire et pour ce cauchemar dans lequel il était entraîné. Cela éliminait le moindre doute.

— Tu en es sûr et certain ? demanda-t-il.

— Je le reconnais d'après les photos du journal. C'est bien lui.

Il déglutit, le remercia et raccrocha. Puis il cria à Line :

— Tu es sûre que Tommy et tes collègues surveillent bien Haglund ?

— Tu penses toujours que c'est lui…, commença-t-elle.

— Appelle-les ! Qu'ils ne le perdent pas de vue, surtout !

Line sortit son téléphone mobile. Robekk se démena avec la serrure. La descente à la cave semblait beaucoup mieux sécurisée que la porte de la grange. Wisting se rappela y avoir vu une masse et il courut la chercher.

Robekk lui fit de la place pour qu'il pulvérise le bois déjà fendu. Le premier coup fit sauter le verrou.

Les charnières grincèrent quand Robekk souleva l'un des battants et le posa sur le côté. Une odeur de putréfaction et de moisissure remonta de l'obscurité.

Ils s'immobilisèrent et tendirent l'oreille. De l'eau tombait goutte à goutte quelque part. C'était tout ce qu'ils entendaient.

Robekk alluma la torche, dont la lumière s'enfonça dans les profondeurs. Devant eux, l'escalier de pierre brillait d'humidité.

Wisting leva la masse devant sa poitrine et descendit le premier.

L'escalier se terminait dans une pièce aux murs de mortier blanchis à la chaux, gagnés par la moisissure. Aucun d'eux ne disait mot. Un silence glacé s'exhalait pour s'étendre comme une brume invisible. Sur une table traînaient des pots de confiture vides, des boîtes de conserve et des bouteilles avec des étiquettes manuscrites. Plus loin, une porte s'ouvrait au milieu du mur.

Robekk abaissa la poignée. Verrouillée. Wisting l'ouvrit en deux coups de masse.

Ils pénétrèrent dans une nouvelle pièce. À gauche de la porte, Wisting trouva un interrupteur. Le courant électrique bourdonna avant que le grand plafonnier s'allume.

Cette pièce était plus petite que la précédente et avait la forme d'un fer à cheval. Au milieu se dressait une autre porte, équipée de ferrures supplémentaires et d'un cadenas.

Wisting s'en approcha. Le long de l'un des murs latéraux il y avait un tabouret, et juste en dessous du plafond se trouvait une petite ouverture permettant de regarder dans la pièce fermée. Tout au fond, un ancien caméscope était posé sur son support.

Il tendit la masse à Robekk et grimpa sur le tabouret. Il avala sa salive avant de lever la tête et de regarder dans la pièce.

# 78

Couchée sur le sol, il y avait une jeune femme, nue, en position fœtale. Wisting pressa son front contre la surface rugueuse du mur au-dessus de la lucarne. Un relent d'urine s'en échappa. La femme était immobile. Autour du cou, elle portait le même collier en cuir que Cecilia sur la vidéo, comme si elle n'était qu'un animal, qu'un chien qu'on possédait.

Puis elle tourna prudemment la tête et leva les yeux vers lui. Elle avait dû les entendre quand ils avaient cassé la trappe de la cave, et il eut l'impression de lire un mélange d'espoir et de crainte dans son regard.

— Linnea ! appela-t-il.

La fille par terre ferma les yeux. Quand Robekk abattit le premier coup de masse contre la porte, son corps fut parcouru de spasmes.

— C'est fini ! lui cria Wisting. Nous sommes de la police !

Il redescendit du tabouret et regarda Robekk donner un nouveau coup de masse. Il ne pouvait s'empêcher de songer à tout ce temps perdu. Toutes ces heures gâchées inutilement pendant que Linnea Kaupang avait été enfermée.

Line entra dans la pièce derrière eux. Elle s'arrêta dans l'ouverture de la porte, son téléphone portable à la main.

— Il s'est sauvé dans les bois, dit-elle.

— Qu'est-ce que tu veux dire ?

— Haglund, dit-elle sans plus d'explications. Tommy s'est approché de la maison pour s'assurer qu'il était bien là, et Haglund s'est sauvé dans les bois, derrière, avec une grosse lampe torche.

Wisting visualisa la carte qui avait été accrochée dans la salle de réunion pendant l'enquête sur l'affaire Cecilia, où des zones de plus en plus grandes avaient été biffées pour indiquer celles où les recherches avaient déjà été effectuées. La maison de Haglund à Dolven n'était éloignée d'ici que d'un kilomètre. En principe, ils étaient voisins.

— Est-ce qu'il a vu Tommy ?

Line lui fit non de la tête.

— Il le poursuit.

Derrière eux, on entendit un dernier coup violent avant que Robekk ne brise la porte.

— Elle est à l'intérieur, expliqua Wisting à sa fille. Appelle une ambulance. Et préviens Hammer, demande-lui de rassembler tous ses hommes et de venir ici.

Linnea Kaupang s'était relevée. Elle se tenait blottie contre le mur en couvrant ses seins d'un bras.

— C'est fini, répéta Wisting.

Il enleva sa veste pour couvrir ses épaules tremblantes. Elle murmura quelque chose d'inaudible en titubant. Robekk l'entoura de son bras pour la conduire à l'extérieur. Wisting resta à regarder autour de lui, tout en essayant de se représenter les horreurs qui s'étaient déroulées entre ces quatre murs.

La pièce était plus petite qu'une cellule de prison. Les murs semblaient fondre sur lui en coupant sa respiration. Il s'avança vers la porte et posa une main contre le mur froid. Quelque chose y était gravé. C'était difficile de savoir avec quel genre d'outil. Peut-être seulement par un frottement avec des doigts nus, et ce assez longtemps pour creuser un motif. Deux lettres maladroites. Un C et un L. Cecilia Linde. Exactement comme elle les avait écrites sur la cassette où elle avait enregistré ses dernières paroles.

Juste au-dessus, on voyait des marques plus nettes. Deux autres lettres. Un E et un R. Ellen Robekk. Et par terre, il y avait une épingle à cheveux avec un petit nœud jaune qui avait servi à graver ce qui était peut-être un dernier signe de vie. L K.

Il ferma les yeux, resta encore immobile pendant un instant. Puis Line cria quelque chose du haut de l'escalier menant à la cave. Tout ce qu'il comprit était « Haglund ». Il entendit ses pas sur les pavés avant qu'elle crie à nouveau.

— Il est là ! Viens !

# 79

Wisting courut derrière Line, descendit jusqu'à la rivière. Dans la lumière de la lampe de poche, il vit deux hommes à la lutte. Un combat où l'un essayait de retenir l'autre.

— Tommy ! cria Line, comme pour l'avertir qu'il avait du renfort.

Les deux hommes en bas, à l'extrémité de la petite prairie, tombèrent et roulèrent sur le sol. Le premier était sur le point de se relever quand le deuxième s'accrocha à ses jambes. Il était impossible de les distinguer l'un de l'autre. L'homme debout réussit à libérer une jambe et décocha un violent coup de pied à l'autre. Un hurlement de douleur se fit entendre. La lumière de la lampe torche éclaira le visage de l'homme debout. C'était Haglund. Il se dégagea et s'enfonça parmi les arbres.

Wisting s'empara de la lampe de Line et se lança à sa poursuite. Le sentier dans la forêt passait derrière une cabane en tourbe. De ses mains nues, il repoussa les fourrés, sauta par-dessus les mottes de terre et les racines, s'égratigna aux aiguilles de sapin, tomba mais se releva aussitôt et reprit la course-poursuite. La sueur commençait à couler sur son front et il avait un goût de sang dans la bouche.

— Haglund ! hurla-t-il pour tenter d'arrêter l'autre.

Mais il n'entendit que le bruit sourd des bottes contre la terre et le grondement assourdissant de la rivière.

Le sentier s'enfonçait parmi des bouleaux avant que la forêt s'ouvre sur ce qui ressemblait à un passage à gué sur la rivière, qui à cet endroit était plus large et peu profonde.

Haglund était déjà arrivé au milieu. Wisting braqua la lampe vers lui. L'eau de la fonte des neiges lui arrivait quasiment aux genoux. Il se hissa sur une grosse pierre et se retourna pour jeter un regard en arrière.

— Haglund ! cria Wisting à nouveau.

Le bruit de la rivière couvrit presque sa voix.

Debout sur le rocher, Rudolf Haglund avait du mal à garder l'équilibre. Il préféra sauter dans l'eau pour patauger jusqu'à l'autre rive.

À son tour, Wisting entra dans la rivière. Devant lui, Haglund glissa et se débattit dans l'eau avant de se relever et de continuer en titubant, les bras tendus en guise de balancier.

Le grand débit d'eau avait augmenté la force du courant. Wisting sentit les flots glacés tourbillonner autour de ses mollets. Il essayait de sentir le lit de la rivière avec ses pieds, mais ne trouvait aucune prise stable sur les pierres inégales.

Haglund avait presque rejoint l'autre rive quand il se mit à remuer les bras pour essayer de trouver quelque chose à quoi se retenir. Son dos se raidit et il tomba à la renverse dans le courant.

Wisting recula d'un pas et remonta sur la terre ferme. Il

balaya la rivière avec sa lampe torche sans retrouver Haglund. Puis sa tête réapparut à la surface. Il cria quelque chose tout en se débattant contre les masses d'eau qui l'emportaient. Wisting suivait ses mouvements dans le faisceau lumineux de la lampe et le vit, contre toute attente, parvenir à l'autre rive. L'homme se hissa sur la berge, mais au moment où il se mettait debout, la terre sablonneuse se déroba sous ses pieds. Toute la pente céda et s'effondra. Haglund chercha en vain à s'accrocher aux branches d'un arbre, il tomba en arrière et heurta des rochers affleurant à la surface de l'eau.

Son corps fut emporté par les flots agités de la rivière. Wisting courut le long de la rive en essayant de ne pas le perdre de vue. Haglund flottait, seul son dos était visible.

Wisting écarta les branchages avec ses avant-bras. Le courant ramenait le corps de Haglund de son côté. Quand il ne fut plus qu'à deux mètres de la rive, Wisting se débarrassa de la lampe et se jeta à l'eau. La rivière étant profonde à cet endroit, il n'eut rapidement plus pied et dut faire quelques mouvements de crawl vigoureux pour arriver jusqu'à Haglund. Le courant les emporta tous les deux. Wisting faisait des efforts pour garder ses épaules au-dessus de la surface, alors que le courant tirait sur ses vêtements pour l'emporter au fond. Dans cette position instable, il réussit à retourner le corps apparemment sans vie de Haglund. Ce dernier fut pris de convulsions.

Wisting passa le bras gauche sous son menton pour maintenir sa bouche hors de l'eau tout en le ramenant vers la rive. Il nagea à l'aide d'un seul bras. Sa propre bouche se remplissait d'eau chaque fois qu'il essayait de respirer. Crachant et toussant, il prit conscience qu'ils étaient tous deux en train de couler. Puis, en battant des jambes, il sentit le fond. Ayant enfin pied, il parvint à traîner Rudolf Haglund derrière lui, prit une profonde inspiration en hoquetant et réussit à renverser le corps sur la terre ferme.

Le courant les avait ramenés dans la prairie en contrebas de la ferme. Wisting s'effondra à quatre pattes et secoua la tête pour évacuer l'eau de ses yeux, en toussant et en haletant. Quelqu'un d'autre hissa Haglund plus haut sur l'herbe. Il entendit Line vérifier qu'il respirait. Wisting se releva. Dans le lointain, il entendit hurler des sirènes.

# 80

Allongé à l'arrière de l'ambulance, Rudolf Haglund fixait Wisting de ses petits yeux noirs. Leurs regards se croisèrent et les traits du visage de l'homme sur la civière se durcirent. Il ouvrit la bouche comme pour dire quelque chose, mais se ravisa.

Deux policiers en uniforme prirent place à côté de lui. Wisting referma la portière et la voiture descendit lentement l'étroite route de la ferme.

Dans l'air flottait une atmosphère étrange, comme souvent quand des affaires complexes trouvaient enfin leur dénouement. C'était une sorte de décompression qui obligeait les enquêteurs à marquer un temps d'arrêt avant de poursuivre.

Wisting avait une couverture sur les épaules. Malgré cela, il était toujours frigorifié. Il resta sur place à observer ce qui se passait. Le lieu commençait à grouiller d'activité. Des projecteurs furent allumés et les techniciens de la police scientifique enfilèrent leurs combinaisons blanches, ainsi que leurs protections pour les pieds, les mains et la tête.

D'autres enquêteurs, en petits groupes, discutaient. Leurs radios crachotaient. Un périmètre de sécurité fut délimité.

Frank Robekk se trouvait à l'intérieur de la zone protégée. De temps en temps, il arrêtait un policier qui passait, lui posait une question ou lui faisait une recommandation.

Line était aux côtés de Tommy et de ses deux collègues du journal. Le plus âgé parlait dans son téléphone portable en gesticulant. Line faisait bon usage de son appareil photo, mais elle avait déjà les images qui seraient utilisées dans l'édition du lendemain.

Nils Hammer s'approcha de Wisting.

— Ils l'ont conduite à l'hôpital de Tønsberg, expliqua-t-il. Son père a été prévenu. Il est en route, lui aussi.

Wisting hocha la tête.

— Elle est physiquement indemne, poursuivit Hammer. Il ne lui a rien fait, il l'a seulement regardée.

Wisting hocha de nouveau la tête.

— Je sais qui a placé la fausse preuve ADN, lâcha Wisting, le regard dans le vide. Je sais comment les mégots ont été échangés.

Hammer le dévisagea.

— Je peux prouver qui l'a fait, poursuivit Wisting.

— Comment…

— Quand j'ai été suspendu, j'ai emporté une copie du dossier de l'affaire Cecilia. Au chalet, j'ai travaillé là-dessus et repassé au peigne fin tout ce qui avait trait à Rudolf Haglund.

Hammer se mit devant lui pour le regarder dans les yeux.

— C'était qui ? demanda-t-il. Qui a fait ça ?

— J'ai les preuves nécessaires, répéta Wisting sans donner de réponse. J'ai seulement besoin de quelques jours pour tout rassembler.

Hammer reçut un appel. Il répondit par quelques mots brefs avant de se retourner vers Wisting.

— Il faut que tu t'expliques, dit-il. Tu peux venir avec moi au commissariat ?

— Pas ce soir, dit Wisting.

— Vetti ne sera pas très content. Il a déjà prévu une conférence de presse.

— Ça attendra demain. Je rentre chez moi. Je vais dormir. Ça fait longtemps que je n'ai pas eu une bonne nuit de sommeil.

Wisting prit une douche rapide et enfila les mêmes vêtements sombres qu'il avait portés pour s'introduire dans le commissariat. Avant de repartir en voiture, il chercha quelque chose dans les cartons contenant les affaires d'Ingrid stockés dans le garage. Il trouva ce dont il avait besoin et sortit de la cour en marche arrière.

Il alluma la radio et écouta une ou deux publicités avant les infos. Le présentateur qualifia ce qui s'était passé de dénouement dramatique dans l'affaire de disparition à Larvik. Rudolf Haglund avait été arrêté pour l'enlèvement de Linnea Kaupang, mais celle-ci avait été retrouvée vivante. S'ensuivait une interview d'Audun Vetti. Le journaliste soulignait les similitudes avec l'affaire Cecilia.

— Qu'en est-il des allégations selon lesquelles Haglund a été condamné sur la base de fausses pièces à conviction ? demanda-t-il.

— Indépendamment de la question de culpabilité, la

police des polices enquête sur d'éventuelles infractions pénales concernant les preuves à charge dans l'affaire Cecilia, expliqua le chef de la police. L'arrestation d'aujourd'hui n'a rien à voir avec cela.

Wisting éteignit la radio et fit le reste de la route en silence. Il dépassa la bretelle qui permettait d'aller au chalet à Værvågen pour emprunter la sortie suivante. Cette route semblait moins fréquentée que celle qu'il utilisait d'habitude. Lorsqu'il roulait dans des flaques de boue, l'eau éclaboussait les bas-côtés. La forêt enserrait de plus en plus la route. Par moments, des branches raclaient le toit de la voiture ou frappaient ses flancs. Finalement la route se termina sur une petite hauteur surplombant les rochers de l'archipel.

Il sortit de la voiture afin de mieux s'orienter dans le noir. Il reconnut le paysage dont les contours se découpaient sur la mer. L'air saturé de sel marin collait à sa peau et il entendit le bruit des vagues se brisant sur les écueils à fleur d'eau.

La roche était humide et glissante sous ses pieds. Il avançait prudemment mais, pour rejoindre le sentier de la côte, il fut obligé d'utiliser sa lampe de poche. Une fois sur le sentier, il suivit les marques bleues vers l'est pour retrouver son chalet. La faible lumière de la lampe extérieure dessina en ombres chinoises la balustrade de la terrasse sur le petit carré de pelouse devant la maison.

Il se dirigea vers la porte d'entrée et tendit l'oreille. Du fjord lui parvint le bruit assourdi d'un petit bateau à moteur.

La clé grinça dans la serrure et quand finalement il réussit à ouvrir la porte, il jeta un coup d'œil derrière lui avant d'entrer et de la refermer.

Malgré l'obscurité et le froid qui régnaient dans le chalet, il n'alluma ni la lumière ni le chauffage. Il tâtonna pour trouver le fauteuil près de la fenêtre donnant sur le devant. Dans la baie en contrebas, il devina l'embarcation qu'il avait entendue, légèrement éclairée par une lanterne sur le mât.

Il tira les rideaux, tout en laissant une fente pour surveiller au-dehors. Maintenant, il ne restait plus qu'à attendre.

Après trois heures, il commença à douter. Peut-être que Nils Hammer n'avait pas raconté aux autres ce qu'il avait découvert et que rien ne se passerait ? Il se frotta les yeux et alla chercher une autre couverture sur le canapé.

Brusquement, tous ses sens furent en éveil. Une forte lumière déchira l'obscurité et rayonna sur les rochers avant de disparaître dans la mer.

Wisting colla son front contre la fenêtre pour mieux apercevoir le parking. Une voiture s'approchait. Les feux balayaient les fleurs d'églantier en s'engageant sur le terrain à découvert. Puis les lumières s'éteignirent et une portière claqua.

## 81

Dans la lumière feutrée du clair de lune, Wisting vit un homme habillé de vêtements sombres s'approcher du chalet par le petit sentier. En entrant dans le cercle de lumière de la lampe extérieure, ce dernier tourna la tête pour regarder en arrière, de sorte que Wisting ne put distinguer son visage. Il portait un bonnet largement enfoncé sur le front et son col de veste remontait jusqu'aux oreilles.

Il frappa à plusieurs reprises sur la porte.

— Il y a quelqu'un ?

Wisting resta immobile. L'homme dehors se déplaça sur la terrasse dont les lattes grincèrent. Une silhouette se découpa sur les rideaux. Puis il s'approcha de la fenêtre, posa dessus ses mains et son visage. Wisting se plaqua contre le dossier du fauteuil, mais il savait que l'angle avec la fente entre les rideaux ne permettait pas à l'autre de le voir.

Le souffle de l'homme embua la vitre avant qu'il ne se dirige vers la porte. Wisting se prépara. Un crissement de métal contre du métal. Un bruit sec de grippage. Puis la serrure cliqueta et les gonds protestèrent quand la porte s'ouvrit.

L'homme avança comme une ombre vers le milieu du chalet et se dirigea directement vers l'interrupteur qui allumait le plafonnier. Il fit encore deux pas vers la table où étaient éparpillés les documents de l'affaire Cecilia, avant de découvrir Wisting.

Le visage allongé d'Audun Vetti pâlit et il pinça les lèvres.

— Je ne l'ai pas ici, dit Wisting en se mettant debout.

— J'ai frappé, dit Vetti en montrant du bras la porte d'entrée.

— Je ne l'ai pas ici, l'interrompit Wisting. Mais je peux prouver que c'est toi qui as échangé le mégot.

Vetti se contenta de faire non de la tête.

— Tu as même signé ton méfait lorsque tu étais dans le couloir des cellules de garde à vue et que tu as emporté un mégot de Haglund.

— Tu te trompes, rétorqua Vetti comme s'il avait retrouvé un peu de confiance. Je voulais le faire parler et l'informer de la peine qu'il encourait, pour qu'il sache à quoi s'attendre.

— Tu as emporté au laboratoire de Finn Haber le mégot de la cigarette que tu lui as donnée, pour en remplacer un dans les sachets de preuves.

— Tu fabules, Wisting. Tu inventes une histoire pour rejeter la faute sur quelqu'un d'autre que toi-même. Personne ne te croira. Je n'ai jamais vu ces mégots de près ou de loin. Ni quand on les a trouvés ni plus tard.

Wisting fit un pas en avant.

— Tu dis que tu n'as jamais vu la preuve principale ?

— Pour moi, il ne s'agissait que de chiffres et de lettres. De simples points sur un rapport.

Vetti se dirigea vers la porte.

— Je suis venu ici parce que je m'inquiétais pour toi et que je voulais prendre de tes nouvelles. Je ne m'attendais pas à devoir affronter de telles accusations.

— C'est pour ça que tu es entré par effraction ?

— Tu avais oublié de verrouiller la porte et, apparemment, tu ne m'as pas entendu frapper.

— Moi, je pense que tu es venu chercher les preuves que j'ai contre toi.

Vetti continua vers la porte.

— Il n'y a rien à prouver, lâcha-t-il. Je n'ai jamais touché les pièces à conviction.

Wisting fit un pas vers lui.

— Alors comment expliques-tu que tes empreintes soient sur les sachets qui les contiennent ?

Vetti s'arrêta. Sa pomme d'Adam montait et descendait dans son cou tendu. D'un revers de la main, il essuya la salive qui s'était accumulée à la commissure de ses lèvres. Son regard devint hésitant.

— Elles n'y sont pas…, essaya-t-il de protester. Les sachets datent d'il y a dix-sept ans. Ce n'est pas possible de relever des empreintes.

— C'est déjà fait.

Quelque chose dans les yeux d'Audun Vetti changea. Une sorte d'éclair noir les traversa.

— De toute façon, c'était lui le coupable, éructa-t-il. Tu l'as vu, toi aussi, dans ses petits yeux de rat. Mais tu n'avais pas réussi à le lui faire admettre et nous risquions d'avoir à le relâcher dans la nature.

Il pointa un index tremblant.

— Je n'ai fait que ce qu'il fallait faire, poursuivit-il dans une vaine tentative pour se défendre. Mais tu ne pourras jamais le prouver. Il existe plusieurs façons d'expliquer les empreintes digitales. Disons que j'étais au laboratoire pour examiner les pièces à conviction. Que je les ai sorties, une par une. Cela faisait partie de mon travail.

— Tu viens de me dire que tu n'avais jamais touché ces sachets, lui rappela Wisting. Que tu ne les avais même jamais vus.

Audun Vetti le regarda avec dédain.

— Qui croira ta version ? Tu es déjà dans le viseur de la police des polices. Ça passera pour une tentative pathétique de rejeter la faute sur quelqu'un d'autre.

Wisting alla vers la fenêtre pour écarter les rideaux d'un mouvement rapide. Le clair de lune était plus lumineux maintenant. Il put voir le bateau de Finn Haber à quai. Le vieux marinier sauta à terre.

De l'étagère sous la fenêtre, le son d'une cassette qui tournait était à peine audible.

Vetti recula de quelques pas dans la pièce. Wisting voyait que son regard se tournait vers les boutons *Play* et *Rec* de la vieille radiocassette, qui avaient été enclenchés.

— Écoute, dit-il. Bientôt, je serai officiellement nommé chef de la police. Je pourrai intervenir dans cette affaire. Faire en sorte que ça s'arrange pour nous deux.

Wisting n'ouvrit même pas la bouche pour refuser l'offre.

— Il fallait qu'on ait une preuve en béton, continua désespérément Vetti. J'avais les médias sur le dos. C'était le mieux pour tout le monde. Personne n'a été lésé. Et Haglund n'a eu que la peine qu'il méritait.

Les planches de la terrasse craquèrent.

— C'est toi qui l'as tuée, dit Wisting.

La porte s'ouvrit. Finn Haber entra dans la pièce et, sans rien dire, se planta en croisant les bras. Vetti tourna confusément la tête d'un côté et de l'autre.

— Tu as tué Cecilia Linde, répéta Wisting. En parlant de la cassette à Gjermund Hulkvist de *Dagbladet*, tu as signé son arrêt de mort.

Il appuya sur *Stop*, sortit la cassette et la glissa dans sa poche de poitrine.

Vetti tituba en arrière, chancelant comme un arbre qu'on abat. Wisting vit dans ses yeux qu'il avait compris. Il allait tomber.

# 82

Nils Hammer posa une grande tasse de café devant lui. Wisting voyait que toutes ces journées où il avait eu la responsabilité de l'affaire Linnea l'avaient éprouvé. Il avait le visage pâle, les traits tirés, le regard fixe avec des yeux plus gris que bleus.

— Je m'attendais à voir Vetti, dit-il.

Wisting n'eut pas le temps de répondre que Christine Thiis apparut à la porte avec une pile de documents.

— Avez-vous vu Vetti ? demanda Hammer.

L'avocate de la police prit une chaise.

— Il est malade, répondit-elle.

— Malade ? répéta Hammer. Hier au soir, il semblait se porter très bien.

Christine Thiis haussa les épaules. Elle ne semblait pas en savoir plus long sur son absence.

— Voici ce qu'il a écrit, dit-elle en tendant une feuille à Wisting. La suspension a été levée.

— C'est bien, commenta Hammer. Rudolf Haglund demande à te parler.

— Est-il en bonne santé ?

— Il est en bas, dans une cellule. Une patrouille l'a ramené des urgences il y a une heure.

— Il veut parler ? demanda l'avocate de la police.

— Avec Wisting, précisa Hammer.

Christine Thiis lui jeta un coup d'œil.

— Vous acceptez de le faire ?

Wisting réfléchit. Dans son travail d'enquêteur, il s'était déjà entretenu avec un grand nombre d'individus ayant commis des crimes graves. Il les avait approchés de très près et ils lui avaient confié ce qu'ils avaient fait. Cette expérience et cette plongée dans l'esprit d'autrui lui avaient révélé beaucoup de choses sur la nature de l'être humain. Il avait découvert qu'au fond tous les hommes avaient peur d'être seuls. Tout le monde avait besoin d'être écouté. Haglund était resté seul avec ses secrets pendant dix-sept ans. Personne n'est fait pour supporter un tel fardeau. Lui aussi avait besoin de partager ses pensées les plus profondes avec d'autres. Si Haglund désirait parler de choses qui pouvaient lui valoir quelques années de prison de plus, c'était parce que le besoin d'une oreille charitable l'emportait sur la crainte des conséquences.

Il se leva. Si Haglund voulait lui parler, il irait. Pas pour lui-même ni pour Haglund, mais pour les personnes que ce dernier avait blessées au cours de sa vie. Pour toutes celles qui n'avaient jamais reçu de réponse à ce qui s'était réellement passé.

Quatre heures plus tard, il ressortait de la salle d'interrogatoire. Presque trente ans plus tôt, se rappela-t-il, il était venu dans une salle semblable. Il avait essayé de faire avouer un homme soupçonné d'un vol de voiture et avait demandé conseil à un collègue plus âgé, qui lui avait répondu qu'obtenir un aveu ne s'apprenait pas. À chacun de trouver sa propre méthode. Wisting avait trouvé la sienne : la douceur, le calme et l'écoute. Il était capable de prêter attention sans laisser paraître ses propres sentiments, d'entrer dans la peau de quelqu'un d'autre et même de témoigner de l'empathie.

À son retour, le silence se fit dans la salle de réunion. Tout le service était venu et attendait des réponses.

— Eh bien ? demanda Hammer.

Wisting prit place et poussa les feuilles de l'interrogatoire vers l'avocate de la police. Il avait réussi à faire parler Haglund de la première fois où il avait rencontré Jonas Ravneberg, quand tous deux pêchaient dans la rivière. Deux hommes qui, dans une solitude commune, avaient développé une sorte d'amitié taciturne et muette. L'audition s'était terminée par la description des coups mortels qu'il avait portés à son camarade, puis par la lutte avec Line quand il s'était enfui après avoir vainement cherché la vidéo compromettante.

— Il s'était pratiquement installé à demeure dans la ferme de Ravneberg, l'été où Cecilia a disparu, commença Wisting. Il y avait trouvé le calme qu'il aimait. Ravneberg avait une petite amie et il passait le plus clair de son temps chez elle. Haglund réparait le toit, rafistolait la grange et effectuait toutes les choses que Ravneberg n'arrivait pas à faire seul. Il pêchait des anguilles dans la rivière, qu'il préparait dans le fumoir, et gardait les quelques moutons que Ravneberg possédait à l'époque.

— Tout en tenant Cecilia Linde prisonnière dans la cave, glissa Hammer.

Wisting hocha la tête.

— Ravneberg ne revenait que rarement, et toujours à la même heure. Alors, il la bâillonnait et lui faisait faire un tour en voiture jusqu'à ce qu'il puisse revenir et l'enfermer à nouveau.

— C'est ainsi qu'elle a pu faire sortir la cassette pour raconter ce qui se passait.

— Quand un avis de recherche pour retrouver sa voiture a été lancé, il l'a cachée dans la grange. Il avait l'intention de s'en débarrasser pour de bon, mais il a été interpellé avant d'avoir eu le temps de le faire.

— Ravneberg a dû la trouver. Pourquoi n'a-t-il jamais rien dit ?

— Il a trouvé à la fois la voiture, les vêtements, le baladeur et la caméra. Il a même découvert les initiales des deux filles sur le mur de la cave, mais il avait peur d'être mêlé à tout ça, étant donné que Haglund avait utilisé sa ferme. L'année précédente, il avait aussi utilisé sa voiture pour enlever Ellen Robekk. De toute façon, Haglund serait condamné, du moins dans l'affaire Cecilia. Il a donc opté pour la solution qu'il avait toujours choisie, et il a laissé la voiture sur place pour fuir les problèmes.

— Qu'est-il arrivé ?

— Haglund savait que les mégots trouvés par la police ne pouvaient pas être les siens. En attendant Cecilia, il était bien resté au croisement de Gumserød pour fumer, mais il n'avait pas jeté de mégot. Quand le dossier de l'affaire a été rouvert, une seule chose l'empêchait d'empocher le million de couronnes en dédommagement : la vidéo. Il a tenté de convaincre Ravneberg de la lui rendre. Nous savons comment ça s'est terminé.

Il pouvait voir sur les visages autour de lui qu'ils attendaient davantage de réponses, mais il se leva pour partir.

— Tout est là, dit-il en montrant les documents qu'il avait apportés. Tous les détails.

Hammer se leva et l'accompagna jusqu'à la porte.

— Une dernière chose, dit son collègue. Qui d'entre nous l'a fait ? Qui a remplacé le mégot ?

Le silence qui suivit la question était quelque chose de physique, prêt à se briser. Tous les regards étaient braqués sur Wisting. Le nom qu'il leur donna fit l'effet d'une bombe. Il vit qu'ils étaient secoués, mais aussi que cela faisait son chemin en eux pour devenir une réalité.

Avant d'avoir à répondre à d'autres questions, il quitta la salle de réunion et referma la porte derrière lui. Il rentra chez lui en voiture sans rien ressentir. Ni joie ni colère.

La cour pavée devant la maison était couverte de brindilles glissantes et de feuilles pourrissantes. Il gara la voiture et descendit. Personne ne l'attendait. Suzanne sortait lentement de sa vie. Encore une fois, il serait obligé de se coucher seul et de se lever seul. De prendre ses repas seul. Pourquoi, dans le monde, était-il si difficile de partager sa vie avec quelqu'un ? N'y avait-il pas en lui d'autre place que pour le policier ?

Il resta un moment devant la maison vide à réfléchir aux épreuves qu'il venait de traverser. La rupture avec Suzanne, mais surtout d'avoir été visé par une enquête interne. Une situation dégradante, autant pour lui que pour son entourage. Mais cela avait aussi été riche d'enseignements. Il avait connu l'incertitude et l'angoisse que ressentaient beaucoup de gens qu'il côtoyait dans son travail. Il ne l'oublierait pas la prochaine fois qu'il prendrait place du bon côté du bureau, dans la salle d'interrogatoire.

Wisting fit le tour de la voiture, ouvrit le coffre et sortit le ballon de foot. Avec un peu plus de force que prévu, il l'envoya de l'autre côté de la haie.

# 83

Le double présentoir de journaux à l'accueil du siège de *VG* était presque vide. Le chef du bureau avait tassé le plus d'informations possible sur les trois lignes du titre à la Une. *Le meurtrier inculpé à nouveau. Il gardait en vie sa troisième victime.* Différentes tailles de caractère avaient été utilisées, de manière à ce que les mots *en vie* captent le regard. La photo de Linnea Kaupang qui avait servi pour l'avis de recherche apparaissait en vignette afin que personne ne puisse avoir de doutes sur l'affaire en question. Sur la photo principale, elle se tenait debout de dos, une couverture jetée sur ses épaules, et se dirigeait vers l'ambulance qui l'attendait. Les flashs se reflétaient sur les uniformes de la police. Le nom de Line était inscrit en lettres minuscules sous le cliché.

Le bourdonnement constant dans la salle de rédaction s'arrêta quand elle entra. Tous les regards des journalistes, normalement rivés à leurs écrans d'ordinateur, se tournèrent vers elle. Puis le chef du service info à l'autre bout du bureau commença à applaudir, vite imité par tous les autres. Il y eut aussi des sifflements admiratifs et des acclamations.

Joakim Frost sortit de son bureau. Le rédacteur en chef se planta les mains sur les hanches, en esquissant un sourire. Line n'était pas dupe : c'était plus par satisfaction devant les gros tirages qu'elle avait provoqués que pour reconnaître ses compétences.

Lorsque l'ovation de ses collègues s'arrêta, Line s'installa à sa place. Frosten s'approcha d'elle.

— Je suis content que les infos sur votre père n'aient pas gêné la journaliste en vous, dit-il en prenant un exemplaire du quotidien que quelqu'un avait posé sur son bureau. De nouveaux journaux sont publiés tous les jours. Les lecteurs oublient très vite. Ce que nous avons écrit hier, personne ne s'en souviendra demain. Il y aura déjà d'autres malfaiteurs et d'autres héros pour occuper la première page.

Dans sa bouche, les accusations contre son père semblaient être une broutille.

— Tout le monde tient à la liberté d'expression, poursuivit-il. Mais personne ne veut en souffrir.

Il reposa le journal.

— Nous avons besoin d'une suite à l'affaire. Tout le monde essaie d'avoir Linnea Kaupang. Elle devrait accepter de nous parler puisque vous avez contribué à la faire sortir de la cave. Pouvez-vous prendre Harald ou Morten avec vous pour l'interviewer ?

Line fit non de la tête.

— Je suis sur une autre affaire, répondit-elle. Morten et Harald sont occupés, eux aussi.

— Je crois que vous ne m'avez pas bien compris, dit Frosten en désignant de la main la Une du journal. L'affaire dont tout le monde parle, c'est celle-là.

— Non, dit Line d'une voix ferme. Morten vient d'avoir la confirmation du ministère de la Justice : ils vont demander la démission du chef de la police. Je ferai un article pour en expliquer la raison.

Frosten ouvrit la bouche, mais ne dit rien.

Line sortit de son sac une vieille cassette.

— Il s'agira d'une affaire qui ne sera pas, elle, uniquement fondée sur des spéculations et des hypothèses.

## 84

Au petit matin, le ciel était dégagé, mais des nuages sombres avaient masqué le soleil, désormais voilé de gris. William Wisting sortit de la voiture et dirigea son regard vers le ciel d'automne. Un grand oiseau noir décrivit des cercles avant de se poser sur une corniche rocheuse en poussant un cri rauque. Un corbeau en haut dans la montagne avait donné le nom de Ravneberg[1] à la petite ferme.

Frank Robekk était déjà près de la cabane en tourbe, à l'endroit où la rivière décrivait une boucle en passant devant ce qui était jadis des pâturages. Ce modeste fumoir comportait un trou dans le toit pour laisser échapper la fumée, à la manière d'un lavvo[2]. C'était Rudolf Haglund qui l'avait construit. Au-dessus de l'âtre, il suspendait des poissons pour leur donner un bon goût de fumée en brûlant des genévriers.

Wisting ouvrit la porte étroite de la cabane de tourbe. L'odeur aigre de la fumée imprégnait les murs. Une odeur

1. *Ravn* et *berg* (corbeau et montagne).
2. Tente utilisée par le peuple sami dans le nord de la Scandinavie, ressemblant à un tipi.

reconnaissable entre toutes. Celle qui se dégageait de Rudolf Haglund la première fois qu'il s'était trouvé dans la salle d'interrogatoire. Exactement comme Cecilia l'avait décrite sur l'enregistrement.

La police scientifique s'activait depuis plusieurs heures, en suivant les indications que Haglund avait données à Wisting pendant l'interrogatoire. L'espace étant trop petit pour les contenir tous, ceux en combinaison blanche sortirent pour que Wisting et Frank Robekk puissent entrer.

À l'emplacement de l'âtre, on avait creusé un trou. Petit à petit, les restes d'un être humain étaient apparus. Des os friables et un crâne fissuré. Dans une bassine en plastique étaient rassemblés des bouts de vêtements et les morceaux d'une chaussure que Haglund avait enterrés avec sa première victime.

— Combien de temps...? demanda Robekk en s'éclaircissant la voix. Combien de temps l'a-t-il gardée prisonnière?

— Sept jours, répondit Wisting.

Les traits de Frank Robekk se crispèrent. Dans la bassine, il prit ce qui ressemblait vaguement à une boucle de ceinture.

— Il a utilisé un oreiller, expliqua Wisting d'une voix atone.

— Il aurait mieux fait de la jeter dans le fossé au détour d'un chemin, déclara Robekk, qui avec ses doigts épousseta la terre de la boucle de ceinture.

Cette ceinture qui avait appartenu à une jeune fille dont il avait été l'oncle.

— Comme pour Cecilia. Nous aurions alors pu savoir où elle était.

— C'était différent, expliqua Wisting en employant les mêmes mots que Haglund. S'il nous a laissés trouver Cecilia, c'était une manœuvre pour que nous cessions de chercher la cachette.

Il sortit de l'espace étriqué afin de laisser un peu de temps à Robekk pour se recueillir. L'une des voitures banalisées de la police était garée à côté de la sienne, près de la maison de la ferme. Christine Thiis et Nils Hammer arrivaient en descendant la prairie herbeuse. Hammer tenait un journal plié sous le bras. Wisting voyait une partie de la première page avec le visage d'Audun Vetti.

— Le procureur l'a mis en examen, annonça Christine Thiis. Les inspecteurs de la police des polices sont venus le chercher ce matin pour l'interroger.

Hammer rejoignit les techniciens de la police scientifique. Christine Thiis s'approcha de Wisting et elle glissa la main dans la poche de son pantalon.

— Vous devez récupérer ceci, dit-elle en lui rendant sa carte de police.

Il l'accepta, ne cessant de la tourner dans sa main. Les bords étaient élimés et l'un des coins s'était décollé.

Pendant quatre jours, il n'avait plus été policier. On lui avait non seulement retiré son accréditation, mais on l'avait aussi accusé d'avoir enfreint la loi. S'il était un bon enquêteur, avait-il toujours cru, c'était parce qu'il avait la faculté de voir une affaire sous plusieurs angles. Mais jusqu'à maintenant, il ne s'y était jamais retrouvé pour de bon. De l'autre côté.

Il passa le pouce sur sa photo, sentant que la petite carte en plastique était éraflée.

C'était une vieille photo. À l'époque, il avait meilleure mine. Ses cheveux étaient plus épais, plus foncés, et ses joues plus charnues. Mais maintenant il était un meilleur policier, songea-t-il en serrant la carte de toutes ses forces.

DU MÊME AUTEUR

*Aux Éditions Gallimard*

FERMÉ POUR L'HIVER, Série Noire, 2017 (Folio Policier n° 852).

Déjà parus dans la même collection

Thomas Sanchez, *King Bongo*
Norman Green, *Dr Jack*
Patrick Pécherot, *Boulevard des Branques*
Ken Bruen, *Toxic Blues*
Larry Beinhart, *Le bibliothécaire*
Batya Gour, *Meurtre en direct*
Arkadi et Gueorgui Vaïner, *La corde et la pierre*
Jan Costin Wagner, *Lune de glace*
Thomas H. Cook, *La preuve de sang*
Jo Nesbø, *L'étoile du diable*
Newton Thornburg, *Mourir en Californie*
Victor Gischler, *Poésie à bout portant*
Matti Yrjänä Joensuu, *Harjunpää et le prêtre du mal*
Äsa Larsson, *Horreur boréale*
Ken Bruen, *R&B – Les Mac Cabées*
Christopher Moore, *Le secret du chant des baleines*
Jamie Harrison, *Sous la neige*
Rob Roberge, *Panne sèche*
James Sallis, *Bois mort*
Franz Bartelt, *Chaos de famille*
Ken Bruen, *Le martyre des Magdalènes*
Jonathan Trigell, *Jeux d'enfants*
George Harrar, *L'homme-toupie*
Domenic Stansberry, *Les vestiges de North Beach*
Kjell Ola Dahl, *L'homme dans la vitrine*
Shannon Burke, *Manhattan Grand-Angle*
Thomas H. Cook, *Les ombres du passé*

DOA, *Citoyens clandestins*
Adrian McKinty, *Le fleuve caché*
Charlie Williams, *Les allongés*
David Ellis, *La comédie des menteurs*
Antoine Chainas, *Aime-moi, Casanova*
Jo Nesbø, *Le sauveur*
Ken Bruen, *R&B – Blitz*
Colin Bateman, *Turbulences catholiques*
Joe R. Lansdale, *Tsunami mexicain*
Eoin McNamee, *00h23. Pont de l'Alma*
Norman Green, *L'ange de Montague Street*
Ken Bruen, *Le dramaturge*
James Sallis, *Cripple Creek*
Robert McGill, *Mystères*
Patrick Pécherot, *Soleil noir*
Alessandro Perissinotto, *À mon juge*
Peter Temple, *Séquelles*
Nick Stone, *Tonton Clarinette*
Antoine Chainas, *Versus*
Charlie Williams, *Des clopes et de la binouze*
Adrian McKinty, *Le fils de la mort*
Caryl Férey, *Zulu*
Marek Krajewski, *Les fantômes de Breslau*
Ken Bruen, *R&B – Vixen*
Jo Nesbø, *Le bonhomme de neige*
Thomas H. Cook, *Les feuilles mortes*
Chantal Pelletier, *Montmartre, Mont des Martyrs*
Ken Bruen, *La main droite du diable*
Hervé Prudon, *La langue chienne*
Kjell Ola Dahl, *Le quatrième homme*
Patrick Pécherot, *Tranchecaille*

Thierry Marignac, *Renegade Boxing Club*
Charlie Williams, *Le roi du macadam*
Ken Bruen, *Cauchemar américain*
DOA, *Le serpent aux mille coupures*
Jo Nesbø, *Chasseurs de têtes*
Antoine Chainas, *Anaisthêsia*
Alessandro Perissinotto, *Une petite histoire sordide*
Dashiell Hammett, *Moisson rouge*
Marek Krajewski, *La peste à Breslau*
Adrian McKinty, *Retour de flammes*
Ken Bruen, *Chemins de croix*
Bernard Mathieu, *Du fond des temps*
Thomas H. Cook, *Les liens du sang*
Ingrid Astier, *Quai des enfers*
Dominique Manotti, *Bien connu des services de police*
Stefán Máni, *Noir Océan*
Marin Ledun, *La guerre des vanités*
Larry Beinhart, *L'évangile du billet vert*
Antoine Chainas, *Une histoire d'amour radioactive*
James Sallis, *Salt River*
Elsa Marpeau, *Les yeux des morts*
Declan Hughes, *Coup de sang*
Kjetil Try, *Noël sanglant*
Ken Bruen, *En ce sanctuaire*
Alessandro Perissinotto, *La dernière nuit blanche*
Marcus Malte, *Les harmoniques*
Attica Locke, *Marée noire*
Jo Nesbø, *Le léopard*
Élmer Mendoza, *Balles d'argent*
Dominique Manotti – DOA, *L'honorable société*
Nick Stone, *Voodoo Land*

Thierry Di Rollo, *Préparer l'enfer*
Marek Krajewski, *Fin du monde à Breslau*
Ken Bruen, *R&B – Calibre*
Gene Kerrigan, *L'impasse*
Jérôme Leroy, *Le Bloc*
Karim Madani, *Le jour du fléau*
Kjell Ola Dahl, *Faux-semblants*
Elsa Marpeau, *Black Blocs*
Matthew Stokoe, *La belle vie*
Paul Harper, *L'intrus*
Stefán Máni, *Noir Karma*
Marek Krajewski, *La mort à Breslau*
Eoin Colfer, *Prise directe*
Caryl Férey, *Mapuche*
Alix Deniger, *I cursini*
Ævar Örn Jósepsson, *Les anges noirs*
Ken Bruen, *Munitions*
S.G. Browne, *Heureux veinard*
Marek Krajewski, *La forteresse de Breslau*
Ingrid Astier, *Angle mort*
Frank Bill, *Chiennes de vies*
Nick Stone, *Cuba Libre*
Elsa Marpeau, *L'expatriée*
Noah Hawley, *Le bon père*
Frédéric Jaccaud, *La nuit*
Jo Nesbø, *Fantôme*
Dominique Manotti, *L'évasion*
Bill Guttentag, *Boulevard*
Antoine Chainas, *Pur*
Michael Olson, *L'autre chair*
Stefán Máni, *Présages*

Pierric Guittaut, *La fille de la Pluie*
Frédéric Jaccaud, *Hécate*
Matthew Stokoe, *Empty Mile*
Frank Bill, *Donnybrook*
Kjell Ola Dahl, *Le noyé dans la glace*
Éric Maravélias, *La faux soyeuse*
Jo Nesbø, *Police*
Michael Kardos, *Une affaire de trois jours*
Attica Locke, *Dernière récolte*
Jérôme Leroy, *L'ange gardien*
Lars Pettersson, *La loi des Sames*
Sylvain Kermici, *Hors la nuit*
Lawrence Block, *Balade entre les tombes*
Joy Castro, *Après le déluge*
Thomas Bronnec, *Les initiés*
Elsa Marpeau, *Et ils oublieront la colère*
Elizabeth L. Silver, *L'exécution de Noa P. Singleton*
Marcus Sakey, *Les Brillants*
Dominique Manotti, *Or noir*
Jean-Bernard Pouy, *Tout doit disparaître*
DOA, *Pukhtu Primo*
Jo Nesbø, *Du sang sur la glace*
Sébastien Raizer, *L'alignement des équinoxes*
Matthew Stokoe, *Sauvagerie*
Patrick Pécherot, *Une plaie ouverte*
Brigitte Gauthier, *Personne ne le saura*
Jo Nesbø, *Le Fils*
Neely Tucker, *La voie des morts*
Mons Kallentoft – Markus Lutteman, *Zack*
Patrick Delperdange, *Si tous les dieux nous abandonnent*

Benoît Minville, *Rural noir*
Marcus Sakey, *Un monde meilleur – Les Brillants II*
Sébastien Raizer, *Sagittarius – L'alignement des équinoxes II*
Frédéric Jaccaud, *Exil*
Jo Nesbø, *Soleil de nuit – Du sang sur la glace II*
Caryl Férey, *Condor*
Joy Castro, *Au plus près*
Pierric Guittaut, *D'ombres et de flammes*
Matthew Klein, *Sans retour*
Benoît Philippon, *Cabossé*
Lawrence Block, *Le voleur qui comptait les cuillères*
DOA, *Pukhtu Secundo*
Frank Wheeler Jr., *L'ordre des choses*
Clément Milian, *Planète vide*
Thomas Bronnec, *En pays conquis*
Mons Kallentoft – Markus Lutteman, *Leon – Zack II*
Ingrid Astier, *Haute Voltige*
Marcus Sakey, *En lettres de feu – Les Brillants III*
Eoin Colfer, *Mauvaise prise*
Jørn Lier Horst, *Fermé pour l'hiver*
Elsa Marpeau, *Les corps brisés*
Sarai Walker, *(In)visible*
Pekka Hiltunen, *Écran noir*
Michael Kardos, *Avant de la retrouver*
Sébastien Raizer, *Minuit à contre-jour*
Neely Tucker, *À l'ombre du pouvoir*
Jo Nesbø, *La Soif*
Guy-Philippe Goldstein, *Sept jours avant la Nuit*
Lawrence Block, *Tue-moi*
Jean-Bernard Pouy, *Ma ZAD*

Attica Locke, *Pleasantville*
Bryan Reardon, *Jake*
Caryl Férey, *Plus jamais seul*
Jørn Lier Horst, *Les chiens de chasse*

*Composition : APS-Chromostyle.*
*Achevé d'imprimer*
*sur Roto-Page*
*par l'Imprimerie Floch*
*à Mayenne, le 8 février 2018.*
*Dépôt légal : février 2018.*
*Numéro d'imprimeur : 92296.*

ISBN 978-2-07-269500-1 / Imprimé en France.

308020 16 mars Yolande